W0222306

INDÉPENDANCE

DU MÊME AUTEUR

LES SOLDATS DE SALAMINE, Actes Sud, 2002 ; Babel n° 621.
À PETITES FOULÉES, Actes Sud, 2004.
À LA VITESSE DE LA LUMIÈRE, Actes Sud, 2006 ; Babel n° 865.
ANATOMIE D'UN INSTANT, Actes Sud, 2010 (prix littéraire international Mondello-Ville de Palerme, prix Jean Morer) ; Babel n° 1166.
LES LOIS DE LA FRONTIÈRE, Actes Sud, 2014 (prix Méditerranée étranger) ; Babel n° 1338.
L'IMPOSTEUR, Actes Sud, 2015 ; Babel n° 1485.
LE MOBILE, Actes Sud, 2016.
LE POINT AVEUGLE, Actes Sud, 2016.
LE MONARQUE DES OMBRES, Actes Sud, 2018 ; Babel n° 1709.
TERRA ALTA, Actes Sud, 2021.

"Lettres hispaniques"

Titre original :
Independencia
Éditeur original :
Tusquets Editores S.A., Barcelone
© Javier Cercas, 2021

© ACTES SUD, 2022
pour la traduction française
ISBN 978-2-330-16543-7

JAVIER CERCAS

Indépendance

Terra Alta II

roman traduit de l'espagnol
par Aleksandar Grujičić et Karine Louesdon

ACTES SUD

À Raül Cercas et Mercè Mas, ma Terra Alta.

Melchor fit irruption dans l'établissement et, se frayant un chemin parmi les clients, il se dirigea vers le comptoir, s'assit sur un tabouret et commanda un whisky. Le barman le regarda comme s'il était un extraterrestre.

— Qu'est-ce que tu fais là ? demanda-t-il.

— On se calme, répondit Melchor. Je suis là en ami.

— En ami ?

— C'est ça. Tu me le sers, ce whisky, oui ou non ?

Le barman tarda à répondre.

— Avec ou sans glaçons ?

— Sans.

Il était plus de trois heures du matin, mais l'endroit n'avait pas désempli. Sur le podium illuminé qui traversait la salle principale en son centre, des filles nues ou à moitié nues dansaient, criblées de lumières stroboscopiques, tandis que quelques hommes les dévoraient des yeux ; çà et là, d'autres filles, seules, en couple ou en groupe, attendaient l'arrivée des derniers clients. Ou la fin de la nuit. Les enceintes diffusaient "Like a Virgin", un vieux tube de Madonna.

— Il faut le voir pour le croire, entendit Melchor dans son dos.

Alors que le barman servait son whisky à Melchor, l'homme qui venait de parler prit place sur un tabouret à côté du policier. C'était un métis en tenue sombre, chauve et baraqué, mesurant au moins deux mètres. Melchor avala une longue gorgée de son verre que le métis montra du doigt.

— T'as arrêté le Coca ?

— Oui, répondit Melchor. Aujourd'hui c'est fête.

Le métis afficha une double rangée de dents d'un blanc éclatant.

— Si tu le dis. Et pourquoi ? Parce que le juge nous a donné raison et tu t'es retrouvé comme un imbécile ?

— Le juge ne vous a pas donné raison, Ducon, le corrigea Melchor. Il a seulement dit qu'il n'y avait pas de preuves contre vous. Mais t'inquiète, je finirai par les trouver. Sers-moi un autre whisky.

Le barman, qui ne s'était pas éloigné des deux hommes et tenait toujours la bouteille, le resservit. Sans arrêter de sourire, le métis fit pivoter le tabouret, tourna le dos au comptoir et, les coudes appuyés sur celui-ci, se mit à observer les danseuses sur le podium. Melchor prit une autre gorgée de whisky.

— Tu sais pourquoi j'aime autant cet endroit ? demanda-t-il.

Le métis ne dit rien. Melchor porta à nouveau son verre à ses lèvres.

— Parce qu'il me rappelle mon enfance, dit-il après avoir bu. Ma mère était pute, tu savais ça ? J'ai grandi dans ce genre d'endroit, entouré de putes comme celles-là et de macs comme toi. C'est ça que je suis en train de fêter : le retour au bercail.

La chanson de Madonna s'achevait, et l'éclat de rire du métis retentit dans le silence grandissant du bordel. Dans les haut-parleurs, Rosalía remplaça aussitôt Madonna et deux ou trois filles commencèrent à danser entre les clients et les collègues. Le métis posa sa grosse main sur l'épaule de Melchor.

— Ça, ça me plaît, monsieur l'agent, dit-il. Il faut savoir être bon perdant.

Il se mit debout et, adressant un clin d'œil au barman tout en désignant Melchor, ajouta :

— C'est la maison qui invite.

Melchor continua de boire sans lever le regard de son verre et, même si toutes le connaissaient, aucune fille ne vint vers lui. Quand il commanda son troisième whisky, l'une d'elles, pourtant, s'assit à ses côtés. C'était une Espagnole, brune, d'âge mûr, bien en chair, et elle portait un corset noir qui laissait ses seins à l'air. Elle lui caressa le cou et commanda une coupe de champagne. Le barman prévint Melchor :

— Les verres des filles ne sont pas compris dans l'invitation.

Melchor eut un geste d'assentiment et le barman servit le champagne. Ils burent en attendant que le garçon s'en aille. Quand celui-ci partit servir à l'autre bout du comptoir, Melchor demanda :

— On le fait ou pas, alors ?

— Évidemment, répondit-elle.

— T'es sûre ? insista Melchor. Si on se fait choper, tu auras des ennuis.

La femme affecta une mine indifférente.

— Je ne suis pas du genre à me dégonfler, mon gars.

Melchor opina sans la regarder.

— D'accord, dit-il. On va attendre un moment. Quand tu me verras monter, tu les rejoins. Tu laisses la porte ouverte et tu leur dis que j'arrive tout de suite.

— Elles sont mortes de trouille. Tu veux que je t'attende ?

— Non. Rassure-les. Dis-leur qu'il ne se passera rien. Dis-leur que j'arrive tout de suite. Et là tu ouvres les deux autres portes, celles du balcon, et tu rentres chez toi ou tu reviens ici. Non, rentre chez toi, c'est mieux.

Il marqua une pause.

— Tu as tout compris ?

— Oui.

Melchor acquiesça encore, mais cette fois, il la regarda.

— Fais attention, dit-elle.

— Toi aussi, dit Melchor.

La femme se leva de son tabouret et, laissant sa coupe à moitié pleine sur le comptoir, s'éloigna.

Melchor buvait son whisky sans parler à personne, à part au barman, quittant sa place uniquement pour se rendre aux toilettes. Alors que l'établissement était désormais presque vide, le métis réapparut et, en le voyant, eut un sourire contrarié.

— T'es encore là ? demanda-t-il.

— C'est son sixième whisky, répondit le barman à la place de Melchor. Dommage que c'était pas du Coca : il serait déjà mort.

— Il faut que je voie ton patron, annonça Melchor.

Le front du métis se plissa ; son sourire avait soudain disparu, englouti par ses lèvres charnues de couleur mauve.

— Il n'est pas là.

Melchor fit claquer sa langue.

— Tu me prends pour un débile ou quoi ? Bien sûr qu'il est là. Il ne part jamais avant la fermeture : des fois que vous piquiez dans la caisse.

Le métis le dévisagea avec un mélange de curiosité et de méfiance.

— Pourquoi tu veux voir le patron ?

— C'est pas tes oignons.

— Bien sûr que si.

— Il dit qu'il vient en ami, intervint le barman.

Le métis promena son regard du barman à Melchor et de Melchor au barman qui finit par hausser les épaules.

— Je voudrais m'excuser, dit Melchor. Pour le procès. Pour tous les ennuis. Enfin, tu vois ce que je veux dire.

Le métis sembla se détendre.

— Bien sûr. Ça me paraît très bien. Mais pour ça, pas la peine que tu le voies. Je le lui dirai : considère-toi comme excusé.

— Je voudrais aussi lui faire une proposition.

Le métis se remit en garde.

— Quelle proposition ?

— Ça, c'est pas à toi que je vais le dire.

— Alors tu peux oublier.

— Comme tu veux. Mais c'est une bonne proposition, elle l'intéressera.

Il regarda le serveur avant de continuer :

— Je ne suis pas sûr qu'il sera ravi, quand il apprendra que tu ne m'as pas laissé lui en parler.

Le métis eut l'air d'hésiter ; il jeta un regard au barman et, tout en scrutant Melchor, au bout de quelques secondes il s'écarta un peu, suffisamment pour parler au téléphone sans risquer d'être entendu. Après avoir raccroché, il indiqua d'un geste résigné au policier de le suivre.

Ils traversèrent la piste de danse déserte, montèrent deux étages par un escalier étroit et, en arrivant au second palier, le métis ouvrit une porte et l'invita à entrer. De l'autre côté l'attendait le bureau du patron qui ne se leva pas quand il vit Melchor franchir le seuil. Pas plus qu'il ne tendit la main. Il était assis derrière une table légèrement bancale, les mains bien en vue et un éclat railleur dans les yeux.

— Pourquoi tu ne m'as pas dit que tu étais là ? demanda-t-il en montrant à Melchor un fauteuil en face de lui. Je serais descendu te saluer.

Melchor ne s'assit pas. Le patron était un homme à l'apparence laborieusement soignée, la cinquantaine, les cheveux gominés, la barbe bien entretenue et striée de poils blancs, les mains couvertes de bagues ; il était en bras de chemise, portait des bretelles et arborait une chaîne en argent sur le torse, avec un grand médaillon doré. Il s'appelait Eugenio Fernández mais, pour des raisons que Melchor ignorait, tout le monde le connaissait sous le nom de Papa Moon.

— On m'a dit que tu tenais à t'excuser, continua-t-il. On m'a aussi dit que tu noyais ton chagrin dans le whisky. Tu fais bien. De toute façon, je t'avais prévenu que tu allais te casser les dents. C'est l'avantage de vivre dans une démocratie, mon grand : ici, on est tous innocents tant que le contraire n'est pas démontré. Même moi, qui ne lis pas de livres comme toi. Ça au moins, je l'ai compris. Tu ne t'assois pas ?

Melchor ne répondit pas. Papa Moon interrogea du regard le métis qui se tenait derrière le policier et qui haussa les épaules. Dans le dos de Papa Moon, il y avait un lampadaire allumé, et devant lui, sur le bureau, une lampe flexible ; les deux éclairaient faiblement la pièce. Encastrée dans le mur du fond, en face de la table, une télévision à écran plasma retransmettait à volume très bas un match de la NBA.

— Tu ne vas rien dire ? demanda encore Papa Moon.

— J'ai une proposition à te faire, lâcha enfin Melchor.

— C'est ce que Samuel m'a annoncé.

Papa Moon fit légèrement pivoter son siège et ouvrit des bras accueillants.

— Je suis tout ouïe.

Melchor se tourna brièvement vers le métis puis vers le patron.

— Sois tranquille, essaya de le rassurer Papa Moon. Tu peux parler : Samuel est quelqu'un de confiance.

Melchor n'écarta pas son regard de Papa Moon qui, au bout de quelques secondes, soupira et, d'un mouvement de tête, indiqua au métis de partir. Après un instant d'hésitation, le métis fouilla Melchor, qui le laissa faire : il n'était pas armé ; il avait juste une paire de menottes dans ses poches. Le métis demanda ensuite :

— Vous êtes sûr, chef ?

Papa Moon fit oui de la tête.

— Commence à fermer, ordonna-t-il. Je descends tout de suite.

À contrecœur, le videur sortit et referma la porte derrière lui.

— Eh bien…

Le chef se cala dans son fauteuil.

— Je t'écoute.

Melchor avança de deux pas, appuya les poings sur la table et, allongeant son buste par-dessus le bureau, s'approcha très près de Papa Moon, comme pour lui murmurer quelque chose à l'oreille.

— C'est à propos des gamines, lui dit-il.

Le chef fit une moue de lassitude.

— Tu n'as pas lâché l'affaire ?

Melchor le fixait des yeux. Papa Moon demanda :

— Qu'est-ce qu'elles ont, les gamines ?

Il y eut un autre silence puis un sourire complice perça sur le visage du chef.

— Ah, c'est donc ça, dit-il. Elles te plaisent, à toi aussi ?

Il voulut ajouter quelque chose, mais ce fut impossible : Melchor lui asséna un violent coup de tête sur le front et, sans lui laisser le temps de réagir, il le saisit par la nuque et lui cogna le crâne contre la table qui craqua comme si elle était cassée. Puis il la contourna et, attrapant l'homme par le cou, il le mit debout et le frappa encore, lui décochant d'abord un coup de poing dans le ventre, suivi d'un coup de pied dans les testicules. Papa Moon s'écroula au sol dans un hurlement.

— Ne crie pas, l'avertit Melchor. – Il avait saisi la chaîne en argent du patron et l'écrasait contre sa pomme d'Adam comme pour l'étrangler. – Si tu recommences à brailler, je te défonce pour de bon.

Papa Moon était à genoux, en quête d'air pour respirer.

— T'es fou ou quoi ? réussit-il à gémir, rouge comme une tomate.

Melchor lui porta un autre coup à la tête en la frappant contre le rebord de la table, le gifla, avec la main qui tenait la chaîne il lui attrapa les bras et les tordit dans son dos tout en le fouillant de l'autre main pour trouver son portable, qu'il éclata contre le sol.

— Et le flingue, il est où le flingue ? demanda-t-il.

— Tu vas me casser le bras.

— Je t'ai demandé où était ton flingue.

— Quel flingue ?

Cette fois, c'est le visage de Papa Moon qui finit écrasé contre le sol. Quand Melchor lui releva la tête, du sang coulait de son nez et lui mouillait la barbe. Melchor répéta sa question. Le chef y répondit et, sans le lâcher, Melchor ouvrit un tiroir, sortit le pistolet et s'assura que le chargeur était plein. Il obligea Papa Moon à se mettre debout.

— Là, t'as pété un plomb, mon vieux, réussit-il à geindre. Tu peux dire adieu à ta carrière.

Melchor lui tordit davantage le bras et lui mit le canon du pistolet contre la mâchoire.

— On parlera de ça plus tard, chef, dit-il. Maintenant, on va sortir d'ici et tu vas être sage comme une putain d'image.

Il l'avertit, en agitant le pistolet contre lui :

— Tu pousses un cri, ça te pète à la gueule. À la première connerie, ça te pète à la gueule. C'est clair ?

Papa Moon gardait le silence. Melchor lui tordit de nouveau le bras et l'homme hocha la tête.

— Très bien, dit Melchor. En route.

Collés l'un contre l'autre, ils sortirent du bureau de Papa Moon, descendirent l'escalier par lequel Melchor était monté et, au premier étage, le policier entrouvrit une porte et passa une tête. Il y avait là une sorte de balcon, en réalité une coursive extérieure qui longeait la façade du bordel et d'où l'on voyait l'entrée et le parking où il y avait encore quelques voitures. Ils traversèrent précipitamment le balcon, laissèrent derrière eux un escalier qui descendait vers le parking et, tout au bout, Melchor entrebâilla une autre porte et s'assura qu'il n'y avait personne derrière. Il l'ouvrit alors pour de bon et ils pénétrèrent dans un autre couloir, celui-là intérieur et éclairé par une lumière crue, sur lequel donnaient plusieurs portes d'où s'échappaient, pour certaines d'entre elles, des voix, des bruits et quelques rires. Melchor ouvrit la dernière. Trois adolescentes attendaient là : deux d'entre elles étaient blotties l'une contre l'autre dans un lit et la troisième se tenait debout au milieu de la chambre ; elles étaient toutes les trois noires comme le charbon et dévisageaient les nouveaux venus avec des yeux remplis d'attente et de panique. Melchor ferma la porte dans son dos, les regarda l'une après l'autre et leur demanda si elles étaient prêtes.

Seule celle qui était debout répondit par l'affirmative, mais les deux autres se levèrent aussitôt. Melchor les connaissait toutes les trois. Elles étaient nées à Lagos, au Nigeria, et dans le fond, leurs histoires se ressemblaient. Elles étaient toutes les trois arrivées à Madrid quelques années plus tôt, fuyant la misère et avec la promesse qu'elles pourraient faire leurs études en Espagne. C'est alors qu'on leur confisqua leur passeport et leur portable, qu'on leur interdit de contacter leurs familles et de sortir dans la rue, qu'on leur réclama soixante mille euros pour les frais de voyage et, afin de les terrifier, qu'on les soumit à un rituel qui consistait à leur couper les ongles et les cheveux, à leur raser le sexe et les aisselles et à les forcer à boire un breuvage hallucinogène. À partir de là, on les obligea à se prostituer. C'est ainsi que commença pour elles un périple à travers les bars à hôtesses de la moitié de l'Espagne, où elles travaillaient de dix-sept heures à quatre heures du matin pour rembourser les dettes qu'en théorie elles avaient contractées avec l'organisation qui, en pratique, les avait séquestrées. Un périple auquel Melchor avait décidé de mettre fin cette nuit-là.

Il obligea Papa Moon à s'asseoir par terre, à côté du lit des adolescentes, sortit ses menottes et attacha le poignet droit de l'homme à un pied du lit et le poignet gauche à l'autre.

— T'as perdu la tête, sale flic.

Papa Moon parlait avec toute la rage sourde que la raclée lui avait insufflée.

— Cette fois, tu vas le payer cher.

Ce furent ses derniers mots : Melchor lui fourra un mouchoir dans la bouche et le lui enfonça jusqu'à la gorge. Les trois adolescentes assistaient à l'opération depuis la porte de la chambre, tremblantes de peur.

— Maintenant, écoute-moi bien, fumier, dit Melchor, accroupi devant Papa Moon. La méthode douce n'a pas marché, alors on essaye la méthode forte. Ces filles, je les emmène avec moi. Ne pense même pas à en ramener d'autres. Et surtout pas à me dénoncer. Tu sais ce qui arrivera si tu me dénonces ? Écoute bien, parce que je ne te le dirai qu'une fois. Si tu me dénonces, je brûlerai ce boui-boui. Je tuerai tes enfants et ta femme. Je tuerai toute ta famille. Et après ça je te tuerai toi. C'est ce qui va se passer. T'as compris, pas vrai ?

Dans les yeux de Papa Moon, la rage s'était transformée en une peur animale, incontrôlée. Melchor approcha encore son visage et poursuivit :

— Dis-moi, t'as compris, oui ou non ?

Papa Moon bougea la tête de haut en bas ; Melchor lui tapota la joue d'un air satisfait et dit :

— Parfait.

Il se leva et se tourna vers les filles. L'effet du whisky avait disparu ; il avait l'esprit clair et se sentait léger et heureux.

— Vous êtes prêtes ? demanda-t-il.

Les trois acquiescèrent. Elles s'appelaient Alika, Joy et Doris. Alika et Joy avaient dix-sept ans ; Doris, dix-huit. Elles avaient l'air de s'être habillées pour participer à une course à pied ou à une manifestation politique : tee-shirt foncé, jean bon marché et baskets. Les trois le regardaient les yeux grands ouverts, implorantes et effrayées, comme si une météorite était sur le point de tomber sur le bordel et qu'il était le seul à pouvoir les sauver de la catastrophe. Melchor entrebâilla la porte, s'assura qu'il n'y avait personne dans le couloir, coinça le pistolet dans sa ceinture et prit par la main Alika et Joy, qui étaient les plus jeunes.

— Ne vous inquiétez pas, leur dit-il. Restez avec moi et tout ira bien.

Il ouvrit complètement la porte et ajouta :

— Allons-y.

PREMIÈRE PARTIE

1

Melchor change l'eau du vase, remplace un bouquet de fleurs fanées par un nouveau bouquet et nettoie avec un chiffon la pierre tombale où on peut lire : "Olga Ribera, Gandesa, 1978-2021". Ensuite, comme chaque samedi matin depuis quatre ans (sauf quand il est de garde), il reste un moment là, devant la tombe de sa femme, à lui parler de Cosette et lui commenter les rares événements de la semaine.

Le cimetière est adossé au flanc d'une colline, à l'extérieur de Gandesa, et Melchor entend seulement le gazouillis des oiseaux et, de temps en temps, le moteur lointain d'une voiture qui serpente en direction de Vilalba dels Arcs et de la montagne de La Fatarella, dont la crête se découpe sur sa gauche, contre le ciel impeccablement bleu, hérissée d'éoliennes blanches qui tournent avec morosité dans la chaleur immobile de cette matinée de juillet.

Une demi-heure plus tard, Melchor met sa musette en bandoulière et s'éloigne de la tombe. Il passe près du caveau de la famille Adell, un somptueux cénotaphe de marbre noir jaspé de blanc, et remonte par une petite allée étroite, ombragée de cyprès et flanquée de sépultures. À la sortie du cimetière, il emprunte un chemin de terre et, peu après, arrive au rond-point qui permet de regagner le centre de Gandesa. Il reconnaît sans surprise Rosa Adell au centre de la rotonde, assise sur des marches au pied d'une croix de pierre.

— Je me disais justement que je ne viens jamais au cimetière, lui dit la femme en le saluant.

Melchor l'a maintenant rejointe. Rosa porte un chemisier bleu sans manches, un pantalon marron très fin et des sandales qui laissent voir ses petits pieds aux ongles vernis de rouge. Melchor ne peut distinguer ses yeux : ils sont cachés derrière des lunettes noires.

— Alors que toute ma famille y est enterrée, ajoute Rosa. Devrais-je me sentir mal à l'aise ?

Se souvenant du mausolée des Adell, Melchor répond :

— Pire que ça.

— Tu es sérieux ?

— Non. Ce qu'il y a là-bas n'a rien à voir avec tes parents.

— Et avec Olga ?

— Non plus.

— Alors pourquoi tu y vas, toi ?

Melchor hausse les épaules. Rosa Adell le dévisage, puis elle fait une moue perplexe et, époussetant son pantalon, elle se met debout.

— Où est Cosette ? demande-t-elle.

— À la piscine.

Melchor a un geste vague en direction d'un bâtiment qui se trouve à une cinquantaine de mètres, entre la caserne des pompiers et la salle omnisports.

— Elle sort à midi.

Rosa consulte sa montre.

— On a juste le temps de prendre un café.

Ils s'acheminent vers l'hôtel Piqué en descendant l'avenue Joan Perucho. Ils marchent en silence, comme si le soleil de plus en plus écrasant les dissuadait de parler, et en silence passent devant l'Institut d'enseignement secondaire Terra Alta et le faux néo-classicisme de la façade du tribunal de la comarque.

Ils se sont souvent vus ces derniers mois, parfois par simple coïncidence, parfois par des coïncidences moins simples, toujours ou presque toujours provoquées par Rosa qui a pris l'habitude de l'attendre le samedi matin à la sortie du cimetière. Comme tout le monde, Rosa ignore le véritable rôle joué par Melchor dans la résolution de l'affaire Adell qui, quatre ans plus tôt, a réveillé la Terra Alta de sa somnolence éternelle et qui, depuis lors, a valu la prison à Albert Ferrer, son ex-mari, et Ernest Salom, ancien caporal de police, grand ami de Ferrer et collègue de Melchor au commissariat de Gandesa, le premier condamné pour incitation à l'assassinat du couple Adell et leur domestique roumaine, le second pour complicité et dissimulation du crime. Si Rosa a très tôt eu l'impression que la version officielle des faits ne correspondait pas entièrement à la réalité et que Melchor lui cachait quelque chose (ou c'est l'impression qu'avait Melchor), il est vrai qu'elle n'a jamais eu le courage de l'interroger à ce sujet. En effet, ils n'évoquent que rarement cette affaire, même si elle leur a permis de se rencontrer, et presque tout ce que Melchor sait des réactions qu'elle a provoquées chez Rosa et des conséquences qu'elle a entraînées dans sa vie, il l'a appris d'autres sources. En réalité, Melchor n'a à sa connaissance que des éléments rares et épars : Rosa n'a pas revu son ex-mari depuis le procès, par exemple ; leurs quatre filles, conscientes que leur père a commandité l'assassinat de leurs grands-parents maternels, ont répudié leur géniteur. Pour le reste, Rosa Adell vit seule dans le mas situé à proximité de Corbera d'Ebre qu'elle partageait quatre ans plus tôt avec Albert Ferrer – leurs quatre filles travaillent ou font leurs études à Barcelone maintenant – et a essayé ou essaie encore de surmonter l'assassinat de ses parents et la condamnation de son mari en se consacrant corps et âme à diriger l'empire que son père a créé à partir de rien, à la tête duquel les Cartonneries Adell. Elle travaille beaucoup, voyage beaucoup et passe parfois le week-end à Barcelone, avec ses filles, mais depuis un certain temps, quand elle reste en Terra Alta, elle finit par téléphoner à Melchor ou, dernièrement, par aller le chercher à la sortie du cimetière.

Ils dépassent à leur droite la gare routière, traversent la route et l'esplanade de terre qui s'étend devant l'hôtel Piqué et entrent dans la cafétéria, occupée à cette heure par un groupe animé de touristes au comptoir, deux cyclistes et un couple de personnes âgées. Rosa s'installe à une table, près d'une grande fenêtre qui donne sur le parking, pendant que Melchor attend son tour au comptoir ; après être enfin parvenu à se faire servir, il apporte deux cafés à leur table.

— Il paraît que ça marche bien pour vous, déclare Melchor en s'asseyant en face de Rosa.

Dans l'effervescence de la cafétéria inondée de soleil, la femme a enlevé ses lunettes et regarde le policier avec ses yeux marron, sereins et ovales, tout en remuant son café.

— Les nouvelles vont vite en Terra Alta, constate-t-elle. Tu es déjà au courant, pour Medellín ?

Melchor acquiesce.

— C'est M. Grau qui y a pensé, dit Rosa en essayant de relativiser son rôle ; un soupçon de rouge à lèvres brille sur sa bouche charnue. La Colombie est un pays qui a le vent en poupe, l'endroit idéal pour investir, et c'était une excellente idée d'ouvrir une usine là-bas. Et puis Medellín est une ville extraordinaire.

— Et ça va ?

— À Medellín ?

— M. Grau. Je ne l'ai pas vu depuis un bail.

Rosa Adell plisse les yeux, ébauche un sourire et avale une gorgée de café.

— Il est vieux, dit-elle sans mélancolie. Mais toujours présent, sur la brèche. Pour tout te dire, je ne sais pas ce que je ferais sans lui.

Melchor acquiesce de nouveau. L'image de l'éternel gérant des Cartonneries Adell vient de lui traverser l'esprit : un homme âgé à la volonté de fer, pâle, cultivé et myope, au corps hâve et le cheveu rare, doté d'une sagacité rompue aux affaires, et qui, à quatre-vingt-dix ans, toujours impeccablement vêtu et chaque fois un peu plus courbé, continue d'occuper quotidiennement son bureau dans la zone industrielle de La Plana, à la sortie de Gandesa, tenant d'une main ferme le gouvernail du navire amiral de l'empire Adell. L'espace d'un instant, Melchor se rappelle aussi, avec stupéfaction, que ce modèle de probité patronale et de loyauté personnelle envers l'homme pour qui il a travaillé toute sa vie avait également été, quand Salom et lui enquêtaient sur l'affaire Adell aux ordres de l'inspecteur Gomà, le premier suspect du meurtre des parents de Rosa.

— Alors tu devrais commencer à y penser, lui conseille Melchor.

— Je sais, reconnaît Rosa, le regard plongé par-delà la fenêtre.

Sur le parking de l'hôtel, protégé du soleil par un toit de roseaux, il n'y a que deux voitures garées et une fourgonnette de livraison ; le trafic à l'entrée de Gandesa est minime. Rosa se tourne soudainement vers Melchor.

— D'ailleurs, il vient manger à la maison aujourd'hui. Pourquoi ne pas vous joindre à nous, toi et Cosette ? Je suis sûre qu'il sera ravi de déjeuner avec vous.

— Merci, mais je ne peux pas. On a prévu de regarder un film à la maison. En plus, ajoute-t-il en tapotant sa musette qu'il a accrochée à l'accoudoir de la chaise quand il s'est assis, cet après-midi j'ai du boulot.

Rosa regarde la musette, puis Melchor qui précise :

— Ce sont les manuscrits du concours littéraire.

La femme sourit ouvertement : c'est un sourire large, moqueur, lumineux.

— Alors comme ça, ils ont réussi à te convaincre de faire partie du jury.

Melchor détourne le regard, mais ne trouve pas où le poser.

— Apparemment il n'y avait pas d'autre solution et…

Embarrassé, conscient que sa phrase emprunte une mauvaise direction, il en formule une autre.

— Et ce n'est pas ça le pire.

— Ah bon ?

— Non. Le pire, c'est que je dois faire un discours à la cérémonie de remise des prix. On m'a demandé de dire quelques mots sur la lecture. Ou sur la littérature. Ou sur les romans qui me plaisent. Quelque chose comme ça.

— C'est une belle idée.

— Magnifique. Sauf que je n'ai jamais fait de discours de ma vie.

— Ne me dis pas que tu as peur.

Melchor tourne la tête vers Rosa.

— Non, je n'ai pas peur. Je panique, avoue-t-il.

Elle éclate d'un rire franc.

— Ne sois pas bête, monsieur le policier. Tu le feras merveilleusement bien.

— Bien sûr.

— Je parle sérieusement. Tu veux que je t'aide à le préparer ?

Durant un instant, une étincelle d'espoir brille dans les yeux de Melchor, et s'éteint quand il croit comprendre que, malgré ses protestations tout ce qu'il y a de plus sérieuses, son amie plaisante.

Avant que Rosa puisse lui assurer qu'elle ne plaisante pas, Melchor se lève pour commander deux autres cafés. Au bout d'un moment, il est de retour avec les tasses et, bien qu'il refuse catégoriquement de revenir sur le sujet du discours, ils parlent longuement du concours littéraire. Celui-ci est organisé par la bibliothèque municipale et l'Institut Terra Alta, et le jury est composé de deux professeurs, d'un poète local, de la directrice de la bibliothèque et de Melchor lui-même ; la remise des prix aura lieu au début du mois de septembre, pendant la cérémonie de rentrée scolaire. Melchor lui parle d'une nouvelle de science-fiction qu'il vient de lire et qui lui a beaucoup plu ; il en résume l'argument à Rosa qui – sans être amatrice de science-fiction, ni même de littérature – partage son avis. Ils évoquent aussi une proposition que le maire de Gandesa a faite à Rosa, dans le but d'agrandir l'usine principale des Cartonneries Adell à La Plana, et d'un déplacement professionnel qui l'attend puisqu'elle doit se rendre à la filiale de Timişoara, en Roumanie. Ils discutent ensuite des projets de vacances de chacun : Rosa pense emmener ses quatre filles deux semaines aux États-Unis, et Melchor, au début du mois d'août, a l'intention de faire la même chose que l'été précédent, à savoir passer quelques jours avec Cosette à Molina de Segura, dans la province de Murcia, chez la dernière amie de sa mère, Carmen Lucas, et son mari Pepe.

— Vous allez mourir de chaleur, prédit Rosa.

— L'année dernière, c'était vraiment très bien, réplique Melchor. Tu sais ce que Cosette a le plus aimé ? Que toutes ses amies l'appellent "Cosé".

Rosa est encore en train de rire quand le téléphone de Melchor sonne, et continue de sonner après que celui-ci a vérifié qui essaie de le joindre.

— Tu ne réponds pas ? demande Rosa.

— C'est Vivales. Je le rappellerai.

Maintenant, c'est au tour de Melchor de consulter sa montre.

— Cosette doit être sur le point de terminer. On y va ?

Rosa Adell connaît Domingo Vivales à peu près autant qu'elle connaît Carmen et Pepe. Melchor lui a présenté Vivales il y a un moment, alors que celui-ci se trouvait à Gandesa, mais elle n'arrive pas à comprendre quel lien unit ces deux hommes qui ont un tel écart d'âge qu'ils pourraient parfaitement être père et fils. De fait, tout ce qu'elle sait, pour ainsi dire, c'est que l'avocat, de même que Carmen Lucas, était ami avec sa mère, et que Melchor a hérité de cette amitié comme on hérite d'un immeuble. Le policier ne lui en a guère raconté davantage ; elle, pour sa part, ne pose pas de questions non plus, car la première règle non écrite de leur amitié les oblige à considérer leurs vies privées respectives avec une extrême prudence.

Pendant que Rosa paie les quatre consommations – c'est là une autre règle non écrite de leur amitié : toujours, ou presque toujours, c'est elle qui paie l'addition –, un WhatsApp retentit dans le portable de Melchor. C'est le sergent Blai, qui n'est plus sergent mais inspecteur, et qui n'est plus affecté en Terra Alta mais au quartier général d'Egara, dans la banlieue de Sabadell. "Ça va, l'Espagnolard ? écrit Blai. T'es où ?" "À l'hôtel Piqué", répond Melchor. "Tu tires un coup ? écrit Blai. Ha, ha, ha, je déconne. Je suis chez mes beaux-parents, il faudrait qu'on se voie le plus tôt possible. Cet aprèm."

— Prends ton temps, dit Rosa Adell en rejoignant Melchor à la porte de l'hôtel et en mettant ses lunettes de soleil. Si tu dois répondre, vas-y.

Ils traversent l'esplanade de terre et, alors qu'ils attendent pour traverser la route, Melchor écrit : "Je ne peux pas." "Tu te fous de moi ou quoi ? Tu fuis les copains maintenant ? répond aussitôt Blai qui poursuit dans la foulée : C'est pas une blague. Il faut qu'on se parle. C'est urgent." Ils rebroussent chemin par l'avenue Joan Perucho sous le soleil brûlant de la mi-journée.

— Le boulot ? demande Rosa Adell.

Melchor répond par l'affirmative.

— Le week-end, je laisse mon portable professionnel au bureau, avoue Rosa. C'est important ?

— Sans doute pas, mais ça en a l'air.

En arrivant au niveau du tribunal, Melchor se remet à écrire : "Je t'appelle plus tard." "Pas trop tard, lui répond Blai. J'ai une grosse fête de famille à sept heures. Vaut mieux qu'on se voie avant." Pour toute réponse, Melchor envoie un émoji qui montre un poing jaune au pouce dressé.

Quand il relève la tête de son portable, Rosa Adell a ouvert la portière de sa voiture.

— Tu ne veux pas déjeuner à la maison, tu es sûr ? insiste-t-elle.

— Je suis sûr. Salue M. Grau de ma part.

Ils se quittent en se faisant la bise.

Il y a un changement de programme. En sortant de la piscine municipale, Cosette lui demande l'autorisation de déjeuner chez sa copine Elisa Climent et de passer l'après-midi avec elle, ce que Melchor, après avoir parlé avec la mère de la copine et négocié avec Cosette, finit par accepter. "Je te récupère à six heures", la prévient-il. À peine se retrouve-t-il seul qu'il lui vient à l'esprit qu'il peut appeler Rosa Adell et déjeuner avec elle et M. Grau, mais il écarte aussitôt cette idée et se dirige vers la place. Il y passe le reste de la matinée, assis à la terrasse du café, buvant un Coca et lisant quelques-unes des nouvelles présentées au concours littéraire : il attribue un signe – à celles qu'il n'aime pas beaucoup ou pas du tout, un signe + à celles qu'il aime davantage, et deux signes + à celles qu'il préfère, pour les relire à la fin et choisir les gagnants.

Vers quatorze heures, il rentre chez lui. En arrivant, il se prépare une salade avec du fromage et des fruits secs, un steak à la poêle, et il mange assis dans la cuisine, arrosant le tout avec son troisième Coca de ce samedi tandis que, de temps en temps, il scrute le siège vide à l'autre bout de la table, où Olga avait l'habitude de s'asseoir.

Quatre ans se sont écoulés depuis l'après-midi où elle est morte après avoir été renversée par la voiture qu'Albert Ferrer avait louée la veille à Tortosa. Celui-ci, comme il l'a prétendu au cours des interrogatoires et du procès de l'affaire Adell, n'avait pas pour intention de la tuer mais seulement d'intimider Melchor, et l'obliger ainsi à abandonner une bonne fois pour toutes l'enquête sur l'assassinat de ses beaux-parents, qu'il s'était obstiné à poursuivre bien que l'affaire fût officiellement classée. Quoi qu'il en soit, il ne s'est pratiquement pas passé un seul jour depuis la mort d'Olga sans que Melchor pense à elle. Quand cela lui arrive, quand il oublie sa femme ne serait-ce qu'un instant, il se sent mal, sans savoir pourquoi. Avec une minutie névrotique, il a essayé de reconstituer semaine après semaine, jour après jour, heure après heure, minute après minute, les détails des trois années et demie qu'il a vécues avec elle, mais il n'y est pas parvenu, et il éprouve parfois un sentiment contradictoire quand il songe à cette époque heureuse où, après s'être installé en Terra Alta, avoir rencontré Olga et être tombé amoureux d'elle, ils se sont mariés et ont eu Cosette : d'un côté, cela lui semble quelque chose d'absolument irréel, qu'il n'aurait pas vécu mais vu dans un film ou dont il aurait rêvé ; de l'autre, cela lui paraît la seule chose réelle qu'il ait vécue, que jamais il n'a connu quelque chose d'aussi réel que cette vie avec Olga. Au début, après la mort de sa femme, il se demandait à toute heure ce qu'elle aurait dit de chacun des faits et gestes de la vie de tous les jours, puis au bout d'un certain temps il a réussi à échapper à cette torture irrationnelle. En revanche, il n'arrive toujours pas à parler d'elle avec qui que ce soit, pas même avec Cosette et, quand la petite s'enquiert de sa mère, dont elle a peu de souvenirs, il ne sait pas quoi lui dire et n'offre que des réponses évasives.

Les premiers temps sans Olga furent très durs. Il ne parvenait pas à s'ôter sa mort de la tête, ni à se débarrasser de l'impression qu'il avait failli à sa femme : il avait lu quelque part que tant que dure le repentir dure la faute, et chez lui le repentir continuait de le ronger de l'intérieur. Les deux choses expliquent qu'au terme de quelques mois, il avait pris la décision de s'éloigner de la Terra Alta dans l'espoir que quitter cet endroit dont il avait, grâce à Olga, fait sa patrie, l'aiderait à surmonter sa disparition. À cette époque, cinq années s'étaient écoulées depuis les attentats islamistes de 2017, la plupart de ses collègues savaient que c'était lui qui avait abattu par balles quatre terroristes à Cambrils et ses supérieurs étaient conscients que, du moins au sein de la police, il était devenu un symbole ; ainsi, se servant pour la première fois de sa position privilégiée, il avait appelé le commandant Fuster et demandé à être muté.

Il s'attendait à la réaction de Fuster. Le commandant ne lui demanda pas pourquoi il désirait changer d'endroit ; seulement où il voulait aller. De façon prévisible, Melchor répondit : "À Barcelone." De façon prévisible parce que, malgré tout ce temps passé loin de la capitale, il savait que là-bas il était toujours chez lui : il n'avait jamais vécu ailleurs avant les attentats et on l'avait envoyé en Terra Alta pour le protéger de possibles représailles islamistes. À Barcelone, en outre, il avait Vivales qui l'avait constamment soutenu depuis la mort de sa mère et qui, Melchor en était certain, l'aiderait à s'occuper de Cosette. "Vous voulez continuer dans la police criminelle ?" lui demanda Fuster, toujours aussi prévenant. “Je ne sais rien faire d’autre”, répondit Melchor. “Alors vous avez de la chance, le félicita le commissaire. Je viens de parler avec le chef de la DEC, ils tournent en effectif réduit aux enlèvements et extorsions. Que diriez-vous de venir ici, à Egara ?” “Impeccable”, dit Melchor, tellement impatient de quitter la Terra Alta qu’il aurait accepté le pire travail dans le pire bureau du pire commissariat. “Attention, le prévint Fuster. Il ne faut pas s’attendre à une planque. L’unité est très exigeante. Vous ne vous ennuierez pas, vous apprendrez beaucoup, mais vous travaillerez comme un forçat.” “Parfait”, répondit-il.

Melchor disait cela sérieusement : il pensait que l’inactivité relative et la placidité rurale du commissariat de la Terra Alta, qui lui avaient fait tant de bien des années plus tôt, lorsque Olga était en vie, le tuaient désormais ; il pensait également que plus son travail serait prenant, mieux ce serait pour lui. D’autre part, Melchor savait que Cosette était une fille pleine de curiosité et d’énergie, qui était capable de s’adapter, et que la mort d’Olga, au lieu de faire d’elle une enfant craintive, avait endurci son caractère. De telle sorte que, même si l’enracinement de Cosette en Terra Alta était aussi profond que le sien et qu’au début elle ne sera probablement pas contente de quitter la comarque, il était convaincu qu’elle vivrait comme une aventure le changement de lieu et d’école, la nouveauté de la capitale et le défi de se faire des copines ; tout comme il était persuadé qu’elle serait ravie de se rapprocher de Vivales.

L’Unité centrale des enlèvements et extorsions était intégrée au Département central des enquêtes sur les personnes, qui dépendait de son côté de la Division des enquêtes criminelles (DEC) et, quand Melchor la rejoignit, il comprit que le commissaire Fuster était tout aussi sérieux que lui. Ce que Fuster avait omis de lui dire, en revanche, c’était que l’unité des enlèvements et extorsions n’était pas seulement une unité exigeante, mais aussi une unité particulière. À l’époque, douze personnes en faisaient partie, neuf hommes et trois femmes, qui travaillaient aux ordres du sergent Vàzquez, la quarantaine, le crâne rasé, un homme musclé et hyperactif, à l’air de bouledogue et à la réputation de policier sévère et bagarreur. Il était vrai que Vàzquez se plaignait toujours auprès de ses supérieurs du manque d'effectifs de son unité, mais il se plaignait avec raison : son équipe travaillait vingt-quatre heures sur vingt-quatre, toute l'année et sur tout le territoire catalan. Cependant, ce qui rendait cette unité particulière – et qui lui imposait d'agir comme nulle autre et de ne ressembler à nulle autre – était son obligation d'être la plus discrète du corps ; la discrétion était en effet la clé de son efficacité : la première chose que Melchor apprit en intégrant cette équipe était que moins cela se savait qu'elle essayait de résoudre une affaire, plus elle était en capacité de la résoudre. Ce qui la rendait si particulière, aussi, était le haut degré de spécialisation de ses membres et Melchor dut lui-même mettre les bouchées doubles pour se spécialiser. Au cours des premiers mois de son affectation, il suivit quatre stages : un stage de négociateur, un autre en enlèvements, un troisième en crime organisé et un quatrième en recherche avancée. C'étaient des stages que seul un personnel trié sur le volet pouvait suivre (des membres de l'unité elle-même ou d'unités similaires de la Guardia Civil, de la police nationale et de l'Ertzaintza basque), tenu par ailleurs de garder secret leur contenu et qui ne se voyait remettre aucun document écrit afin d'éviter toute fuite. "Si les malfaiteurs apprennent comment on les combat, c'est foutu", avait coutume de dire en guise d'avertissement Vàzquez à ceux qui s'apprêtaient à assister à l'un de ces stages. "Alors, en dehors d'ici, motus sur ce que tu vas apprendre. Comme l'a dit je ne sais plus quel sage, personne ne peut vaincre le silence."

Pendant plusieurs mois, Melchor fut satisfait de son nouveau poste. Il travaillait beaucoup, prenait soin de Cosette, lisait des romans et discutait avec Vivales (qui l'aidait à prendre soin de Cosette). Il continuait d'être un lecteur acharné, mais dorénavant il partageait ses lectures entre les romans de son choix et ceux qu'il lisait à sa fille avant qu'elle ne s'endorme. Laquelle s'adapta d'ailleurs à la capitale avec la facilité et l'enthousiasme qu'il avait présagés. Bien évidemment, Melchor savait que la Terra Alta manquait à la petite, mais jamais il ne l'entendit le formuler ; la Terra Alta lui manquait à lui aussi, parfois. De surcroît, assez rapidement il comprit qu'il aurait beau travailler dur, qu'il aurait beau vivre loin de la Terra Alta, il ne parviendrait pas à chasser de son esprit la mort d'Olga, et il finit par se résigner à vivre à tout jamais avec ce souvenir empoisonné.

Contre toute attente, le retour à Barcelone réveilla un autre souvenir, non moins venimeux, resté en état d'hibernation durant des années : celui de l'assassinat de sa mère. Quand il vivait en Terra Alta, il pensait de temps en temps à sa mère, mais jamais ou très rarement à sa mort ; la raison de cette omission bénie était probablement que, après toutes ces années passées à essayer de résoudre de manière obsessionnelle ce crime pour son propre compte, à ses moments perdus et en violant certaines des règles les plus élémentaires de l'enquête policière, il avait appris par hasard, peu avant de s'installer dans la comarque, que la femme qui accompagnait sa mère lors de cette nuit fatidique s'appelait Carmen Lucas, il l'avait localisée dans un village de la plaine fertile de Murcia, il avait fait le déplacement jusque là-bas et l'avait interrogée pendant deux jours sans récolter un seul indice qui puisse le mener aux assassins, ce qui, tout compte fait, avait fini par le convaincre que le crime ne serait jamais résolu. Pour lors, en revanche, son souvenir était revenu, ardent et tenace, comme si retourner à Barcelone voulait dire se heurter une nouvelle fois à ce souvenir, ainsi qu'à tous les autres souvenirs atroces et empruntés qu'il associait au crime : le souvenir de sa mère en train de se prostituer à proximité du Camp Nou, aux côtés de Carmen Lucas et de leurs compagnes d'infortune ; le souvenir d'une BMW marron ou d'une Volkswagen foncée ou d'une Skoda noire, selon le témoin qu'il interrogeait, dans laquelle sa mère avait d'abord refusé de monter après une première négociation ratée avec ses occupants ("Des jeunes bourges sortis s'amuser avec la voiture de papa", lui avait dit Carmen) et dans laquelle plus tard, poussée par le désespoir d'une nuit sans clients, elle avait fini par monter ; le souvenir du cadavre de sa mère retrouvé au petit matin sur un terrain vague de la Sagrera, à Sant Andreu, le crâne défoncé à coups de pierre. Tous ces souvenirs partiels constituaient un seul souvenir déchirant qui revint alors avec force, comme si un recoin inatteignable de Melchor n'avait pas encore accepté que cet assassinat lointain restât impuni. En résumé : il s'était échappé de la Terra Alta en fuyant un crime résolu, et à

Barcelone il fut rattrapé par deux autres, dont l'un était résolu et l'autre non.

Quand il comprit que, même s'il essayait de se défaire de ses pires souvenirs, ses pires souvenirs ne voudraient pas se défaire de lui, il décida de retourner en Terra Alta. Il attendit la fin de l'année scolaire pour demander sa mutation, ce qui coïncida dans le temps avec un événement qui, dans les faits, conduisit à la désintégration de l'unité des enlèvements et extorsions.

Ce fut l'enlèvement de la fille d'un narcotrafiquant vénézuélien qui résidait avec sa famille dans une villa d'Ampuriabrava, un village côtier proche de la frontière française. La victime avait été séquestrée par un clan rival, que le Vénézuélien avait essayé d'arnaquer, et qui exigeait en échange de la libération de l'enfant une somme d'argent qu'il lui était impossible de réunir. Pendant des mois, l'unité au complet travailla sur cette affaire, Vàzquez étant le négociateur principal entre les narcotrafiquants. C'était une négociation âpre, complexe et tendue, durant laquelle le narcotrafiquant vénézuélien reçut chez lui, l'un après l'autre, trois doigts de la petite, qui venait de fêter ses cinq ans. Quand Vàzquez crut avoir enfin localisé la fillette dans un entrepôt de la banlieue de Molins de Rei, il monta un dispositif d'intervention de quatre-vingts personnes, comprenant des membres de la Guardia Civil et des agents de la police nationale. L'opération échoua. Il y eut trois arrestations et un mort, mais la fille du narcotrafiquant ne put être sauvée, et le souvenir le plus vif que Melchor conserva de cette journée était l'image de Vàzquez assis dans une flaque de sang à même le sol en ciment de l'entrepôt, la tête sectionnée de la fillette sur ses genoux, les yeux exorbités, en train de trembler et de hurler comme un possédé.

Il fallut lui arracher la tête des mains, et ce même jour Vàzquez fut admis dans un hôpital d'où il ne sortit qu'au bout d'une semaine, non pas pour regagner l'unité des enlèvements et extorsions mais pour être muté à sa propre demande au commissariat de la Seu d'Urgell, dans les Pyrénées de Lérida, d'où il était originaire. Melchor avait appris tout cela au compte-goutte, alors qu'il était déjà rentré en Terra Alta. Il n'en bougea pas durant les années qui suivirent : il se consacra à sa fille et à son travail au commissariat. Pendant son temps libre, qui était considérable, il donnait un coup de main à la bibliothèque où Olga avait travaillé et suivait le cursus d'information et de documentation à l'Université ouverte de Catalogne ; et, bien sûr, il lisait des romans, même s'il évitait depuis la mort d'Olga de relire *Les Misérables*, qui jusqu'alors avait été non seulement son roman préféré, mais aussi le miroir dans lequel il se regardait et l'arme qui lui permettait de se défendre contre les attaques de la vie. Il avait été, en revanche, incapable de se défaire d'un autre vice, à peu près secret celui-là. Ça ne ratait pas : tout individu dénoncé pour avoir battu une femme en Terra Alta se prenait automatiquement une raclée, et comme l'auteur de celle-ci était connu de tous, du moins au commissariat, tous étaient bien obligés de fermer les yeux.

Après le repas, il lave la vaisselle, se prépare un café et reprend la lecture des manuscrits, assis dans le canapé du salon. À dix-sept heures, avec une ponctualité toute professionnelle, l'inspecteur Blai fait son apparition.

— Elles sont terribles ces nanas de la Terra Alta, quand même, commence-t-il sur un ton enflammé en débarquant chez Melchor. Pas moyen de les arracher d'ici.

Une complainte que Melchor a entendue mille fois dans la bouche de l'ancien chef de l'unité d'investigation de la Terra Alta depuis que celui-ci a déménagé à Barcelone : sa femme ne s'habitue pas à vivre loin d'ici, et à cause de ça, avec leurs enfants ils passent tous leurs week-ends chez ses beaux-parents, à La Pobla de Massaluca. Melchor propose un café à son ami. Blai accepte et, pendant que Melchor le prépare, il continue de se plaindre, appuyant de tout son poids son grand corps contre l'encadrement de la porte de la cuisine.

— Je bosse comme un chien toute la semaine, et quand arrive le week-end, vas-y, monte dans la bagnole et va risquer ta peau sur ces routes damnées pour arriver le plus tôt possible en Terra Alta, comme si c'était la fin des temps. Et après, au lieu de me reposer comme tout le monde, me voilà le samedi et le dimanche en train de quadriller la montagne pour que nos enfants connaissent la terre de leur mère et ne perdent pas leurs racines. Je t'en foutrais, moi, des racines : quand on vivait ici, ça nous faisait ni chaud ni froid, les racines, à commencer par ma femme. Sans parler du fait que je me tape mes beaux-parents à longueur de journée, bien sûr. Et les mômes, je t'en parle même pas : insupportables. Tiens, d'ailleurs, où est Cosette ?

— Chez une copine.

— Elle va bien ?

— Très bien.

— Et toi ?

— Moi aussi.

— Allez, mec, donne-moi une bonne nouvelle. Dis-moi que tu t'es trouvé une nana. Illumine ma journée, j'en ai besoin. Mais un petit conseil, quand même : si tu te cherches une copine, assure-toi qu'elle n'est pas de la Terra Alta. Après, pas moyen de les sortir d'ici.

— Ce que tu devrais faire, c'est revenir, lui conseille Melchor. À propos, t'es au courant qu'on est sans chef depuis mai, non ?

— Si je suis au courant ?

La machine a fini de broyer le café dans un bruit de gravier concassé et, avant d'appuyer sur un bouton qui clignote pour que le liquide s'écoule de deux petits tubes en inox, Melchor se tourne vers Blai, qui s'est rapproché.

— Tu peux garder un secret ? demande l'inspecteur.

Melchor vient de lire un roman de G. K. Chesterton dans lequel un personnage pose à un autre personnage cette même question et reçoit la réponse suivante : "Si tu n'es pas capable de garder ce secret, comment veux-tu que moi, je le garde ?" Comme il ne veut pas agacer son ami, il répond :

— Bien sûr.

— On m'a proposé le poste.

— De chef du commissariat ?

Blai opine d'un air affligé. Melchor demande :

— Et qu'est-ce que t'as répondu ?

— Que veux-tu que je réponde ? s'énerve l'autre en gesticulant. Après tout ce que j'ai fait pour sortir de ce trou…

C'est vrai. Deux ans et demi plus tôt, alors qu'il était encore sergent et chef de l'unité d'investigation de la Terre Alta, Blai a été reçu au concours d'inspecteur. Il s'était présenté sur le conseil de ses supérieurs, qui considéraient que le corps pouvait tirer profit de l'auréole d'as de l'enquête criminelle qui l'entourait suite à ses nombreuses interventions à la radio et sur les plateaux télé après la résolution de l'affaire Adell, que l'opinion publique lui attribuait ; de fait, ni Blai ni quiconque au commissariat de la Terra Alta n'aurait eu le moindre intérêt à démonter la version officielle de l'affaire, selon laquelle ce fut lui et non pas Melchor qui l'avait résolue. Au début, ce malentendu avait quelque peu dérangé Melchor, qui croyait que Blai, dans son for intérieur, finirait par se considérer comme un imposteur ; puis il cessa de s'en inquiéter quand il comprit qu'après avoir raconté en public d'innombrables fois, et avec force détails, comment il avait élucidé cette enquête, son ancien chef avait complètement oublié la réalité et, sauf lorsqu'il évoquait l'affaire seul à seul avec lui, il semblait convaincu que c'était bel et bien lui et non Melchor qui avait identifié les responsables du triple assassinat.

Blai exhorte son ami de garder le secret qu'il vient de lui confier ("S'il te plaît, hein, l'Espagnolard ? Tu connais pas ma femme : si elle apprend que j'ai refusé ce poste, elle me coupe les couilles") et continue de fulminer contre sa vie à cheval entre Barcelone et la Terra Alta. Puis, une fois que Melchor lui a donné sa tasse de café et désigné la chaise d'Olga, il s'assoit et demande :

— Tu sais ce qui me console un peu, dans cette situation de merde ?

Melchor, qui connaît son ancien chef aussi bien que son ancien chef le connaît, devine la réponse.

— Quoi ? demande-t-il cependant.

Ce qui soulage Blai de ses contraintes familiales, ce n'est pas, d'après ce qu'en sait Melchor, le fait d'avoir été encouragé à passer le concours par les gros bonnets qui lui avaient promis à demi-mot leur aide et qui ont tenu leur parole en le promouvant au rang d'inspecteur ; ni le fait d'avoir obtenu cette promotion en sautant une marche dans son avancement et sans passer par le grade intermédiaire de sous-inspecteur ; ni, non plus, malgré ce piston scandaleux, le fait de ne pas avoir tardé à prouver, quels que fussent ses véritables mérites, qu'il était un professionnel compétent et que la promotion n'était pas volée et ce au point de se voir confier peu après la responsabilité du Département central des enquêtes sur les personnes et d'être affecté au quartier général d'Egara, où il avait toujours rêvé de travailler, étant donné que c'est là où l'on bénéficie de tous les moyens et où l'on prend toutes les décisions importantes.

Non : ce qui console Blai, c'est autre chose.

— Croiser Gomà tous les jours, proclame en effet l'inspecteur en portant la tasse à ses lèvres, moins pour savourer son café que la phrase qu'il vient de prononcer.

Les deux policiers sont assis face à face, chacun à une extrémité de la table où demeurent quelques éléments du petit-déjeuner habituel de Cosette : une boîte de céréales Kellogg's et un paquet de galettes de riz au chocolat vantées par un chef du petit écran. La tasse toujours à la main, Blai affiche une expression de contentement.

— Le frôler dans les couloirs, le retrouver en réunion, prendre un café à côté de lui, énumère-t-il. La vache, quel pied ! Qui aurait dit ça il y a quatre ans, hein ? Qui aurait pu dire à ce frimeur que le sergent qu'il a honteusement écarté de l'affaire Adell, pour profiter tout seul de la gloire du triomphe, serait maintenant son supérieur à Egara et que lui continuerait d'être un putain de sous-inspecteur, parce qu'il a raté le concours que, moi, j'ai réussi ? Et qui aurait pu lui dire que ça arriverait justement parce qu'il m'a écarté de l'affaire Adell, incapable qu'il était de la résoudre et que c'est moi qui ai dû tirer les marrons du feu ? Bon, d'accord, tu me diras qu'on ne m'a pas promu uniquement parce que j'ai résolu l'affaire Adell, qu'avant ça je méritais déjà d'être inspecteur, mais… Faut voir comment la vie peut basculer, hein, l'Espagnolard ? D'ailleurs, t'es au courant, pour Salom ?

Melchor lève le regard de la table, couverte d'une toile cirée à carreaux, et fixe Blai.

— Je ne sais rien concernant Salom, reconnaît-il.

Blai ne semble pas en être surpris ; il expédie son café et pose la tasse sur la soucoupe. Il aura bientôt un demi-siècle et, bien qu'il n'ait pas un seul cheveu sur le crâne, avec son corps sans graisse et sa musculature d'accro à la salle de sport, on lui donnerait dix ou quinze ans de moins ; il mesure un mètre quatre-vingt-dix, porte en permanence des vêtements près du corps et ses yeux bleus scrutent son interlocuteur sans détour.

— Finalement, tu n'es pas allé le voir à Quatre Camins, c'est ça ? demande-t-il.

Melchor fait un signe négatif de la tête.

— Tu ne devrais pas être rancunier. En fin de compte, c'était ton meilleur ami.

— Je ne suis pas rancunier. Je n'ai rien à lui dire, c'est tout.

— Eh bien lui, il avait quelque chose à te dire. C'est pour ça qu'il voulait que tu ailles le voir et qu'il m'en a parlé. Je crois qu'il voulait te demander pardon.

— Il l'a déjà fait.

— Il voulait te demander pardon pour de vrai. Il regrette tout.

Blai marque une pause quelque peu théâtrale et reprend :

— Tout le monde fait des erreurs, non ?

Melchor sourit.

— Tu vas me sortir un sermon maintenant ?

— Fais pas chier, l'Espagnolard.

Melchor laisse le sourire flotter sur ses lèvres pendant que les deux hommes s'observent. Au même instant, des voix aiguës d'enfants leur parviennent depuis la rue Costumà, et Melchor se demande si c'est uniquement pour parler de l'ancien caporal que Blai était pressé de le voir.

— Qu'est-ce qui s'est passé avec Salom, alors ? s'enquiert-il.

— Rien, répond l'inspecteur. L'autre jour, j'ai croisé la juge d'application des peines qui le suit, elle m'a dit que sa peine avait encore été réduite. Dans deux ans, il sera libéré. Peut-être même avant.

Les voix des enfants se sont éteintes, et un silence embarrassant s'empare de la cuisine.

— Je suis content pour lui, dit Melchor. Et pour ses filles.

— Tu les vois ?

— De temps en temps, surtout Claudia. Elle donne des cours à l'Institut.

Après un blanc, il ajoute :

— Mais aucune des deux ne me dit bonjour.

Blai soupire, secoue la tête, fait claquer sa langue.

— C'est normal, tu crois pas ? réfléchit-il à voix haute.

Soudain, les voix d'enfants rompent la torpeur de l'après-midi.

— Leur mère est morte, leur père est en prison et tous leurs rêves ont fini à la poubelle. À vingt et quelques années. Ça s'est toujours passé comme ça, en Terra Alta, et c'est pour ça que je voulais me casser… Leur vie a été foutue en l'air.

— C'est nous qui avons foutu leur vie en l'air. Pas au début, mais après.

— C'est des conneries, ça. Celui qui a foutu leur vie en l'air, c'est leur père, qui a fait quelque chose qu'il n'aurait pas dû faire.

— D'accord, mais c'est nous qui l'avons coffré. En plus, il a fait ça pour elles. Toi et moi, on le sait très bien.

— On sait quoi ? Assister ce débile de Ferrer dans l'assassinat des Adell ? C'est pour ses filles qu'il l'a fait ? Allons, mec ! Il l'a fait parce qu'il a voulu péter plus haut que son cul, parce que celui qui trop embrasse mal étreint, ou comment on dit déjà…

— Il y a une minute, tu le défendais.

— Le défendre, c'est une chose, dire qu'il n'est pas responsable de ses actes, c'en est une autre. Écoute, je ne sais pas pourquoi il a fait ce qu'il a fait, mais il se trouve qu'il l'a fait. C'est bien qu'il le regrette, mais il l'a fait. Point barre.

Légèrement agacé, Blai détourne le regard, puis plante ses yeux dans ceux de Melchor, soudain curieux :

— Attends, ne me dis pas que tu regrettes de l'avoir coffré ?

Avec un geste de découragement, Melchor pousse la boîte de Kellogg's contre le mur et se lève.

— Arrête avec tes regrets, le supplie-t-il. Un autre café ?

Blai acquiesce et Melchor remet la machine en marche. Pendant que la cuisine s'emplit du crépitement des grains broyés, Melchor se demande si la libération de Salom n'est pas en train d'inquiéter Blai.

— Et c'est ça que tu voulais absolument me raconter ?

— Non, dit l'inspecteur d'une voix différente, se levant et faisant quelques pas dans la cuisine. Je suis venu parce que j'ai un problème.

Melchor laisse la machine finir de broyer le café, place une tasse sous les deux becs en acier, appuie sur le bouton lumineux et deux jets d'un liquide sombre jaillissent des deux petits tubes.

— Quel genre de problème ? demande-t-il sans se retourner.

— Je te le dirai si tu promets de m'aider.

Les deux jets s'arrêtent, Melchor enlève la tasse de café à moitié pleine, la remplace par une tasse vide et appuie sur le bouton.

— Tu veux que je te donne un coup de main sur une affaire ?

— C'est ça.

— Tu veux que je retourne aux enlèvements ?

— Oui. Quelques jours seulement, le temps de résoudre cette histoire.

La cuisine retombe dans le silence, que vient remplir le bourdonnement électronique de la machine, qui continue de prodiguer du café. Les voix d'enfants se sont tues depuis un moment.

— Je ne vais pas t'aider, dit Melchor. Je me suis mis en retrait. Et puis, je ne connais plus personne là-bas.

— Tu te trompes. Vàzquez est revenu.

Melchor se tourne vers Blai en levant un sourcil interrogateur.

— Ça fait presque un an, précise celui-ci. Le nouveau commissaire des enquêtes criminelles l'a convaincu. C'était pas difficile : apparemment, il s'ennuyait comme un rat mort à la Seu d'Urgell.

— Tu ne me l'avais pas dit.

— Tu ne me l'avais pas demandé.

Melchor confirme d'un geste vague et tourne le dos à l'inspecteur.

— Bien, j'en suis ravi, parce que ça veut dire que tu n'as pas besoin de moi, conclut-il. Vàzquez est très bon.

— Je le sais, mais le mec est complètement taré. Tu le connais : il n'en fait qu'à sa tête. Je ne peux pas me fier à lui, en tout cas par pour cette affaire. C'est pour ça que j'ai besoin de toi.

— Oublie.

— Il n'y en a pas pour longtemps, avec un peu de chance on liquide le truc en une semaine. En plus, j'ai dit à Vàzquez que tu venais. Il est tout content.

— Alors tu lui as menti.

— Arrête de déconner, l'Espagnolard.

— Je ne déconne pas. Et n'insiste pas : cherche quelqu'un d'autre.

Blai proteste, maudit, grogne. Le café ne jaillit plus, et Melchor tend durant quelques secondes la tasse de café à moitié pleine à son camarade, qui ne semble pas disposé à la prendre, comme si ce refus était emblématique d'un autre : le refus de sortir vaincu de cet échange crispé. Puis, enfin, il paraît déclarer forfait, saisit la tasse, avale une gorgée, suivie d'une autre ; pour finir, il veut savoir :

— Comment ça tu t'es mis en retrait, c'est quoi cette histoire ?

Son ton détaché ne trompe pas Melchor : Blai n'a pas déclaré forfait ; il a juste changé de stratégie.

— Tu penses prendre ta retraite, c'est ça ?

Melchor, une tasse à la main lui aussi, réplique :

— Plus ou moins. Dès qu'il y a un poste à la bibliothèque, je me présente et je quitte le commissariat.

Blai regarde Melchor comme si celui-ci venait de lui annoncer qu'il s'apprête à entrer au bloc pour changer de sexe.

— T'es cinglé ou quoi ?

Melchor avale son café, pose la tasse dans l'évier et éteint la machine.

— Je croyais t'avoir dit que j'étudiais la bibliothéconomie à l'Université ouverte de Catalogne.

— Oui mais…

— En réalité, je n'ai même pas besoin de finir mes études. Sauf si je veux devenir directeur de bibliothèque. Alors dès qu'il y a une place de bibliothécaire, je me présente. Je gagnerai moins qu'au commissariat, mais ça suffira. Cosette et moi, on se débrouille avec peu.

Blai demeure bouche bée.

— Tu te fous de moi, c'est ça ?

— Pas du tout, dit Melchor.

À présent, sur le visage de Blai, l'agacement s'ajoute à l'incrédulité.

— Tu débloques, mec, tranche-t-il en hochant la tête. Bibliothécaire, toi ? C'est quoi l'idée, putain, remplacer Olga, c'est ça ?

— Bien sûr que non, répond Melchor. Comment tu peux dire ça ?

— Excuse-moi de te le rappeler, mon gars, continue Blai comme s'il n'avait pas entendu son ami. Mais ta femme est morte, faut que tu te le mettes dans le crâne, ça fait quatre ans quand même.

Melchor aimerait intervenir mais c'est impossible ; Blai est déchaîné :

— Et tu vas étouffer, en dehors du commissariat. Il y a une différence entre aider de temps en temps à la bibliothèque et passer la journée entière là-dedans à ranger les livres, s'occuper des vieux, lire des histoires aux enfants et aller à la piscine avec un chariot plein de romans, des fois que les ados qui ne pensent qu'à tirer un coup aient envie de lire, et je sais de quoi je parle, j'en ai quelques-uns à la maison. Bref, tu tiendras pas plus d'une semaine. J'en mets ma main à couper. J'ai jamais vu un flic plus flic que toi dans ma putain de vie !

— C'est fini, réussit à placer Melchor. Ça, c'était avant.

— Ah oui ? Et alors quoi, la vocation ça passe avec le temps, comme la conjonctivite ?

— La vocation, c'est un conte de fées, Blai.

— C'est ça. Et mon cul c'est du poulet.

Debout près du plan de travail en marbre, les deux policiers se regardent droit dans les yeux. Blai a les poings crispés, les avant-bras tremblants et la mâchoire sur le point d'éclater, comme d'habitude quand il s'emporte. Pour sa part, Melchor ressent ce que, tôt ou tard, il finit par ressentir depuis quelque temps, chaque fois qu'il parle avec l'ancien chef de l'unité d'investigation de la Terra Alta : ses colères lui manquaient.

— Allez, prends ton café, lui enjoint-il. Il va refroidir.

Déçu, ne sachant qu'ajouter à sa réprimande, Blai prend le café à contrecœur, et Melchor jette un œil à l'horloge en forme de pomme accrochée au mur de la cuisine. Il est dix-huit heures passées.

— Je vais chercher Cosette, annonce-t-il. Tu m'accompagnes ?

Blai saisit Melchor par le bras.

— Tu sais pourquoi j'ai besoin de ton aide ?

Le café n'a pas calmé Blai : sa main est une serre.

— Parce que je me méfie de tout le monde, répond-il lui-même, cherchant avec anxiété les yeux de Melchor. Egara, c'est bien beau, mais c'est bourré de snobs et de poseurs ; des vrais flics, il y en a pas beaucoup. En plus, l'affaire qu'on m'a confiée est importante. Importante, non. Exceptionnelle. Et moi, j'ai besoin de résoudre une affaire exceptionnelle, là tout de suite.

Mes chefs commencent à se dire qu'ils se sont trompés sur mon compte. Ils ne le disent pas mais je le sais, des choses comme ça on les sent, Melchor, c'est comme quand ta femme te met des cornes. Ils commencent à se demander si l'histoire des Adell c'était pas juste un coup de bol, si je ne serais pas bidon. Je suis inquiet, tu comprends ça, non ?

— Eh bien, tu ne devrais pas, estime Melchor.

Soudain, le regard de Blai se transforme : ce n'est plus un regard anxieux, mais un regard curieux ; une curiosité authentique.

— Tu crois ? fait-il.

— Bien sûr, répond Melchor. Tu as toujours été un très bon policier.

En entendant le compliment, Blai bombe le torse, mais il s'efforce de n'en rien laisser paraître.

— OK, OK, dit-il.

Melchor comprend que la vanité de son ami n'est pas rassasiée ; et aussi, qu'elle ne le sera jamais.

— Et s'ils te jettent, à Egara, ajoute-t-il, décidé à ne pas la faire enfler davantage, ou à la faire éclater, tu peux revenir ici. Comme ça, tu règles tes problèmes familiaux.

Comme sous le coup d'une décharge électrique, Blai lâche le bras de Melchor, dont les yeux sourient, mais pas la bouche.

— Tu sais quoi, l'Espagnolard ? dit l'ancien chef de l'unité d'investigation de la Terra Alta en secouant la tête et en faisant claquer sa langue. Un de ces quatre, je vais te casser la gueule.

Les deux hommes sortent rue Costumà, où il n'y a plus trace d'enfants. Bravant la canicule estivale, ils se dirigent vers l'église sans croiser âme qui vive, traversent la place, longent le rond-point de la Farola et poursuivent leur chemin par l'avenue de Catalogne. Ils reparlent vaguement de l'unité des enlèvements, Melchor voulant en savoir plus sur Vàzquez.

— Ce mec ne sait pas s'arrêter, le définit Blai avant de demander : À ton époque, il pestait toute la journée parce qu'il manquait de personnel ?

— Oui.

— Eh ben, ça n'a pas changé.

Juste avant l'hôtel Piqué, ils bifurquent à droite. Le téléphone de Melchor sonne : Vivales, encore. Melchor ne répond pas davantage et, alors qu'ils sont sur le point d'arriver chez Elisa Climent, Blai revient à la charge et lui demande, sur un ton d'incrédulité offensée, s'il ne va vraiment pas lui prêter main-forte. Melchor n'en est pas surpris : il a travaillé suffisamment longtemps sous les ordres de Blai pour savoir que si l'inspecteur est resté avec lui et l'accompagne pour aller chercher Cosette, c'est parce qu'il croit en sa propre capacité de chantage ou en ses qualités de persuasion, et qu'il n'a pas encore rendu les armes. Ils se sont arrêtés sous le store d'un magasin d'alimentation ouvert.

— C'est la dernière fois que je te demande un service, insiste Blai, et sa voix, dans le silence du samedi et des rues vidées par la touffeur, est beaucoup trop stridente. La dernière. Dis-toi aussi que ce sera ta dernière véritable affaire, si c'est sérieux, cette histoire de bibliothécaire. Tu demandes à être détaché quelques jours à Barcelone, tu viens avec Cosette, et tu reviens ici pour t'occuper de tes vieux et de tes gamins.

Melchor se dit que les propos de Blai sont plutôt sensés, que ce n'est pas non plus la mer à boire. Il y a dans les yeux de son ami un éclair de supplication.

— Tu n'es même pas curieux de savoir de quoi il s'agit ?

— De quoi il s'agit ?

Dès l'instant où il s'entend formuler cette question, Melchor sait qu'il a commis une erreur, mais il ne sait comment faire machine arrière, ou ne veut pas le faire. Cela dit, il ne le peut pas non plus, car Blai s'empresse d'annoncer :

— La maire de Barcelone est victime de chantage.

Il est dix-huit heures largement passées quand ils viennent chercher Cosette chez Elisa Climent. Blai les raccompagne au centre-ville : sa voiture est garée près de la place, à côté de la mairie. C'est là qu'ils se quittent et, en arrivant à l'appartement, Cosette s'installe devant la télévision pour regarder un film tandis que Melchor prépare le dîner. Tout en mangeant, ils regardent la fin du film, une histoire d'enfants qui montent un groupe de rock avec la maîtresse de l'école du village, rencontrent le succès dans la musique, puis en sont déçus, se disputent, se réconcilient et finissent par retourner au village où la maîtresse, qui fait toujours la classe à leurs anciens copains, les attend. Le film achevé, chacun débarrasse son assiette et l'apporte à la cuisine.

Melchor lave et essuie la vaisselle pendant que sa fille se déshabille dans sa chambre, enfile sa chemise de nuit et se met au lit. Lorsqu'il a fini de ranger la cuisine, Melchor s'allonge auprès de Cosette et, comme chaque nuit, lui fait la lecture pendant un moment. Depuis quelques jours, ils suivent le périple de Michel Strogoff, du roman éponyme de Jules Verne. Ils en sont à l'épisode où le courrier du tsar – qui voyage vers Irkoutsk sous la fausse identité du commerçant Nikolas Korpanoff et s'est vu confier la mission de mettre en garde le gouverneur, le frère du tsar, contre la trahison de l'ex-colonel Ivan Ogareff – retrouve sa mère à Omsk, sa ville natale, après avoir rencontré Nadia Fédor et être tombé amoureux d'elle. Cosette est complètement absorbée par l'histoire mais, au terme du chapitre, la fillette fait cet aveu :

— Il y a quelque chose que je ne comprends pas, papa.

— C'est quoi ?

— Si c'est si dangereux que ça d'aller à Irkoutsk et de prévenir le frère du tsar, pourquoi Michel le fait ?

— Parce que c'est son devoir : le tsar l'en a chargé.

— Ça, je le sais. Je ne suis pas bête. Mais c'est une mission très dangereuse. Il peut se faire prendre par les Tartares, et s'ils le prennent ils vont le tuer. Pourquoi est-ce qu'il ne part pas avec Nadia et avec sa mère et il ne se marie pas avec Nadia ?

— Parce qu'il ne peut pas.

— Pourquoi il ne peut pas ?

— Parce que. Chacun doit faire ce qu'il doit faire. Et Michel est le courrier du tsar, il doit transmettre ce message à son frère.

— Oui, mais pourquoi il faut que ce soit Michel ? Pourquoi pas un autre ?

— Je te l'ai déjà dit : parce que le tsar l'en a chargé lui.

— Et pourquoi lui ?

Melchor réfléchit, s'efforçant de ne pas perdre patience. Des conversations de ce genre, ils en ont déjà eu. Avant d'avoir sa fille, il avait entendu dire que les enfants posaient des questions gênantes, mais depuis qu'il est père il a découvert qu'il n'y a pas de questions plus importantes et que ce sont les plus difficiles à affronter. Au bout de quelques instants, il tente une réponse :

— Parce que Michel est le meilleur courrier qu'il ait.

— Tu crois que Michel est le meilleur courrier du tsar ?

— Bien sûr. Sinon, pourquoi lui confier cette mission ?

Cosette reste plongée dans ses pensées, comme si elle percevait la faiblesse de l'argument de son père ; en tout cas, il ne semble pas tout à fait la convaincre. Melchor s'apprête à poursuivre sa lecture, puis il se ravise. Il sent le corps de sa fille à côté du sien, tiède et familier, et voit son petit visage bronzé se profiler contre la blancheur du mur. Cosette se tourne vers Melchor et le regarde de ses grands yeux marron.

— Si ça se trouve, personne d'autre n'a voulu le faire, hasarde-t-elle.

— Passer le message ?

La fillette opine.

— C'est possible, convient son père. Mais si ce n'est pas Michel qui transmet le message, personne ne le fera. Et si personne ne le fait, les méchants vont gagner. Tu ne voudrais quand même pas que les méchants gagnent, n'est-ce pas ?

Cosette secoue la tête avec une emphase outrée. Quelques secondes plus tard, elle reprend l'interrogatoire :

— C'est pour ça que tu es devenu policier ? Pour empêcher les méchants de gagner ?

Pris une nouvelle fois au dépourvu, Melchor se rappelle Javert, le policier intraitable qui, de manière intraitable, poursuit Jean Valjean tout au long des *Misérables*, et il se rappelle aussi que le roman de Victor Hugo a réveillé chez lui, la première fois qu'il l'a lu, alors qu'il n'était qu'un gamin incarcéré à Quatre Camins, un désir furieux d'entrer dans la police pour retrouver les assassins de sa mère. Il se rappelle aussi une lointaine baignade lustrale sur la Barceloneta au lever d'un jour d'été, après qu'un magnat mexicain né en Terra Alta lui a révélé, au cours d'une veillée interminable, les raisons pour lesquelles il avait commandité, avec l'aide d'Albert Ferrer et de Salom, l'assassinat de Francisco Adell ; et il se rappelle que ce matin-là, il a senti se dissoudre dans l'eau glacée de la Méditerranée le fantôme de Javert, comme s'il était le fantôme du père qu'il n'avait jamais connu. À présent, la question de sa fille l'oblige à se demander si Javert a vraiment disparu pour lui, si ce père illusoire n'existe vraiment plus, si cet après-midi il a été sincère avec Blai quand il lui a dit que la vocation, ce sont des conneries, et qu'il ne se sent plus policier.

— Plus ou moins, répond Melchor.

Cosette a cessé de le regarder. Maintenant, elle regarde dans le vide.

— Et si un jour les méchants t'attrapent ? demande-t-elle.

— Ils ne m'attraperont pas, dit Melchor et il prend la main de Cosette, une poignée de petits os enveloppés dans une chair de velours. Et puis dans pas longtemps, je ne serai plus policier et je travaillerai à la bibliothèque.

— Comme maman ?

— Exact.

— Mais si tu n'es plus policier, les méchants pourront gagner.

Elle fait une pause puis ajoute :

— Ça t'est égal, qu'ils gagnent ?

— Bien sûr que non. Mais ils ne gagneront pas : il y a des policiers très bons. Blai, par exemple.

— Je sais, dit Cosette en se tournant vers lui. Mais tu es le meilleur.

Sa fille l'observe avec une gravité presque adulte.

— Allez, répond Melchor. Fais pas ta fayote.

Cosette éclate de rire au bout d'un court instant ; puis elle demande à son père de lui lire un autre chapitre de *Michel Strogoff*. Melchor accepte, et à la fin de la lecture il annonce que ce sera tout pour ce soir. Cosette lui demande autre chose : qu'il reste près d'elle le temps qu'elle s'endorme. Melchor transige à nouveau et éteint la lumière. Presque dans le noir, la chambre à peine éclairée par la faible lueur qui provient du couloir, ils restent un moment l'un contre l'autre, main dans la main, auscultant en silence les rumeurs qui leur parviennent du village. Cosette a encore les yeux ouverts quand Melchor lui demande dans un murmure si elle aimerait passer quelques jours à Barcelone.

— Chez Vivales ? souffle-t-elle.

— S'il nous invite…

— Chouette.

C'est le dernier mot que l'enfant prononce cette nuit-là. Melchor ne veut pas qu'elle se fasse des illusions, mais il a tout juste le temps de l'avertir que ce n'est pas encore sûr car sa fille a déjà commencé à plonger dans le sommeil, et il comprend qu'elle n'a pas entendu son avertissement ou qu'elle l'a entendu à travers une brume indéchiffrable et que, dans son for intérieur, elle a probablement transformé la possibilité en un fait.

Une fois qu'il s'est assuré que Cosette s'est endormie, Melchor ôte doucement sa main, se lève sans faire grincer le lit et, laissant la porte de la chambre entrouverte, se rend au salon. Pendant un moment, il essaie de lire dans le canapé – *L'Illustre Maison de Ramires*, d'Eça de Queiroz –, mais il a du mal à se concentrer, et il finit par téléphoner à Vivales, qui ne décroche pas. Une minute plus tard, l'avocat le rappelle avec la question de rigueur, de sa voix rongée par l'alcool et le tabac :

— Ça va, tu gères ?

Melchor répond par l'affirmative. Il perçoit en fond sonore un vacarme intense, puissant et syncopé de bar nocturne.

— T'es où ? lui demande en retour Melchor.

— Ici, répond Vivales. Je prends un verre. Attends un instant.

Melchor attend quelques secondes.

— C'est bon.

Le bruit a cessé : de toute évidence, où qu'il se trouve, Vivales est maintenant dans la rue.

— Comment ça va ? J'ai essayé de te joindre toute la journée.

— Je sais.

— La petite est dans les parages ? Dis-lui de prendre le téléphone, allez.

— Elle dort. Tu sais l'heure qu'il est ?

Aucune réponse.

— Vivales ?

— Attends encore, s'il te plaît.

Melchor entend confusément quelque chose qui lui semble d'abord un dialogue civilisé, puis une discussion animée, et enfin une bagarre d'ivrognes, le tout s'achevant sur une espèce d'aboiement d'homme.

— Excuse, Melchor, dit Vivales de retour au bout du fil. Tu disais quoi, déjà ?

— Qu'est-ce qui s'est passé ? demande à son tour Melchor.

— Rien, répond Vivales de mauvaise grâce. Le patron du rade qui faisait sa chochotte, il vient et me dit qu'on peut pas sortir les verres dans la rue. Sans déconner. J'ai menacé de lui coller un procès. Barcelone devient insupportable, gamin : aussi sale que Naples et aussi puritaine que Genève. Bref, le pire de chaque endroit. On parlait de quoi ?

— De rien, dit Melchor. Mais j'ai pensé à quelque chose. Qu'est-ce que tu en dis, si Cosette et moi on passait quelques jours chez toi ?

— Ça va de soi, mon cher. Quand est-ce que vous venez ?

— Ce n'est pas encore décidé. Et ce ne serait pas pour longtemps.

— Le temps qu'il faut. J'en ai marre de te répéter que ma maison est aussi la tienne. J'en profiterai pour prendre quelques jours, votre présence sera une bonne excuse : j'en ai plein le cul de bosser.

— Ne le fais pas pour nous.

— Absolument pas. Je le fais pour moi.

— Merci. Autre chose. Tu connais quelqu'un à la mairie ?

— À la mairie ? Tu me prends pour qui, petit ? Moi, je ne fréquente que les gens honnêtes et c'est plus facile de trouver une pute vierge qu'un homme honnête à la mairie.

— Je ne pense pas aux politiciens, Vivales. Ou pas exclusivement. Les fonctionnaires m'intéressent aussi, ceux qui travaillent pour l'institution…

— Ah, d'accord. Là aussi il y a pas mal de voleurs et de crapules, mais il y a aussi mon ami Manel Puig.

— Puig ?

— Le type à qui tu as collé un œil au beurre noir quand il surveillait mon appart le jour où tu es venu chercher Cosette, à la fin de l'affaire Adell. Tu te souviens de lui ?

— Bien sûr que je me souviens de lui. C'est toi qui ne te souviens pas qu'on s'est vus il n'y a pas si longtemps chez toi, avec l'autre… Comment il s'appelait déjà ?

— Chicho Campà.

— Oui, c'est ça. Je ne savais pas que Puig travaillait à la mairie.

— Il n'y travaille pas. Mais il est architecte et son cabinet fait parfois des projets pour eux.

— Et il connaît la maire ?

— J'en sais rien. Pourquoi tu ne le lui demandes pas toi-même ? Tu veux que j'organise un dîner avec lui pour fêter votre arrivée à Barcelone ?

— Ce serait parfait. Et dis à Campà de se ramener aussi.

— Pas la peine. Ces deux-là sont toujours ensemble, comme Ortega y Gasset.

— Comme qui ?

— Non, rien. Alors, je vous attends quand ?

— Bientôt. Peut-être qu'on sera chez toi demain après-midi. Je t'appelle dès que j'en sais plus.

— Putain, c'est une très bonne nouvelle, mon grand. Je vais m'en jeter un tout de suite pour fêter ça. Ciao.

2

— Tous les trois, ce sont d'abord des fils à papa. Des fils de pute aussi, bien sûr, mais d'abord des fils à papa. Ils ont commencé comme ça et ils finiront comme ça… Les gens riches appartiennent à une autre espèce. On ne t'a jamais dit ça ? C'est pourtant vrai. Je sais de quoi je parle. Le monde se divise en deux sortes de gens : les riches et tous les autres, dont la majorité aspire à devenir riche. Là, tel que tu me vois, j'ai été l'un d'eux.

"Mon père disait que la Catalogne a toujours été entre les mains d'une poignée de familles. Ce sont elles qui décidaient de tout avant le franquisme, qui ont décidé de tout pendant le franquisme, qui ont décidé de tout après le franquisme, et qui décideront de tout quand toi et moi on sera morts et enterrés… L'argent, c'est une chose magique, une chose immortelle et transcendante. L'argent, c'est dément. C'est quelque chose de bien plus fort que le pouvoir, parce que le pouvoir en dépend. En plus, l'argent survit à tout, y compris lorsque le pouvoir change de mains. Eh bien, mes trois amis font partie de cette poignée de familles catalanes. C'est pour ça que j'ai tout fait pour devenir leur ami. Et c'est pour ça que je me dégoûte… Tu ne veux pas un peu de whisky, tu es sûr ?

— Parfaitement. Continue.

— Je continue… Même si, à bien y réfléchir, je ne sais pas si je devrais. En réalité, je ne sais pas pourquoi je fais ça. Je ne sais pas ce que ça va m'apporter…

— Bien sûr que tu le sais. On a conclu un marché.

— Tu vas vraiment m'aider ?

— Oui, je te l'ai déjà dit. Je t'ai dit que je ferais tout ce qui est en mon pouvoir.

— Qu'est-ce que tu veux savoir sur eux ? On commence par quoi ?

— Ça aussi, je te l'ai déjà dit : commence par le début. Quand est-ce que tu les as rencontrés ?

— Quand je les ai rencontrés… ? Ça fait un bail, à l'Esade, l'école de commerce où l'élite catalane envoie ses rejetons apprendre à faire de l'argent. Et à le garder… Tous les trois, ils se connaissaient d'avant, évidemment, en réalité ils se connaissaient depuis toujours, parce que la poignée de familles qui décide de tout en Catalogne se connaît depuis toujours. Casas et Vidal habitaient à deux pas l'un de l'autre, avenue Pearson. Rosell vivait aussi à Pedralbes, je ne me rappelle plus où, je n'allais pas souvent chez lui, en tout cas beaucoup moins que chez les deux autres… Bref, tous les trois fréquentaient les mêmes endroits depuis leur enfance, le club de tennis Barcelona, qui se trouve près de là où ils habitaient, ou la Cerdagne, où ils allaient à Noël et en été. Ils ont le même âge tous les trois, ils sont de la même année, la même que moi, et ils ont été à Aula, une autre école d'élite. Et tous les trois, ils avaient de nombreux frères et sœurs. Moi, je suis fils unique… Aucun d'eux n'était bon étudiant, c'est vrai, mais Casas et Vidal étaient plutôt lecteurs et ils sont intelligents, très intelligents même, ce qu'on n'a jamais pu dire de Rosell, qui a fini dans la politique parce que sa famille le jugeait trop empoté pour se lancer dans les affaires.

— Vidal aussi fait de la politique.

— Oui, mais il n'est pas entré en politique parce qu'il n'avait pas le choix, comme Rosell. Il l'a fait parce qu'il a voulu, c'est-à-dire, parce qu'il a vite compris que la politique est une extension des affaires… C'est comme ça que ces gens-là ont toujours conçu la politique. Même s'ils ne le disent pas en ces termes.

— Et Casas ?

— Casas, c'est autre chose… Si la question, c'est : est-ce que lui aussi fait de la politique, la réponse est oui. Mais il en fait à sa façon, différemment, parce que Casas a toujours pensé qu'il est préférable de faire de la politique sans se salir les mains… Dans l'ombre… Par le truchement des autres…

— Tu penses à la maire ?

— Jusqu'à leur séparation, oui.

— Ça, c'est ta conclusion ou c'est lui qui te l'a dit ?

— C'est lui qui me l'a dit. La dernière fois qu'on s'est vus, dans un restaurant, le Santa Clara, peu de temps après leur séparation justement.

— Casas m'a dit que vous ne vous voyiez plus depuis l'époque de vos études.

— Alors il t'a menti. Je te raconterai ce déjeuner après, ça va t'intéresser… Ce jour-là, Casas m'a dit une chose qui s'est gravée dans ma mémoire. Il m'a dit que, dans le monde d'aujourd'hui, ce qui nous rend différents, ce qui nous donne du pouvoir, ce n'est pas que les médias parlent de nous, mais précisément qu'ils ne parlent pas de nous, et c'est pour cette raison que les vrais décideurs ne doivent jamais se montrer… "Il faut occuper une place discrète, à l'ombre, au second plan, m'a-t-il dit. Laisser les pauvres malheureux qui n'ont pas le choix être la cible de la presse et de la télé, ceux qui se laissent brûler par le feu des projecteurs. Nous, pendant ce temps-là, on s'occupe de nos affaires…" Pas bête, la bête, tu ne crois pas ?

— Peut-être… Mais, dis-moi, qu'est-ce que tu faisais à l'Esade ?

— Comment ça ? La même chose qu'eux : apprendre à faire des affaires, amasser du pognon, devenir riche.

— Mais toi, tu n'étais pas riche.

— J'en ai d'autant plus de mérite : je t'ai déjà dit que j'aspirais à être riche, alors je devais apprendre comment le devenir. Mon père le voulait aussi. Lui plus que moi, au fond… Enfin, tu sais comment sont les parents… Tu as des enfants ?

— Une fille.

— Comment s'appelle-t-elle ?

— Cosette.

— Cosette ? Ta femme est française ?

— Non. Revenons à nos moutons. Tu me parlais de ton père, mais je ne sais pas si ton père a grand-chose à voir avec…

— Il a tout à voir.

— Alors continue.

— Ça fait quelques années qu'il est mort mais, qui sait, s'il avait été en vie… Mon père et moi, on avait une relation spéciale, ou peut-être pas si spéciale que ça, mais le fait est qu'on s'aimait vraiment, depuis toujours, et il voulait que je devienne riche, il voulait le meilleur pour moi, que je mène une vie que lui-même n'avait jamais pu mener, c'est ce que veulent tous les parents, j'imagine, mais je crois qu'il le voulait avec plus de force encore, son souhait était que je fasse partie de cette élite catalane à laquelle il n'avait pas accès, de cette poignée de familles qu'il détestait et admirait à la fois… Alors il a tout fait pour me convaincre de m'inscrire à l'Esade, et c'est pour ça que je me suis laissé convaincre. Pour ça, et parce que moi j'étais un bon étudiant, je ne suis pas allé à Aula mais à La Salle Bonanova, ce n'est pas un lycée d'élite mais un très bon lycée tout de même, mes professeurs et mes copains s'attendaient à ce que je réussisse, tout le monde s'attendait à ce que je réussisse, et me voilà ici, dans ce trou perdu, caché comme un animal nuisible… Heureux que mon père n'ait pas vu tout ça.

— Tu me disais qu'il était important dans cette histoire.

— Et c'est vrai… Mon père voulait que j'aie une meilleure vie que lui, je te l'ai dit, mais en fin de compte, ça n'a pas été le cas, en fin de compte il a eu une meilleure vie que moi. Bien meilleure… Ou du moins elle l'a été pendant pas mal d'années. Mais après…

"C'était un homme spécial, mon père… Aux États-Unis, on aurait dit de lui qu'il était un self-made-man, un homme qui s'est fait tout seul, ce que les Américains admirent tellement et qui nous paraît à nous si ridicule et mensonger, n'est-ce pas ?… Si faux et si mièvre… Il était pauvre, il faut le dire, ou plutôt il était né dans une famille pauvre. Très pauvre, pour être exact… Enfant, il a émigré en Catalogne avec mes grands-parents qui n'arrivaient même pas à joindre les deux bouts à Albacete, et à la fin de la dictature et pendant la Transition, il s'est engagé dans les luttes ouvrières d'Hospitalet. C'était la meilleure période de sa vie, c'est ce qu'il disait toujours… Et moi aussi je le crois. Il était encore jeune, et il y avait aussi le côté romantique de l'activisme clandestin, les assemblées interdites dans les sous-sols enfumés, les courses avec la police franquiste à leurs trousses, tous ces lieux communs de l'époque mais qui se sont révélés exacts car mon père les a vécus. Plus tard, quand il a rencontré ma mère et que je suis né, il est entré dans la politique syndicale et il a occupé des postes à responsabilité à l'UGT, des postes toujours plus importants, et dans les années 1990, il a même été député au Parlement catalan. Député du Parti socialiste… Il y est resté huit ans, durant deux législatures, et il s'est fait connaître comme le fléau de la corruption. C'est comme ça qu'il a creusé sa propre tombe.

"Qu'y a-t-il de mal à se faire connaître comme le fléau de la corruption, tu te demandes ? Rien, en théorie, mais dans la pratique… Tu vois, c'était une époque où là-bas, en Catalogne, personne ne parlait de ça. Tous les journalistes, tout le monde, dans les milieux de la politique et de l'économie, savaient que le gouvernement autonome était pourri jusqu'à la moelle, mais personne ne disait rien, ou quasiment personne… L'erreur de mon père a été d'oser en parler. À cause de ça, il est devenu une personne controversée, avec autant de partisans que de détracteurs, en plus d'avoir une réputation de justicier. Et un bon nombre d'ennemis. Ce qui lui a attiré pas mal de problèmes… Au sein de son propre parti pour commencer, notamment parce qu'on ne voyait pas clairement sa stratégie et on se disait qu'il était une espèce de kamikaze, mais aussi parce qu'ils avaient peur que ses dénonciations finissent par les éclabousser… Quoi qu'il en soit, quand j'ai intégré l'Esade, les socialistes catalans se sont débarrassés de lui en le nommant à un poste soi-disant plus important à Madrid. C'est peut-être pour cette raison que ça l'obsédait tant de me voir apprendre à gagner de l'argent et me frotter à l'élite. Parce qu'il venait de découvrir que l'argent n'est pas une forme du pouvoir, non, il *est* le pouvoir. Et parce qu'il avait aussi découvert que sans argent, on peut seulement être un esclave… Mais je m'écarte de notre sujet, c'est ça ?

— Oui. Tu ne m'as toujours pas raconté comment tu as rencontré tes amis.

— Si tu veux dire par là comment j'ai commencé à leur parler, comment on est devenus amis, etc., franchement je ne m'en souviens pas exactement… Ce dont je me souviens, c'est que lorsque les cours de l'Esade ont débuté, je les ai tout de suite repérés. Moi, et tous les autres… Au début, je ne savais pas qui ils étaient, évidemment, je ne savais pas qu'ils faisaient partie de cette fameuse poignée de familles dont parlait mon père, mais je les ai remarqués parce qu'ils étaient toujours ensemble, parce qu'ils séchaient parfois les cours et, surtout, parce qu'ils n'arrêtaient pas de rire, comme s'ils se moquaient de tout le monde ou fumaient de la marijuana à tout bout de champ. Et je les ai remarqués aussi parce que dans cet environnement, à l'Esade, si convenu, si formel, ils s'habillaient tous les trois n'importe comment, à moitié hippies, à moitié rockeurs : ils avaient les cheveux longs, des vêtements larges, des baskets, tu vois le genre… Et tout ça attirait l'attention dans une école où abondaient les fils d'entrepreneurs de province, des garçons réservés et bien sages qui dormaient à l'internat ou dans des appartements loués à Sant Cugat… Maintenant que j'y pense, c'est peut-être justement ça qui nous rapprochait, dans cet établissement, mes trois amis et moi : le fait qu'on n'était pas tout à fait à notre place, qu'on était comme des exilés, que ni eux ni moi n'étions en phase avec nos camarades, à la différence près qu'ils venaient d'en haut et que je venais d'en bas, eux par excès et moi par manque. Je ne sais pas si je me fais comprendre…

— Parfaitement.

— Alors, j'ai dû me rapprocher d'eux petit à petit, parce que j'étais plutôt timide et pas très doué pour me faire des amis. Et puis aucun des trois ne semblait s'intéresser à ce que nous autres faisions ou pas, au fond ils ne nous côtoyaient pas beaucoup, ils donnaient l'impression d'être blindés, de n'avoir besoin de personne… Un jour, j'ai dit à mon père qu'ils suivaient les mêmes cours que moi. Je crois que je m'attendais à ce qu'il s'en réjouisse ou qu'il se montre impressionné, mais il ne m'a paru ni impressionné ni réjoui, à vrai dire il s'est borné à me parler assez froidement, d'une voix neutre, de leurs familles, de leurs fortunes et des privilèges et des magouilles et des excès et des ruses de leurs familles. Et pour finir, il m'a dit une phrase que je n'oublierai jamais : "Accroche-toi aux bons et tu seras l'un d'eux"… Je ne sais pas d'où il a sorti ça, si cette phrase était de son cru ou s'il l'avait lue quelque part, mais moi j'y ai vu une sorte d'encouragement à chercher l'amitié de ces nouveaux camarades, bien que maintenant je n'en sois plus si sûr, peut-être que c'était un avertissement ou une forme de sarcasme qui m'a alors échappé… Une autre chose que je n'oublierai jamais, c'est la première fois qu'on est sortis ensemble tous les quatre… Tu veux que je te raconte ?

— Bien sûr.

— C'était aussi la première fois que je mettais les pieds chez Vidal. On avait un travail à faire ensemble en mathématiques appliquées à la gestion, c'était le nom de cette matière, et on avait prévu de le finir chez lui. C'était un samedi après-midi, je m'en souviens très bien parce qu'on devait rendre ce devoir le lundi, mais surtout pour ce qui s'est passé après, ça je ne l'oublierai jamais, c'était mon baptême du feu en quelque sorte, c'est là que notre amitié a réellement démarré, si on peut l'appeler ainsi, et que je me suis rendu compte quel genre de personnes ils étaient… Mais je m'en souviens aussi parce que durant ces quelques heures, j'ai souvent eu l'impression d'être entré dans une autre dimension, une dimension dont je ne connaissais même pas l'existence…

"Toujours est-il que ce samedi-là, je me suis présenté tôt l'après-midi chez lui, une tour de trois étages entourée d'une grille de fer couverte de lierre. À travers la grille, on voyait un jardin qui m'a paru mal entretenu, plus tard j'ai su que c'était un jardin à l'anglaise… J'ai appuyé sur la sonnette, la grille s'est ouverte, j'ai marché sur un sentier de terre et je me suis trouvé devant un homme en uniforme et en gants blancs que j'ai pris pour un majordome et qui, en réalité, était le chauffeur du père de Vidal. Je lui ai demandé où était mon camarade et il m'a donné quelques indications. Un peu intimidé, j'ai traversé un grand vestibule, je suis monté par deux perrons, j'ai suivi un couloir et, alors que j'étais déjà perdu, des jumelles de douze ou treize ans ont fait leur apparition. C'étaient les petites sœurs de Vidal… Je leur ai demandé où était leur frère et elles m'ont répondu en pouffant : "Tito ? Il est dans sa chambre." Et elles m'ont indiqué la dernière porte dans l'autre couloir.

"J'ai toqué, mais personne ne m'a répondu… J'ai encore toqué, avec le même résultat. Alors que j'étais sur le point de repartir, la porte d'à côté s'est ouverte et c'est le grand-père de Vidal qui est sorti, un vieil homme en robe de chambre et en pantoufles, qui traînait des pieds. Le vieux ne m'a même pas vu, mais avant qu'il s'éloigne, je l'ai interpellé et je lui ai demandé où était son petit-fils, même si à l'époque je ne pouvais pas savoir que c'était son petit-fils… Il a fallu que je repose la question deux ou trois fois pour qu'il m'indique avec des gestes la porte à laquelle je venais de frapper. Comme j'ai cru qu'il m'incitait à entrer, j'ai poussé la porte et Vidal était là, assis en tailleur sur le lit, un casque sur les oreilles. Il ne l'a pas enlevé quand il m'a vu, il m'a juste fait signe d'attendre la fin de la chanson qu'il était en train d'écouter.

"J'ai attendu… Vidal bougeait sur son lit au rythme de la musique qui sortait d'une chaîne hi-fi impressionnante, je n'avais jamais rien vu de pareil sauf en boîte de nuit ou dans certains bars, et je regardais le bazar d'adolescent autour de moi, une chambre éclairée par une fenêtre qui donnait sur le jardin à l'arrière où on apercevait une pergola et une petite pinède, un grand espace carré et très haut de plafond, qui affichait tous les signes extérieurs d'une richesse solide et ancienne, même si on cherchait à les dissimuler ou à ne pas leur accorder trop l'importance, ou précisément pour cette raison, la magie et l'immortalité de l'argent ressortent d'autant plus si on essaie de les cacher, les vrais riches ne font jamais étalage de leur richesse… Dès que la chanson qu'il écoutait s'est terminée, Vidal a enlevé son casque et sauté du lit, il s'est excusé et m'a donné le titre de la chanson et le nom d'un groupe qui ne me disait rien. Pendant un moment, on a parlé de musique, ce qui, pour Vidal, revenait à parler presque exclusivement de rock and roll, et j'ai fait mine d'être moins ignorant que je ne l'étais, mais sans grand succès, je crois… Après ça Vidal a dit : "Bon, on se met au boulot ?"

"Vidal était fort en maths et avait une base solide, il n'y a rien de tel que d'aller dans une école élitiste pour avoir une base solide. Et donc, même s'il avait séché certains cours, il n'avait pas trop de retard et on a terminé le devoir plus tôt que prévu. J'ai alors annoncé que je m'en allais… Vidal m'a demandé : "Tu es pressé ? Quelqu'un t'attend ?" Je lui ai dit la vérité : personne ne m'attendait, je n'avais rien de prévu ce soir-là. Et j'ai souhaité de toutes mes forces qu'il me réponde ce qu'il m'a répondu : "Pourquoi tu ne restes pas, alors ?"

"On a passé la fin de l'après-midi à écouter de la musique et à discuter, bien qu'on n'ait été seuls qu'un court moment, jusqu'à l'arrivée de Rosell. Plus tard, Casas aussi est venu... Ils n'étaient ni l'un ni l'autre étonnés de me voir, de sorte que je me suis dit que Vidal les avait prévenus, qu'ils savaient qu'ils me trouveraient là. Je continue de le croire aujourd'hui encore... Ce que je veux dire par là, c'est que je ne pense pas que ça ait été une coïncidence, mais que tout avait été planifié. C'était une espèce de piège : ils m'ont choisi pour que je fasse ce qu'ils avaient besoin que je fasse, ils ont dû se dire que j'étais l'ami ou l'assistant idéal, la personne parfaite, je suis sûr que mon désir d'être leur ami sautait aux yeux, et aussi que, pour le devenir, j'étais prêt à tout. Et à me taire ensuite.

"Si c'est vraiment ce qu'ils se sont dit, alors ils avaient vu juste. Et comment...

"Vers vingt et une heures ou vingt et une heures trente, quand on est sortis de chez Vidal, ils ont tous les trois insisté pour que je les accompagne grignoter un morceau. On est allés au Jumilla, rue Artesa de Segre, près de la promenade de la Bonanova... De ce premier dîner, je me souviens surtout de trois choses. La première, c'est que je me suis senti vraiment bien avec eux, parce qu'ils étaient qui ils étaient ou les fils de qui ils étaient, mais surtout parce que j'étais un garçon peu sûr de lui, les nerfs à fleur de peau, et ces trois types de mon âge se comportaient comme s'ils avaient totalement confiance en eux, comme s'ils pouvaient faire tout ce qu'ils voulaient ou comme s'ils étaient les maîtres absolus de Barcelone, si bien qu'en leur compagnie, mon manque d'assurance et ma nervosité semblaient s'évaporer. La deuxième chose dont je me souvienne, c'est que j'ai pu avoir confirmation de ce que j'avais pressenti dès le premier instant, quelque chose qu'il était facile de deviner si tant est qu'on les observe un peu, et c'est que dans le trio, Casas et Vidal étaient les deux petits coqs, non seulement les plus intelligents, mais aussi ceux qui menaient la danse. Cette nuit-là, j'ai également découvert qu'ils se lançaient des piques sans arrêt et au moindre prétexte, et qu'ils prenaient un plaisir fou à être en compétition, comme s'ils essayaient de démontrer sans cesse lequel des deux était le plus drôle, le plus malin, le plus crâneur et celui qui en savait le plus, alors que Rosell n'était qu'un figurant, ce spectateur dont tout duo d'artistes a besoin pour que son spectacle devienne spectacle… La troisième chose dont je me souvienne est celle qui m'a le plus surpris. Et c'est qu'à un moment donné, ils se sont mis à parler politique… J'ai été surpris par le sujet autant que par leur manière de l'aborder. Par le sujet parce qu'à cette époque, ceux de mon âge n'étaient pas politisés, et les étudiants de l'Esade encore moins, car tout ce qui semblait les intéresser, c'était comment se faire du pognon. Et par la manière parce que, bon, moi j'avais souvent entendu mon père parler politique avec ses compagnons de parti et ses amis, mais je n'avais jamais entendu parler politique comme le faisaient ces trois-là, qui est, je suppose, la manière dont on en parlait dans leurs familles.

— C'est-à-dire ?

— Je ne sais pas… Avec une ironie méprisante. Avec une passion froide. Quelque chose comme ça… Comme si le combat politique les intéressait, mais ne les concernait absolument pas. Comme si la politique suscitait chez eux la même curiosité qu'un aristocrate peut avoir pour ses valets ou un prédateur pour ses victimes… Bref, à un moment donné, alors que Casas et Vidal parlaient politique, je leur ai dit qui était mon père. C'était inévitable, j'imagine, et cette information m'a placé durant quelques minutes au centre de la conversation. Ils savaient qui était mon père, évidemment, à cette époque tout le monde en Catalogne savait qui était mon père parce que son nom était toujours dans les journaux, mais il ne leur était jamais venu à l'esprit avant de faire le rapprochement avec moi… Ils m'ont demandé de ses nouvelles, où il en était de ses dénonciations de corruption, de son départ à Madrid, etc., et quand ils en ont eu marre de poser des questions et une fois que le dîner a été fini, on est allés au Up&Down, cette boîte de nuit qui se trouvait sur la Diagonal…

— La boîte des bourges.

— C'est la réputation qu'elle avait avant sa fermeture… J'en avais beaucoup entendu parler, mais je n'y avais jamais mis les pieds. Pour mes amis, je m'en suis immédiatement rendu compte, être là-bas c'était comme être chez eux, c'était même mieux que chez eux, parce qu'au Up&Down ils n'étaient pas obligés de se justifier auprès de leurs familles… Moi, en revanche, je m'y suis senti comme la cinquième roue du carrosse, et au bout d'un moment j'ai décidé de filer. J'étais sur le point de partir quand Casas s'est planté à côté de moi, il m'a saisi par le bras et m'a demandé où j'allais. "Chez moi", je lui ai répondu. Il a ri. Il avait pas mal bu, cela dit Casas n'avait pas besoin de boire pour rire de n'importe quoi, je crois que je l'ai déjà mentionné… Il m'a dit : "Ne pars pas. Il est encore très tôt." Je lui ai répondu qu'il n'était pas si tôt que ça et que je devais y aller. Casas a insisté pour que je reste. "Sois pas bête", il a continué, tout à fait charmant : quand il le veut, je t'assure, Casas peut être charmant… Puis il a ajouté : "Reste. C'est maintenant que ça va être bien."

"J'ai cru que c'était une façon de parler, mais son insistance a dû me flatter, certainement que je me suis senti important, parce que je suis resté. J'ai très vite découvert que ce n'était pas une façon de parler… On est partis du Up&Down peu de temps après, on est montés en voiture et on est sortis de Barcelone direction l'aéroport. J'ai demandé où on allait et ils m'ont répondu de ne pas m'inquiéter, que je ne tarderais pas à le savoir. Je n'étais pas inquiet mais intrigué, en réalité je n'avais rien contre l'idée de continuer la bringue, au contraire en fait, mais je n'ai rien dit… Une demi-heure plus tard, on est arrivés à Viladecans, on est entrés dans une zone industrielle et on s'est garés près d'une foule agglutinée devant un énorme hangar avec un panneau sur la porte où on pouvait lire : SOUVENIR. C'était une autre boîte de nuit, ou plutôt une boîte de nuit et un after, tu en as peut-être déjà entendu parler, elle était très connue à l'époque…

"On y est entrés après avoir fait la queue un certain temps. L'endroit était si bondé que j'ai tout de suite perdu mes amis. J'ai pensé qu'ils ne partiraient pas sans moi et qu'ils ne me laisseraient pas en plan au petit matin dans ce coin perdu, alors je n'ai pas pris la peine de les chercher. Je suis allé au comptoir, j'ai commandé une bière et je me suis mis à observer ce fourmillement hystérique sur la piste, qui bouillait de gens en train de danser dans cette obscurité criblée de jets de lumières de toutes les couleurs… Je ne sais pas combien de temps je suis resté comme ça, mais au bout d'un moment Vidal est apparu, il a commandé une bière et il est resté à côté de moi. De temps en temps on se parlait à l'oreille, c'était la seule manière de s'entendre au milieu de tout ce vacarme… Ensuite Casas et Rosell sont arrivés. Une fille les accompagnait. Je me souviens très bien d'elle : brune, petite, de type latino-américain, bien faite et plutôt mignonne. On ne m'a pas dit comment elle s'appelait, mais Vidal a commandé un cocktail pour elle. Pendant qu'on le lui servait, Casas et la fille s'embrassaient et Vidal en a profité pour laisser tomber dans le cocktail une pilule de Rohypnol écrasée… Ça, je le sais maintenant, évidemment, mais sur le coup j'ai juste remarqué que Vidal gardait trop longtemps le verre dans ses mains, il était peut-être en train de faire quelque chose de bizarre. Quand Casas et la fille ont arrêté de s'embrasser, Vidal a passé le cocktail à la fille, qui n'arrêtait pas de sourire, elle semblait contente d'être avec nous, et une fois qu'elle a terminé son cocktail, Casas l'a ramenée sur la piste, Vidal et Rosell les ont suivis et ils ont dansé tous les quatre pendant un moment, mais cette fois j'ai réussi à ne pas les perdre de vue et je les surveillais plus ou moins de loin… Puis, au bout d'un certain temps, pas très longtemps, ils sont revenus au comptoir avec la fille et m'ont indiqué par gestes qu'on n'allait pas tarder.

"On a repris la voiture. C'était encore Vidal qui conduisait, mais cette fois, c'est moi qui l'accompagnais dans le siège du copilote ; la fille était assise à l'arrière, serrée entre Casas et Rosell… Je jetais de temps en temps un coup d'œil dans le rétroviseur, et à plusieurs reprises j'ai eu l'impression que la fille, en plus d'embrasser Casas, embrassait aussi Rosell ou alors c'était Rosell qui la forçait à l'embrasser, même si j'ai aussitôt pensé que je m'étais trompé… On est entrés dans Barcelone et, tandis qu'on montait vers la partie haute, j'ai demandé à Vidal de me laisser à une station de métro. Il ne m'a pas répondu, il semblait trop concentré sur la chanson qu'on entendait dans la voiture, et j'ai profité d'une pause dans la musique pour lui demander où on allait. Il m'a répondu : "Terminer la nuit." Il m'a dit : "Ça va te plaire. Tu verras." Ou quelque chose de ce genre…

"On a atterri dans un endroit qui faisait partie d'un vieux bâtiment qui appartenait à la famille Casas. Il se trouvait rue León XIII, une rue parallèle à l'avenue Tibidabo, tout près de la Ronda de Dalt, et personne ne s'en servait à part eux trois, mais ça, je ne l'ai su que plus tard… On s'est garés dans un jardin envahi par les mauvaises herbes, et la première chose que j'ai remarquée en sortant de la voiture, c'est que la fille faisait des zigzags. On a monté un escalier, on est entrés dans cette grande bâtisse qui faisait parfois penser à une ancienne usine avec plein de hangars, parfois à un palais abandonné à la hâte, et on a traversé plusieurs salles quasiment dans le noir : certaines étaient à moitié vides, d'autres pleines de vieux meubles et d'objets de toutes sortes… On a fini par arriver dans une chambre qui donnait l'impression d'être habitée, en tout cas que quelqu'un s'y était installé ou y venait de temps en temps. Elle était relativement petite, sans fenêtres, mais avec deux lampes qui projetaient une lumière crémeuse. Le sol était couvert de matelas, de tapis et de coussins, et les murs tapissés de posters de rockeurs et de stars de cinéma… La fille s'est laissée tomber sur un matelas, ou on l'y a poussée, elle riait et murmurait des phrases incompréhensibles et j'ai remarqué qu'elle avait un accent latino-américain (colombien ou péruvien ou équatorien). Vidal et Rosell se sont affalés à côté d'elle et Casas m'a encore une fois pris par le bras et m'a demandé de l'accompagner.

"Je l'ai suivi dans un couloir jusqu'à une pièce encore plus petite, qui avait l'air d'être une ancienne remise ou peut-être une chambre de bonne ; il y avait juste un trépied avec une caméra braquée sur le mur du fond. Les murs s'écaillaient et étaient couverts de taches d'humidité, une ampoule allumée pendait du plafond et ça sentait un mélange de poussière, de renfermé et de moisi… Casas m'a montré la caméra et il m'a dit : "On va faire un film. Nous sommes les acteurs, et toi, tu es le réalisateur. Enfin, le réalisateur et le cameraman. Ça te va ?" Comme je ne savais pas quoi dire, j'ai souri, j'ai dû penser qu'il me charriait… "Un film ?" j'ai demandé. "C'est ça, il a répondu. Plus simple, tu meurs. Tout ce que tu as à faire, c'est filmer tout ce que tu verras." L'objectif de la caméra était collé à un trou dans le mur. Casas s'en est approché et m'a montré comment ça marchait. À la fin de ses explications, il a demandé : "C'est simple, non ?" J'ai répondu que oui et j'ai demandé ce qui allait se passer de l'autre côté du mur, ce que je devais filmer. "Ça, c'est une surprise, il a répondu. Toi, tu filmes et tu oublies le reste." Et c'est ce que j'ai fait. Je n'ai pas demandé davantage d'explications. Je n'ai plus rien demandé… Ils avaient tout prévu, aujourd'hui je n'ai aucun doute là-dessus. Tous les trois, ils devaient penser que j'étais trop content de frayer avec eux pour refuser quoi que ce soit ou pour demander des explications, ils devaient penser que j'avais trop envie de devenir leur ami et d'entrer dans leur monde magique d'argent et de pouvoir pour leur refuser quoi que ce soit… Et ils avaient raison, évidemment. C'est l'effet qu'a l'argent sur de nombreuses personnes : il les rend serviles. Casas, Vidal et Rosell le savaient depuis leur naissance, ils le savaient sans qu'on ait eu besoin de leur apprendre, et je suis sûr que c'est pour ça qu'ils m'ont proposé de sortir avec eux ce soir-là. Parce qu'ils ont lu sur mon visage que j'étais une de ces personnes. Et ils savaient qu'ils pouvaient se servir de moi…

"Le fait est que je me suis retrouvé seul dans cette pièce et que j'ai accompli au pied de la lettre la mission dont ils m'avaient chargé… Je ne vais pas te raconter ce que j'ai filmé parce que tu peux l'imaginer. Cette pauvre fille a tout subi. Au début, je croyais qu'elle avait conscience de ce qui était en train de se passer, et j'ai tout fait pour me convaincre qu'elle l'acceptait, qu'elle y prenait même du plaisir, mais c'était difficile de garder longtemps cette illusion et, quand la chose a pris fin, tout ce que je pouvais faire, c'était de me rendre à l'évidence et de me dire que je venais d'assister à un viol dans les règles… Et que je n'avais pas levé le petit doigt pour l'empêcher.

"Je ne me suis pas indigné… J'ai juste fait comme si ce qui s'était passé ne s'était pas passé. On a laissé la fille dans une des ruelles qui donnent sur la promenade de la Bonanova… Elle était consciente et elle pleurait… Je me suis séparé de mes amis à la station de métro Reine Elisenda. C'était l'aube, et avant d'arriver chez moi j'ai vomi… "Accroche-toi aux bons et tu seras l'un d'eux", j'aurais pu me dire pendant que je vomissais. Mais j'avais déjà fort à faire en vomissant.

"Cette nuit-là a tout changé. À partir de là, le trio d'amis est devenu un quatuor, ou ça y a ressemblé pendant les deux ans et demi qui ont suivi… Ou alors c'est ce que j'ai voulu croire… Évidemment, maintenant je sais que c'est faux, et qu'au fond, ils ne m'ont jamais considéré comme leur ami. Pourquoi l'auraient-ils fait, puisqu'ils appartenaient à une autre espèce ? Mais peu importe… Je te dis, à partir de là, les choses ont été différentes, on est devenus inséparables. Mon père l'a vite appris. J'ignore s'il était content ou pas, mais j'ai toujours pensé que cette période a dû être la meilleure période de sa vie : lui au Congrès des députés, à Madrid, au centre du pouvoir politique, et son fils à l'Esade, fréquentant l'élite catalane, les fils de la poignée de familles qui décide de tout ici… Que pouvait espérer de plus un Ramírez d'Albacete qui venait de débarquer à Hospitalet raide comme un passe-lacet ?

— Tu me disais que vous étiez devenus inséparables. Qu'est-ce que ça signifie ?

— Ça signifie qu'on allait à l'Esade ensemble et qu'on en revenait ensemble. Que j'essayais de me fondre dans le groupe, de parler comme eux, de m'habiller comme eux, et même de rire comme eux… Mais moi, contrairement à eux, je ne m'en foutais pas, des études. J'étais toujours aussi bon étudiant, je ne séchais jamais les cours, et ça les arrangeait bien, parce que je leur passais mes notes, je leur expliquais ce qu'ils ne comprenaient pas, je leur trouvais les livres dont ils avaient besoin et je me renseignais ou je faisais des recherches ou je posais des questions pour eux. En échange, on sortait ensemble presque tous les samedis soir.

— En échange ?

— Je te l'ai dit, je suppose que je sentais que la contrepartie de tout ce que je faisais pour eux était d'être leur ami, de sortir avec eux le samedi soir et tout ça… C'est répugnant, mais c'est comme ça.

— Et vous faisiez comme la première fois ?

— Le samedi ? Plus ou moins… On se donnait rendez-vous chez Vidal ou chez Casas, on descendait dîner au Jumilla, au Bar Bero ou au Flash-Flash, on passait un moment au Up&Down et au petit matin on allait en boîte ou dans des bars de banlieue. Ou de la vieille ville.

— Vous finissiez toujours la nuit en attrapant une fille et en l'amenant rue León XIII ?

— Pas toujours.

— Ça dépendait de quoi ?

— De si on avait envie ou pas… Et si les filles se laissaient faire, bien sûr. Comme tu peux l'imaginer, ce n'était pas toujours aussi facile que la première nuit.

— Tu participais à la chasse ? Directement, je veux dire.

— Quand l'occasion se présentait.

— Aux viols aussi ?

— Nous, on appelait ça des orgies.

— C'est toi qui as utilisé ce terme.

— Parce que c'était ça.

— Tu participais aux viols ?

— Parfois.

— Alors que tu trouvais ça répugnant…

— Oui. Mais on s'habitue à tout, y compris à ce qu'on trouve répugnant. C'est la vérité.

— Qui filmait ?

— La plupart du temps, moi… En réalité, presque toujours.

— Et les filles ?

— Quoi les filles ?

— Elles avaient conscience de ce qui se passait ?

— Qu'on les filmait ? Bien sûr que non.

— Et qu'elles se faisaient violer ?

— Pas toujours… Rappelle-toi celle du premier jour. Celle-là, après avoir pris le Rohypnol, elle ne s'est pas rendu compte de grand-chose. Si ça se trouve, elle ne s'est rendu compte de rien, du moins pas avant qu'il ne soit trop tard. C'était comme ça en général, mais il y a eu de tout… Certaines s'en rendaient compte, et parfois même elles y prenaient du plaisir, mais quand ça commençait à mal tourner, elles résistaient bec et ongles et là, ça ne se passait pas bien pour elles… Vraiment pas bien, parfois… D'autres résistaient tout de suite. Et il y en avait aussi qui, dès qu'elles comprenaient dans quel guêpier elles s'étaient fourrées, se laissaient faire, voire tentaient de nous convaincre que ça leur plaisait, parce qu'elles sentaient que si elles résistaient, ça deviendrait dangereux, et que comme ça, on n'allait pas leur faire mal… La majorité des filles était d'origine modeste, des ouvrières, des domestiques et des serveuses, ce genre-là, jeunes et moins jeunes, des immigrées pour la plupart, des filles qui sortaient danser le samedi soir et se pâmaient devant nous, on devait être pour elles comme des princes charmants sur le point de les délivrer de leur vie misérable… Ou quelque chose de ce genre.

— Il y a un truc que je ne comprends pas.

— C'est quoi ?

— Aucune ne vous a dénoncés ?

— Comment veux-tu qu'elles nous dénoncent ?… Ne t'ai-je pas dit que la moitié, plus de la moitié, ne savait même pas qu'on les violait ?

— Et l'autre moitié ?

— Elles avaient trop peur pour nous dénoncer. On en menaçait certaines avant de les relâcher, mais avec la plupart ce n'était même pas nécessaire, elles avaient compris qu'on se servait d'elles, et qu'en nous dénonçant elles s'attireraient des ennuis… Je te l'ai dit, c'était la mentalité de mes amis : ils étaient les maîtres absolus de Barcelone, ils pouvaient faire tout ce dont ils avaient envie, ils jouissaient d'une impunité totale. C'est ce qu'ils se disaient, et ils avaient raison… La preuve, pas une seule de toutes ces femmes ne nous a dénoncés.

— Dis-moi autre chose : vous filmiez tous les viols ?

— Presque tous. Sinon l'affaire perdait de son intérêt… Ou du moins, une partie de son intérêt.

— Et vous faisiez quoi, avec ces enregistrements ?

— On les conservait sur place, rue León XIII. Et parfois, quand on avait le temps et quand on en avait envie, on les regardait. En général, à La Pleta de Bolvir.

— La Pleta de Bolvir ?

— L'endroit le plus chic de la Cerdagne. La famille de Vidal possède une petite maison dans ce coin, en pleine montagne. Ou elle la possédait… Ce n'est pas loin d'ici, à côté de Puigcerdà, pendant des années ç'a été la garçonnière du père de Vidal. C'est ce qu'il disait. Toujours est-il qu'il ne l'utilisait plus à cette époque, ou peut-être qu'il l'avait laissée à son fils, bref, elle était libre et on y allait de temps en temps le week-end… C'était une cabane, pour ainsi dire, mais à l'intérieur c'était le grand luxe, il y avait notamment un grand écran sur lequel on pouvait regarder les vidéos. Parfois, on y consacrait des nuits entières. Là-bas… Au milieu de nulle part… Rien que nous quatre… Entourés de neige… C'est complètement dingue, non ?

— Et sur une de ces vidéos, il y a la maire ?

— C'est ça.

3

Melchor décline son identité au point de contrôle et, une fois la barrière d'accès levée et le passage dégagé, il cherche une place sur le parking, descend de voiture et se dirige vers la façade de verre et d'acier d'un vaste complexe qui abrite le quartier général des *mossos d'esquadra*.

C'est lundi. Deux jours plus tôt, en Terra Alta, Blai lui avait fait part du coup de téléphone qu'il avait reçu le matin même du commissaire Vinebre, le tout nouveau chef de corps, lui annonçant qu'on menaçait la maire de Barcelone de rendre publique une vidéo à caractère sexuel, et que si elle voulait l'empêcher, il lui faudrait débourser la somme de trois cent mille euros. Blai soupçonnait l'information de venir du conseiller de justice du gouvernement autonome qui, c'était de notoriété publique, entretenait de bons rapports avec la maire, même si tous deux militaient dans des partis rivaux. Mais ce détail était accessoire. L'essentiel, c'était que Vinebre avait chargé Blai de s'occuper de cette affaire et l'avait exhorté de la résoudre au plus vite et dans la plus grande discrétion. Blai avait aussi appris à Melchor qu'il allait confier ce travail à l'unité des enlèvements et extorsions, et qu'il souhaitait que le chef de l'unité, le sergent Vàzquez, s'en occupe personnellement ; il avait également insisté sur le fait qu'il n'avait pas totalement confiance dans le sergent. "Tu le connais, avait-il dit. Il n'en fait qu'à sa tête. Sans compter qu'en ce moment il est hyper pris par l'enlèvement de la femme d'un narco, à Santa Coloma de Gramenet. Une histoire qui, entre nous, risque de mal tourner." Voilà pourquoi il faisait appel à Melchor : pour marquer Vàzquez à la culotte, pour s'assurer qu'il prenait l'affaire avec le plus grand sérieux, pour le tenir au courant. Par ailleurs, il avait ajouté qu'il s'agissait d'un dossier extrêmement important, qu'il ne pouvait se fier à personne à Egara et qu'il avait besoin de Melchor. Celui-ci ne lui avait pas dit oui tout de suite ; mais l'ancien chef de l'unité d'investigation de la Terra Alta avait déduit que sa réponse serait positive lorsque Melchor lui avait promis qu'il y réfléchirait, et qu'il lui en reparlerait le lendemain matin.

Il ne s'était pas trompé.

Deux collègues de l'Unité centrale des stupéfiants avec lesquels il avait travaillé quelques années plus tôt, lors de son passage à Egara, saluent Melchor au moment où celui-ci traverse la cour qu'encadrent les quatre bâtiments du quartier général, reliés entre eux par des passerelles couvertes et séparés par des espaces verts constitués de gazon, de haies et d'arbres. Les collègues lui demandent s'il est de retour au central, ce à quoi Melchor répond non, qu'il est là en détachement et que son séjour ne s'éternisera pas. Il monte ensuite jusqu'au bureau de Blai, qui se trouve à côté de l'Unité centrale des enlèvements et extorsions ; près de la porte, un panneau indique : CHEF DU DÉPARTEMENT CENTRAL DES ENQUÊTES SUR LES PERSONNES. La porte est entrouverte ; Melchor la pousse : Blai, assis derrière son bureau, est au téléphone sur la ligne fixe.

— Tiens, quand on parle du loup… annonce-t-il avant de montrer à Melchor une table de réunion. Ne vous en faites pas, monsieur le commissaire : il y va de ce pas. Vous souhaitez autre chose ?

Tandis que Blai poursuit sa conversation téléphonique, Melchor reste debout au milieu du bureau. Bien plus grand que celui que Blai occupait au commissariat de la Terra Alta, il est tel que Melchor s'en souvient : les deux grandes tables – un bureau et une table de réunion –, les classeurs métalliques, les tableaux sans grand intérêt accrochés aux cloisons, et la baie vitrée qui donne sur la cour intérieure du quartier général, par laquelle une lumière estivale entre à flots ; le seul élément que Blai semble avoir ajouté à cette décoration interchangeable est une photographie qui le montre en compagnie de sa femme et de ses quatre enfants, tout sourire et habillés en randonneurs, avec un fond reconnaissable entre tous, les rochers de la Terra Alta.

Melchor contemple la photo de famille alors que Blai est encore au téléphone.

— Ici, à Egara, les nouvelles vont vite, dit l'inspecteur dès qu'il a raccroché. Tu sais qui c'était ? – Il se lève de son siège et s'avance vers Melchor. – Le commissaire Fuster.

Fuster est le haut gradé qui, en août 2017, après les attentats islamistes de Barcelone et de Cambrils, était chargé de veiller sur la sécurité de Melchor, menacée en raison du rôle qu'il avait joué dans cet épisode. C'est Fuster qui lui suggéra de se cacher pendant un temps en Terra Alta et qui, depuis lors, de manière régulière, s'est intéressé à sa situation. Cependant, les deux hommes ne se sont pas parlé depuis un moment, malgré le fait que ces dernières années certains politiciens et médias ne cessent d'alerter sur la recrudescence de l'islamisme radical en Catalogne.

— Il est toujours aux renseignements ? s'enquiert Melchor.

— Et droit dans ses bottes, répond Blai. Il a entendu dire que tu arrivais. Je ne sais pas qui l'a mis au parfum, pas moi en tout cas. Va le voir quand on aura fini : il veut te parler.

Blai prend Melchor par les épaules.

— Je ne t'ai pas encore remercié d'être venu ?

Avant que celui-ci puisse répondre, il ajoute :

— À propos, où as-tu laissé Cosette ?

— Chez Vivales. On s'est installés chez lui. On est arrivés hier soir, Vivales lui a déjà trouvé un centre de loisirs. Ça commence demain.

— Parfait.

Ils s'assoient à la table de réunion.

— Tu verras : ce sera comme des vacances pour elle. Et pour toi aussi. Terra Alta, Terra Alta… ça va, c'est qu'un tas de cailloux, putain. En plus, je parie que cette affaire, on va la résoudre en deux temps trois mouvements.

— Tu me fais peur, Blai, entend Melchor dans son dos. Qu'est-ce qu'on va résoudre en deux temps trois mouvements ?

Melchor a reconnu la voix du sergent Vàzquez et, quand il se retourne, le chef des enlèvements et extorsions ne parvient pas à cacher sa surprise.

— Tiens, tiens, tiens, que fait donc ici le héros de Cambrils ?

Le sergent dépose son casque de motard sur la table et les deux hommes se donnent l'accolade. Tandis qu'il sent contre lui les muscles de marbre de Vàzquez, Melchor revoit le sergent assis dans une flaque de sang à même le sol dans l'entrepôt de Molins de Rei, la tête amputée de la fille du narco vénézuélien sur les genoux, les vêtements imbibés de sang et les yeux exorbités, en train de hurler comme un goret. Quand il s'écarte du sergent, Melchor a déjà compris que, samedi, Blai a bluffé, qu'il n'a pas prévenu Vàzquez de son réengagement temporaire. Blai semble lire dans ses pensées, car il s'empresse d'expliquer au dernier arrivé :

— Melchor est venu nous donner un coup de main.

— Alléluia ! s'écrie Vàzquez en déposant sur la table le sac à dos qu'il portait à l'épaule.

Physiquement du moins, il a à peine changé en quatre ans : il a conservé son air de bouledogue farouche et sa boule à zéro ; et il a toujours la même tenue sportive : jean usé, tee-shirt bleu, baskets.

— On en a plus que besoin : j'ai un sacré bordel à gérer et on s'en sort pas.

S'adressant à Melchor, il continue :

— Ça te manquait, le rock and roll, hein mon salaud ? C'est ce que je dis toujours : chez nous, c'est comme une drogue dure. Tu commences quand ?

— Là, maintenant, répond Blai à sa place. Mais il ne restera pas longtemps. Il est venu en détachement.

Le regard de Vàzquez passe, perplexe, de l'un à l'autre, jusqu'à ce que Blai le prie de s'asseoir :

— Installe-toi, s'il te plaît.

Tous les trois prennent place. Le sergent dispose devant lui, sur la table et parallèlement, ses deux téléphones portables, et l'inspecteur lui résume la situation : la maire de Barcelone est victime d'une sextorsion, terme utilisé pour désigner un chantage sexuel dans le jargon de l'unité ; on la menace de rendre publique une vidéo compromettante ; les maîtres-chanteurs exigent d'elle trois cent mille euros, et en échange ils ne diffuseront pas la vidéo ; le commissaire Vinebre l'a chargé de résoudre cette affaire. Vàzquez écoute attentivement Blai, tout en jetant régulièrement un coup d'œil à ses portables. Ceux-ci n'arrêtent pas de vibrer mais il ne répond pas : il se borne à vérifier qui l'appelle ou lui écrit. Melchor remarque que la lèvre inférieure du sergent tremble, et que son expression se durcit de temps à autre. Lorsque Blai a fini de parler, Vàzquez marmonne :

— Ça pue. – Il secoue la tête. – Quand ça concerne des politiciens, ça pue grave.

— Je sais, admet Blai.

— Ces gens sont pleins de merde, dit Vàzquez. Et ils mentent comme ils respirent.

— C'est précisément pour cette raison qu'on doit s'en occuper, argumente Blai, à juste titre. C'est ce que le chef s'est sans doute dit. Et il n'a pas tort. Ce n'est pas un commissariat qui va s'en charger.

— Je vois pas pourquoi, répond le sergent. Et s'ils ne peuvent pas le faire, il y a les Vidal Boys pour s'en occuper.

— C'est qui, les Vidal Boys ? demande Melchor.

— Ne me dis pas que tu n'as pas entendu parler des Vidal Boys, en Terra Alta ? dit Vàzquez, surpris, ou feignant la surprise. Tu sais pas la belle vie que tu y mènes, mec ! J'ai presque envie de te dire d'y retourner fissa.

— Les Vidal Boys sont la garde prétorienne que la mairie a mise en place avec des effectifs de la police municipale, explique Blai en faisant montre d'un esprit didactique que Melchor ne lui connaissait pas. C'est le premier adjoint au maire qui l'a montée. Enric Vidal, il s'appelle. D'où le nom de Vidal Boys. Ils ne rendent des comptes qu'à Vidal et font tout ce qu'il leur demande, y compris des choses pas nettes.

— Pas nettes ? lâche Vàzquez avec un sourire sarcastique. Carrément sales, tu veux dire ! Une vraie poubelle. – Il se tourne vers Melchor. – Ces gens-là, c'est l'égout de la mairie, mon grand. Tout le monde le sait, mais personne n'ose les affronter. Tu parles d'une bande…

— Vidal a réuni le pire de chaque maison, soupire Blai, impassible et affligé. De toute façon, ils ne sont pas censés s'occuper de ce genre d'affaires.

— Arrête tes conneries, répond le sergent. Comme si les Vidal s'occupaient uniquement de ce dont ils sont censés s'occuper.

— Le plus probable, c'est qu'il faudra passer par un juge, insiste Blai en suivant son raisonnement. Et eux, ils ne sont pas de la police judiciaire.

Vàzquez émet une sorte de croassement sardonique.

— Ils s'en foutent royalement, objecte-t-il. De toute façon, je vois pas pourquoi Vinebre a dû te confier l'affaire à toi précisément, ni pourquoi tu dois me la confier à moi. Parce qu'il s'agit de la maire ? Pour ma part, ça aurait pu être le dalaï-lama en personne. J'ai plus urgent à régler, tu es bien placé pour le savoir. Tu lui as raconté, à Melchor ? Tu lui as raconté la femme du voyou de Santa Coloma ? Ça peut nous péter dans la gueule à tout moment, et j'ai pas l'intention de laisser faire ça.

Hors d'haleine, une veine colérique battant à son cou, Vàzquez se lève et attrape son casque et son sac à dos.

— C'est comme ça, chef. Si la maire s'est laissé filmer en train de baiser avec un jeunot qui veut lui extorquer du pognon maintenant, qu'elle aille se faire foutre. Fallait faire gaffe, merde.

Blai se tourne vers Melchor tandis que le sergent met son sac à l'épaule. Son expression signifie, sans équivoque : "Tu vois ?" ; ou peut-être : "Je te l'avais dit."

— Vàzquez, dit Blai avec douceur.

L'homme visé se tourne, dans l'expectative.

— Dans une heure, on a rendez-vous à la mairie, lui annonce Blai paisiblement en consultant sa montre. On va aller voir la maire tous les trois : toi, Melchor et moi. Moi j'y vais parce que le chef me l'a demandé. Pour la rassurer, pour qu'elle voie qu'on prend son problème au sérieux. Parce qu'on va le prendre au sérieux. La preuve, c'est que c'est toi qui vas t'en occuper. Personnellement. Il ne faut pas que tu délaisses tout le reste, mais tu vas être le négociateur principal ; Melchor sera le négociateur secondaire. Je veux qu'on règle ça le plus tôt possible. Et que tu me tiennes au courant à chaque minute.

Il finit par lever le regard vers le sergent et ajoute :

— C'est clair, n'est-ce pas ?

— Putain, quelle merde ! grommelle Vàzquez dans le couloir en ouvrant la porte du bureau des enlèvements et extorsions. Avec tout ce que j'ai déjà sur le dos, on me refourgue cette patate chaude… Il aurait au moins pu te mettre enquêteur principal.

— Je le fais, si tu veux, propose Melchor, impressionné de voir à quel point Blai a amélioré sa capacité de commandement depuis qu'il travaille à Egara.

— Non, se reprend immédiatement Vàzquez, qui n'est toujours pas entré dans le bureau. Ça fait trop longtemps que tu n'es plus là. Je le ferai, au moins au début. Après, si ça se trouve, je te passerai la main, à condition que Blai soit pas au courant.

Melchor montre vaguement l'extrémité du couloir et amorce un mouvement dans cette direction. Surpris, le sergent demande :

— Tu vas où ? Tu t'y mets pas maintenant ?

— Le commissaire Fuster m'a fait appeler. Il veut me parler.

Le sergent semble surpris.

— Encore cette histoire de Cambrils ?

— J'en sais rien. – Melchor hausse les épaules. – Je te raconterai.

Le bureau de Fuster se trouve au dernier étage du bâtiment, à côté du bureau du chef des *mossos*, et Melchor n'a presque pas à attendre avant d'être reçu par le commissaire. Celui-ci l'accueille avec une poignée de main et une joie qui ne paraît pas feinte à Melchor.

— Dites-moi, Marín, vous êtes arrivé quand ?

— À Barcelone, hier. À Egara, il y a une demi-heure.

— On m'a dit que vous veniez en détachement.

— C'est ça.

— C'est Blai qui vous a fait venir ?

Melchor répond par l'affirmative.

— Asseyez-vous, s'il vous plaît.

Ils ne s'installent pas de part et d'autre du bureau mais dans un canapé et un fauteuil en cuir. Quand Melchor l'avait rencontré à la fin de l'été 2017, dans ce même bureau, Fuster était un jeune commissaire récemment promu au plus haut rang de la hiérarchie ; c'est maintenant un vétéran, presque le plus âgé parmi ses collègues, à commencer par le chef des *mossos d'esquadra*. Son aspect physique, en revanche, n'a pas fondamentalement changé : il n'a pas pris de poids, il n'a pas non plus perdu ses cheveux, des cheveux crépus, durs, roux et si collés au crâne qu'il a à peine besoin d'y passer un peigne ; l'âge n'a érodé ni sa cordialité ni son dynamisme. En le voyant croiser les jambes devant lui, Melchor se dit soudain que Fuster l'a convoqué pour lui parler du chantage dont est victime la maire.

Ce n'est pas le cas. En fait, le commissaire ne lui demande même pas la raison de sa présence au central et démarre sans autre préambule le discours que, avec des variations minimes, il lui inflige chaque fois qu'ils se retrouvent : il assure Melchor qu'il continue d'être un symbole essentiel pour le corps, il lui rappelle que s'il a besoin de quoi que ce soit, il est là, il lui répète qu'il ne doit pas baisser la garde.

— Combien de temps s'est-il écoulé depuis les attentats ? s'interroge Fuster en se caressant la barbichette. Huit, neuf ans ? Peu importe. Notre personnel, pour la plupart, sait déjà qui vous êtes et ce que vous avez fait, et si votre visage était rendu public, le lendemain votre photo serait sur tous les sites jihadistes et vous deviendriez automatiquement une cible. Que dis-je, non pas une cible : un véritable trophée. Certes, il n'y a actuellement aucune raison de croire que vous êtes en danger, mais je tiens pour sûr que les jihadistes ne vous ont pas oublié.

— Je croyais que le danger islamiste était plus important aujourd'hui qu'il y a cinq ou six ans.

Une moue sceptique froisse le visage du commissaire.

— C'est ce que disent certains politiciens.

— Par exemple, signale Melchor, la maire de Barcelone.

— Par exemple.

— Et ce n'est pas vrai ?

— Non, autant qu'on sache. Au contraire. Il n'y a jamais eu si peu d'immigration musulmane en Catalogne que ces dernières années. Et nous n'avons jamais eu si peu d'indices d'activité islamiste. Celle qui existe, on la contrôle.

— Alors ?

Le commissaire cligne des yeux à plusieurs reprises et grimace à nouveau, mais cette fois, son visage exprime davantage l'indifférence que le scepticisme.

— C'est de la politique, dit-il.

Puis il s'empresse d'ajouter :

— Ce qui n'exclut pas l'apparition d'un loup solitaire qui mette tout sens dessus dessous... Sans compter que Barcelone n'est pas la Terra Alta. Là-bas, il y a encore peu de musulmans ; ici, il y en a beaucoup. C'est pourquoi j'ai voulu vous parler dès que j'ai appris votre retour. Voulez-vous qu'on vous place sous protection ? Voulez-vous qu'on le fasse pour votre fille ?

— Vous venez de me dire qu'il n'y avait pas de danger.

— Ne me prêtez pas des mots que je n'ai pas dits, le corrige le commissaire. Ce que j'ai dit, c'est que le danger n'a jamais été aussi faible depuis 2017. Pas qu'il n'existe pas. Je vous ai aussi dit que Barcelone n'était pas la Terra Alta et que je ne peux pas assurer votre sécurité à cent pour cent. Voilà ce que je vous ai dit. Alors, on vous protège ou pas ?

Melchor s'accorde un instant de réflexion. Les explications que Fuster vient de lui donner ne sont effectivement pas très différentes de celles qu'il lui avait données des années plus tôt, quand il était revenu à Barcelone en fuyant la Terra Alta ou le fantôme d'Olga en Terra Alta, et qu'il n'y a aucune raison pour lui livrer une réponse différente.

— Ce n'est pas nécessaire, dit-il.

Le commissaire acquiesce d'un geste et, appuyant ses mains sur ses genoux, il se lève.

— Comme vous voudrez. – Ils échangent une poignée de main. – À vrai dire, je m'attendais à cette réponse. Mais, au moins pendant que vous êtes à Barcelone, rendez-moi un service : soyez prudent.

Melchor n'est pas sorti dans le couloir qu'il entend dans son dos :

— Au fait, Marín.

Il se retourne. Fuster se tient encore debout près de son bureau, mais à présent ses traits dénotent de la contrariété ou de l'embarras ; comme s'il pesait chacun des mots qu'il doit prononcer.

— On vous a dit, pour le roman, n'est-ce pas ? finit-il par demander.

Melchor met du temps à répondre.

— Le roman ? Quel roman ?

— Celui qui parle de vous.

Pendant quelques secondes éternelles, les deux policiers se taisent.

— *Terra Alta*, c'est son titre. L'auteur s'appelle Javier Cercas.

Bien que Melchor ait entendu parler d'un roman s'intitulant ainsi, il ne l'a pas lu – Melchor ne lit pas les nouveautés littéraires – et il ne comprend pas bien de quoi il s'agit. Le commissaire essaie de le lui expliquer, mais son explication est confuse, et tout ce que Melchor parvient à discerner, tandis que la troublante impression d'avoir déjà vécu cet instant ou de l'avoir rêvé le gagne, c'est qu'il est devenu le personnage principal d'un roman qui a pour titre *Terra Alta*.

— Ma femme l'a lu, ajoute Fuster, peut-être parce qu'il ne sait pas quoi dire d'autre. D'après elle, ce n'est pas mal.

Melchor reconnaît son ignorance à ce sujet et les deux hommes s'observent en silence sans savoir quoi ajouter, en proie à la perplexité, puis, haussant les sourcils et arquant la bouche, le commissaire prend à nouveau congé de Melchor :

— Bref, comme je l'ai dit : soyez prudent.

Le bureau de l'Unité centrale des enlèvements et extorsions n'a pas beaucoup changé non plus depuis l'époque où il y travaillait, hormis le personnel qui, dans la même ambiance fébrile, est occupé à tambouriner sur les claviers d'ordinateurs, à suivre des écoutes téléphoniques, à surfer sur internet, à étudier des documents, à téléphoner ou à discuter. Il s'agit d'une grande pièce au fond de laquelle se cache le bureau vitré de Vàzquez avec sa table, son ordinateur et ses classeurs métalliques ; pour le reste, c'est un endroit éclairé par une grande fenêtre horizontale, les murs couverts de diagrammes arborescents et de photographies de criminels et de suspects, et où, pour lors, quatre hommes et une femme, trois d'entre eux avec un casque sur les oreilles, sont assis devant un ordinateur. Vàzquez sort de sa tanière pour aller au-devant de Melchor tout en requérant l'attention des personnes présentes qui suspendent leur activité sur-le-champ. Cinq paires d'yeux se braquent sur les deux hommes.

— Ce jeunot s'appelle Melchor Marín, annonce le sergent au milieu du silence soudain et en désignant du pouce le nouveau venu. Vous avez sans doute déjà entendu parler de lui. Il a travaillé ici il y a quelque temps. C'était quand, déjà ?

— Il y a deux ans et des poussières, calcule Melchor à voix haute.

— Deux ans et des poussières, admet Vàzquez. Il revient pour nous donner un coup de main, ce dont on a sacrément besoin. Il est bon ; un casse-couilles de premier ordre mais il est bon. Seulement, il faut se méfier de lui : il vient de la Terra Alta, comme Blai. Ces gens-là sont pires que les Corleone.

Il y a des sourires, des signes de tête en guise d'approbation, des murmures et, alors que Vàzquez regagne son repaire, les cinq collègues s'approchent de Melchor, lui souhaitent la bienvenue et se présentent à tour de rôle : Roig, Cortabarría, González, Torrent, Estellés. Melchor entre ensuite dans le bureau de Vàzquez, qui lui indique un siège.

— Laisse-moi te mettre au parfum, lui annonce-t-il.

Sans préambule, le sergent se lance dans une présentation détaillée des dossiers que l'unité a entre les mains. Le principal, le prévient-il d'emblée, est un règlement de comptes lié à la drogue dont ils n'arrivent pas à se dépatouiller depuis des semaines : l'enlèvement de l'épouse d'un trafiquant de cocaïne d'origine arabe, résidant à Santa Coloma de Gramenet ; non seulement c'est l'affaire principale, mais c'est aussi celle qui le préoccupe le plus et sur laquelle il a concentré la plus grande part de l'énergie de son équipe, entre autres parce que, après avoir été un temps en contact avec les ravisseurs, il sent que la négociation est sur le point d'aboutir. Vàzquez lui présente aussi les tenants et les aboutissants des autres enquêtes en cours, qui comptent plusieurs cas d'extorsion, il lui parle des écoutes téléphoniques, des placements sous surveillance, des filatures et d'une poignée d'agents provenant d'autres unités qui sont actuellement sous ses ordres et collaborent avec eux.

— Voilà, grosso modo, conclut Vàzquez au bout de près de trois quarts d'heure. Si tu veux plus de détails, tu te démerdes. De toute façon, toi pour l'instant tu restes sur le truc de la maire, c'est ça ? T'es venu pour ça, non ?

Melchor ne répond pas et Vàzquez laisse échapper un demi-sourire.

— En parlant de la maire… – Il vérifie l'heure sur l'un de ses portables et, donnant une tape sur un des accoudoirs de son siège, se lève. – Allez, on y va. Blai doit être en train de nous attendre.

Ce sont eux qui doivent attendre Blai à la porte du garage. Quand il arrive enfin, ils montent tous les trois dans une Seat León et prennent la direction de Barcelone. Blai est au volant, Vàzquez est assis à ses côtés et Melchor à l'arrière. L'ancien chef de l'unité d'investigation de la Terra Alta sort tout juste d'une réunion avec les autres chefs de secteur de la DEC, la Division des enquêtes criminelles. Une réunion convoquée par l'intendant en chef, raconte-t-il, au cours de laquelle on a abordé les problèmes d'effectif et le chef a promis que les postes vacants, dont trois rattachés aux enlèvements, seraient pourvus au début de l'automne.

— On va voir si c'est vrai, cette fois, ronchonne Vàzquez. Quand je suis revenu à Egara, vous m'avez promis…

— Moi, je ne t'ai rien promis, le coupe Blai.

— Le commissaire me l'a promis, réplique Vàzquez.

— Je ne suis pas le commissaire, constate Blai. Et je ne sais pas pourquoi tu passes ton temps à te plaindre.

— Parce que ça me fait plaisir de te casser les couilles !

Sans s'offusquer le moins du monde, comme si l'insolence du sergent glissait sur lui, Blai informe Melchor que l'intendant a restructuré la DEC quelques mois plus tôt, si bien que cinq nouvelles unités sont désormais sous ses ordres en plus de celle de Vàzquez : les personnes disparues, les délits informatiques, la consommation, les homicides et délits sexuels et les mouvements de jeunesse organisés. Il demande ensuite à Vàzquez ce qu'il en est de la séquestration de la femme du narco de Santa Coloma.

— C'est le merdier, répond le sergent.

Vàzquez explique à son chef le plus direct ce qu'il a expliqué à Melchor quelques minutes plus tôt : ils sont quasiment certains que si celui qui a commandité l'enlèvement est arabe – probablement un membre de la famille de la séquestrée –, tous ou presque tous ceux qui surveillent la victime sont des Roumains. Blai lui demande pourquoi il en si certain ; Vàzquez poursuit son explication : il lui parle d'une conversation téléphonique interceptée par hasard et d'un groupe WhatsApp, il lui parle d'accents, d'allusions, de fautes d'orthographe. Puis il lui assure que l'Arabe est un négociateur intraitable.

— Un vrai fils de pute, prétend-il. Les Roumains, c'est différent.

— Différent ? s'enquiert Blai.

— Ils sont plus souples, précise Vàzquez. À mon avis, ils veulent seulement le pognon, se débarrasser du truc et prendre la tangente le plus vite possible.

— *Divide et impera*, cite Blai. Autrement dit : oublie l'Arabe et négocie avec les autres.

— Tu crois qu'on fait quoi ? demande Vàzquez. C'est notre angle d'attaque, on essaie d'amadouer les Roumains. Eux, c'est le maillon faible de la chaîne. Quand on les aura coincés, on s'intéressera au vrai salaud. C'est ça l'idée.

— Ça me paraît un plan excellent.

— Et ça l'est, si seulement j'avais assez de personnel pour l'exécuter. Mais comme j'en ai pas, parce que la moitié est prise par des conneries, ce plan c'est de la merde.

— J'imagine que tu considères le chantage dont est victime la maire comme une de ces conneries.

— C'est dingue comme tu imagines bien…

La circulation sur la Meridiana est fluide, mais il y a des embouteillages dès qu'ils tournent en direction du centre en prenant la rue Aragón. Ce n'est que lorsqu'ils bifurquent vers la mer par Pau Clariss qu'ils recommencent à rouler sans entrave. Ils laissent alors la voiture dans un parking souterrain proche de la place de Sant Jaume qui est en chantier : un grand échafaudage où fourmille une équipe de maçons recouvre complètement la façade du palais de la Generalitat, soumise aux travaux de réhabilitation depuis plusieurs mois déjà. Il leur faut décliner leur identité à la porte principale du bâtiment ancien, annoncer où ils se rendent et franchir un contrôle de sécurité.

— On aurait pu se passer de ça, râle Vàzquez. Si on nous aperçoit ici, on est grillés.

Tandis qu'ils empruntent un monumental escalier de pierre depuis la cour des carrosses vers la galerie gothique, Blai dit partager le point de vue du sergent, mais précise que la maire n'a consenti à leur accorder que quelques minutes. Le sergent grogne de nouveau :

— Le pompon.

Une secrétaire leur annonce que leur hôtesse les accueillera dans un instant et les accompagne à un salon. Lorsque la femme les a laissés, Blai et Vàzquez prennent place sur un canapé et se mettent à écrire sur leurs portables. Melchor reste debout. Ils se trouvent dans une pièce majestueuse, éclairée par des lustres de cristal et des lampadaires aux abat-jour couleur crème, et dont les fenêtres ne laissent filtrer aucun rayon de soleil ; il y a du parquet au sol, et sur les murs et le plafond, habillés de bois et ornés de moulures dorées, s'étalent de grandes fresques bibliques où dominent, brillantes, les couleurs bleue et rouge. Au centre, sur un tapis écarlate, il y a une petite table en bois, deux fauteuils en skaï et deux canapés dont l'un est occupé par le sergent et l'inspecteur. Melchor s'intéresse à la fresque qui décore la voûte. Elle est en forme de médaillon et représente une femme torse nu, assise sur un nuage cotonneux, un minuscule brigantin sur les genoux. D'autres femmes sont massées autour d'elle ; il y a aussi des putti, des mouettes. Tapi dans un coin de la fresque, presque caché derrière quelques rochers, un homme rappelant un satyre souffle dans une corne, entouré de trois autres hommes ; il semble annoncer une attaque imminente contre la femme à moitié nue. L'image évoque à Melchor le chantage dont est victime la maire ; la seconde suivante, l'assassinat de sa mère. Une boule d'angoisse lui obstrue immédiatement la gorge.

Au même instant, la porte du salon s'ouvre et la maire fait irruption. Blai et Vàzquez se lèvent et lui serrent la main ; Melchor la salue également.

— Merci d'être venus, dit-elle en s'installant dans un fauteuil et en posant sur la table une enveloppe kraft et un attaché-case de la taille d'un ordinateur portable, en cuir gris et aux poignées noires.

Blai et Vàzquez se rassoient ; Melchor se place en face d'eux.

— Je suis un peu pressée, je ne pourrai pas rester avec vous longtemps. De toute façon, il n'y a pas grand-chose à dire.

Sans plus attendre, la maire prend l'enveloppe kraft et la tend à l'inspecteur qui, avant de la toucher, enfile des gants de caoutchouc. Pendant que Blai sort une feuille de l'enveloppe et la lit, Melchor mobilise sa concentration pour dominer son angoisse et observer la maire. C'est une femme d'environ quarante ans, grande, forte, aux yeux verts et aux traits fins et escarpés, et Melchor, en sa présence, ressent ce qu'il ressent chaque fois qu'il la voit à la télévision : c'est une de ces femmes qu'il faut regarder attentivement pour en découvrir la beauté. Mais il éprouve aussi quelque chose qui est en contradiction avec son impression précédente, et c'est que cette femme inquiète et pressée, qui tripote sans arrêt ses doigts tout juste sortis du salon de manucure, n'a pas grand-chose en commun, à première vue, avec la politicienne débordante d'aplomb qui, du moins depuis qu'elle est arrivée à la mairie, semble monopoliser les médias catalans (et qui, à en juger par les résultats électoraux qu'elle récolte, cache avec succès sa suffisance naturelle derrière un infatigable déploiement de sourires). Sa bouche et ses ongles sont peints de rouge et elle porte un tailleur ajusté gris foncé, un chemisier blanc qui souligne sa poitrine pleine et d'élégantes chaussures à talon grises.

Alors que Blai a levé le regard de la feuille, la maire prend l'attaché-case et, avant que l'inspecteur ne puisse prononcer un seul mot, le lui tend.

— Voici l'argent, dit-elle. Payez ces gens et qu'ils me fichent la paix.

Blai ne touche pas à l'attaché-case.

— Quand avez-vous reçu ça ? demande-t-il en brandissant le papier.

La maire semble ne pas comprendre. L'inspecteur répète sa question.

— Vendredi dernier, répond la femme.

— Vous l'avez reçu à quelle adresse ?

— Ici. À la mairie.

— C'est arrivé dans cette enveloppe ?

— Oui.

— Qui l'a touchée ?

— Je ne sais pas. Ma secrétaire. Je crois que c'est tout. Pourquoi me demandez-vous ça ?

Blai brandit de nouveau le papier, cette fois avec l'enveloppe.

— La prochaine fois que vous recevez une chose pareille, n'attendez pas autant avant de nous contacter. Plus précisément : appelez-nous aussitôt.

— Il n'y aura pas de prochaine fois

La maire cesse de se tripoter les doigts, tend l'attaché-case à l'inspecteur et ajoute :

— Je veux que vous payiez et que vous mettiez fin à ça le plus tôt possible.

L'inspecteur ne lâche pas du regard son interlocutrice, mais ne prend pas l'attaché-case pour autant. Après une seconde d'étonnement, la femme se tourne vers Vàzquez puis vers Melchor, cherchant dans les yeux des deux hommes l'explication qu'elle ne trouve pas dans ceux de Blai. La boule d'angoisse commence à se dissoudre dans la gorge de Melchor alors qu'il tente de se concentrer sur le dialogue auquel il assiste.

— Il me semble que vous n'avez pas bien compris la situation dans laquelle vous vous trouvez, madame Oliver, dit Blai.

Il laisse l'enveloppe et la feuille sur la table et enlève les gants.

— Si vous payez ce qu'ils vous demandent, le plus probable est qu'ils vous demanderont davantage. Et encore plus si vous payez une seconde fois. D'ailleurs, vous avez déjà payé une fois, n'est-ce pas ?

La maire ne répond pas ; elle a cessé d'offrir l'attaché-case à l'inspecteur et l'écoute avec une attention méfiante.

— Vous savez, continue Blai, pour l'instant vous n'avez aucune garantie que le maître-chanteur possède ce qu'il prétend posséder, ni qu'il va vous le donner si vous payez, et encore moins qu'il ne va pas continuer à vous faire chanter jusqu'au jour du jugement dernier. Alors le mieux est de ne pas payer.

— Et je fais quoi ? demande la maire.

— Vous vous en remettez à nous, répond l'inspecteur. Vous suivez nos consignes, vous nous faites confiance.

Sans le regarder, il désigne Vàzquez qui, à côté de lui, a mis les gants et tient le papier, les cinq sens concentrés sur la lecture.

— C'est la première fois que ça vous arrive, mais le sergent, lui, est confronté à des cas comme le vôtre tous les jours. Laissez-nous travailler, ayez confiance en nous. Ne vous inquiétez pas et tout ira bien.

Maintenant, c'est la maire qui dévisage Blai : à l'évidence, elle est en train de soupeser ses mots. Vàzquez, quant à lui, a donné le message du maître-chanteur à Melchor qui, à son tour, a enfilé les gants. C'est une feuille pliée en deux, format A4 ; dans la moitié supérieure, on peut lire, écrit à la main, au stylo et en lettres majuscules :

T'AS VU À GAVÀ CE QUI ARRIVE QUAND TU FAIS TON INTÉRESSANTE. SI TU RECOMMENCES, TOUT LE MONDE VERRA LA VIDÉO. PAIE-NOUS LES TROIS CENT MILLE EUROS EN LIQUIDE. VOILÀ LE NUMÉRO DE COMPTE OU TU DOIS FAIRE LE TRANSFERT :

4GDON7NCTI8A5GZUG7PRWZNKJVHFMKEVI16PNJP GJ5QNEHSN6EEX3DAAQFWZIUFD4LYZKARKTTI13W7Q JWVQ7CWGQVRZNNMQ5ZHDUIH.

QUAND ON REÇOIT L'ARGENT, ON T'ENVOIE LA VIDÉO ET ON N'EN PARLE PLUS. SAUF SI TU RECOMMENCES ET TU EN PARLES À QUELQU'UN, À LA POLICE PAR EXEMPLE. PRENDS ÇA COMME UN AVERTISSEMENT.

— Et que se passe-t-il si ça ne marche pas ? demande la maire. Que se passe-t-il s'ils mettent leur menace à exécution ?

— Ils ne le feront pas, répond Blai. Ils ne veulent pas diffuser la vidéo. Ce qu'ils veulent, c'est votre argent : c'est pour ça qu'ils vous ont contactée. Et vous, vous voulez la vidéo, et qu'ils vous fichent la paix. Comme ça ils ont ce que vous voulez, et vous, vous avez ce qu'ils veulent. Ce qui signifie que vous êtes obligés de vous entendre. Plus précisément, que vous êtes obligés de négocier. Ce que je dis est clair, n'est-ce pas ?

Tandis qu'il parvient peu à peu à dominer son angoisse, Melchor se rend compte que, même si ce que Blai dit est facile à saisir, la maire a du mal à le comprendre. À côté de l'inspecteur, Vàzquez réprime visiblement son impatience, désireux d'intervenir ; il tient ses deux portables sur ses cuisses, qui n'arrêtent pas de trembler, comme les ailes de son nez ; on dirait que les muscles de sa mâchoire vont éclater. Profitant de la confusion de la maire, Blai insiste :

— Permettez-moi d'être franc. Le problème, en ce qui vous concerne, il existe déjà. Le problème, c'est que vous avez fait ce que vous avez fait et que vous vous êtes laissé filmer. Ça, nous, on n'y peut rien. Ni nous, ni personne d'autre. Je veux dire par là que, que vous cédiez au chantage ou pas, que vous payiez ou non ce qu'ils vous réclament, les maîtres-chanteurs peuvent à tout moment rendre public cet enregistrement. Et à tout moment veut bien dire à tout moment. Même là, pendant qu'on parle. La connerie, si vous me permettez l'expression, est déjà faite. Maintenant, à vous de décider si vous allez essayer de trouver une solution avec ceux qui savent comment la trouver. Et ceux qui sont en mesure de la trouver, c'est nous. Personne d'autre. Nous avons résolu des centaines, des milliers de cas comme le vôtre, nous avons de la bouteille, nous sommes les meilleurs, nous avons cent pour cent d'efficacité. Je ne le dis pas pour me vanter : c'est comme ça. Mais si vous voulez qu'on règle votre problème, vous devez faire comme on vous dit, vous devez avoir une confiance aveugle en nous. Et dans ce cas, le sergent Vàzquez formera un groupe d'enquête, travaillera sur votre problème, recueillera des preuves, on trouvera les responsables, on les coincera et ils vont payer pour ce qu'ils ont fait. N'ayez aucun doute là-dessus. Si vous faites ce qu'on vous dit, vous résoudrez votre problème ; dans le cas contraire, vous ne le résoudrez pas : il se démultipliera. À vous de choisir.

Un silence à couper au couteau suit l'ultimatum de Blai. L'attaché-case contenant l'argent encore à la main, la maire semble essayer d'assimiler ce qu'elle vient d'entendre, le regard rivé sur l'inspecteur, les lèvres ridées et serrées par la réflexion. Incontestablement, elle est bien plus tranquille que lorsqu'elle est arrivée. Soudain, elle dirige son regard vers la porte du salon, comme si elle attendait quelqu'un ou comme si quelqu'un venait d'entrer, puis elle se tourne aussitôt vers Blai, lâche un profond soupir et, avec une moue d'acquiescement, pose l'attaché-case au pied de la table.

— D'accord, concède-t-elle. Je vous écoute.

Blai n'a pas besoin de donner la parole à Vàzquez, qui laisse ses deux téléphones sur la petite table et, sur un ton pédagogique, commence :

— D'entrée de jeu, le plus important, c'est que vous fassiez ce que l'inspecteur vous a dit de faire. Nous faire confiance. Nous et personne d'autre. Personne ne doit savoir que nous travaillons sur cette affaire, personne ne doit savoir que nous vous conseillons. C'est le plus important. Vous savez pourquoi ?

La maire l'écoute sans ciller et sans s'adosser au canapé.

— Parce que le secret est notre principal outil de travail. Moins il y a de gens au courant, mieux c'est. Et maintenant, dites-moi : qui est au courant ?

— Personne, que je sache. Enfin, si, Gubau, le conseiller de justice. C'est un ami. C'est lui qui a parlé avec le commissaire Vinebre.

— À part le conseiller et le commissaire.

— Personne d'autre.

— Vous en êtes sûre ?

— Oui.

Vàzquez observe la maire ; il se tourne ensuite vers son chef, comme pour demander des explications, et fait claquer sa langue, irrité. "Ça commence mal", semble-t-il dire.

— Il vaudrait mieux que vous nous disiez la vérité, intervient l'inspecteur. Si vous nous mentez, nous ne pouvons pas vous aider.

Il marque une brève pause pour laisser à la maire le temps d'y réfléchir, puis reprend :

— Dites-nous : qui d'autre le sait ? Que s'est-il passé à Gavà ? Pourquoi est-il dit dans le message que vous avez fait l'intéressante ? Vous avez déjà payé une première fois, c'est ça ?

On vient de frapper à la porte ; sans quitter Blai du regard, la maire donne l'autorisation d'entrer. C'est sa secrétaire, qui annonce qu'elle est attendue dans son bureau. Au bout de quelques secondes, durant lesquelles elle ne montre aucune réaction, la maire se tourne vers sa secrétaire et lui demande si sa réunion peut être décalée de quelques minutes. La secrétaire opine.

— J'ai engagé une agence de détectives, avoue la maire une fois que la secrétaire a refermé la porte derrière elle. Sayén, c'est son nom. On m'a dit qu'ils étaient bons.

— Ils sont mauvais, tranche Vàzquez. Mais il y a pire.

— Le fait est que ça a mal tourné, reconnaît la maire.

Blai demande ce qu'il s'est passé et elle le lui raconte. Ce qu'elle raconte, c'est que quelques semaines plus tôt, quand elle a reçu le premier message, elle a décidé sans consulter personne de faire appel à une agence de détectives. Elle raconte que dans ce premier message, les maîtres-chanteurs demandaient trois cent mille euros en coupures de cinquante, et la vidéo ne serait pas rendue publique, argent qu'elle devait déposer personnellement, le jour convenu, au coucher du soleil, à un endroit précis de la plage de Gavà tout près de la rive, où elle trouverait une gamelle dans laquelle, en échange de l'argent, les maîtres-chanteurs laisseraient la vidéo. Elle raconte que, suivant les instructions des détectives, elle a fait ce que les maîtres-chanteurs demandaient et qu'après avoir laissé l'argent dans la gamelle trouvée sur la plage, les détectives sont restés à l'affût, attendant que les délinquants récupèrent l'argent, afin de les attraper. Elle raconte que les détectives ont attendu des heures, que la nuit s'est écoulée et l'aube est arrivée sans que personne apparaisse, et qu'au lever du jour, quand le soleil a illuminé la plage, la gamelle avait disparu.

— Elle a été emportée par un plongeur, devine Blai. La gamelle était attachée à une corde et le plongeur a tiré sur la corde depuis la mer.

Bouche bée, la maire regarde l'inspecteur.

— Comment le savez-vous ? demande-t-elle.

— Parce que c'est un truc vieux comme le monde, répond Vàzquez. Je vous garantis une chose : ils ont réussi le coup avec ces poires, mais avec nous, ça sera pas possible.

— Vous voyez pourquoi vous devez nous accorder votre confiance ? insiste Blai.

Après quelques minutes d'hésitation, la maire hoche la tête de manière affirmative, tandis que Melchor sent que, même si la boule d'angoisse ne s'est pas complètement dissipée, le mauvais moment est passé ; le souvenir revenu de sa mère ou de l'assassinat de sa mère, cependant, demeure là.

— Je vous l'ai déjà accordée, assure la maire. Dites-moi ce que vous voulez que je fasse.

— Quatre choses, s'empresse de préciser Vàzquez en montrant quatre doigts énergiques : tous de la main droite, à part le pouce. Il y en a deux dont on vous a déjà parlé. La première – avec la main gauche, il attrape son petit doigt –, nous faire confiance à nous, et seulement à nous. La seconde – il attrape son annulaire –, ne rien dire à personne. Ces deux choses-là sont fondamentales.

— Et la troisième ?

— Contrôler votre peur, répond Vàzquez en attrapant son majeur. Le principe de base du chantage, c'est l'intimidation de la victime. Les maîtres-chanteurs veulent que vous ayez peur, ils essaient de vous mettre la pression et de vous isoler pour que vos nerfs lâchent, pour que vous n'y voyiez plus clair, que vous n'arriviez plus à penser et que vous leur obéissiez. Et ne me dites pas que vous n'avez pas peur.

Vàzquez devance l'objection de la maire : il n'a pas lâché son doigt, mais il a cessé de l'exhiber ostensiblement.

— Parce que nous savons que vous avez peur. Si vous n'aviez pas peur, vous ne nous auriez pas appelés. Si vous n'aviez pas peur, vous ne seriez pas courageuse, vous seriez téméraire. Et vous n'êtes pas téméraire, n'est-ce pas ?

La maire examine Vàzquez tout en semblant chercher une réponse, et Melchor en conclut qu'elle vient de se rendre compte que le sergent est plus intelligent qu'elle ne le croyait.

— Continuez, dit-elle.

— Contrôler votre peur, répète le sergent en montrant de nouveau son majeur. Voilà ce que vous avez à faire. Et si vous stressez, si vous remarquez que la peur vous gagne et que vous êtes sur le point de faire une bêtise, vous m'appelez. À partir de maintenant, je serai votre confesseur, votre confident, votre ange gardien.

Il indique Melchor et ajoute :

— Si vous ne me trouvez pas, vous appelez mon collègue. Prenez note.

Tous les trois échangent leurs numéros de téléphone.

— Appelez-moi dès que vous en avez besoin. Ne vous gênez pas : je serai à votre disposition vingt-quatre heures sur vingt-quatre. D'accord ?

La maire acquiesce.

— Quoi d'autre ? demande-t-elle.

— Il manque une chose, dit Vàzquez. La quatrième et la plus importante.

Il attrape son index et ses lèvres s'étirent en un sourire rusé.

— Nous devons danser.

Le visage de la maire trahit une confusion absolue.

— Danser ? demande-t-elle.

— La danse de la négociation, explique le sergent. Il faut le faire. L'inspecteur vous l'a dit : votre maître-chanteur est obligé de s'entendre avec vous, parce qu'il possède quelque chose qui vous intéresse beaucoup, et il sait que vous êtes prête à payer pour ce qu'il possède. Par conséquent, s'il veut vraiment cet argent, il devra faire des choses pour y parvenir. Et en les faisant, il bougera. Et en bougeant, il commettra des erreurs. Et en commettant des erreurs, il laissera des indices. Et c'est grâce à ces indices qu'on le chopera. Soyez-en certaine.

— Le maître-chanteur peut aussi renoncer, bien sûr, intervient Blai. Il voit que ça se complique, il a peur et il cesse de vous faire chanter.

— Et alors ? demande la maire.

— Alors c'est fini, répond Blai. Il faut faire un pont d'or à l'ennemi qui fuit. À moins que vous ne préfériez qu'on le poursuive. Mais, de notre côté, je le répète : c'est fini, on ne va pas vous chercher des poux pour attraper le coupable. Nous sommes là pour régler les problèmes, pas pour en créer.

— C'est ça, corrobore Vàzquez. Sauf que moi, j'ai l'impression que ce malfrat n'est pas du genre à fuir. Du moins pas avant de soutirer quelque chose. Ce n'est pas un amateur. Gavà, c'est pas des amateurs qui ont fait ça. – À côté de Vàzquez, Blai plisse les yeux en signe d'approbation. – Alors on va devoir danser. On va mettre la pression sur le salaud et vous serez obligée de la supporter, pour qu'on puisse l'amener à faire une faute. Il faut s'armer de patience. S'il ne bouge pas, nous attendrons ; il bougera à un moment ou un autre, il dira quelque chose. C'est une partie d'échecs, une course de fond, appelez ça comme vous voudrez. Mais il finira par bouger et il commettra une erreur. Et là, il tombera. Vous pouvez en être sûre. Parce que nous sommes plus intelligents que lui.

Après une pause, il esquisse un sourire mauvais et ajoute :

— Et s'il le faut, nous serons encore plus salauds que lui. Vous le comprenez, n'est-ce pas ?

La maire acquiesce de nouveau, hésitante au début, puis sans réserve. Ensuite, elle affirme plus qu'elle ne demande, en s'adressant à l'inspecteur :

— C'est tout ?

C'est Vàzquez qui répond.

— Non, dit-il. Ce n'est que le début.

À partir de là, le sergent soumet la maire à un interrogatoire systématique, durant lequel Blai intervient de temps à autre, uniquement pour corriger ou éclaircir ou nuancer ou amplifier ou préciser certains points. Quant à Melchor, il se contente de faire ce qu'il a fait jusqu'à présent : observer attentivement la femme.

Vàzquez demande à la maire si elle a conservé le premier message des maîtres-chanteurs ; la maire répond non et ajoute qu'elle s'en est tout de suite débarrassée, redoutant que quelqu'un ne tombe dessus. Vàzquez explique alors que les messages du maître-chanteur représentent pour eux une source précieuse d'information, et la prie de se rappeler qui a eu le second entre les mains ; seules sa secrétaire et elle-même, répond la maire, ainsi qu'elle l'a indiqué à Blai au début. Vàzquez pose encore quelques questions sur les messages avant d'orienter l'interrogatoire vers le contenu de la vidéo qui fait l'objet du chantage, ce qui conduit la maire à de nouveau se tripoter les doigts et se triturer les mains, et multiplier les signes d'inquiétude. À un moment donné, le sergent lui demande comment elle sait que l'enregistrement contient des images à caractère sexuel et, après qu'il a dû répéter la question, la maire répond que les maîtres-chanteurs le lui ont dit dans leur premier message. Vàzquez lui demande si elle a une idée du type d'images que la vidéo peut contenir, à quoi la maire répond non, et il lui demande pourquoi elle les craint tellement si elle ne sait pas de quoi il s'agit.

— Précisément parce que je ne sais pas, répond la maire. Si je le savais, je pourrais les craindre, ou pas. Comme je ne le sais pas, je ne peux que les craindre.

Vàzquez salue avec un léger mouvement de tête la logique sans appel du raisonnement, et lui demande dans la foulée si, avant qu'on essaie de la faire chanter, elle était consciente que ce type d'images d'elle existait et s'il se pouvait que d'autres images de nature similaire existent ; la maire répond par la négative à la première question et à la seconde qu'elle ne sait pas. Alors le sergent tente une feinte.

— Vous et votre mari êtes séparés, n'est-ce pas ?

Au lieu de la déstabiliser, la question paraît rendre à la maire une partie de son aplomb, et elle acquiesce.

— Depuis combien de temps êtes-vous séparés ? demande le sergent.

— Officiellement, un peu plus d'un an, répond-elle.
— Que veut dire officiellement ?
— Cela veut dire que depuis un peu plus d'un an nous ne fonctionnons plus comme un couple marié.
— Vous êtes avec quelqu'un en ce moment ?
— Non.

Vàzquez hoche la tête. Sur la petite table, près de l'enveloppe kraft, ses deux téléphones portables continuent de vibrer lorsque des messages arrivent, mais le sergent, absorbé par l'interrogatoire, a cessé d'y prêter attention : il ne vérifie même plus qui lui écrit ou qui l'appelle. Pendant que Melchor et Blai échangent un regard fugace, Vàzquez demande à la maire si elle croit que ces images datent de l'époque de son mariage ou sont antérieures à son mariage, et elle lui répond qu'elle a déjà dit qu'elle n'en savait rien. Le sergent veut ensuite savoir si, pendant le temps qu'a duré son mariage, elle a entretenu des relations extraconjugales. Quelque peu gênée (c'est du moins l'impression qu'a Melchor), la maire demande à Blai si elle doit répondre à cela aussi et, avec un geste vaguement accablé, l'inspecteur lui laisse entendre que oui. La femme réfléchit.

— Aucune, répond-elle.

Ajouté à la gêne initiale, cet instant de réflexion (ou d'hésitation) semble éloquent aux yeux de Melchor.

— Et avant votre mariage ? demande Vàzquez.
— Que voulez-vous savoir sur ma vie d'avant mon mariage ?
— Si vous avez eu beaucoup de relations.
— Quelques-unes. Je me suis mariée relativement tard.
— C'était des relations normales ? Je veux dire…

Le sergent ne finit pas son explication et Melchor sent que ce qui a avorté la phrase de son collègue est le sourire qui se profile sur les lèvres de la maire.

— Vous me demandez si j'ai couché avec des femmes ? Si j'ai participé à des partouzes ? C'est ce que vous êtes en train de me demander ?

La pomme d'Adam de Vàzquez monte et descend le long de son cou avant qu'il ne parvienne à répondre oui. La maire sourit ouvertement : un sourire ironique, presque moqueur, mais pas agressif.

— Écoutez, sergent, dit-elle sur un ton différent que Melchor, avec ou sans raison, identifie avec celui qu'elle utilise devant les micros des journalistes. J'ai commis beaucoup d'erreurs dans ma vie. Beaucoup. Mais j'en ai tiré des enseignements. J'ai évolué. À vingt ans, j'étais telle sorte de personne ; maintenant, j'en suis une autre. À vingt ans, je croyais en certaines choses, et maintenant je crois en d'autres choses : avant, je ne croyais pas au mariage, maintenant si ; avant, je ne croyais pas à l'importance de la fidélité conjugale, et maintenant j'y crois ; avant, je ne croyais pas que le christianisme était important, maintenant si, et comment… C'est Keynes qui a dit : "Quand les faits changent, je change d'avis. Et vous ?"

Après une pause, elle continue :

— J'ai changé parce que le monde a changé. Les gens qui pensent toujours la même chose ne pensent pas. Et moi, je pense beaucoup, alors j'ai beaucoup changé. Il n'y a qu'une constante chez moi : je suis une femme libre. Je l'étais jeune et je le suis encore maintenant, alors que je ne suis plus si jeune. L'esprit grégaire n'est pas mon fort. Ni le politiquement correct. Je crois en avoir donné des preuves plus que suffisantes dans ma vie publique. D'ailleurs, laissez-moi vous dire qu'à votre âge, vous devriez savoir que la normalité n'existe pas. C'est une escroquerie. Dans le domaine du sexe comme dans tout le reste.

Un silence épais suit ces mots. Le sourire a disparu du visage de la maire, remplacé par une expression de dignité suffisante. Le sergent se racle la gorge.

— Dois-je comprendre que votre réponse… ?

— Comprenez ce que vous voulez.

L'un des deux portables de Vàzquez commence à vibrer, et l'autre l'imite aussitôt, mais le sergent ne leur accorde pas un seul regard et change de sujet. Il interroge longuement la maire sur l'argent dont elle dispose, sur ses amis, sur ses deux filles et sur son ex-mari, Daniel Casas, actionnaire principal et propriétaire de plusieurs entreprises, dont la plus connue est Clave Barcelona, un cabinet de consulting spécialisé en amélioration de réputation, communication d'entreprise et gestion stratégique dans le secteur de la technologie. L'interrogatoire n'a toujours pas pris fin quand la secrétaire réapparaît et annonce que la réunion reportée commence dans cinq minutes et que la maire ne peut plus la retarder.

— J'ai presque fini, promet Vàzquez après le départ de la secrétaire. Écoutez, nous avons deux outils pour attraper ces bandits. Le premier est celui-ci. – Il reprend le message des maîtres-chanteurs et le montre à la maire. – Avec votre permission, nous allons le garder. On va essayer de trouver à qui appartient le compte bancaire et on examinera le papier à la recherche d'éventuels indices. On en trouvera bien quelques-uns.

— Et si vous n'en trouvez aucun ?

— C'est pour ça qu'on a notre second outil. La preuve de possession.

La maire fronce les sourcils.

— Ces bandits doivent nous montrer qu'ils ont ce qu'ils prétendent avoir, explique Vàzquez. Je parle de l'enregistrement, évidemment. Ils doivent nous prouver qu'ils l'ont et vous devez le leur demander.

— Et comment je fais ?

— Ne vous inquiétez pas pour ça. Si vous n'êtes pas pressée, si vous êtes patiente, ils vous recontacteront. Aucun doute là-dessus.

— Pourquoi en êtes-vous si sûr ?

— Parce que s'ils ne vous contactent pas, ils n'obtiendront pas ce qu'ils convoitent.

— Et comment vont-ils me contacter ?

Vàzquez hausse les épaules.

— Ça, on ne le sait pas encore, reconnaît-il. Tout ce qu'on sait, c'est qu'ils le feront. Et lorsqu'ils le feront, on aura davantage de pistes. Et l'une de ces pistes nous conduira à eux. Et on les attrapera. C'est comme si c'était fait.

La maire a cessé de froncer les sourcils : les propos du sergent l'ont de nouveau convaincue. Melchor et Blai échangent un autre regard fugace. La maire demande :

— Que dois-je faire quand ils me contacteront ?

— Nous contacter immédiatement, répond Vàzquez.

— Et s'ils me téléphonent ?

— Alors là, ça change la donne. – Le sergent s'agite dans le canapé. – Dans ce cas-là, la première chose à faire, c'est de ne pas se stresser. La seconde, leur dire ceci : "Écoutez, ça fait des années qu'on me menace de diffuser des vidéos compromettantes, ce genre de bobard j'en ai entendu plein, alors qu'est-ce qui me dit que ça n'en est pas un de plus. Comment je peux savoir que vous avez cette vidéo ? Comment je sais que je peux me fier à vous ? Donnez-moi une preuve et je ferai ce que vous dites, comme ça je saurai que vous êtes la personne avec laquelle je dois négocier pour régler cette affaire." Voilà ce que vous devez dire. Enfin, ça ou quelque chose d'approchant. En tout cas, quelque chose qui oblige le responsable à bouger, à vous recontacter et à commettre une erreur qui nous permette de le coincer. Vous comprenez ?

La maire ne répond pas tout de suite ; son regard est rivé sur l'attaché-case posé sur la petite table, à côté des portables du sergent, contenant l'argent de la rançon.

— Ce que je ne comprends pas, c'est comment on va obliger le maître-chanteur à me recontacter, insiste-t-elle en se tournant vers Vàzquez.

— En réalité, on ne va pas l'obliger. S'il ne veut pas le faire, qu'il ne le fasse pas, mais il ne touchera pas un centime de plus, et, comme l'inspecteur vous l'a dit, il faut faire un pont d'or à l'ennemi qui fuit. Mais s'il veut le faire, s'il veut vous recontacter, ce qui est très probable, on va attendre. On n'est pas pressés. Au contraire : on a tout le temps du monde, comme chantait je ne sais plus qui. C'est pour ça que je vous ai dit que vous devez vous armer de patience. De patience et de confiance. C'est comme ça qu'on va gagner.

La maire semble se résigner, hoche la tête, ajuste sa veste de tailleur en tirant à deux mains sur les revers et promène son regard sur les trois policiers, comme si elle voulait s'assurer qu'ils n'ont rien à ajouter. Il est clair que ce n'est plus la femme craintive et déstabilisée qui est entrée dans le salon trois quarts d'heure plus tôt.

— D'accord, tranche-t-elle en prenant l'attaché-case et en se levant de son fauteuil. Je vais suivre vos instructions à la lettre.

Elle serre la main de Vàzquez et de Melchor près de la porte ; quand vient le tour de Blai, celui-ci retient la main de la maire et en profite pour faire ce qu'il fait toujours à la fin de ce type d'entretien : rappeler à la victime les points les plus importants.

— N'en parlez à personne, répète-t-il. Gardez votre sang-froid. Appelez mes hommes pour tout ce dont vous avez besoin. Surtout, appelez-les si les maîtres-chanteurs vous téléphonent ou se mettent en contact avec vous. Ayez confiance en nous et tout ira bien.

La maire assure une nouvelle fois qu'elle fera ainsi, le remercie et ouvre la porte pour sortir avec eux ; elle la referme avant de l'avoir ouverte complètement.

— Que se passe-t-il si je ne paye pas et qu'ils diffusent la vidéo ? s'alarme-t-elle.

Melchor trouve étrange, non pas que la maire pose cette question, mais qu'elle ne l'ait pas posée plus tôt. C'est encore le sergent Vàzquez qui lui répond.

— Ils ne le feront pas, lui assure-t-il. Parce que s'ils le font, ils n'auront pas ce qu'ils veulent : votre argent. Mais, au cas peu probable où ils le feraient, on peut toujours neutraliser la publication de la vidéo.

Sur le visage de son interlocutrice, l'intérêt, ou un mélange d'intérêt et de surprise, remplace l'inquiétude.

— Ah, bon ? Et comment cela ?

— Il y a plusieurs manières de le faire, explique Vàzquez. Ça dépend où, quand et qui rend la vidéo publique. Si c'est sur internet, par exemple, on peut engager une entreprise pour effacer des contenus ou envoyer la vidéo dans l'enfer de Google, comme ça personne ne la verra. Si elle est diffusée à la télé, on peut envoyer des gens pour mettre en doute la véracité des images, des gens qui affirmeront que la vidéo est truquée, par exemple. Comme je vous l'ai dit, ça dépend.

— Et vous feriez ça ?

Pour toute réponse, Vàzquez lâche un rire sec et sans joie.

— Vous croyez que nous allons consacrer de l'argent public à ce genre d'affaire ? Vous charriez ou quoi ?

La maire fait un bond.

— Ce que le sergent veut dire, c'est que nous ne pouvons pas faire ce genre de choses, explique Blai en arrivant à la rescousse. Nous, on se consacre uniquement à poursuivre les auteurs des délits et à protéger les victimes. Rien d'autre. Et ici, le délit, c'est le chantage ; le reste, le fait qu'on vous ait filmée ou qu'on rende publiques ou non ces images, ça, on ne peut pas l'éviter, on n'y peut rien, comme je l'ai dit, la connerie est déjà faite. Mais bien sûr, au besoin, on peut vous conseiller sur les démarches à effectuer pour que la diffusion de ces images vous cause le moins de tort possible. À partir de là, tout dépend de vous, c'est-à-dire, de vos ressources. Mais ne vous inquiétez pas, conclut l'inspecteur, qui considère le malentendu dissipé et montre la sortie du salon avec une sorte de révérence. Rien de tout cela ne sera nécessaire. Faites ce que l'on vous dit et tout ira bien.

— T'es une grande gueule, Vàzquez, lui reproche Blai. Le coup de demander à la maire si elle charrie ou pas, tu aurais pu nous l'épargner.

— Ce qu'on aurait pu s'épargner, c'est ce cortège, rétorque Vàzquez en les embrassant tous les trois d'un geste caustique. Comme si c'était la reine de Saba, putain. Et c'est vrai, quoi, elle est gonflée la nana. Franchement, elle a vraiment cru qu'on allait nettoyer sa merde avec l'argent du contribuable ?

— Elle n'a rien demandé, lui rappelle Blai. Elle a juste posé une question.

— T'appelles ça une question ? répond Vàzquez. Une demande en bonne et due forme, voilà ce que c'était. Et, d'ailleurs, c'était qui déjà la reine de Saba ?

Blai désactive cette question avec une autre :

— Et toi, Melchor, tu l'as trouvée comment, la maire ?

Ils sont sortis de la mairie, ont traversé la place de Sant Jaume et sont descendus au parking souterrain sans échanger un mot, pendant que Blai s'entretenait au téléphone avec le chef du Département central du crime organisé et que Vàzquez pianotait à une vitesse supersonique des messages WhatsApp, et ce n'est qu'une fois dans la voiture, émergeant à la lumière verticale, qu'ils ont commencé à commenter l'entretien qu'ils viennent d'avoir avec la maire.

— Bien, répond Melchor.

Il se redresse, appuie ses avant-bras sur les sièges avant et, observant la circulation autour d'eux vers le haut de Vía Layetana, il ajoute :

— Mais elle ment.

— Elle nous a niqués, dit Vàzquez. T'as déjà vu un politicien dire la vérité ?

— Comment tu sais qu'elle ment ? demande Blai, qui cherche les yeux de son ami dans le rétroviseur.

— Dès que Vàzquez a commencé à parler des images de la vidéo, elle est devenue plus nerveuse. Et je crois qu'elle a menti quand elle a dit qu'elle n'avait pas trompé son mari.

— C'est possible, observe Blai. De toute façon, j'ai l'impression que c'est une femme qui supporte bien la pression. Une femme qui a de la trempe. C'est ce que tout le monde dit d'elle, n'est-ce pas ?

— Tous les clichés sont des mensonges, proclame Vàzquez.

— Tous les clichés sont en partie vrais, objecte Blai. Autrement, ce ne serait pas devenu des clichés.

— Je ne dis pas qu'elle ne supporte pas bien la pression, tranche Melchor. Je dis seulement que sa nervosité grimpe en flèche quand elle parle de la vidéo. Il me semble qu'elle ment, sur ce point. Et sur l'autre aussi.

— Tu crois qu'elle sait qui l'a tournée et quand ?

— Je crois qu'elle en sait plus que ce qu'elle nous a raconté.

— Maintenant que tu le dis, intervient Vàzquez. Moi aussi, j'ai eu cette impression.

— Il y a une autre chose que je ne comprends pas, ajoute Melchor.

— Juste une ? demande Vàzquez.

— Si cette femme est si libre qu'elle le prétend, analyse Melchor, si elle se fout du politiquement correct, etc., pourquoi ça l'inquiéterait autant qu'on rende publique une vidéo à caractère sexuel ?

La question reste suspendue quelques secondes dans le silence empli de rumeurs urbaines qui règne à l'intérieur de la voiture.

— Parce qu'elle est pas si libre qu'elle le dit, répond finalement Vàzquez. Vous avez pas remarqué ? Cette nana n'est qu'une poseuse : plus fausse, tu meurs.

— Ou parce qu'elle sait qui a fait la vidéo et quand, et qu'elle est sûre que si ces images commencent à circuler, ça peut mettre fin à sa carrière politique, tente Blai. Faut voir. Quoi qu'il en soit, tu as raison : il y a un truc qui cloche. Et pas qu'un peu.

— J'ai une question, dit Vàzquez.

— Vas-y, envoie, l'encourage Blai.

— On la met sur écoute ?

Blai décolle une main du volant et coupe l'air.

— Oublie, décrète-t-il. Aucun juge ne va gober ça, en tout cas pour l'instant. Et encore moins s'il s'agit de la maire.

À leur arrivée à Egara, Vàzquez convoque une réunion dans le bureau de Blai. Y assistent les membres des enlèvements et extorsions qui se trouvent alors dans le bureau : Torrent, González, Cortabarría et Estellés. Blai décrit succinctement l'affaire, et cède la parole à Vàzquez qui, tout en écoutant son supérieur, a enfilé des gants, sorti de son sac à dos l'enveloppe contenant le message du maître-chanteur et l'a posée sur la table, et a juste le temps de prononcer une phrase toute faite ("Bon, les gars, on a du pain sur la planche") avant qu'un de ses deux portables ne se mette à vibrer. Comme à son habitude, il vérifie d'un coup d'œil qui l'appelle ou lui écrit ; mais contrairement à son habitude, il prend cette fois l'appareil et se lève de la table.

— Merde, la reine de Saba, leur annonce-t-il.

La réunion est suspendue provisoirement, le temps que Vàzquez dialogue avec la maire, ou plutôt le temps qu'il réponde à ses questions et essaie de la rassurer. Autour de lui, tout le monde écoute en silence, cherchant à deviner le contenu de la conversation ; comme s'il tentait de l'éviter, Vàzquez marche de long en large dans le bureau, de la porte jusqu'à la fenêtre et de la fenêtre jusqu'à la porte.

— Elle est hyper stressée, les informe-t-il après avoir raccroché, l'air agacé. Bien plus que quand on l'a laissée.

— C'est normal, comprend Blai. Quand tu te retrouves seul, tu commences à cogiter. Qu'est-ce qu'elle a dit ?

— Des conneries. Mais on dirait qu'elle a entendu notre conversation dans la bagnole. – Vàzquez se rassoit à table. – Elle m'a demandé si on allait la mettre sur écoute. Rassurez-vous : je lui ai dit de pas se faire de soucis. Qu'on n'allait pas le faire. Que pour l'instant, on n'en a pas besoin… Mon cul, oui. Pourtant, ça nous arrangerait grave.

— Je t'ai déjà dit d'oublier, lui rappelle Blai. À l'heure actuelle, aucun juge ne serait assez fou pour nous laisser faire. À moins que ça vienne d'elle, évidemment.

— Qu'on la mette sur écoute ? répond Vàzquez. Pas question, c'est précisément pour ça qu'elle m'a appelé : sans doute qu'elle est terrifiée par la possibilité qu'on apprenne ses magouilles. Là, pour le coup, on peut faire une croix.

— C'est fait, conclut Blai qui désigne son entourage et lui rappelle : Tu disais à nos collègues qu'on avait du pain sur la planche.

— Pas le choix, se plaint Vàzquez.

Les mains toujours gantées, il sort le papier de l'enveloppe et le brandit.

— Voilà le pain en question, ou plutôt, les deux morceaux de pain : l'enveloppe et le papier. González, je veux que les gars de la scientifique en étudient chaque millimètre : traces, empreintes, ADN, la totale. À part les maîtres-chanteurs, les seules personnes qui ont touché l'enveloppe et le papier sont la maire et sa secrétaire, alors Ricart, cet après-midi tu te pointes à la mairie et tu prends les empreintes et l'ADN de la maire et de sa secrétaire. Cortabarría, tu l'accompagnes. Renseigne-toi sur les caméras de la mairie ; si aucune ne surveille la boîte aux lettres, il faut en installer, au cas où ils y laisseraient un autre message. Et une autre chez la maire, des fois qu'ils aient l'idée de laisser leur message là-bas. Il faut aussi demander à la mairie les images de vendredi dernier, le jour où la maire a reçu l'enveloppe. S'il le faut, demande tous les enregistrements des environs de la mairie, ceux du même jour, je veux dire, et que Ricart t'aide à les consulter. Vous verrez peut-être un truc bizarre. Mais la première chose, et la plus importante… – Vàzquez tend le message du maître-chanteur à un policier corpulent à l'aspect négligé, qui cache son visage poupin derrière des lunettes d'écaille et une barbe hirsute ; c'est le seul qui a écouté ses chefs debout, appuyé contre un classeur à archives, et avant de prendre la feuille, il enfile lui aussi des gants. – Les maîtres-chanteurs veulent que la maire les paye en Monero. Il y a ici le numéro de compte où elle doit déposer les trois cent mille euros. Note-le, Torrent. Tu vas à la criminalité financière et tu leur demandes de te trouver fissa à qui appartient ce compte. Melchor, toi, tu te charges de rédiger le procès-verbal. Applique-toi, hein ? Que le juge se rende compte que tu es de retour. – Vàzquez envoie un coup de coude à Melchor et adresse un clin d'œil aux autres. – Pour ceux qui ne sont pas au courant, notre gars de la Terra Alta est à moitié écrivain, pas vrai, Melchor ?

— Quoi d'autre ? demande Blai, qui n'est pas d'humeur à plaisanter.

— De mon côté, c'est tout, répond Vàzquez.

Il enlève ses gants et ajoute :

— Des questions ?

— C'est la priorité absolue ? demande un type blond, aux yeux verts et d'aspect vigorexique, qui a un bec-de-lièvre : Cortabarría. Je veux dire, on a du boulot jusqu'au cou et…

— Sans blague, le coupe Vàzquez. Il n'y a pas de priorité absolue. Vous faites ce que je vous ai dit et, quand vous avez fini, on regarde si on a une piste. Si on en a une, on la suit ; sinon, on attend que les maîtres-chanteurs se manifestent. Avec un peu de chance… Mais en attendant, on s'occupe de nos oignons. L'enlèvement de Santa Coloma, ça s'aggrave, et sérieusement. Ça, à côté, c'est du pipi de chat.

— C'est loin d'être du pipi de chat, Vàzquez, le reprend sèchement Blai avant de s'adresser aux autres : On parle ici d'un chantage dont est victime la maire de Barcelone, alors ça ne plaisante pas. Je ne dis pas qu'il faille laisser tout ce que vous avez entre les mains. Mais accordez-y la plus grande attention, s'il vous plaît. C'est important de résoudre ça au plus vite.

Blai fait une pause. Il est visiblement irrité ; il reprend :

— Je ne sais pas si je suis clair.

Tout le monde acquiesce, y compris Vàzquez, qui le fait de mauvaise grâce, et Blai annonce que la réunion est terminée ("Je veux des résultats demain matin", prévient-il). Tandis que le groupe sort de la pièce, Blai demande à Melchor de rester et s'assoit derrière son bureau.

— Ce Vàzquez, c'est quelque chose, fulmine-t-il une fois qu'ils sont seuls, en s'inclinant dans sa chaise et en passant une main sur son crâne rasé. Tu comprends, maintenant, pourquoi j'ai besoin de toi ici ?

Debout en face de Blai, Melchor pose sur lui un regard impassible. L'ancien chef de l'unité d'investigation de la Terra Alta se redresse un peu sur son siège et ouvre la bouche, sur le point d'entamer une explication ; cependant, il finit par y renoncer.

— Ça fait rien, l'Espagnolard. – Blai fait le geste d'écarter une mouche avec la main. – Ne perds pas Vàzquez de vue et tiens-moi au courant. Je compte sur toi.

DEUXIÈME PARTIE

1

— Bon alors, dit le sergent Vàzquez le lendemain matin en posant ses deux portables sur son bureau et en fixant du regard González, un trentenaire maigrichon aux bras tatoués. Ça donne quoi, l'affaire de la maire ?

Il est dix heures, et dans le bureau du chef de l'Unité centrale des enlèvements et extorsions il y a six personnes : en plus de González et Vàzquez lui-même, sont présents Torrent, Ricart, Roig et Cortabarría ; Melchor également : l'équipe du matin au grand complet. La pièce est un quadrilatère aux murs nus, où règne l'ordre maniaque d'une cellule monastique – il n'y a pas un seul papier qui ne soit pas à sa place, pas un stylo sans son capuchon, pas un crayon non taillé –, comme si son occupant était un ascète ou un fanatique qui se consacre à son dogme ; c'est, en effet, la réputation qui accompagne le sergent à Egara, où par ailleurs on ne connaît que très vaguement sa vie privée. De fait, Melchor sait seulement qu'il a deux fils adolescents, et qu'après la crise qui, deux ans et demi plus tôt, a vu l'unité se désintégrer, est venue à bout de sa résistance psychique et l'a renvoyé à la Seu d'Urgell, il s'est séparé de sa femme et vit seul. Un soleil radieux entre par la fenêtre et inonde le bureau.

— Nous, rien, répond González. La scientifique a examiné le message des maîtres-chanteurs et ils n'ont trouvé que les empreintes de la maire.

— Et sur l'enveloppe ? demande le sergent.

— Il y en avait deux autres, précise Ricart en montrant le rapport qu'il a devant lui. Mais elles appartiennent à sa secrétaire et à un concierge.

— C'est tout, insiste González. Pas d'empreintes, pas de traces, rien.

— Nous n'avons pas eu plus de chance, intervient Cortabarría, avant que le sergent le lui demande. Il n'y a pas de caméra sur la boîte aux lettres de la mairie, ni près du domicile de la maire, mais on a demandé qu'on en installe. J'ai aussi demandé les enregistrements des caméras de la mairie et des alentours aux heures où l'enveloppe a dû être déposée, et on s'est partagé le travail avec Ricart.

— Là non plus, rien d'anormal, fait savoir le collègue en question.

Vàzquez inspire profondément et prononce le nom de Torrent, lequel, étudiant un carnet, cesse de fouiller avec la pointe de son index dans sa barbe. Il lève le regard vers le sergent.

— À la financière, en revanche, ils ont trouvé deux choses, annonce-t-il.

— Quand même, expire Vàzquez. Qu'on ait un truc à se mettre sous la dent.

Torrent acquiesce.

— Le code alphanumérique du compte sur lequel les maîtres-chanteurs veulent que la maire transfère le pognon est rattaché à une carte SIM qui a le numéro 696519382 et est au nom d'un certain Farooq Hoque, dit-il.

— Un Pakistanais, déduit Vàzquez.

— C'est ça, dit Torrent.

— T'as son adresse ? demande Vàzquez.

Torrent donne une adresse située dans le quartier du Raval.

— J'ai aussi le code IMEI de l'appareil, ajoute-t-il. Le téléphone a été acheté au MediaMarkt de Diagonal Mar.

— Génial, se réjouit Vàzquez. Autre chose ?

— L'IP du téléphone n'a pas pu être identifié, regrette Torrent.

— Pourquoi ? demande Vàzquez.

— Parce que ces gens-là l'ont masqué à l'aide d'une application, répond Torrent. Ça s'appelle Tor. On m'a expliqué comment ça marchait. C'est compliqué, mais si tu veux…

— Pas la peine, le coupe Vàzquez.

— On m'a dit qu'on pouvait réessayer de l'identifier, continue Torrent. Mais pour ça, les délinquants doivent se reconnecter à leur compte.

— Donc, si la maire paye, on peut les coincer.

— Si la maire paye et s'ils récupèrent cet argent, nous pouvons essayer, nuance Torrent. Mais ce n'est pas sûr qu'on puisse les coincer. À ce qu'il paraît, ces mecs sont des bons. Pas des amateurs. *First class*. D'après ceux de la criminalité financière.

Vàzquez observe Torrent, ses mâchoires de bouledogue pulsant à l'unisson ; il est pourtant évident qu'il a cessé de voir son subordonné. Il y a un silence. L'un des deux portables se met à vibrer et le sergent semble reprendre ses esprits.

— D'accord, dit-il en consultant fugacement le téléphone. On va d'abord rendre une petite visite à notre ami pakistanais. Melchor, c'est pour toi. On va suivre ce filon, on verra bien ce qui se passe. Et nous autres, on attend.

Melchor acquiesce et, frappant du plat de la main sur la table, le sergent met fin à la réunion. Torrent arrache une feuille de son carnet et la donne à Melchor. Celle-ci comporte le nom du Pakistanais, son numéro de téléphone et son adresse : Joaquín Costa 13, rez-de-chaussée ; ainsi qu'un numéro d'IMEI : 36 866906 620391 3.

Pendant que Melchor roule en direction de Barcelone, le téléphone sonne : c'est Vivales.

— Tu gères ? demande-t-il.

Melchor répond de manière affirmative. Ils parlent de Cosette qui a commencé la veille son centre de loisirs.

— Cette gamine ne tient pas de son père, commente Vivales. Elle s'est fait des copines dès le premier jour. Mais je ne t'appelais pas pour ça. Finalement, Puig et Campà peuvent venir dîner ce soir. Ça te va ?

— C'est parfait.

— Alors, on dit vingt et une heures chez moi, décide Vivales. Je vais chercher Cosette cet après-midi ?

— Si tu peux, ça m'arrangerait. Je serai certainement en ville mais…

— C'est réglé. Bon, je dois raccrocher, je vais entrer dans la salle d'audience.

— Tu n'as pas dit que tu allais prendre des vacances ?

— À partir de lundi.

Melchor entend l'avocat s'adresser à quelqu'un d'autre : "J'arrive, j'arrive."

— On fait comme on a dit, alors, neuf heures à la maison.

Melchor laisse la voiture dans un parking souterrain près de la Bibliothèque de Catalogne, il emprunte à pied la rue Hospital et bifurque à droite vers la rue Joaquín Costa. L'air est imprégné d'une forte odeur d'épices et, de part et d'autre de la rue, frémit une confusion multicolore de magasins tenus par des Indiens, des Pakistanais, des Arabes et des Africains. Il y a des siècles que Melchor n'a pas mis les pieds au Raval, l'ancien quartier chinois, au cœur de Barcelone. En réalité, il ne l'a jamais vraiment fréquenté, pas même quand, tout juste sorti de l'adolescence, il trafiquait de la drogue pour un cartel de Colombiens et s'y rendait de temps en temps pour superviser les dealers qui opéraient dans le secteur. Le frappent maintenant la saleté, le bruit et le trop-plein de touristes, et il se demande si le quartier s'est dégradé dernièrement ou si tout cela le surprend parce que, après toutes ces années en Terra Alta, il a définitivement cessé d'être un inconditionnel de la grande ville ; il se dit aussi que, dans sa jeunesse tourmentée de délinquant, il aurait bien ri si quelqu'un lui avait dit qu'un jour il reviendrait en tant que policier dans ce labyrinthe biscornu de rues étroites, vétustes et malodorantes.

Le rez-de-chaussée du numéro 13 de la rue Joaquín Costa est occupé par une épicerie. À côté de la porte, en partie cachée derrière la caisse enregistreuse, se trouve une vieille dame souriante au teint mat, vêtue d'un sari très coloré. La femme l'invite à passer avec une sorte de révérence mais Melchor se borne à sortir de sa poche une feuille de carnet et à lire à voix forte le nom que Torrent y a noté. La vieille dame se tourne vers l'intérieur de l'épicerie et, d'une voix plus forte encore, prononce un nom ressemblant vaguement à celui-ci. D'un coin bigarré de la boutique surgit une tête ronde et rasée dont le propriétaire échange quelques paroles incompréhensibles avec la femme et, alors que Melchor reçoit un WhatsApp qu'il ne lit pas, s'approche de l'entrée d'un air étonné. C'est un garçon à la peau aussi sombre que celle de la vieille femme, en chemise bleue, pantalon grenat et tongs de plage. Melchor lui demande s'il s'appelle Farooq Hoque ; le jeune homme répond oui, puis

Melchor lui demande si son numéro de téléphone portable est bien le 696519382. Sur le visage du jeune homme, la surprise cède la place à l'inquiétude.

— Pourquoi voulez-vous savoir ça ? demande-t-il dans un castillan impeccable. Qui êtes-vous ?

Melchor décline son identité et regarde la vieille dame qui plaque ses paumes de main l'une contre l'autre, fait une nouvelle révérence et sourit. Le policier en déduit qu'elle n'a pas compris un traître mot de l'échange et, tendant la main vers le jeune homme, lui demande son portable. Le jeune homme le lui donne sans hésiter, comme si l'appareil le brûlait.

— Il n'est pas à mon nom, lui annonce-t-il toutefois.

Melchor vérifie le numéro IMEI du téléphone : le jeune homme ne ment pas.

— Quelqu'un utilise ton nom, explique-t-il en le lui rendant. Ça t'est déjà arrivé, de perdre ce téléphone ?

Manifestement soulagé, le jeune homme répond non. Melchor lui demande alors s'il a l'habitude de se rendre dans un taxiphone, ce qui est le cas, et le jeune homme lui parle d'un local qui se situe au bout de la rue. Melchor le remercie, adresse un signe de tête à la vieille dame, qui continue de sourire avec une expression béate, et il s'en va.

Une fois sorti de l'épicerie, Melchor découvre que le WhatsApp qu'il vient de recevoir est de Rosa Adell. "Salut, on m'a dit que tu étais à Barcelone, dit le message. J'y serai demain pour le travail. On dîne ensemble ?" Melchor ne se demande même pas comment Rosa a appris qu'il se trouvait à Barcelone : il sait qu'en Terra Alta les nouvelles vont bon train. "Bien sûr, répond Melchor. À quelle heure et où ?" Quand la réponse de Rosa lui parvient, il a déjà repéré le taxiphone. "21 h 30 à la Dama, écrit-elle. Diagonal, croisement avec Enric Granados, OK ?" Melchor répond tout de suite : "OK."

Le taxiphone a pour nom Begum et est à deux pas de la Ronda de Sant Antoni. C'est un local étroit, tout en longueur et sans fenêtres, où il avise plusieurs cabines téléphoniques, quatre ordinateurs et une photocopieuse ; seules deux cabines sont occupées ; quatre personnes sont assises devant les ordinateurs.

Face à l'entrée il y a un comptoir, derrière lequel un Arabe à la barbe fournie de salafiste pianote sur son téléphone portable, et lève la tête de son écran quand Melchor s'approche.

— Vous faites des cartes SIM ?

— Bien sûr, répond le salafiste.

— J'aimerais que vous m'en fassiez une au nom d'une autre personne.

Le salafiste finit de pianoter, laisse le téléphone sur le comptoir et observe avec intérêt l'homme qui vient d'entrer.

— Je peux payer, le prévient Melchor. J'ai de l'argent.

— C'est trois fois plus cher qu'une carte normale.

— Seulement trois ?

Melchor adopte un autre ton :

— Allez, le barbu, dis-moi pour qui tu as fait une carte SIM au nom de Farooq Hoque.

Il sort le papier que Torrent lui a remis et le montre au salafiste. Celui-ci n'y jette même pas un regard.

— T'es flic ? demande-t-il.

— À ton avis ?

Le salafiste reprend son portable et fait mine de se concentrer sur son écran. Au même instant, une femme aux cheveux couverts par un voile de couleur violette, qui vient de sortir d'une cabine en tenant un enfant par la main, s'approche du comptoir. Melchor lui cède la place et, tandis qu'elle paie, fait un tour dans le taxiphone qui donne au fond sur une petite pièce où travaille, incliné sur un ordinateur et de la paperasse, un homme âgé et imposant, albinos et presque chauve, qui ne se rend même pas compte de sa présence. Quand la femme a fini de payer et s'en va, Melchor regagne l'entrée.

— T'as pas encore foutu le camp ? lui lance le salafiste.

Melchor s'appuie contre le comptoir.

— Je peux te poser une question ?

L'autre, le regard rivé sur l'écran, ne répond pas. Melchor demande tout doucement :

— Tu t'es jamais pris une bonne raclée, toi, n'est-ce pas ?

Abasourdi, le barbu lève les yeux du téléphone. Maintenant, c'est Melchor qui le lui prend et le pousse dans un coin du comptoir, non sans l'avoir éteint auparavant.

— Écoute, continue-t-il sur un ton conciliant, on va conclure un marché. Tu me dis pour qui tu as fait cette carte SIM, et moi je ne ferme pas ton commerce et je ne te mets pas en taule. Alors ?

Le salafiste n'a pas encore décidé de sa réponse quand Melchor entend dans son dos une voix au fort accent français.

— Il y a un problème, Tammam ?

Melchor se retourne et reconnaît immédiatement le grand homme albinos et presque chauve de la petite pièce, et une seconde plus tard, dans un sursaut de joie, il reconnaît aussi, sous ses traits vieillis, Gilles, alias "Guille", alias "le Français", l'entrepreneur à succès reconverti en bibliothécaire de la prison de Quatre Camins qui, il y a plus de quinze ans, quand Melchor a été incarcéré dans cet établissement pénitentiaire où l'autre purgeait depuis un moment déjà sa peine pour avoir assassiné à coups de marteau sa femme et l'amant de sa femme, l'avait transformé sans le vouloir en lecteur impénitent de romans et avait changé sa vie pour toujours.

— Oh là là ! s'exclame le Français. Je n'y crois pas : regardez qui voilà !

— Attention, monsieur Feraud, l'avertit le salafiste. C'est un flic.

Les yeux sans sourcils du Français s'étrécissent jusqu'à devenir deux fentes.

— Un quoi ? demande-t-il, incrédule.

Le salafiste répète ce qu'il vient de dire et, sans quitter du regard son ancien compagnon de réclusion, le Français éclate d'un rire tonitruant qui dévoile ses dents de squale.

— Tu te souviens de moi ? demande-t-il.

Melchor acquiesce, et les deux hommes demeurent une seconde à se dévisager devant un salafiste déconcerté. Le Français porte une longue et ample chemise blanche qui dissimule son ventre de bouddha mais pas ses bras mous, laiteux, énormes ; il porte aussi un pantalon de survêtement et des espadrilles et, à en juger par ses yeux rougis, il semble fatigué. Il doit avoir soixante-dix ans et des poussières : le passage du temps lui a quelque peu parcheminé le visage mais il n'a pas rétréci son corps.

— Allez, viens, *flic**, dit-il en prenant Melchor par le bras. Je t'offre un café.

Ils vont tout au fond du taxiphone et, dès qu'ils entrent dans la petite pièce, le Français s'emploie à préparer deux cafés sur une machine Nespresso, en papotant joyeusement dans son espagnol châtié mais pavé des *r* gutturaux typiquement français. Cette pièce est son bureau, un espace encombré où le vieil ex-détenu évolue comme un ours intelligent, sans buter contre quoi que ce soit ; il est séparé du reste de la boutique par une porte vitrée translucide, mal éclairé par une lampe flexible et meublé d'une table envahie par la paperasse, d'un vieux fauteuil en cuir craquelé, de deux chaises en bois et d'un ordinateur dont l'écran est allumé sur un tableur Excel. Sur la table, à côté du clavier de l'ordinateur et de deux carnets ouverts sur des pages remplies de numéros griffonnés à la main, il y a des lunettes de lecture et un morceau de papier aluminium parsemé de miettes.

— J'étais en train de faire des comptes, dit le Français, peut-être pour s'excuser de ce désordre. J'ai renvoyé le comptable, c'était un bon à rien. J'en cherche un autre, alors je travaille nuit et jour. Crois-moi, jeune homme : un business qui ne te permet pas de te lever à onze heures du matin, ce n'est pas un bon business.

Il indique une chaise à Melchor, lui tend un café dans un verre en plastique, s'en prépare un autre et, son café en main, se laisse tomber dans son grand fauteuil qui gémit sous ses nombreuses dizaines de kilos comme s'il allait se désassembler. Pendant quelques minutes, les deux anciens prisonniers se donnent des nouvelles de leurs vies respectives. Melchor est sommaire et ne lui livre qu'une partie de la vérité : il raconte qu'il vit depuis quelques années en Terra Alta et qu'il est de passage à Barcelone ; mais, quand le Français lui demande comment et pourquoi il est entré dans la police, il hausse les épaules et ne dit pas la vérité : qu'il a fait le choix d'entrer dans la police pour retrouver les assassins de sa mère, et qu'il s'est décidé après la lecture des *Misérables* à l'époque où lui et le Français purgeaient leurs peines à Quatre Camins ; il ne raconte pas non plus à l'ancien

* En français dans le texte.

bibliothécaire que ce roman est devenu son vade-mecum vital et a fait de lui une autre personne, et que c'est grâce au Français qu'il l'a lu. Soudain curieux, le Français demande :

— Tu n'es pas marié, quand même ?

Melchor secoue la tête.

— Tu as bien fait, le félicite l'autre dont la fatigue semble s'être dissipée dans la joie des retrouvailles. Et si jamais tu commets l'erreur de te marier, au moins ne commets pas l'erreur de divorcer.

— J'ai été marié, mais ma femme est morte, se sent obligé de révéler Melchor.

— Ah, je suis désolé.

— J'ai une fille : elle s'appelle Cosette.

— Comme la fille de Jean Valjean ?

— Exact.

— Et ça vient d'où ?

Melchor hausse de nouveau les épaules.

— Ma femme aimait bien *Les Misérables*, se contente-t-il de dire.

Vautré dans l'énorme fauteuil d'où déborde son corps immense, le Français hoche la tête avec un mélange d'étonnement et de satisfaction, et Melchor trouve qu'il n'est pas toujours facile de faire le lien entre cet homme cordial de plus de soixante-dix ans et le prisonnier bourru, laconique et intimidant qu'il a connu à Quatre Camins, même si les deux ont en commun le même air de cachalot délabré. Le Français, pour sa part, raconte qu'il a recouvré la liberté sept ans plus tôt et qu'après avoir passé un certain temps à Toulon, sa ville natale, à essayer de refaire sa vie et se réconcilier avec son pays (les deux sans grand succès), il est retourné à Barcelone. Là, il a travaillé dans divers endroits, dont ce taxiphone, qu'il a pu racheter à son propriétaire ; à présent il en possède trois, le deuxième également au Raval et le troisième à Poble Sec, en plus d'un magasin de souvenirs et de confiseries pour enfants.

— Je suis en train de faire renaître mon empire, conclut-il avec une fierté sans ironie. Le problème, c'est que j'ai divorcé il y a presque un an et ma femme me saigne à blanc. Prends au sérieux ce que je te dis, Melchor : ne te remarie pas.

Le Français parle ensuite de sa vie sentimentale, apparemment très intense et variée – ce n'est pas sa femme qui a divorcé de lui mais lui qui a divorcé d'elle, pour aller vivre avec une autre, trente ans plus jeune, et dont il s'est aussitôt séparé –, puis il revient à ses affaires. Il n'a pas encore épuisé le sujet qu'il se lève pour refaire deux cafés. Melchor décline son offre, mais profite de la pause pour lui demander, avec le plus grand naturel, si dans son taxiphone on pirate des cartes SIM.

— Évidemment, répond l'ex-prisonnier, avec le même naturel.

Sans renverser une seule goutte de café, il s'écroule de nouveau dans son fauteuil qui s'éclipse presque complètement derrière sa masse corporelle.

— C'est moi qui le fais, pour ce genre de choses je n'ai confiance en personne. Pour chaque carte piratée, je touche trois fois plus que pour une carte normale.

— C'est ce que m'a dit le type à l'entrée.

— C'est un bon business, tu sais ?

Soudain, le Français hésite à continuer. Puis il sourit, vaguement.

— Ah, c'est vrai, tu es flic.

Sans cesser de sourire, il engloutit son café en une gorgée et pose le verre sur la table, sur le papier aluminium froissé et sale. Quand il reprend la parole, il a troqué son sourire contre une expression narquoise.

— Écoute, Melchor, dit-il en lui montrant les paumes de ses mains. Tu ne vas pas me faire chier pour ça, hein ? Tu ne ferais pas ça à un ami ?

Pour toute réponse, Melchor sort encore une fois la feuille de Torrent et la lui tend.

— Bien sûr que non, tente-t-il de le rassurer. Je veux seulement que tu me dises pour qui tu as fait une carte SIM avec ce nom.

Le Français prend ses lunettes de lecture, les chausse, lit la feuille. Puis il repose les lunettes sur la table, rend la feuille à Melchor et s'avachit dans son grand fauteuil en poussant un soupir. Il jette alors un bref coup d'œil au taxiphone à travers la vitre crasseuse ou embuée, et finit par demander à Melchor, avec une véritable curiosité :

— Tu es vraiment en train de me demander de faire la balance ?

— Je te demande juste de me donner un nom.

— Ne me casse pas les couilles, mon gars, lâche le Français, et Melchor reconnaît là le ton exact que le vieil homme avait employé à Quatre Camins, la première fois qu'il l'avait entendu parler, le soir où, alors que Melchor venait d'être incarcéré, il avait stoppé net les deux prisonniers qui essayaient de l'humilier : "Julián, Manolito, si vous ne la bouclez pas tout de suite, je vous coupe les couilles." Tu me demandes de faire la balance, insiste le Français. À moi, qui ai passé douze ans en prison... Tu as fait combien d'années, toi ? Deux ans ? Deux ans et demi ?

— Un peu plus d'un an et demi.

— Un peu plus d'un an et demi, grommelle le Français et, moins irrité que perplexe, il ajoute comme s'il se parlait à lui-même ou avec quelqu'un qui n'est pas présent : Douze ans à tenir bon dans ce trou minable pour qu'un gamin vienne me demander de baisser mon froc... *Merde, alors* !*

Melchor reconnaît en son for intérieur que le Français a raison, qu'il vient de violer une règle tacite de solidarité entre détenus, qu'il a manqué de respect à son hôte sans le vouloir. Mais il ne présente pas ses excuses et les deux hommes demeurent quelques secondes en silence, tels deux vieux amis qui n'ont pas besoin de parler pour se sentir bien ensemble. Au bout de ce laps de temps, Melchor se lève.

— Bon, je dois partir, annonce-t-il. Merci pour le café.

Avant d'ouvrir la porte du bureau, il entend dans son dos :

— Tu sais pourquoi je ne vais pas te dire le nom de la personne pour qui j'ai fait cette carte ?

Melchor se retourne.

— Tu me l'as déjà dit, répond-il. Parce que tu n'es pas une balance.

Le Français le regarde comme si Melchor avait tenté de s'excuser.

— À part ça, dit-il.

Melchor ne sait que répondre.

— Parce que si je te donne ce nom, ça va jaser, dit le Français. Et si ça jase, adieu le business.

* En français dans le texte.

Melchor acquiesce, mais il est persuadé que son ami n'a pas fini.

— En plus, ajoute en effet le Français, cette personne n'a rien fait de mal.

— Tu en es sûr ?

— Parfaitement. Je la connais du quartier.

— Et les gens de ce quartier ne font jamais rien de mal ?

— Elle, non. Je te dis que je la connais. Crois-moi. Tu le sais aussi bien que moi : le seul côté positif de la prison, c'est que ça t'apprend à faire la différence entre les vrais fils de pute et ceux qui en ont seulement l'air. Et, même s'il y a beaucoup plus de fils de pute en dehors de prison qu'à l'intérieur, cette personne n'est pas un fils de pute.

L'argument, si tant est que ce soit un argument, ne convainc pas Melchor, qui pourtant acquiesce de nouveau. "C'est une femme", se dit-il. Visiblement satisfait, le Français se lève de son fauteuil dans un craquement mêlé d'articulations, de cuir et de bois.

— Allez, dit-il. Je te raccompagne à la porte.

Lorsqu'ils passent devant le comptoir, le salafiste, qui sert un poliomyélitique soutenu par deux béquilles, leur adresse un regard en coin. Melchor émerge dans le soleil incandescent de quatorze heures tandis que le Français reste sur le seuil, la porte entrouverte.

— Reviens quand tu veux, lui dit l'ex-prisonnier. Maintenant, tu sais où me trouver.

Tout d'un coup, il semble hésiter, sort pour de bon dans la rue, ferme la porte derrière lui et, sur le ton de la confidence, avoue ceci :

— Je suis curieux, ne me réponds pas si tu ne veux pas. – Melchor l'encourage à continuer. – On a retrouvé les fils de pute qui ont tué ta mère ?

La question surprend Melchor et, pendant qu'il reprend ses esprits, le policier se souvient que la seule fois où le vieux lui avait rendu visite dans sa cellule de Quatre Camins, c'était suite à l'assassinat de sa mère ; il se rappelle aussi les deux seules phrases qu'il lui avait dites alors : "Maintenant, tu es un homme, mon gars. Bienvenue au club."

— Pourquoi tu me demandes ça ? s'enquiert Melchor.
— On les a trouvés ou pas ?
— On ne les a pas trouvés.
— Tu les as cherchés ?
Melchor met quelques secondes à répondre.
— Non, ment-il.
Mais il comprend que le Français ne le croit pas.

Pendant qu'il déjeune dans un restaurant bon marché de la rue Pintor Fortuny, face à une télévision allumée, Melchor songe qu'il est à Barcelone depuis deux jours et que, pour la deuxième fois, quelqu'un ou quelque chose lui rappelle l'assassinat de sa mère. Il songe aussi à Javert, le policier intraitable qui, de manière intraitable, poursuit Jean Valjean tout au long des *Misérables*, et au Javert qui est né en lui quand, à cause du Français, il a lu *Les Misérables*. Il songe qu'à un moment donné, il avait bien cru que ce Javert intime avait fait son temps, mais le fait est que celui-ci ne cesse de revenir, furieux, persévérant et obsédé, aussi justicier que le jour où il l'a engendré, tel un alcoolique qui retombe dans sa dépendance. Et il songe que si l'assassinat de sa mère est un dossier classé pour tout le monde (y compris pour lui-même qui, il y a des années, refusait alors de le classer), pour le Javert qu'il porte en lui il ne l'est pas, et c'est pourquoi le hasard ou la nécessité le rouvre chaque fois qu'il se rend à Barcelone, avec toute sa charge toxique de culpabilité et de pus et d'inquiétude et de fétidité.

C'est l'apparition de la maire à la télévision qui le distrait de ces pensées abominables. L'écran la montre sur un parking, en plein air, harcelée par un buisson de micros impatients. Elle parle, mais au milieu du brouhaha qui règne dans le restaurant, sa voix est inaudible. Elle sourit, pourtant ce sourire ressemble très peu à ceux auxquels Blai, Vàzquez et lui ont eu droit la veille à la mairie : c'est un sourire net, plein d'aplomb et radieux, le sourire d'une séductrice professionnelle, dont ils ont à peine vu la lueur lorsque cette femme était plutôt à fleur de peau. Alors, comme frappé par une étincelle de lucidité, Melchor se dit que la maire n'est pas une politicienne : c'est une comédienne. Mais une comédienne singulière. Il n'a pas encore réussi à définir quel genre de comédienne elle est quand son image disparaît de l'écran, remplacée par celle d'une présentatrice des infos.

Melchor boit deux cafés, règle son addition et se rend au MediaMarkt de Diagonal Mar. Là, au rayon téléphonie, situé au premier étage, il réussit à obtenir le nom et l'adresse de la personne qui a acheté le téléphone associé au code IMEI que Torrent lui a donné.

— Il a été acheté il y a trois semaines, lui dit le chef de rayon en lui remettant le reçu de la vente. C'était le téléphone de sa boîte. L'adresse aussi.

L'homme propose à Melchor de passer en revue les enregistrements de la vidéosurveillance réalisés le jour où le portable a été acheté, afin d'essayer d'identifier l'acquéreur. Après avoir considéré cette proposition, le policier comprend que visionner l'enregistrement dans sa totalité prendrait des heures, alors qu'il pourrait tout aussi bien retrouver le propriétaire du téléphone depuis son poste de travail.

— Vous pourriez le faire vous-même ? demande Melchor au responsable.

— S'il n'y a pas d'autre solution… se résigne l'homme.

Melchor écrit son numéro de téléphone sur le reçu.

— Faites-le, s'il vous plaît.

Il arrache le bout de papier où il a noté son numéro de téléphone et le donne au chef de rayon.

— Quand vous le trouverez, envoyez-moi un WhatsApp ou appelez-moi à ce numéro.

Au numéro 6 de la rue Casp, siège de Radio Barcelona, Melchor demande au vigile posté à l'entrée où se trouve Guillem Jarque. Le vigile veut savoir qui il est, et s'il a rendez-vous avec la personne en question ; Melchor répond que non et montre sa carte. Le portier jette un regard au document et un autre à Melchor. Puis il passe un coup de téléphone sur une ligne fixe.

— Veuillez attendre là-bas, s'il vous plaît, dit-il en raccrochant et en lui montrant le hall. Il ne va pas tarder à monter.

Au bout de dix minutes, quand il n'en peut plus d'attendre, Melchor veut savoir s'il y a un problème et le vigile lui conseille d'entrer directement dans les studios et de demander Jarque.

Suivant son conseil, Melchor franchit un tourniquet métallique, descend l'escalier, pousse une porte et heurte quasiment un jeune homme brun d'une vingtaine d'années, émacié, avec des lunettes en écaille, un tee-shirt ZZ Top et une barbe naissante ; celui-ci s'apprêtait à sortir.

— Pardon, dit-il, essoufflé comme s'il venait de courir. C'est toi le flic qui me cherche ?

Melchor répond par l'affirmative.

— Entre, entre, l'invite le type. Pardon de t'avoir fait attendre. Je me suis retrouvé tout seul et je ne pouvais pas sortir. Tu veux boire quelque chose ? On a seulement de l'eau mais…

Melchor décline l'offre.

— Je voudrais juste vous poser quelques questions, ajoute-t-il sans le tutoyer, bien que son interlocuteur soit plus jeune que lui.

— Bien sûr, bien sûr, acquiesce le type en reprenant peu à peu son souffle.

Il parle vite, gesticule, cligne des yeux, sa tête et ses traits semblent vivre dans une constante agitation.

— Vas-y, demande tout ce que tu veux. Ne te gêne pas. Tu travailles sur une affaire ? Je pourrais savoir de quoi il s'agit ? Non, bien sûr que non. Pardon. Je suis journaliste, mon travail consiste à poser des questions.

— Le mien aussi, dit Melchor.

Le type rit de bon cœur.

— Oui, oui, évidemment, je suis bête. Pardon encore. C'est que… En fait, ça fait trois semaines que je travaille ici, je suis stagiaire, tu vois ce que je veux dire. Et maintenant toi, un flic, tu arrives et… Enfin, comme je l'ai dit : demande tout ce que tu veux.

Melchor lui demande s'il a acheté un téléphone portable au MediaMarkt de Diagonal Mar trois semaines plus tôt. Le journaliste regarde Melchor comme s'il venait de deviner le numéro gagnant du loto.

— Putain, mec, comment tu le sais ? C'était un portable génial, je l'ai acheté parce que mon ancien était merdique et j'ai pensé que, comme j'allais entrer dans une radio prestigieuse, il me fallait un bon portable. Alors…

— Il est où ?
— Quoi donc ?
— Le portable, il est où ?
— Je l'ai perdu. Ou on me l'a volé.
— Vous l'avez perdu ou on vous l'a volé ?
— Je l'ai perdu.
— Vous avez déclaré la perte ?
— Bien sûr. Et j'ai stoppé mon abonnement.
— Où avez-vous fait la déclaration de perte ?
— Au commissariat de Sarrià-Sant Gervasi, celui qui se trouve à Iradier. J'ai perdu le téléphone à la station Putxet. Tu veux que je te raconte comment je l'ai perdu ? – Melchor acquiesce. – Attends voir. Ça faisait deux jours que je travaillais ici. J'étais tout content avec mon nouveau portable, évidemment, et en attendant le métro, je me suis assis sur un banc et j'ai commencé à envoyer des messages et à lire la presse. Puis, d'un coup, je sais pas pourquoi, j'ai laissé le téléphone à côté de moi, sur le banc, peut-être que je venais de penser à un truc. Je ne sais pas. En tout cas, le métro est arrivé et le portable est resté là, et dès que les portes se sont refermées, je m'en suis rendu compte et j'ai maudit le monde entier. Je suis descendu à la station d'après et je suis revenu en courant ; sauf que, bien sûr, quand j'y suis arrivé, le portable n'était plus là. Quelqu'un a dû le prendre, je t'ai dit, il était tout neuf, une merveille, le dernier cri, on n'allait pas le rapporter au commissariat le plus proche, dans notre pays ça marche pas comme ça… Un vrai désastre, pas vrai ? Je perds souvent des choses, s'il y avait des Jeux olympiques des perdants, j'aurais toutes les chances de décrocher une médaille.
— Merci.
— C'est tout ?
Melchor opine et lui tend la main.
— Ça alors, je croyais que tu allais m'interroger sur plein de trucs, avoue le type en la lui serrant. Tu peux me demander tout ce que tu veux, hein ? J'ai un peu de temps devant moi, là, et j'ai toujours aimé aider les gens. J'espère que ce que je t'ai raconté, ça a pu t'être utile, enfin je sais pas, je suis plutôt bon pour poser des questions, mais très mauvais quand il faut donner des réponses, ça nous arrive souvent, à nous, les journalistes, je

suppose que c'est pour ça qu'on fait ce métier, n'est-ce pas ? Sans doute que tu ne peux pas me dire sur quoi porte ton enquête ?

Dès qu'il sort rue Casp, Melchor appelle Blai, lequel ne répond pas ; il appelle ensuite Vàzquez, qui est en ligne. Il n'a pas encore rejoint sa voiture que le sergent le rappelle.

— Tout va bien ? demande Melchor.

— Tout va grave mal, répond Vàzquez. L'enlèvement de la femme du bandit de Santa Coloma se complique. Les Roumains deviennent nerveux.

— Tu veux un coup de main ?

— Non. Concentre-toi sur l'histoire de la maire, elle arrête pas de m'appeler. Qu'est-ce qu'elle est chiante, nom de Dieu ! T'as du neuf, de ton côté ?

Melchor lui rapporte ce que Guillem Jarque vient de lui raconter et lui demande quelle est la manière la plus rapide et la plus simple d'avoir accès aux images des caméras de la station Putxet, pour essayer d'identifier la personne qui a pris le portable du journaliste.

— Est-ce qu'on sait le jour et l'heure où le type a perdu son téléphone ? demande Vàzquez.

— Ça apparaît sans doute dans la déclaration de perte qu'il a faite au commissariat de Sarrià-Sant Gervasi, suppose Melchor.

— Alors, le mieux, c'est que tu ailles là-bas et que tu visionnes toi-même les images, propose Vàzquez. Envoie-moi un WhatsApp avec le nom du type et j'appelle tout de suite pour qu'on te les prépare. Si je ne te dis rien, c'est que ça roule.

— Parfait.

— T'as trouvé quelque chose, concernant la carte SIM ?

— Le Pakistanais du Raval n'avait rien à voir avec l'affaire, répond Melchor. La carte a été faite à son nom dans un taxiphone du quartier.

— Tu y es allé ?

— Bien sûr. J'ai essayé de lui mettre la pression pour lui tirer les vers du nez, mais ça n'a rien donné.

— Ça m'étonne pas, se plaint Vàzquez. Ces salauds de propriétaires prennent comme responsables des types de plus en plus durs.

— C'est l'impression que j'ai eue, ment Melchor à nouveau en se rappelant le salafiste. Un dur.

Il se gare sur l'un des emplacements réservés aux voitures patrouilles, devant la porte du commissariat et, après avoir décliné son identité à l'entrée, il demande à l'agent de service si les enregistrements que le sergent Vàzquez, d'Egara, a réclamés sont prêts. L'agent le regarde sans comprendre, lui assure qu'il n'est au courant de rien et lui propose de patienter un instant. L'instant se transforme en minutes, au bout desquelles – et après plusieurs coups de téléphone sur des lignes internes – l'agent informe Melchor que les images seront bientôt prêtes et l'invite à attendre à l'intérieur. Melchor répond qu'il préfère rester dans le hall.

Il s'assoit sur une chaise et, de nouveau, patiente. Alors que Melchor montait la rue Casp pour venir jusqu'ici – le commissariat d'Iradier se trouve tout près de la Ronda de Dalt, entre la place de Sarrià et celle de la Bonanova –, Blai l'a rappelé et l'a tenu au courant des derniers développements de l'enquête. Il a aussi eu le temps de parler avec Cosette, qui lui a raconté en détail son deuxième jour au centre de loisirs ; de son côté, il a expliqué à sa fille qu'ils dîneraient avec Puig et Campà, les amis de Vivales, et qu'il rentrerait vers vingt et une heures. Pour lors, tandis qu'il attend, le policier envoie deux WhatsApp. Le premier à Vivales, à qui il a oublié de demander par téléphone s'il y avait besoin de quelque chose pour le dîner. "On n'a besoin de rien, répond Vivales aussitôt. Je gère." Le second WhatsApp est la réponse à un message du responsable du rayon téléphonie du MediaMarkt lui apprenant qu'il a repéré, sur les images de la vidéosurveillance, l'acheteur du portable qui l'intéresse. "Merci beaucoup pour cette information, répond Melchor. Je n'en ai plus besoin."

Il est dix-neuf heures passées quand un agent en uniforme lui apprend que les images sont prêtes. Melchor le suit le long d'un couloir, ils prennent un ascenseur jusqu'au deuxième étage, empruntent un autre couloir et entrent dans un bureau où l'attend un caporal, en uniforme lui aussi, qui salue Melchor et l'invite à prendre place devant un ordinateur dont l'écran est figé sur l'image d'une station de métro, dans un coin de laquelle on aperçoit une horloge numérique qui indique l'heure : 7:40. Melchor explique au caporal ce qu'il est venu chercher et le caporal lui montre comment accélérer, ralentir, revenir en arrière et faire un arrêt sur image.

— Il est dit dans la déclaration que le téléphone a été perdu vers huit heures, précise le caporal, la souris de l'ordinateur dans la main. Là, tu as les images entre dix-neuf heures quarante et vingt heures quarante. Une heure entière d'enregistrement. Si tu as besoin de quoi que ce soit, appelle-moi : je suis dans le bureau à côté.

Melchor le remercie et, dès qu'il se retrouve seul, s'attelle à la tâche. La qualité des images laisse à désirer, mais ça fera l'affaire : elle permettra au moins d'identifier les gens qui vont et viennent. Il les examine avec attention et, bien qu'il croie à deux reprises reconnaître le journaliste parmi la foule qui monte dans les rames ou en descend, il ne parvient pas à l'identifier avec certitude avant vingt heures douze. À cette heure-là, précisément au moment où le métro vient d'absorber tous les passagers qui attendent sur le quai et s'apprête à repartir, un homme, un sac en bandoulière, fait brusquement irruption dans le cadre et parvient à donner un coup rageur du plat de la main sur la porte du wagon dont les portes se referment sous son nez. Ce n'est que lorsque, après avoir repris son souffle, les mains sur les genoux, l'homme s'assoit sur un banc de pierre en saillie sur le mur du quai maintenant désert, sort un téléphone portable et se met à lire, que Melchor réalise qu'il s'agit du journaliste. Il n'est pas loin de la caméra, de sorte qu'on le voit assez bien. Peu à peu, des passagers commencent à affluer dans la station, des hommes et des femmes seuls, en couples ou en groupes qui, tout d'abord, se trouvent à distance du journaliste, debout ou assis. À un moment donné, le journaliste pose le téléphone sur le banc, sort de son sac un agenda ou ce qui semble être un agenda aux yeux de Melchor, et le consulte. Peu après, une vieille dame s'assoit près de lui, à l'opposé de l'endroit où se trouve le portable ; ensuite, deux enfants accompagnés de leur père s'assoient à côté de la vieille dame, puis plusieurs adolescents en uniforme et en cravate font leur apparition, demeurent debout à proximité du journaliste et empêchent de voir son portable. Melchor essaie de distinguer leur visage, mais comme ils sont tous dos à la caméra, c'est impossible. D'autres personnes arrivent dans la station, puis, quand celle-ci fourmille de gens, dans un coin de l'écran apparaît la voiture de tête suivie du reste du convoi. Au même instant, le journaliste se lève et, entouré d'autres passagers, monte dans la rame. Melchor reporte son attention sur le banc de pierre : le portable a disparu. Il comprend alors que le journaliste s'est trompé et que le téléphone n'est pas resté sur le banc, à la merci du premier venu. Le journaliste n'a pas perdu le portable : quelqu'un le lui a volé.

La question est de savoir qui.

Melchor revient en arrière et fait un arrêt sur image au moment où le journaliste laisse le portable à côté de lui. Il revoit la vieille dame et les deux enfants avec leur père ; ça ne peut pas être eux, ils ne sont pas assis près du portable, mais près du journaliste. Il revoit le groupe d'étudiants. Immédiatement, deux détails, qu'il n'avait pas remarqués au premier abord, retiennent son attention : le premier est qu'ils ne viennent pas de la rue, mais de l'extrémité du quai ; le second est qu'ils entourent le journaliste par le flanc où il a laissé le portable et qu'ils le font sans que le journaliste s'en rende compte, ni lui ni personne alentour, dans un mouvement enveloppant qui, l'espace d'une seconde, semble à Melchor prémédité. Il ne distingue toujours pas leurs visages, ou ce qu'il voit est si flou et partiel qu'il lui est impossible de les identifier, mais il est certain que ce sont eux. Il revient à nouveau en arrière, s'arrête sur la scène, dont il immobilise encore et encore les images concernant les minutes qui l'intéressent. En vain.

Il se dirige vers le bureau voisin, toque à la porte entrouverte et le caporal, qui est en train de taper sur le clavier de l'ordinateur, lui fait signe d'entrer.

— Je peux te demander un dernier service ? – Le caporal acquiesce. – Je voudrais que tu voies une chose.

Ils retournent dans l'autre bureau et Melchor lui explique ce qu'il cherche et lui montre les images en question. Le caporal, la cinquantaine, grand, costaud et les cheveux très blancs, les examine à deux reprises.

— Typique, conclut-il après avoir déclaré forfait, incapable lui aussi d'identifier les étudiants. Ce sont les gosses qui ont pris le portable. Plus tard, ils tirent au sort ou le revendent et se partagent l'argent. Ils sont forts, on dirait une chorégraphie, c'est très à la mode. Ce qui est étrange, c'est que ça se passe dans ces quartiers. Avant ça n'arrivait qu'à Hospitalet, Santa Coloma, ce genre d'endroits… Enfin, cher camarade, lâche l'affaire : tu es tombé sur un os.

Quand il arrive chez Vivales, il est plus de vingt-deux heures. L'avocat et son ami de toujours Chicho Campà l'attendent assis sur la terrasse, et la table est mise ; tous deux ont noué un tablier blanc autour de la taille et ont un verre de vin à la main. Melchor s'excuse pour le retard.

— Ne t'en fais pas, jeune homme, le tranquillise Campà en lui serrant la main et en lui assenant une tape chaleureuse sur l'épaule. On n'est pas pressés.

Melchor demande où est Cosette et Vivales répond qu'elle a dîné à vingt et une heures ; comme elle tombait de sommeil, elle est allée l'attendre dans son lit.

— Si ça se trouve, elle n'est pas encore endormie, ajoute-t-il. Manel lui fait la lecture.

Melchor entre dans la chambre qu'il partage avec Cosette et voit sa fille dans le lit, endormie et discrètement éclairée par la lampe de chevet. À côté d'elle, assis dans un fauteuil en rotin, la veste froissée et le nœud de cravate défait, Puig dort aussi, un exemplaire de *Michel Strogoff* ouvert sur les genoux. Melchor replie le drap sous le menton de Cosette, lui borde les pieds et secoue doucement Puig.

— Quoi ? Qu'est-ce qu'il y a ? Qu'est-ce qu'il y a ? – L'autre grand ami de Vivales sursaute et écarquille les yeux. – Elle est où, la petite ?

Melchor lui saisit l'avant-bras.

— Ça va, c'est moi. Cosette dort.

Le souffle court, encore, Puig semble néanmoins retrouver son calme, Melchor éteint la lampe et les deux hommes sortent de la chambre.

— Merde, tu m'as fichu une de ces trouilles, dit Puig.

— Elle s'est endormie tout de suite ?

— La petite ? – À présent, ils suivent un long couloir qui mène à l'autre bout de l'appartement. – Tout de suite et comme un petit ange. Elle m'a demandé de lui faire un peu la lecture, mais en réalité elle voulait parler de toi. Tu sais ce qu'elle m'a dit ?

— Quoi ?

— Que tu es comme Michel Strogoff, parce que vous êtes tous les deux poursuivis par les méchants. Qu'en dis-tu ? – Melchor ne dit rien. – Elle m'a aussi demandé si je croyais que les méchants t'attraperaient.

— C'est ce qu'elle t'a dit ?

— Mot pour mot.

— Et tu lui as répondu quoi ?

— Qu'est-ce que je pouvais lui répondre ?

— Commence pas à prendre la tête à Melchor avec tes bobards, Manel, lui intime Vivales quand ils entrent dans la cuisine où lui et Campà achèvent de préparer le dîner. On est ici pour manger et boire, pas pour emmerder les gens.

— Je lui parlais juste de Cosette, dit Puig en guise d'excuse. La vache, ce que cette petite arrive à poser comme questions.

— Les questions des enfants sont les seules qui aient un intérêt, dit Campà tout en remuant une sauce aux châtaignes dans une poêle. Tout le reste, c'est du radotage. Pourquoi les pommes tombent des arbres vers le bas plutôt que vers le haut ? Ça, c'est une question d'enfant, non ? Et regarde ce qu'en a fait Newton. Bon, ça, c'est prêt.

— Tout le monde à table ! dit joyeusement Vivales. Aujourd'hui Chicho a fait des merveilles. C'est moi qui vous le dis, qui suis un marmiton hors pair.

Campà a passé en effet l'après-midi dans la cuisine de Vivales à préparer le dîner dont une partie les attend déjà sur la table de la terrasse : trois salades différentes – une de fruits secs et fromage, une autre de tomates romaines, anchois de L'Escala et avocat, et une dernière aux endives et au roquefort –, du velouté de potiron, des dattes au lard, une cargolade et des cannellonis à la truffe. Ce n'est pas la première fois qu'ils organisent un festin comme celui-là depuis que Melchor a fait la connaissance de Puig et Campà un beau jour à l'aube, il y a un certain temps, quand, après avoir passé la nuit dans une suite de l'hôtel Arts à parler avec le magnat mexicain qui avait commandité l'assassinat des Adell (et à faire les derniers ou les avant-derniers rapprochements liés à l'affaire), il était allé chercher Cosette dans ce même appartement pour la ramener à la maison et était tombé sur les deux vieux camarades de Vivales qui montaient la garde pour protéger Cosette que Melchor, après l'assassinat d'Olga, avait voulu tenir éloignée des dangers de la Terra Alta (ou de sa propre paranoïa). Puig est divorcé, a deux fils déjà grands et il est l'un des trois associés d'un cabinet reconnu, Pere Chimal Architectes ; il donne en outre des cours en tant que professeur associé à l'université de Lérida et à Polytechnique, ce qui l'oblige à des déplacements frénétiques et lui vaut les sarcasmes réguliers de Vivales, qui sait que l'université le paye à peine et ne comprend pas ou bien dit ne pas comprendre qu'il puisse travailler gratuitement. Quant à Campà, titulaire d'une chaire de sciences politiques à l'Université autonome de Barcelone, c'est un célibataire endurci et homosexuel secret : il n'a jamais avoué ses inclinations érotiques à ses amis, pas plus que ses amis ne lui ont jamais montré qu'ils en avaient conscience. Pour le reste, Puig et Campà sont, physiquement et métaphysiquement, aussi différents que le jour et la nuit, ou du moins en apparence : Campà porte des lunettes de myope, il est grand, d'aspect négligé et presque aussi corpulent que Vivales – ce qui leur a valu pendant leur service militaire le modeste privilège d'être assignés aux premiers rangs des défilés –, et il pratique un scepticisme militant et sournois, alors que Puig, de petite taille, est un homme agité, décharné, à l'aspect plutôt soigné et qui s'emporte facilement. Vivales prétend que c'est dans ces différences spectaculaires que réside le secret de l'amitié à toute épreuve qui les lie.

Quand ils ont terminé l'entrée, Campà remet le tablier et, pendant que les autres dressent la table pour la suite, il achève la préparation de son plat de résistance : un filet mignon à la sauce de châtaignes. Les trois hommes ont fini par s'habituer à voir Melchor boire du Coca-Cola en mangeant (les premières fois qu'ils avaient assisté à la scène, les amis de Vivales lui avaient présenté leurs condoléances), mais cela ne les empêche pas d'arroser la viande avec deux bouteilles de Torres Gran Coronas

Reserva. Plus tard, ils font du café et sortent sur la terrasse avec une cafetière pleine et des tasses ; Vivales pose également sur la table une boîte de Montecristo nº 4, une bouteille de Jameson Black Barrel, trois gros verres à whisky et un seau à glace. Tandis qu'il sert le breuvage, l'avocat révèle à ses deux complices le vrai but de ce festin : Melchor aimerait parler de la maire.

— La nôtre ? – Cherchant le regard du jeune policier entre deux épaisses bouffées de tabac, Campà enlève de sa bouche la pipe tout juste allumée. – La maire de Barcelone ?

— Laquelle, sinon ? demande Vivales, après avoir savouré sa première gorgée de whisky et claqué avec satisfaction sa langue contre son palais ; s'adressant à Melchor, il ajoute : Ces deux-là savent pas mal de choses sur elle, surtout Manel : son cabinet travaille souvent avec la mairie.

— Nous savons pas mal de choses sur tout, rit Puig en finissant son café. Surtout après le quatrième verre.

Melchor n'a rien dit à l'avocat de l'affaire qui l'a amené à Barcelone, mais il a mentionné que cela avait à voir avec la mairie en général et avec la maire en particulier. Bien qu'il ait espéré pouvoir à un moment donné évoquer l'affaire, il espérait aussi le faire de manière plus sinueuse ou moins directe. Il a mangé plus que de raison et il se sent lourd, pas au mieux de sa forme, mais la nuit est fraîche et sur la terrasse de Vivales, en compagnie de ses amis et entouré de hauts immeubles et terrasses d'où parvient la rumeur des rires, de la musique et des conversations, tout s'avère agréable ; c'est en effet comme s'ils n'étaient pas au cœur d'une grande ville mais sur la place d'un village, pendant les vacances d'été. Campà demande à Melchor ce qu'il aimerait savoir sur la maire.

— J'aimerais savoir quel genre de personne elle est.

— Le genre de personne, ça je n'en sais rien, s'empresse de dire Puig. Mais je sais quel genre de politicienne elle est.

— Il y a une différence entre les deux ? fait Vivales.

— Tu as raison, répond Puig. Je ne l'ai rencontrée qu'une fois, et tu sais la première chose qu'elle a faite en me saluant ?

— Quoi ? s'enquiert Campà, dont la pipe fonctionne maintenant à plein régime, ce qui signifie qu'à partir de là il ne l'ôtera de la bouche que pour parler.

— Mater mon entrejambe, répond Puig.

— Elle a dû être sacrément déçue, dit Vivales.

— Tu es sûr que tu n'avais pas la braguette ouverte ? demande encore Campà.

— Aujourd'hui, pendant que je déjeunais, je l'ai vue à la télé, intervient Melchor.

— Je parie que c'était sur la sienne, affirme Puig. La chaîne municipale, je veux dire. Elle passe la journée à tortiller des fesses devant ses caméras. Avant, à Barcelone, on avait une chaîne publique manipulée. Maintenant, on a une chaîne publique transformée en outil de propagande pour la maire et sa bande. Peut-être que tu ne l'as pas vue sur la chaîne municipale, mais sur 12TV cela dit. C'est la télé de son ex-mari : un autre organe de propagande à son service.

— Je ne sais pas sur quelle chaîne c'était, reconnaît Melchor. Mais j'avais l'impression de voir une actrice.

— Dans le mille, le félicite Campà.

— À mes yeux, tous les politiciens sont des acteurs, affirme Vivales.

— Et c'est le cas, dit Campà en laissant son verre de whisky à moitié plein sur la table. Mais tous ne sont pas aussi bons qu'elle. Cette femme est un caméléon. Si elle parle sur une radio de droite, elle semble être de droite ; si elle parle sur une radio de gauche, elle semble être de gauche ; et si elle parle sur une radio pour des sourds de l'oreille droite, elle semble être sourde de l'oreille droite. C'est ça, notre maire : une série de masques. La question est : qu'y a-t-il derrière tous ces masques. Et la réponse est : rien. Les masques qui cachent son visage sont son véritable visage. Cette femme a moins de convictions qu'un moustique. Son seul credo : accumuler du pouvoir. Machiavel aurait été ravi de faire sa connaissance.

— C'est peut-être pour ça qu'elle aime autant dire que la droite et la gauche n'existent pas, hasarde Puig.

— Exact, confirme Campà. Dire que la droite et la gauche n'existent pas, c'est comme dire que le nord et le sud n'existent pas : celui qui prétend ça, soit il est désorienté, soit il cherche à désorienter. Et dans le cas de la maire, il n'y a pas de doute possible : ce qu'elle cherche à faire, c'est désorienter. Jamais je n'ai vu un politicien capable à ce point de dire toujours ce que son auditoire attend de lui. Cette femme sait ce que les gens veulent avant qu'eux-mêmes le sachent. Il suffit de voir comment elle a atterri à la mairie.

— Elle y a atterri comment ? demande Melchor.

Campà s'accorde quelques secondes avant de répondre, durant lesquelles il tire deux bouffées pensives sur sa pipe. Il porte un bermuda trop large et une *guayabera* trop étroite, avec des taches de graisse çà et là et des miettes de pain logées dans les plis de son ventre.

— C'est incroyable, commence-t-il en poussant avec le majeur le pont de ses lunettes. Les gens n'ont jamais eu aussi peu de mémoire, probablement parce que les journalistes n'ont jamais eu aussi peu de mémoire. Ils vivent au jour le jour. Ils n'ont pas le temps de regarder en arrière, et c'est pour ça qu'ils ne comprennent pas ce qui arrive, même pas ce qui se passe devant leur nez. Comment c'est possible que personne ne se rappelle que cette femme défendait hier des réfugiés ? Et si quelqu'un s'en souvient, c'est encore pire : comment se fait-il que personne ne le lui rappelle, maintenant qu'elle est devenue le fléau de l'immigration ? Comment se fait-il que personne ne lui demande pourquoi elle a changé ? Que s'est-il passé pour que cette dame dise sur ce sujet, et sur tant d'autres, exactement le contraire de ce qu'elle disait il y a quelques années ?

— Merde, c'est vrai, s'étonne Vivales. Je ne m'en souvenais plus.

— Moi non plus, confesse Puig. – De même que l'avocat, il tient un cigare dans une main et son whisky dans l'autre. – On dirait deux personnes différentes.

— Sauf qu'elles ne le sont pas, dit Campà. C'est la même personne, seulement elle dit des choses différentes. Ou opposées, plutôt. Et pourquoi ?

La réponse de la maire résonne encore dans le cerveau de Melchor : "J'ai changé parce que le monde a changé."

— Parce qu'elle sait ce que les gens veulent entendre, répond cependant Campà, qui tire une nouvelle fois sur sa pipe et continue : Je crois qu'elle a commencé à le savoir après les attentats islamistes de 2017. On dit souvent que c'est le *Procés** qui a complètement changé Barcelone, mais ce n'est pas vrai. Le *Procés* n'a presque rien changé, ni à Barcelone, ni en Catalogne, ni nulle part : tout ce que le *Procés* a changé, ce sont quelques détails anecdotiques, afin que rien d'essentiel ne change. Et il s'agissait précisément de ça. C'est pour cette raison qu'il a été déclenché par ceux qui ont toujours tenu les rênes et se sont servis des gens comme de la chair à canon. Sauf que non : ce sont les attentats qui ont vraiment commencé à changer cette ville. Les attentats et le sentiment d'insécurité qui a suivi. Tout d'un coup, on s'est mis à parler en permanence d'assassinats, de cambriolages et de viols, comme s'il n'y en avait jamais eu avant. Tout d'un coup, on a commencé à dire que c'était la ville la plus violente d'Europe. Tout d'un coup, des patrouilles citoyennes contre la délinquance ont fait leur apparition. Et, surtout, tout d'un coup, nous, qui dans notre enfance n'avions jamais vu un seul Arabe nulle part, on s'est rendu compte qu'on était entourés d'Arabes. D'Arabes, d'Africains, de Chinois et de Pakistanais et *tutti quanti*. Et on s'est rendu compte, aussi, que tous ces gens ne venaient pas forcément ici avec le désir de s'adapter, ni prêts à baisser la tête et à répéter *oui, bwana* à tout ce qu'on voulait leur imposer. Aïe, mon ami ! ... – Campà crache de la fumée par la bouche, boit une gorgée de whisky et se cale dans sa chaise, le verre appuyé sur la *guayabera* parsemée de miettes. – Probablement que personne ne s'est rendu compte qu'un changement très profond commençait à s'opérer dans la mentalité des Barcelonais, un changement qui, après, avec la crise du coronavirus, est devenu encore plus flagrant... Personne ne s'en est rendu compte, sauf cette femme. La preuve, c'est que six ou sept ans plus tard, elle a atterri à la mairie grâce à un discours dur en matière de sécurité, un discours islamophobe et anti-immigration qui a désarçonné tout le monde, surtout parce qu'il n'avait pas l'air de ce qu'il était : il avait l'air

* Le processus souverainiste de Catalogne (*el procés català*, en catalan) est un ensemble de faits sociopolitiques ayant lieu à partir de 2012 dans la Communauté autonome de Catalogne en vue d'obtenir l'autodétermination et l'indépendance de la Catalogne vis-à-vis de l'Espagne. *(N.d.T.)*

d'un discours progressiste mais courageux et politiquement incorrect, qui plaidait pour la préservation décomplexée de la sécurité des citoyens. Et c'est pour cette raison qu'elle a réussi. Tout à l'heure, vous avez parlé de la chaîne municipale, voilà qu'elle diffuse maintenant chaque jour des images de bateaux bondés de migrants prêts à nous envahir et effraie les gens avec le fantasme de l'immigration massive. Et vous avez aussi, sur la même chaîne, à la radio et dans les journaux, les idéologues à la solde de la maire, les Robasseda, les Boronat et consorts, des anciens radicaux de gauche ou radicaux nationalistes qui vocifèrent quotidiennement depuis leurs pupitres médiatiques sur l'urgence de préserver les valeurs menacées de la culture occidentale, les racines chrétiennes de l'Europe et bien d'autres balivernes avec leur cocktail suprémaciste à base d'une pincée de Spengler, d'une autre de Huntington et d'une bonne rasade de Renaud Camus, le grand méchant, avec sa théorie du grand remplacement, cela dit avec tout le respect qu'on doit au mot théorie. Enfin, cette femme a su pressentir avant les autres où ça allait barder et elle sait très bien utiliser l'outil de domination le plus puissant qu'un politicien ait à sa portée, qui est la peur.

— Cette femme et son mari, précise Puig. Ou plutôt son ex-mari.

Se tournant vers Melchor, il lui explique :

— Ils se sont séparés il y a à peu près un an, elle venait de remporter les élections pour la deuxième fois.

— Daniel Casas, dit Vivales. C'est son nom. Sa famille est l'une de celles dont Chicho parlait, une de celles qui mènent la barque depuis le début. On a toujours dit que c'était lui le cerveau de la carrière de la maire, qu'il était derrière toutes ses décisions importantes et ainsi de suite. Et on a toujours dit que la maire était un instrument dont il se servait. Lui et sa famille.

— Alors, si tu as raison et que la maire est une actrice, réfléchit Puig, dans cette pièce de théâtre Casas était l'agent et le metteur en scène. Et la maire la star.

— Tu oublies un personnage fondamental, lui rappelle Campà.

— Tu as raison, reconnaît Puig en montrant vaguement son ami avec la pointe incandescente de son Montecristo. Enric Vidal. Là, t'as un vrai personnage.

— Le premier adjoint au maire ? demande Melchor, qui suit le dialogue avec la plus grande attention et un brin d'étonnement.

— Lui-même, confirme Campà. On dit que c'est lui le pouvoir dans l'ombre à la mairie, que c'est lui qui décide vraiment. Mais moi, je ne crois pas.

— Ah non ? demande Puig, surpris.

— Non, répond Campà. Et je ne crois pas non plus que la maire soit un instrument pour Casas et sa famille, et encore moins que Casas et sa famille soient son instrument à elle. Et je dis la même chose de la mairie. Là-bas, celle qui décide de tout, c'est la maire. Là-bas et au sein de son parti. Ne vous méprenez pas. Vidal se croit très malin, et Casas aussi, mais celle qui est véritablement intelligente, c'est elle. Si intelligente qu'elle leur fait croire que les intelligents ce sont eux, et que ce sont eux qui décident de tout. Si intelligente qu'elle sait mieux que personne jouer l'idiote. C'est elle le véritable animal politique, elle qui possède l'instinct meurtrier, celui qui caractérise les vrais politiciens. N'en doutez pas une seconde… Attention, je ne dis pas que Vidal n'ait pas voix au chapitre à la mairie, hein ? Il l'a, et pas qu'un peu.

Campà finit son whisky et développe :

— À la mairie de Barcelone, le premier adjoint a toujours eu beaucoup de pouvoir, il était la main droite du maire et la personne qui dirigeait les rouages internes de la mairie. Ça continue d'être le cas, mais corrigé et augmenté, entre autres parce que la maire a dès le début confié à Vidal quelque chose que, si je ne fais pas erreur, jamais aucun premier adjoint au maire ne s'était vu confier, et ce afin qu'il puisse combattre la psychose d'insécurité qu'elle a elle-même créée et qui l'a amenée à la mairie.

— Tu penses à la sécurité, devine Puig.

— Exact, répond Campà. Mais pas seulement. C'est qu'en plus, Vidal a développé ce secteur de façon monstrueuse. Je donne un exemple qui va t'intéresser. – Vivales prend la bouteille de whisky et commence à remplir les verres avec générosité. – Traditionnellement, la police municipale disposait d'un service de renseignement très réduit. Il se chargeait de la sécurité du maire et c'était à peu près tout ; le reste, c'est vous qui vous en occupiez, les *mossos*. Eh ben, Vidal a créé un service superpuissant, constitué d'on ne sait exactement combien de policiers, en tout cas une véritable brigade de gardes du corps qui est à son service exclusif et au service de la maire. Et ils se livrent à toutes sortes de magouilles.

— Les Vidal Boys, ajoute Melchor.

— La rumeur de leurs exploits est parvenue jusqu'en Terra Alta ? demande Vivales en reposant la bouteille de whisky sur la table.

— Non, reconnaît Melchor. Mais c'est quasiment la première chose que j'ai apprise en arrivant à Barcelone.

— Ça ne m'étonne pas, dit Puig. Ce sont des gens peu recommandables, les cogneurs de Vidal, de la maire et de son mari. Ce sont des gars à tout faire : donner des raclées, acheter des policiers, des juges et des journalistes, monter des dossiers avec le linge sale de tout un chacun… Alors qui va avoir le cran de s'en prendre à eux, hein ? Le plus dangereux, c'est leur chef, Lomas il s'appelle, l'inspecteur Lomas, mais tout le monde l'appelle Hematomas, pas la peine que je vous fasse un dessin. Je ne sais pas vous, mais moi je ne craignais plus la police depuis la Transition, et avec ces types-là, j'en ai de nouveau peur.

— Il faut aussi que tu saches que Vidal est un ami intime de Casas, indique Vivales à Melchor. Comme ça, tu peux compléter le triangle.

— Ils se connaissent depuis toujours, précise Puig. La famille de Vidal fait partie de celles qui ont toujours fait la pluie et le beau temps ici. D'ailleurs, ajoute-t-il en regardant alternativement Campà et Vivales, vous êtes certainement au courant que la maire et lui sont en bisbille…

— Certainement ? La bonne blague ! se moque Vivales. La presse ne parle que de ça !

— Ce que j'ai entendu dire, moi, explique Puig, c'est que cette histoire de séparation à l'amiable entre la maire et Casas est une histoire à dormir debout ; ils seraient comme chien et chat et elle ne s'entendrait pas mieux avec l'autre. Au point qu'ils ne se parlent presque plus ou seulement quand c'est indispensable.

— C'est ce que tout le monde dit, confirme Campà.

— Vous savez quoi ? demande Puig. Je n'y crois absolument pas.

Vivales lui demande pourquoi.

— Parce qu'ils forment un trio parfait, répond Puig en se levant de sa chaise, le cigare à la main.

Il a enlevé sa cravate, a retroussé les manches de sa chemise et, les yeux excités par l'alcool, il transpire. Derrière leurs verres de whisky, Vivales et Campà l'écoutent avec attention.

— Voyons voir. Que Casas et la maire se séparent, c'est normal, ce qui est étrange c'est qu'ils soient restés ensemble si longtemps. Tout le monde savait que chacun avait ses histoires à côté, surtout la maire…

— Tu ne vas pas nous ressortir qu'elle t'a maté l'entrejambe, le prévient Vivales. Ça, c'est tes fantasmes, Manel. Cette nana t'excite, c'est clair.

— Surtout la maire, répète Puig en serrant fortement les yeux, comme s'il craignait de perdre le fil de son raisonnement, avant de les rouvrir. Alors que maintenant elle prêche la chasteté, le retour à la famille traditionnelle et la nécessité d'avoir des enfants pour préserver la civilisation chrétienne et que les musulmans ne nous envahissent pas et toute cette merde xénophobe.

— De même qu'avant, à l'époque où elle était activiste, elle prêchait l'amour libre et se targuait de ses expériences homosexuelles, reprend Campà pour compléter son exposé. Cette femme a fait de sa propre vie un argument politique. Avant elle donnait des leçons de morale de gauche, maintenant elle donne des leçons de morale de droite. Ce qui compte, c'est de donner des leçons de morale.

— C'est vrai, reconnaît Puig. Mais maintenant, oubliez tout ça et regardez ce que cette femme et ses deux associés ont accompli en très peu de temps. Ils ont créé un parti qui a complètement chamboulé la politique catalane et l'agenda de la politique espagnole ; ils gouvernent par majorité absolue à la mairie et toutes les enquêtes disent que s'ils se présentent aux élections autonomiques, ils l'emporteront. On peut mieux faire ? Pourquoi se disputeraient-ils ? Pourquoi changer ce qui marche, et marche du feu de Dieu, qui plus est ?

La question reste suspendue quelques secondes dans l'air estival de la terrasse tandis que Puig cesse de gesticuler, le regard fixé sur Campà.

— Parce que la politique, ce n'est pas comme le calcul de la capacité portante des structures, mon ami Manel, lui répond son interlocuteur, content de pouvoir finalement le contredire. Si la politique était rationnelle, tu aurais raison. Mais elle ne l'est pas. Tu te rappelles l'hubris ? – Il se tourne vers Melchor. – Tu sais ce que c'est, l'hubris des Grecs ?

— L'orgueil qui pousse les hommes à défier les dieux, répond Melchor.

— Plus ou moins, approuve Campà. Et c'est à cause de cet orgueil que les dieux les punissent. C'est ce qui arrive dans les tragédies grecques et c'est ce qui arrive généralement aux politiciens quand ils accèdent au pouvoir, surtout si c'est avec une majorité écrasante, comme ç'a été le cas pour la maire.

— Si j'ai bien compris, récapitule Puig, toujours debout et avec son cigare ou avec ce qui reste de son cigare à la main, tu veux dire que, indépendamment des succès qu'a obtenus la star en travaillant avec le metteur en scène et le producteur, indépendamment de la réussite qui a été la sienne grâce à leur soutien, ce qu'elle veut, en fin de compte, c'est s'affranchir d'eux et de tous ceux qui lui ont fait la courte échelle, et monter sa propre compagnie.

— Tu m'as parfaitement compris, approuve une nouvelle fois Campà. Sauf que ton analogie ne marche pas tout à fait, parce que la maire n'est pas seulement la star de cette pièce. Elle peut le faire croire à tout le monde, à commencer par les journalistes et les analystes politiques. Elle l'a probablement fait croire à Casas et à Vidal, parce que c'était dans son intérêt qu'ils le croient, elle avait besoin d'eux, ne serait-ce que parce qu'il faut de l'argent pour faire de la politique, et eux et leurs familles en avaient, alors qu'elle n'est qu'une fille tout ce qu'il y a de plus normale, née dans une famille d'ouvriers et élevée à La Salut… Mais je te répète que cette femme est bien plus qu'une actrice, même si c'est une actrice exceptionnelle, et, si elle le peut et si elle le veut, elle se débarrassera d'eux, à condition qu'ils ne voient pas le coup venir et ne s'en débarrassent avant, bien sûr… De toute façon, dites-vous qu'en politique, c'est comme ça depuis la nuit des temps : une personne sans intérêt arrive au pouvoir aidée par les puissants, le pouvoir transforme cette personne sans intérêt en leader charismatique (c'est ce que produit le pouvoir, aussi bête que soit cette personne) et le leader charismatique se défait ou il essaie de se défaire des puissants qui l'ont aidé. Depuis la nuit des temps.

Puig s'est assis sans perdre un mot de ce que dit son ami et, pendant qu'il fait un sort à son whisky et à son cigare, Campà cite quelques exemples du phénomène qu'il vient de décrire, certains anciens et d'autres plus récents. Quand il en vient à Carles Puigdemont, le président fortuit du gouvernement autonome catalan qui, en 2017, déclara unilatéralement l'indépendance de la Catalogne, Puig intervient à nouveau, et après quelques méandres imprévus, le dialogue tourne au débat sur la qualité de l'éducation démocratique en Catalogne, sujet sur lequel, pour une fois, les deux amis sont parfaitement d'accord – tous deux la considèrent comme extrêmement mauvaise –, même si on ne le dirait pas car Puig se met debout à plusieurs reprises pour appuyer son point de vue, transpire à grosses gouttes et s'adresse surtout à Campà, qui le regarde avec un sourcil relevé et la pipe aux lèvres. Au bout d'un moment, tandis qu'il verse encore une fois du whisky dans les verres, Vivales intervient dans la chaleur de la discussion et, montrant ses deux amis, dit au policier :

— Je ne te l'ai pas dit avant parce que ça me faisait honte, mais Ortega et Gasset ici présents sont deux honnêtes citoyens qui croient en la démocratie.

— Et pas toi ? demande Melchor, qui n'a jamais entendu l'avocat parler de politique si ce n'est pour pester contre les politiciens.

Vivales, surpris, arrête de faire le service.

— Tu charries ou quoi ? demande-t-il à son tour, regardant Melchor avec son visage grêlé caractéristique. Comment veux-tu que je croie en un système politique qui accorde le droit de vote à un individu comme moi ?

Éberlués, Puig et Campà s'observent une seconde, et à la seconde suivante, ils saluent le bon mot de Vivales en entrechoquant leurs verres dans un double éclat de rire. Vivales se joint au toast, à contrecœur. Puig est le premier à reprendre la parole.

— Pour en revenir à notre maire, dit-il sur un ton réfléchi, comme si l'effet de l'alcool lui était soudain passé, j'ai tout de suite vu venir le désastre. Vous savez quand ? Quand elle est arrivée à la mairie et que la première chose qu'elle a faite a été d'abolir la loi Colau sur le logement. Précisément celle qui disait que tout promoteur privé devait consacrer trente pour cent du toit construit au logement social. Moi, je n'ai jamais été fan d'Ana Colau, qui était aussi une actrice de premier ordre, comme vous le savez ; mais ces trente pour cent, c'était bien pensé. Et, dès que cette femme a liquidé cette loi, je me suis dit : voilà clairement une politique *business friendly* ; faites gaffe les mecs, on a affaire à un gouvernement de voleurs.

— Comme tu vois, dit Vivales en se tournant vers Melchor, en plus de croire en la démocratie, Manel est un dangereux rouge.

— Absolument pas ! s'emporte de nouveau Puig, s'agrippant aux accoudoirs de sa chaise pour refréner son envie de se ruer sur l'avocat. Rouge oui, et fier de l'être ; mais dangereux… Alors que je ne suis qu'un fichu social-démocrate, et il n'y a rien de plus inoffensif au monde. Le truc, c'est que, par les temps qui courent, nous, les sociaux-démocrates, on passe pour des dangereux rouges.

— Pour une fois, et j'espère que ce sera la dernière, je dois donner raison à Manel, intervient Campà qui a donné raison à son ami presque toute la soirée. Cette mairie est gouvernée par une bande de voleurs.

— Tu dis ça sérieusement ? demande Melchor.

— Tout à fait, répond Campà. Avant, à Barcelone, ou en Catalogne en général, c'était la Generalitat qui volait à pleines mains ; mais là, la mairie s'y est mise.

Comme sa pipe s'est éteinte, il sort de quelque part une espèce de fléchette métallique et, s'en servant comme d'une cuillère, vide les cendres du fourneau dans le cendrier tout en s'adressant à Melchor sur un ton professoral :

— Écoute, voilà ce qui s'est passé ici : quand la démocratie a démarré, le nationalisme a instauré en Catalogne une cleptocratie clientéliste. C'est-à-dire, le gouvernement autonome volait les citoyens et le produit du pillage était réparti entre le parti du gouvernement et les familles du parti du gouvernement, à commencer par la famille du président. Quant au reste de la région, on en achetait la moitié à coups de favoritisme, de passe-droit et de chantage sentimental ; enfin, toujours les mêmes salades : tout pour la patrie et ce genre de fadaises.

Il finit de gratter le fourneau et poursuit :

— Pour ce qui est de l'autre moitié, elle n'était pas au courant ou ne voulait pas l'être. La majorité était formée par des immigrants du reste de l'Espagne et, alors qu'on mettait la main dans leur porte-monnaie, ils croyaient que cette affaire ne les regardait pas, que la Generalitat, c'était un truc qui concernait les Catalans de pure souche, qu'ici ils n'étaient que de passage. Quelle connerie… Mais c'est comme ça que ça marchait avant le *Procés*, et c'est toujours le cas parce que, comme je te disais, le *Procés* a été organisé précisément pour cette raison, pour que ça continue de marcher de la même manière. Sauf que le problème, maintenant, c'est que la mairie fonctionne aussi comme ça.

— Et avant ce n'était pas le cas ? demande Vivales avec une moue sceptique.

— Non, répond Campà, qui a laissé la pipe et le nettoyeur métallique sur la table, à côté d'une blague à tabac en cuir fermée par une corde. Ou pas complètement. Bien sûr qu'il y avait de la corruption à la mairie, mais pas comme maintenant, où elle est devenue systématique et s'est généralisée, comme ç'a été le cas depuis le début à la Generalitat. En plus, l'administration municipale avait toujours été assez compétente et fonctionnait plutôt bien, mais en très peu de temps, elle s'est bureaucratisée et politisée autant que celle de la Generalitat. Sinon plus.

— Moi, je peux en témoigner, assure Puig.

— C'est vrai, ce que dit Vivales ? demande Melchor. Vous avez beaucoup travaillé avec la mairie ?

— Mon cabinet, pas mal. Les gens nous connaissent surtout pour ça. On fait beaucoup de logement social, bien moins que ce qui devrait se faire, cela dit.

— Non, pitié ! supplie Vivales en se bouchant les oreilles avec les index. Ton sermon sur le logement social, non, s'il te plaît. Je préfère subir d'horribles tortures.

Puig sourit comme un enfant pris les doigts dans le pot de confiture.

— C'est vrai que ce sujet m'intéresse, s'excuse l'architecte. D'ailleurs, ça fait des années que j'essaie d'écrire une thèse de doctorat sur le logement social d'après-guerre et…

Vivales l'interrompt en feignant un aparté, murmurant à Melchor :

— Maintenant, il va nous dire du bien de Franco.

— Tiens, Chicho, c'était quoi la phrase de Machado, déjà ? demande Puig avant de donner lui-même la réponse : "La vérité est la vérité, qu'elle soit exprimée par Agamemnon ou par son porcher." C'est bien ça ?

Campà acquiesce, absorbé par la cérémonie de remplissage et d'allumage du fourneau de sa pipe.

— Écoute, continue Puig en s'adressant une fois encore à Melchor, la dictature a fait au moins une bonne chose, ç'a été de créer le logement social. C'est la vérité, putain, que ça nous plaise ou pas. Elle en a créé beaucoup, parfois même d'assez bonne qualité. Ici même, à Barcelone. Des migrants du reste de l'Espagne, des miséreux qui vivaient dans des grottes, au Somorrostro ou à Montjuïc, ont pu avoir des logements. Très précaires, parfois assez minables, dans des environnements peu adaptés, mais des logements quand même. C'est ainsi que plus d'un malheureux a eu la vie sauve. Et si la démocratie a commis un impair, ç'a été de négliger le logement social. Alors que le droit au logement figure dans la Constitution, merde ! – Puig menace de sortir de ses gonds une nouvelle fois, mais il ne quitte pas sa chaise ; il a séché la sueur sur son front et dans son cou. – C'est très simple, Melchor : en Espagne, on a des systèmes de santé et d'éducation qui marchent raisonnablement bien, mais on n'a pas de logement social digne de ce nom. Tu vois un peu ?

— Assez peu, répond Vivales avec un geste d'ennui infini, effondré sur la table et la joue droite appuyée sur sa main.

— Qu'est-ce qui est le plus important ? demande encore Puig. Soigner les gens et enseigner à lire et à écrire ou avoir un toit qui te protège et un endroit qui t'évite de te retrouver à la rue ?

— Un endroit qui t'évite de te retrouver à la rue, répète Vivales, comme s'il était en train de réciter le catéchisme catholique.

— Alors à qui la faute, si ce pays n'a pas une politique de logement social comparable au système de santé ou d'éducation ? demande Puig.

— C'est la faute au capitalisme sauvage, répond Vivales. Plus précisément, la faute aux promoteurs immobiliers, qui ne pensent qu'à s'en mettre plein les poches. – L'avocat semble soudain sortir de sa léthargie ânonnante et ouvre les bras comme s'il demandait clémence. – Tu vois comme je le connais de *a* jusqu'à *z* ton putain de sermon communiste sur le logement social ?

— Je regrette, mais je dois dire que sur ce point, Manel a raison, tranche Campà dont la pipe tourne à nouveau à plein régime. Le logement social, dans ce pays, c'est une honte. Et ça, c'est un secret de Polichinelle. Mais les promoteurs ne sont pas les vrais responsables. Ce sont les politiciens qui n'osent pas affronter les promoteurs, surtout parce qu'entre eux il y a les banques, et les partis sont endettés jusqu'au cou auprès des banques. Et comment vas-tu remettre à sa place quelqu'un à qui tu dois un paquet d'argent ? Comment vas-tu faire pour qu'il annule les dettes astronomiques que tu as envers lui, si ce n'est en lui facilitant la vie et en lui rendant des services ?

— Voilà un autre rouge débridé, se plaint Vivales. Le jeune homme ici présent vous a demandé de lui parler de la maire, pas de lui raconter comment remettre en état le monde.

Puig et Campà ne prêtent pas attention à la réprimande de l'avocat et s'empêtrent dans un débat abscons sur le financement des partis politiques, d'après eux la première cause de la corruption en Espagne – une corruption sans solution, d'après eux aussi, parce que les seuls qui pourraient régler le problème sont ceux qui en vivent, à savoir les partis eux-mêmes –, puis l'avocat les rappelle à l'ordre.

— Je répète, dit-il à Puig tandis qu'il ressert du whisky. Ce qui intéresse Melchor, ce sont tes liens avec la mairie.

— Chicho l'a très bien résumé, transige Puig en avalant une gorgée de Jameson et en regardant Melchor. Le fait est qu'avec cette maire, la mairie a commencé à fonctionner comme la Generalitat. Presque comme fonctionnait le franquisme. Mon père était lui-même architecte et il me racontait que dans les années 1960, à l'époque du maire Porcioles, il y avait une blague qui circulait entre les gens du métier, à propos de deux techniciens de la mairie qui signaient les permis de construire : "Si tu veux construire sur des places, appelle Sotoras / Si tu veux construire dans l'immédiat, appelle Bordoy." – Le distique provoque un éclat de rire chez Campà et arrache un demi-sourire à Vivales. – Aujourd'hui, on n'en est pas là, mais presque. Nous, dans notre bureau, on le voit tous les jours. Avant, les marchés publics étaient propres ; maintenant, ils sont truqués : ce sont toujours les mêmes qui les décrochent, les amis de la maire et ses acolytes, et ce sont ceux qui financent son parti. Les postes directement sous la responsabilité des politiciens se sont multipliés et sont occupés par des gens incompétents mais fidèles aux décideurs qui, en plus, ont remplacé les fonctionnaires qui faisaient marcher la mairie, dont la majorité était des gens de qualité. N'y vois pas la nostalgie d'un homme de soixante ans, hein, Melchor ? C'est la pure vérité. Le résultat, c'est que la mairie est en état de collapse, rien ne marche, et la ville se dégrade à vue d'œil. Corrige-moi si je me trompe, Chicho.

— Tu ne te trompes pas, dit Campà en secouant la tête en même temps qu'il ôte la pipe de sa bouche. En politique, créer quelque chose qui marche, c'est très difficile, alors que le détruire est très facile. La preuve : en moins de quatre ans, ces gens-là ont bousillé ce qui, de l'avis de tous, fonctionnait bien, et qui, quelles que soient les personnes au pouvoir, allait continuer de bien fonctionner. C'est le problème de la démocratie : dès qu'on la prend pour argent comptant, on la met en danger.

Vivales sert la quatrième tournée de whisky et, après être revenus sur le sujet de la corruption ("Ce n'est pas entièrement la responsabilité des politiciens", précise Campà. "Bien sûr que non, s'échauffe encore Puig. C'est nous les responsables. Dans ce pays, celui qui paye les impôts alors qu'il peut ne pas les payer est considéré comme un con." "Et c'est bien vrai, dit Vivales. Merde alors."), la conversation dérive vers le service militaire. Ce changement ne surprend pas Melchor : il sait d'expérience que, à l'occasion de ce genre de sabbats nocturnes, les trois amis finissent par parler de l'époque où ils ont fait connaissance ; il sait aussi que c'est le moment de les laisser entre eux.

Il prend congé, va dans sa chambre, se met au lit et commence à lire quelques nouvelles du concours littéraire de l'Institut Terra Alta. Mais il s'ennuie vite et attrape *L'Illustre Maison de Ramires*, le roman d'Eça de Queiroz. Une demi-heure plus tard, il pose le livre sur sa table de chevet et, après avoir jeté un dernier coup d'œil à sa fille, qui dort tranquillement à ses côtés, il éteint la lumière.

Au bout d'un certain temps, il continue de s'agiter sur le matelas car des phrases et des images tournent dans sa tête et le tiennent éveillé, des bribes décousues d'une journée qui résiste bec et ongles à s'achever et, quand il entre enfin dans l'état de demi-conscience qui précède le sommeil, des voix provenant de l'autre bout de l'appartement le réveillent. Il se lève, traverse le couloir sans allumer et reste sur le seuil de la porte du salon, protégé par l'obscurité, épiant la terrasse, où les trois vieux amis chantent faux à tue-tête, sans pitié, indifférents au silence qui les entoure, Puig et Vivales assis et un bras autour de leurs épaules respectives, Campà debout devant eux, brandissant sa pipe tel un chef d'orchestre. La chanson dit ceci :

Tu es grande et mince
comme ta mère,
ma charmante brunette,
comme ta mère.

Melchor les envie.

Le lendemain, il se lève à sept heures et quart et, après avoir pris le petit-déjeuner avec Cosette et l'avoir conduite au centre de loisirs (Vivales est resté au lit, négociant avec sa gueule de bois), il se rend à Egara. En passant devant la porte entrouverte du bureau de Blai, il entend la voix de son ancien chef de l'unité d'investigation de la Terra Alta, toque et passe la tête à l'intérieur. Là, assis en face de Blai, se trouve le sergent Vàzquez.

— Entre, lui ordonne l'inspecteur. Tu tombes à point.

Quelque chose de grave est arrivé : cela peut se lire sur le visage de ses supérieurs.

— La maire m'a encore appelé hier soir, l'informe Vàzquez sans préambule. Les malfaiteurs l'ont recontactée.

— Par courrier, encore ? demande Melchor.

— Non, répond le sergent. Par téléphone, cette fois.

— Et alors ?

— Maintenant, ils ne veulent pas seulement de l'argent.

Melchor attend que Vàzquez lâche le morceau. C'est Blai qui le fait :

— Ils veulent sa démission.

2

— La vidéo de la maire, on a dû la voir dans la cabane de La Pleta de Bolvir, là où on avait l'habitude de regarder ce qu'on filmait rue León XIII… Mais pour être franc, je ne l'ai vue qu'il y a peu de temps. Je me trompe peut-être, mais je ne me souviens pas de l'avoir regardée avant. En revanche, ce dont je suis certain, c'est que l'épisode de la maire a eu lieu juste avant que quelque chose se produise, et qu'à cause de ça on a arrêté de chasser les filles et de se filmer avec elles.

— Quelque chose ?

— Un incident… Un truc qui s'est passé… Bref. En réalité, ça n'a rien à voir avec ce dont on parle.

— Ça a à voir avec toi et tes amis de l'Esade ?

— Oui. Et avec les enregistrements réalisés à León XIII mais…

— Alors ça a à voir avec ce dont on parle.

— Je n'aurais pas dû le mentionner.

— On s'est mis d'accord pour que tu me racontes tout.

— Et je vais le faire, sois sans crainte… Tu es sûr de ne pas vouloir un peu de whisky ?

— Sûr.

— D'accord, eh bien moi je vais me resservir. Et, avant de continuer, laisse-moi te dire quelque chose. Quelque chose d'important… Depuis que je suis ici, j'ai pris goût à la lecture, j'étais seul et loin de Barcelone, et il n'y a que Marga qui m'a rendu visite, deux ou trois fois tout au plus, alors je n'ai pratiquement fait que lire, lire et surfer sur internet et regarder la télé… Eh bien, tout récemment, dans une anthologie que j'ai achetée dans un supermarché, j'ai lu une phrase qui m'a beaucoup plu. Je ne me souviens plus qui est l'auteur, mais elle dit plus ou moins ceci : "Il y a autant de différence entre nous et nous-mêmes qu'entre nous et autrui." Quelque chose comme ça… Qu'en dis-tu ? Je crois que c'est vrai… Tout comme je crois que cette histoire d'identité individuelle, c'est du baratin. Nous croyons que nous sommes une seule personne, mais nous en sommes plusieurs.

— C'est ce que ta femme m'a plus ou moins dit.

— Herminia ? Tu as parlé avec elle ?

— Avant-hier. Elle m'a dit quelque chose qui ressemble à ce que tu viens de dire.

— Elle t'a dit quoi ?

— Que l'échec t'a changé, qu'il t'a rendu différent de celui qu'elle avait connu. Qu'il t'a empoisonné.

— Elle a raison. Herminia a presque toujours raison… À tout point de vue, je ne suis plus la personne qui s'est mariée avec elle, ni la personne qui a étudié à l'Esade et qui est devenue amie de Casas, Vidal et Rosell et qui sortait avec eux le samedi soir en quête de filles à ramener rue León XIII… Non, je ne suis plus cette personne. Je porte le même nom et j'ai plus ou moins le même visage, mais je ne suis pas ce type. Je ne suis plus cet individu, et cet individu n'était plus le même qu'il avait été jusqu'alors, j'en veux pour preuve le fait que peu de temps après mon arrivée à l'Esade, j'ai laissé tomber mes vieux amis de La Salle et je ne les ai plus jamais revus. Ils n'étaient pas si nombreux que ça, non plus… Bref… Au fond, je crois qu'à cette époque, à l'époque de l'Esade, j'avais envie d'être quelqu'un d'autre, je voulais ressembler à mes nouveaux amis, c'est sûr, je voulais faire partie de leur groupe… Je le voulais ou c'est mon père qui le voulait, et moi je le voulais à travers lui ou bien lui à travers moi… Je ne sais pas si je suis clair… Mon pauvre père qui brûlait d'envie de me voir appartenir à l'élite catalane dont faisaient partie mes amis de l'Esade, ou du moins c'est ce que je croyais, l'élite qui possédait la magie immortelle et le vrai pouvoir de l'argent, ces gens qu'il détestait et admirait à la fois car ils étaient les seuls souverains, indépendants, alors que nous autres, on n'était qu'une bande d'esclaves, et mon père ne voulait absolument pas que je sois un esclave comme les autres, il voulait que je sois un homme libre… Ce que j'essaie de te dire, c'est qu'à cette époque, secrètement, j'avais l'impression d'être un imposteur, un salaud aussi, évidemment, mais j'avais surtout l'impression d'être un imposteur, un menteur, et c'est pour ça que celui que j'étais me dégoûte maintenant, je trouve ça incroyable d'avoir pu vouloir être comme ça, et dans le fond, je me réjouis presque de devoir te raconter cette histoire que je n'ai racontée à personne, parce que si ça se trouve ça me permettra de me libérer une bonne fois pour toutes de celui que j'ai été… Et parce que c'est aussi la seule façon de faire payer ces fils de pute pour ce qu'ils ont fait… Même si ce sera très difficile, je le sais.

— Je t'ai donné ma parole d'honneur que je ferai mon possible pour qu'ils payent.

— Ces gens-là ne payent jamais, ils finissent toujours par se tirer d'affaire… C'est une loi universelle.

— Ça reste à voir… Dis-moi une chose : en quelle année tu as rencontré tes amis ?

— En 2007. Quand j'ai commencé mes études à l'Esade. Pourquoi ?

— Parce que les délits ne sont pas encore prescrits.

— Pourvu qu'ils payent. Pourvu que ça leur pourrisse la vie comme ils ont pourri la mienne… Mais j'en doute fort.

— Tu étais en train de me raconter ce qui s'est passé avec la maire. Tu m'as dit que c'était peu de temps avant un incident…

— Oui, ça a dû être à l'automne de ma troisième année d'études, ma dernière à l'Esade, en tout cas avant les examens semestriels de décembre, j'en suis certain parce que lorsque les examens commençaient, j'arrêtais de sortir le week-end et je restais enfermé à étudier… Mes amis aussi restaient enfermés, d'autant plus que, contrairement à moi, ils n'avaient pas validé les matières des semestres précédents, à commencer par Rosell, qui a toujours été le pire étudiant des trois. Eux, ils étaient donc obligés de travailler plus que moi…

“À cette époque, les habitudes du groupe avaient déjà un peu changé, je pense à notre habitude de chasser le samedi soir… Vidal et Rosell avaient leurs petites amies, deux filles de bonne famille, Carme et Eva elles s'appelaient, ils les connaissaient depuis toujours, elles venaient dîner avec nous et ensuite on allait tous ensemble au Sutton, rue Tuset, le Up&Down avait fermé l'année précédente, quand on était en deuxième année. En sortant de boîte, on essayait de se débarrasser d'elles mais ce n'était pas toujours facile, parfois on y arrivait, parfois pas... Quand on réussissait, on partait à la chasse, mais on n'allait plus aux mêmes endroits. On allait là où il nous semblait le plus facile de draguer et où on se sentait le moins exposés, essentiellement dans les boîtes de banlieue, mais on a aussi commencé à fréquenter les discothèques, les bars de nuit et les afters de la vieille ville, ou du centre ou de Gràcia ou de Sants, des endroits qui fermaient très tard ou ne fermaient qu'à l'aube ou le lendemain midi, et où la clientèle n'avait rien à voir avec celle des discothèques de banlieue... De cette nuit-là, je me souviens qu'une fois que Vidal et Rosell ont déposé Carme et Eva chez elles en prétextant je ne sais plus quoi, on s'est donné rendez-vous au Bikini, une discothèque de la Diagonal. Là, on n'a rien chassé, ce n'était pas un bon endroit pour la chasse, alors on est allés de bar en bar dans le vieux quartier, place de Pi et place Real et sur la Rambla, et on s'était déjà résignés à aller se coucher bredouilles quand on est arrivés sur Paralelo et on est entrés prendre un dernier verre dans un boui-boui qui était encore ouvert.

"Ne me demande pas comment il s'appelait parce que je n'y ai été que cette nuit-là et je ne m'en souviens plus... Ce dont je me souviens, c'est qu'il était tout près du vieux théâtre Arnau et que lorsqu'on est arrivés, le store de la porte d'entrée était à moitié baissé. Je me souviens aussi que l'établissement était petit et étroit, qu'il était plein à craquer, que le volume de la musique était au maximum... Là, on s'est joints à un groupe dont tous ou presque étaient étudiants à l'université de Barcelone, des jeunes de la classe moyenne, mais ça, on ne l'a su que plus tard. Une fille a immédiatement tapé dans l'œil de Casas et Vidal, ou bien ce sont eux qui lui ont tapé dans l'œil, toujours est-il qu'ils ont commencé à discuter ensemble et à draguer tandis que Rosell et moi on se mêlait au reste de la bande. Il était tard, l'établissement était en théorie fermé, peu à peu les étudiants ont commencé à s'en aller et, au bout d'un moment, le bar était presque vide, il n'y avait plus de musique, il ne restait que nous quatre, la fille et une amie à elle, une autre étudiante qui était assez ivre et avec qui je discutais depuis un bon moment. Elles semblaient toutes les deux prêtes à nous suivre mais on n'a même pas envisagé cette possibilité… Jamais on n'avait emmené deux filles rue León XIII, et à juste titre : au final, c'est beaucoup plus difficile de dominer deux femmes qu'une.

"Alors on a fait ce qu'on avait déjà fait à plusieurs reprises dans ce genre de situation… C'était une stratégie si bien rodée qu'il nous suffisait d'échanger des regards pour la mettre en pratique. Casas est parti avec la fille, et nous, on a dit au revoir à son amie et on est allés chercher la voiture. On n'a pas dû attendre longtemps… Casas et son accompagnatrice sont arrivés tout de suite. La fille ne semblait pas surprise de nous voir là, seuls et sans son amie. Elle a demandé où elle était et on lui a menti en lui racontant qu'on avait essayé de la convaincre de rester mais qu'elle préférait rentrer parce qu'elle était fatiguée et avait mal à la tête, et qu'elle n'en pouvait plus. Après ça, la fille est montée dans la voiture sans poser plus de questions et n'a même pas demandé où on allait… Jusque-là, tout s'était passé de façon à peu près normale, à peu près comme tant d'autres fois, les filles ne se méfiaient jamais ou presque jamais de nous, celle-là n'avait aucune raison de le faire non plus. Qui pouvait imaginer que ces quatre BCBG perdus dans le Paralelo, jeunes, agréables et éduqués, pouvaient représenter un danger pour qui que ce soit… ?

"Mais aucun de nous ne pouvait imaginer ce qui allait se passer par la suite.

"La fille s'était comportée avec une sérénité absolue depuis qu'elle avait mis les pieds dans le local de la rue León XIII, ou depuis qu'elle était montée avec nous en voiture… C'est en tout cas le souvenir que j'en ai, elle avait une maîtrise totale d'elle-même, comme si elle n'avait pas bu un seul verre, ou comme si ceux qu'elle avait bus n'avaient produit aucun effet sur elle.

— Vous aviez mis quelque chose dans sa boisson ?

— Non. On pensait le faire rue León XIII et attendre que ça fasse son effet. C'était le protocole qu'on suivait quand les filles n'arrivaient pas là-bas complètement rendues ou ivres ou droguées, et que ça pouvait se compliquer… Bref, tandis que mes amis faisaient un tour avec la fille dans le bâtiment et préparaient le terrain, je me suis échappé pour rejoindre ma cachette, et je n'étais même pas encore prêt à filmer quand ils sont entrés bien plus tôt que prévu dans la chambre aux murs tapissés d'affiches de rockeurs et de stars de cinéma, la chambre où on faisait toujours les vidéos. Ne me demande pas pourquoi ils ont mis aussi peu de temps à pointer leur nez. Je n'en sais rien… Tout ce que je sais, c'est que, d'après ce que mes amis m'ont dit plus tard, cette fille a à peine goûté la boisson qu'on lui avait préparée et qui contenait du Rohypnol. Et ne me demande pas non plus d'entrer dans les détails sur ce qui s'est passé par la suite, tu en jugeras par toi-même quand tu verras l'enregistrement, comme je te disais, je me souviens seulement de l'avoir visionné il y a peu de temps et, honnêtement, il me semble bizarre. D'un côté, cette vidéo ressemble plus ou moins à toutes celles que j'ai faites, dans le sens où c'est l'une de ces choses qui créent un profond sentiment de honte, l'une de ces choses qu'on préfère n'avoir jamais vues parce qu'elles salissent celui qui les voit… Mais, d'un autre côté, ces images ont quelque chose d'étrange, il y a en plus une sorte d'obscénité ou de cruauté ou de perversité, un supplément pénible de dégradation et d'indécence et, en même temps, je ne vais pas te mentir, quelque chose d'excitant, quelque chose d'extrêmement excitant, peut-être uniquement pour moi, je ne sais pas, le fait est que si je devais décrire en une seule phrase le contenu de cette vidéo, je dirais que ce n'est pas le viol d'une femme par trois hommes mais le viol des trois hommes par une femme… Je sais que ça peut paraître idiot, entre autres parce que sur les images, il n'y a pas la moindre trace de violence, du moins pas de celle qu'on associe normalement à un viol. Mais toi qui es flic, tu sais très bien que, pour qu'il y ait viol, il n'y a pas besoin de violence, quelle qu'elle soit, il suffit qu'il y ait intimidation, et c'est le sentiment que j'ai eu pendant que je filmais, et le sentiment que j'ai eu tant d'années après, quand j'ai vu ces images, ou quand je les ai revues, je parle là du sentiment que cette femme intimidait mes amis, que tandis qu'elle les embrassait, qu'elle les déshabillait, qu'elle les caressait, qu'elle les suçait et qu'elle les encourageait à la pénétrer, mes amis étaient paralysés, abasourdis, ils ne savaient pas quoi faire à part se laisser aller, à part jouir docilement, ils n'étaient même pas capables d'échanger un regard, ni de dire un seul mot ni, quasiment, de bouger sans qu'elle les guide, comme s'ils étaient sur le point de tomber dans un gouffre ou comme s'ils étaient trois clowns sur scène qui aurait un trou de mémoire en pleine représentation, et chercheraient à s'échapper sans trop savoir comment s'y prendre… Enfin, je n'ai jamais rien vu de semblable, ni avant ni après… Bon, maintenant, devine qui était cette fille.

— Ne me dis pas que c'était la maire.

— Ça t'étonne, hein ?

— Un peu. Tu crois que ce que tu viens de me raconter explique aussi pourquoi elle n'a pas intérêt à ce qu'on voie cette vidéo ?

— Je ne sais pas. Mais à sa place, l'idée qu'on puisse la voir ne me plairait pas du tout.

— Et si c'était un de tes amis ? Eux, ils n'ont pas l'air d'y tenir énormément…

— Si j'étais à leur place, j'aimerais qu'on ne voie aucun de ces enregistrements sauf celui-là… Celui-là, il ne m'inquiéterait pas vraiment. Sur cette vidéo, ils ont l'air de pantins, par moments ils sont comme envoûtés, mais rien de plus, je te dis, ils ressemblent davantage à des victimes qu'à des bourreaux. Quant à elle, c'est différent, tu en jugeras par toi-même quand tu verras la vidéo, tout ce que je peux en dire, c'est superflu… Bon, tout sauf un truc. Cette nuit-là, j'ai fait quelque chose que je n'avais encore jamais fait.

— Et c'est ?

— Me masturber pendant que je filmais.

— Ça ne t'était jamais arrivé ? Avant, ça ne t'avait jamais excité de filmer ces viols en réunion ?

— Non… Ou du moins pas autant que cette fois-là, c'est ce que j'essayais de t'expliquer… C'est-à-dire, jusqu'alors, l'excitation était là, mais ce n'était pas le sexe qui m'excitait, c'était la violence. J'entends par là que ce n'était pas tellement le fait de voir mes amis en train de baiser avec ces inconnues qui m'excitait, mais de voir mes amis en train de baiser avec ces inconnues qui leur opposaient résistance, ou qu'elles n'aient pas conscience de baiser avec eux… C'était de cet ordre. Mais cette fois-là, avec la maire, ça n'a pas été pareil, cette fois-là ce qui importait c'était le sexe, pas la violence, et c'est pour ça que j'ai commencé à me toucher et que j'ai fini par éjaculer contre le mur presque en même temps que mes amis éjaculaient sur la maire… C'est le dernier souvenir que j'ai de cette nuit-là… Non… Je mens… Je me souviens d'autre chose : quand on est ressortis, la maire a été surprise de me voir réapparaître, et je me souviens que le jour s'était déjà levé et que, en me reconnaissant, elle a souri comme si elle se moquait et m'a demandé : "Et toi, tu étais où ?"

"La semaine suivante, aucun de nous n'a parlé de ce qui s'était produit rue León XIII, personne n'a fait allusion à la maire. Rien d'étrange à cela… On ne parlait jamais de ces bringues du samedi ou on en parlait uniquement quand on s'enfermait dans la cabane de La Pleta de Bolvir pour regarder les vidéos, ce que nous faisions, comme je te l'ai dit, de temps en temps seulement, au cours de séances qui pouvaient durer tout le week-end et dont je ne me souviens pas très bien, ou dont je me souviens seulement comme d'une espèce d'hallucination ou de rêve. Le reste du temps, encore une fois, ça n'existait pas, en réalité c'était comme si ça avait lieu dans un temps parallèle ou sur une autre planète, dans un endroit où les règles de la vie courante n'étaient pas de mise… C'est l'impression que j'avais, je crois que c'est ce que mes amis sentaient, et dans un certain sens, c'était peut-être vrai. Ce qui ne veut pas dire que ce qui se passait dans cet autre endroit n'ait pas eu d'effet sur nous… Parfois ça nous affectait mais ça nous affectait d'une manière particulière, d'une manière lente et subtile, presque secrète, que seul le passage du temps rendait visible.

"Je crois que c'est la conséquence de ce qui s'est passé cette nuit-là… Juste après, ça a continué plus ou moins de la même façon, mais à la fin des vacances de Noël, j'ai commencé à remarquer des choses étranges. Je ne m'en suis pas rendu compte tout de suite, ou je ne leur ai pas accordé trop d'importance, ou alors je l'ai attribué au hasard, puis j'ai fini par comprendre qu'un changement s'opérait… Je ne sais pas si je te l'ai dit, mais mes amis se rendaient tous les matins à l'Esade en voiture, et quand je suis devenu leur ami, ils ont commencé à venir me chercher au croisement de la promenade de la Bonanova et Vía Augusta. De là, en passant par le tunnel de Vallvidrera, on arrivait à Sant Cugat en un quart d'heure (j'allais en métro jusque là-bas et je descendais à la station Sarrià)… Eh bien là, d'un coup, Casas et Vidal se sont mis à aller à Sant Cugat séparément, chacun dans sa voiture. Parfois Vidal et Rosell venaient me chercher au croisement de la promenade de la Bonanova et Vía Augusta, et parfois c'est Casas et Rosell qui venaient me chercher. Certains matins, Casas passait tout seul, ou Vidal, ou même Rosell, et il y avait aussi des matins où je devais me rendre à Sant Cugat comme je l'avais toujours fait avant de devenir leur ami, dans un train de banlieue, et ensuite je devais marcher jusqu'à l'Esade, où, pour couronner le tout, Casas et Vidal ont commencé à ne plus s'asseoir l'un à côté de l'autre, ils ne sortaient plus ensemble systématiquement, ils s'évitaient… Pour moi, c'était un sacré problème parce que je ne savais pas auquel des deux me joindre. Si je me joignais à Vidal, j'avais le sentiment d'être déloyal envers Casas. Et si je me joignais à Casas, j'avais le sentiment de trahir Vidal… Rosell avait le même problème, enfin je crois, même s'il ne l'a jamais évoqué devant moi et moi je ne l'ai jamais évoqué devant lui, sans doute parce que tous les deux, on avait l'intuition qu'un problème n'existe véritablement que lorsqu'on le nomme. Tant qu'il n'est pas nommé, c'est juste un problème fantôme, un faux problème… Inutile de te dire qu'on a cessé de sortir ensemble le samedi soir, de manière soudaine et sans aucune explication les bringues du week-end ont pris fin. Au début, j'ai demandé plusieurs fois ce qui se passait, mais on ne me répondait pas ou on me répondait par des faux-fuyants ou sans donner plus de détails ou avec des mensonges, alors j'ai arrêté de demander. Et enfin, un samedi soir, juste avant les vacances de la Semaine sainte, on est sortis ensemble. Je ne me souviens pas par qui, pourquoi ou comment cette sortie a été organisée, mais je me suis dit que le problème entre Casas et Vidal, quel qu'il soit, avait dû être réglé.

"Grossière erreur… La soirée fut sacrément brève. Pendant le dîner, Casas et Vidal se sont enferrés dans une de ces discussions absurdes où les gens, en théorie, sont en désaccord sur tel sujet alors qu'il est évident qu'en réalité le désaccord porte sur un autre sujet, bien que personne ne sache exactement sur quoi porte leur désaccord, à part ceux qui sont eux-mêmes en désaccord, et parfois même eux ne le savent pas... Rosell et moi, nous avons essayé d'intervenir, d'arrondir les angles, de changer de sujet, mais c'était peine perdue et, à la fin du dîner, l'ambiance était si empoisonnée qu'on est allés au Sutton, Casas, Rosell, Carme et moi. Vidal est parti avec Eva et je ne l'ai revu qu'après les vacances.

"C'est seulement alors que j'ai appris de quoi il retournait... C'est Rosell qui me l'a raconté, un après-midi où on revenait de Sant Cugat ensemble en voiture. Ce qu'il m'a dit m'a estomaqué. Il m'a d'abord demandé si je me souvenais de la maire, il ne l'a pas appelée comme ça, évidemment, je ne sais plus comment il l'a appelée, mais je lui ai dit que oui, que je me souvenais d'elle, bien sûr que si... Il m'a ensuite raconté qu'après la nuit où on l'a rencontrée et amenée rue León XIII, Casas et elle ont commencé à sortir ensemble en cachette. Je lui ai demandé comment il le savait et il m'a répondu que Casas lui-même le lui avait dit... "Tu trouves ça bizarre, non ?" m'a demandé Rosell. "Un peu", ai-je dit, même si en réalité, ça ne m'a pas paru si bizarre que ça. Rosell m'a dit : "Alors attends. Ça, ce n'est rien encore." Il m'a raconté qu'après avoir vu la maire plusieurs fois, Casas l'a quittée, mais au bout de quelques jours ou de quelques semaines il l'a regretté, il l'a rappelée et ils ont recommencé à sortir ensemble... "Et c'est maintenant que vient le meilleur", m'a dit Rosell. Le meilleur étant que, en recommençant à sortir avec la maire, Casas a découvert que Vidal et elle sortaient aussi ensemble, ou peut-être est-ce la maire qui le lui a dit... C'est-à-dire, Casas a appris que Vidal et la maire sortaient ensemble en même temps que lui-même sortait avec la maire, qu'ils avaient continué de se voir quand il l'avait quittée et qu'ils se voyaient toujours au moment où lui recommençait à la voir... Au début, cette découverte n'a pas gêné Casas, d'après Rosell il trouvait même ça drôle, c'est du moins ce qu'il lui avait dit. Mais avec le temps, il a trouvé ça de moins en moins drôle, surtout parce que la personne avec qui il était obligé de partager cette femme était Vidal, et qu'en plus de ça, il était sûr que Vidal était au courant, c'est-à-dire qu'il pensait que chacun savait que l'autre était au courant mais qu'aucun des deux n'avait le courage d'en parler à l'autre. Et ça, ce n'est pas Casas qui l'a dit à Rosell, même si pour Rosell il n'y avait pas le moindre doute… Je ne lui ai pas demandé si Casas avait évoqué ce sujet avec Vidal, et encore moins s'il croyait que les deux étaient tombés amoureux de la maire : d'abord parce que j'avais la certitude que s'il avait parlé avec Vidal, Rosell me l'aurait dit ; ensuite, parce que ça m'a paru tomber sous le sens. Mais quand Rosell m'a déposé ce soir-là à la station Sarrià et que j'ai pris le métro pour rentrer chez moi, j'étais déjà convaincu que l'amitié entre Casas et Vidal était partie en mille morceaux et que, sans cette amitié, plus rien ne serait pareil.

"Et je me suis encore trompé… Seulement quelques jours plus tard, un matin où j'avais rendez-vous à l'heure habituelle avec Vidal et Rosell au croisement de la promenade Bonanova et de Vía Augusta, au lieu de venir tous les deux ils sont arrivés avec Casas, comme au bon vieux temps. Je suis resté bouche bée, mais je suis monté dans la voiture comme si de rien n'était et, comme si de rien n'était, on a fait le trajet jusqu'à Sant Cugat et on est entrés à l'Esade, et à partir de ce matin-là, on est redevenus inséparables, la camaraderie et les blagues et les rires et les petites piques et la complicité d'avant étaient de retour, également entre Casas et Vidal ou surtout entre eux, qui soudain semblaient s'entendre mieux que jamais. Sans explication, du jour au lendemain, la sale ambiance a disparu et les jours qui ont suivi j'ai plusieurs fois demandé à Rosell ce qui s'était passé, mais il me répondait systématiquement qu'il n'en savait rien et que lui-même en était le premier surpris… Plus tard, on a appris ou conclu que Casas et Vidal avaient quitté la maire, qu'ils avaient arrêté de la voir presque au même moment, mais je n'ai jamais pu savoir si c'était dû au hasard ou si c'était le résultat d'une sorte d'accord entre eux, ce que j'avais parfois tendance à penser. Et parfois je pensais le contraire. Et parfois encore, je ne savais que penser… Toujours est-il que tout est rentré dans l'ordre, comme on dit, tout est redevenu plus ou moins comme avant l'apparition de la maire, y compris les bringues du samedi soir, y compris la chasse à la fin des bringues du samedi soir… Mais ça n'a pas duré longtemps, je parle là de la chasse et des bringues, évidemment, je dirais que ça a duré encore un ou deux mois à tout casser. Ensuite, on a cessé d'aller rue León XIII. C'était peu de temps avant la préparation des examens de fin d'année…

— Et peu de temps après l'incident dont tu as parlé, c'est ça ? Celui qui vous a fait arrêter de chasser des filles et de vous filmer avec elles.

— Oui.

— Tu vas me le raconter, maintenant ?

— Je t'ai déjà dit que ça n'avait rien à voir avec la maire.

— C'est moi qui en déciderai. Si tu ne me le racontes pas, il n'y a plus de marché.

— Je te le raconterai, ne t'inquiète pas… Mais avant, laisse-moi te raconter une chose qui t'intéressera davantage… Ça s'est produit à la même période, et ça a vraiment tout changé, du moins pour moi, à commencer par ma relation avec mes amis. Ç'a été bien plus décisif pour ce qui t'intéresse. Tu te rappelles l'affaire des cartes fantômes ?

— Les cartes fantômes ?

— C'est comme ça qu'un journaliste les a baptisées, puis tout le monde a retenu ce nom… Tu n'en as pas entendu parler ?

— Vaguement.

— C'est incroyable. En même temps, je ne sais pas pourquoi je m'étonne, après tout ça marche comme ça… Un scandale fait la une de la presse, envahit les infos à la télé et à la radio, sature les réseaux sociaux, et le lendemain plus personne ne s'en souvient. Sauf ceux qu'il a éclaboussés et dont il a détruit la vie, bien sûr… Eux, ils s'en souviennent, ils s'en souviendront toujours. Mais les autres, la horde, non, eux ils l'oublient aussitôt, ils sont trop impatients de sauter à la gorge de la victime suivante.

— Et ce scandale a concerné la maire ?

— Celui des cartes fantômes ? Non. Celui qui a été concerné, c'est mon père… Et moi autant que lui. Ou plus… Tu veux que je te raconte de quelle façon ?

— Si ça a à voir avec le chantage…

— Et comment

— Alors vas-y.

— Tout a commencé avant ma dernière année à l'Esade, je ne pourrais pas te dire quand exactement, peut-être l'année précédente, ou même l'année d'avant. La première étincelle de l'affaire a jailli quand un journal de Madrid a rendu publics quelques courriels du directeur d'une caisse d'épargne où il était question de cartes de crédit qui, selon le journaliste, servaient à couvrir des frais privés de cadres et de conseillers de la société en question. À cette époque-là, je crois que je te l'ai déjà dit, mon père était député au Parlement de Madrid, député socialiste, et le parti l'avait nommé conseiller de cette société, une banque dont une part des capitaux était publique, dans laquelle il y avait des conseillers de partis et de syndicats de droite et de gauche. Je ne parle pas de cadres mais de conseillers, c'est-à-dire de membres du conseil d'administration, des personnes qui prenaient collectivement des décisions stratégiques sur le développement de la caisse d'épargne, ce genre de chose : combien il fallait investir dans tel ou tel secteur économique, combien dans le secteur public et ainsi de suite… Bref, quand j'ai demandé à mon père ce qu'il en était de ces courriels, il m'a dit de ne pas m'en inquiéter, que, oui, c'était vrai, comme tous les autres conseillers de la banque il disposait d'une carte pour les frais de représentation et pour les frais personnels, mais ça faisait partie de son salaire de conseiller, c'était une pratique habituelle dans le monde de la finance, et la fuite des courriels et leur publication dans la presse n'était qu'une tentative toute naturelle de saper le président du gouvernement qui avait nommé le directeur de cette banque, et une tentative artificielle de monter un scandale politique et économique là où il n'y avait aucun scandale, ni économique ni politique. “Ne t'en fais pas, m'a-t-il répété. Ça va se dissoudre comme du sucre dans de l'eau. On finira par nous demander pardon.”

“Je ne sais pas s'il se leurrait ou s'il cherchait à me leurrer… Mon père, je te l'ai déjà dit, n'était pas banquier mais syndicaliste, son monde c'étaient les syndicats, il ne connaissait pas les manigances du monde de la finance, ses pratiques habituelles ou pas si habituelles que ça, il n'en savait rien, et il a payé très cher son ignorance… Peu après cet échange, l'agence anticorruption a demandé à un juge de l'Audience nationale de mener une enquête sur les soixante-dix-huit cadres et conseillers de la société qui avaient utilisé leurs cartes d'entreprise pour couvrir des frais privés alors que, pratiquement en même temps, on annonçait que la banque était en faillite. Tout le monde savait depuis un certain temps que la banque avait de graves problèmes, mais là, on apprenait qu'elle devait être sauvée par de l'argent public, que de nombreux clients perdraient leur argent et que des centaines d'employés se retrouveraient sans travail.

"C'est ainsi qu'a commencé le calvaire de mon père, qui a été aussi le calvaire de ma famille et le mien, c'était le début du cataclysme… Dès qu'il a pu, mon père a tout remboursé jusqu'au dernier centime et il a juré ses grands dieux, à tous ceux qui le lui demandaient, qu'il n'avait commis aucune irrégularité, que les dirigeants de la banque leur avaient assuré que ces cartes avaient été validées par la direction et qu'elles étaient parfaitement réglementées par l'institution, que, comme le secrétaire le lui avait dit, c'était une manière de payer en espèces les conseillers, que lui-même avait toujours respecté les plafonds de paiement qu'on lui avait imposés et qu'il était convaincu que la banque déclarait ces revenus au fisc, car c'était ce que les responsables techniques lui avaient assuré.

"Il l'a juré ses grands dieux, comme je l'ai dit, à tous ceux qui le lui ont demandé, à commencer par les journalistes qui l'ont interrogé, jusqu'aux juges devant lesquels il a été convoqué, mais en pure perte… L'été de ma dernière année à l'Esade, mon père s'est vu obligé de démissionner de tous ses mandats, il a abandonné son siège au Parlement et il a été exclu du parti, et quelques mois plus tard, au terme du procès, il a été condamné à deux ans et demi de prison, dont il n'a purgé que dix mois… Tout ça était épouvantable, mais ce n'a pas été le pire. Le pire, ç'a été le lynchage public… Comme les accusés appartenaient à tous ou presque tous les partis et syndicats du spectre politique, l'affaire des cartes fantômes a été présentée par les médias comme une preuve flagrante de la corruption généralisée des élites politiques, économiques et syndicales d'une démocratie corrompue, et les accusés ont été condamnés par la presse bien avant de l'être par un juge. Personne n'a vu un quelconque intérêt à nuancer, faire la distinction entre les cadres de la banque et les simples conseillers, entre ceux qui avaient utilisé les cartes en respectant les règles qu'on leur avait imposées et ceux qui n'en avaient fait qu'à leur tête et les avaient utilisées comme bon leur semblait, on ne parlait que de l'argent qu'un cadre avait dépensé dans les bars à putes et un autre dans un voyage de loisir à Bora Bora, comme si tous les autres accusés avaient fait pareil... Quant à mon père, je t'ai déjà raconté qu'au cours des années précédentes, il s'était fait connaître en Catalogne comme le fléau de la corruption de la droite nationaliste, si bien que les médias (surtout les médias nationalistes et de droite, payés par le gouvernement nationaliste et de droite) exhibaient sa mise en accusation comme un trophée, le symbole hors pair de l'hypocrisie d'une gauche qui, avec une main, dénonçait le vol, alors qu'elle volait avec l'autre.

"C'était une période atroce, la pire que j'aie vécue, et pourtant j'en ai connu de très mauvaises... Je me souviens, par exemple, des deux fois où j'ai accompagné mon père pendant ses comparutions au procès à l'Audience nationale. Un groupe l'attendait à la porte, ils l'attendaient lui, mais aussi les autres inculpés qui défilaient, marchant presque tous d'un pas pressé ou courant la tête baissée... Je ne sais pas qui étaient ces gens, ceux qui attendaient à l'entrée, des victimes réelles ou supposées de la faillite de la caisse d'épargne, j'imagine, ou de simples curieux, des gens qui n'avaient rien d'autre à faire que d'aller insulter et jeter des œufs et des tomates sur mon père et sur les autres accusés, qu'est-ce que j'en sais... Mais je t'assure qu'ils n'avaient pas l'air humains, on aurait dit des bêtes sauvages, des hyènes assoiffées de sang, ces jours-là j'ai appris quelque chose que je n'ai jamais oublié et c'est qu'il n'y a rien de plus dangereux que quelqu'un qui est victime ou croit l'être, personne ne devient aussi facilement bourreau qu'une victime, à supposer que ces personnes l'aient vraiment été, il me semblait évident qu'ils n'étaient pas là pour réclamer justice mais pour réclamer vengeance, et que s'ils vociféraient et jetaient des choses sur les accusés, ce n'était pas pour leur faire honte ou parce qu'ils les méprisaient, mais parce que eux, ceux qui criaient, n'avaient pas pu faire ce que les accusés avaient fait ou ce qu'ils imaginaient que ceux-ci avaient fait, et ça les rendait furieux...

“Comble de malheur, ma mère était tombée dans une dépression carabinée depuis que le scandale avait éclaté et, peu avant que le juge prononce la sentence, elle a été victime d’un AVC et on a dû l’emmener à hôpital, elle avait la moitié du corps paralysée. C’est dans cet état-là qu’elle a vécu les années qui lui restaient à vivre, déprimée et paralysée et sans sortir de la maison, d’abord à ma charge puis, quand il a purgé sa peine, à la charge de mon père. Comme tu peux imaginer, j’ai laissé tomber l’Esade… Qu’allais-je faire d’autre ? Ma mère malade, mon père d’abord inculpé et poursuivi, puis en prison, ma famille ruinée. Je n’avais même pas d’argent pour m’inscrire… Ne me demande pas si quelqu’un m’a aidé, s’il te plaît, parce que ça risque de me faire rire. Dans ces circonstances, personne ne te donne un coup de main, sauf pour t’asséner le coup de grâce. Mon père est devenu un pestiféré, et un pestiféré tout le monde cherche à le tenir à distance. Lui et sa famille… Et, surtout, ne me demande pas si mes amis m’ont aidé… Eux, ils auraient pu le faire, tu me diras… Qui mieux qu’eux, n’est-ce pas ?… Eux et leurs familles, qui avaient la magie de l’argent et le pouvoir, et qui auraient pu nous aider facilement, après tout ce que j’avais fait pour eux, ils auraient pu me demander au moins si on avait besoin d’aide, s’intéresser à nous… Me l’ont-ils demandé ? Se sont-ils intéressés à notre situation ? À celle de mon père ? À celle de ma mère ? À la mienne ? Ne me fais pas rigoler… Bien sûr que non… Évidemment que non… Les gens sont comme ça, les riches surtout. Je te l’ai déjà dit, ils sont d’une autre trempe. Pour eux, les autres sont transparents, on n’existe pas ou alors on existe seulement en fonction de leurs intérêts. Quand on cesse de les intéresser, on cesse d’exister. C’est fini. T’es qui ? On se connaît ? Point barre.

“Et c’est ce qui s’est passé… Mes amis ont tout appris dès le début du cataclysme (ils ne pouvaient pas ne pas l’apprendre, tout le monde l’a appris), mais ils n’ont pas ouvert la bouche, ils n’ont pas dit un seul mot, ils n’ont fait aucun commentaire, ils n’ont pas bougé le petit doigt pour moi, ils ne m’ont même pas appelé quand ils ont vu qu’en septembre, à la rentrée, je n’étais pas à l’école, ils ont fait comme s’ils ne savaient rien, ils se sont comportés comme si je n’existais pas, comme si je n’avais jamais existé… J’aimerais tellement qu’ils payent pour ça.

— L'ingratitude n'est pas un délit.

— Non, mais elle devrait l'être… De toute façon, ils ne payeront même pas pour les délits qu'ils ont commis.

— Ça, on verra.

— Il se fait tard. Tu n'as pas sommeil ?

— Non.

— Tu n'es pas fatigué ?

— Non.

— Moi, si.

— On doit continuer.

— Oui… D'accord… Donne-moi une minute. Je dois aller aux toilettes.

3

La maire les a convoqués à quatre heures de l'après-midi au Botafumeiro, un restaurant chic situé au cœur d'un quartier populaire : Gràcia. L'idée de se donner rendez-vous loin de la mairie ne vient pas d'elle cependant, mais de Vàzquez, qui ne veut plus la retrouver là-bas. "Moins on nous voit dans ce bar à putes, mieux c'est, a dit le sergent. Il ne faudrait pas qu'un petit malin flaire quelque chose."

Le Botafumeiro est encore assez animé quand ils arrivent. L'un des deux gardes du corps de la maire leur annonce que le déjeuner de leur cheffe n'est pas encore terminé et, comme il n'y a pas de place au comptoir, ils décident d'attendre dehors, sous le store bleu qui abrite l'entrée du restaurant, dont la porte est flanquée de deux lampes dorées en forme de *botafumeiro*, un énorme encensoir. Ils restent là un moment, absents et silencieux, observant la foule qui déborde des trottoirs de Gran de Gràcia et le flux de voitures, autobus, motos, vélos et trottinettes qui montent à grand bruit vers la place Lesseps. Au milieu de ce boucan, Melchor croit durant un instant deviner les pensées de Vàzquez : il sait qu'il est tendu et hanté par l'enlèvement de la femme du narco de Santa Coloma, et durant un instant il se le remémore, encore, dans l'entrepôt de Molins de Rei, assis à même le sol couvert de sang, la tête coupée de la fille du narco vénézuélien sur les genoux, le visage baigné de larmes et en train de brailler de toutes ses forces, et il a envie de lui dire que ce n'était pas lui qui avait échoué et qu'il arrête de se torturer, parce que tant que dure le repentir dure la faute.

À ce moment-là, l'un des portables de Vàzquez sonne, celui-ci décroche et s'éloigne de quelques pas sur le trottoir chauffé par le soleil, renonçant à la protection du store du Botafumeiro.

— C'était Verónica, l'informe le sergent peu après, de retour à côté de Melchor. La fille de la presse. Elle veut nous voir tout de suite.

— Tous les deux ?

— Tous les deux. On s'est donné rendez-vous à côté, au café Roure. On y va dès qu'on a fini avec la maire. Son bureau est à Les Corts, mais elle nous rejoindra ici. Elle dit qu'elle doit aussi te parler. Vous vous connaissez, c'est ça ?

Ils se connaissent. Verónica est l'attachée de presse de la police et, quelques mois après les attaques islamistes de 2017, elle était allée jusqu'en Terra Alta pour lui demander un service : la télévision publique catalane préparait un reportage sur les attentats, et les responsables voulaient l'interviewer ; naturellement, on le verrait de dos et les techniciens déformeraient sa voix afin de la rendre méconnaissable ; elle s'était déjà entretenue avec le commissaire Fuster, qui avait donné son feu vert, à condition que Melchor en fasse autant. Melchor ne l'avait pas donné. L'attachée de presse avait insisté : elle avait invoqué le fait qu'au regard de la période qu'ils traversaient, alors que le chef des *mossos d'esquadra*, le major Trapero, était inculpé par un juge de l'Audience nationale pour son rôle dans la tentative sécessionniste de l'automne 2017, et alors que l'institution tout entière était déprimée et remise en question à cause des événements qui avaient conduit à la déclaration d'indépendance en octobre de la même année, ce reportage était essentiel pour eux, elle avait ajouté que rien ne pouvait davantage remonter le moral de leurs collègues que le rappel de son intervention au cours des attentats islamistes et que personne mieux que lui ne représentait l'aspect le plus réussi de cette opération. En pure perte : Melchor avait catégoriquement refusé d'apparaître dans le reportage.

— J'ai dit à Cosette que j'irais la récupérer au centre de loisirs à cinq heures, allègue-t-il.

— Alors demande à quelqu'un d'autre d'y aller, dit Vàzquez. C'est urgent. C'est ce qu'a dit Verónica.

Melchor téléphone à Vivales, ils discutent quelques minutes du dîner de la veille (l'avocat lui raconte que ses amis ont quitté la maison aux aurores) et, pour la deuxième fois au cours des trois derniers jours, il lui demande d'aller chercher Cosette. Vivales accepte.

— C'est fait, dit Melchor.

Il y a maintenant de la place au comptoir du Botafumeiro, qui désemplit peu à peu tandis qu'ils prennent un café. À un moment donné, un assistant de la maire les conduit jusqu'à un salon privé où il ne reste que deux serveurs en uniforme qui s'empressent de dégager la nappe d'une grande table oblongue, entourée de neuf chaises capitonnées et surplombée par un lustre d'où pend une grappe de larmes en métal doré. C'est une pièce sans fenêtres, avec un grand miroir au fond et plusieurs marines sur les murs tapissés de grenat. L'assistant demande aux deux policiers s'ils souhaitent prendre quelque chose.

— On vient de le faire, répond Vàzquez.

L'assistant demande alors aux serveurs un autre café pour la maire, une bouteille d'eau minérale et trois verres, et prie Melchor et Vàzquez de bien vouloir patienter. Quelques minutes plus tard, sa cheffe apparaît.

— Désolée de vous avoir fait attendre, commence-t-elle. J'ai passé plus de deux heures enfermée ici avec les gens de la Chambre de commerce et j'avais besoin de me rafraîchir.

Elle serre la main de Vàzquez puis s'adresse à Melchor :

— Avant-hier je n'avais pas la moindre idée de qui tu étais, reconnaît-elle en retenant la main de Melchor, qui se souvient que lors de leur premier entretien la maire les vouvoyait. Si j'avais su…

— Vous avez dit à quelqu'un qu'on s'était vus ? s'alarme Vàzquez.

— Ne t'inquiète pas, sergent, le rassure-t-elle. C'est le commissaire Vinebre qui m'a raconté, pour ton collègue. Il a eu l'amabilité de m'appeler pour prendre des nouvelles.

La maire fait l'éloge de l'intervention de Melchor au cours de l'attentat de Cambrils et, alors qu'elle enchaîne deux ou trois lieux communs sur la menace grandissante du terrorisme islamiste, Melchor trouve que cette femme parle comme si elle éprouvait une immense admiration pour lui, une immense gratitude, comme s'il était à ce moment-là, pour elle, la personne la plus importante au monde, et soudain il croit comprendre que c'est de là que provient une grande partie de son charme : non pas de ce qu'elle est, mais du fait qu'elle parvient à faire croire aux autres qu'ils représentent quelque chose pour elle. Il se rappelle aussi ce que Chicho Campà, la veille, a dit sur la terrasse de l'appartement de Vivales : "C'est ça, notre maire : une série de masques. La question est : qu'y a-t-il derrière tous ces masques. Et la réponse en est : rien." La maire n'a pas encore fini son plaidoyer anti-islamiste qu'on frappe à la porte du salon privé : un serveur entre, avec le café et l'eau.

— Asseyez-vous, s'il vous plaît, leur dit-elle.

Melchor et Vàzquez prennent place en face de la femme qui manipule son portable jusqu'à ce que le serveur ressorte et qu'il ne reste plus qu'eux trois. La maire tend alors l'appareil au sergent.

— Vous avez là le numéro d'où provient l'appel, dit-elle. Et l'heure. Je vais être franche avec vous : je suis très inquiète.

— Je comprends, dit le sergent en dévorant l'écran des yeux.

— Non, tu ne comprends pas, répond la maire. Ils m'ont donné dix jours pour déposer trois cent mille euros et démissionner. Si je ne le fais pas, ils vont diffuser la vidéo.

Vàzquez lève le regard de l'écran.

— Dix jours ? demande-t-il.

— Jusqu'à samedi, confirme-t-elle. Pas celui qui vient, le suivant.

Le sergent montre à Melchor l'écran du portable.

— C'est un téléphone public, j'ai l'impression, commente-t-il. Écris à Cortabarría et dis-lui de l'identifier. Non, mieux vaut que tu ne lui dises rien… Je le ferai.

Il se tourne aussitôt vers la maire :

— Si vous étiez sur écoute, tout serait plus simple.

Vàzquez tente, en deux mots, de s'expliquer, de justifier sa requête, mais la femme l'arrête net ("Pas question") et le sergent lève les paumes de ses mains dans un geste d'excuse. La maire tranche :

— Ce qu'il faut faire, c'est payer rubis sur l'ongle et liquider cette histoire aussi vite que possible.

— En payant, on ne liquidera absolument rien, objecte Vàzquez. Je vous l'ai déjà dit. Et, s'il vous plaît, ne perdez pas votre calme. C'est ce que les maîtres-chanteurs veulent.

— Je ne perds pas mon calme. Je suis effrayée.

— Ça aussi, je le comprends, assure Vàzquez.

— Et arrête de me répéter que tu comprends.

La réplique de la maire provoque un silence embarrassé. Vàzquez cligne plusieurs fois des yeux, il fait grincer ses dents, serre les mâchoires ; Melchor songe une nouvelle fois à l'enlèvement de la femme du narco de Santa Coloma, et l'espace d'une seconde il redoute de voir son collègue exploser. Par bonheur, la femme rectifie aussitôt.

— Excuse-moi, dit-elle. Je te l'ai dit, je suis effrayée.

— Ne vous inquiétez pas. – Vàzquez montre la tasse de café. – Buvez ça et racontez-nous l'appel, s'il vous plaît.

La maire inspire et expire profondément, saisit la tasse de café et en prend une gorgée. Elle porte un tailleur-pantalon couleur ivoire et un chemisier lilas en soie, ainsi qu'une chaîne ouvragée d'où pend un camée en onyx qui lui cache la ligne des seins ; de toute évidence, en plus de se rafraîchir dans les toilettes, elle a également retouché son maquillage. Derrière elle, une marine représente une poignée de pêcheurs à l'œuvre dans leurs barques sous un étrange crépuscule argenté, pendant qu'une volée de mouettes plane sur la mer telle une escadrille d'avions de chasse miniature.

— J'ai reçu l'appel hier soir, raconte la maire. Chez moi. Il se faisait tard, j'étais sur le point d'aller au lit, je n'ai pas l'habitude de répondre au téléphone si je ne peux pas identifier celui qui appelle, encore moins à cette heure-là. Mais cette fois, j'ai eu une espèce de pressentiment.

— Vous avez reconnu la voix de la personne qui vous a appelée ? demande Vàzquez.

— Non.

— C'était un homme ou une femme ?

— Une femme.

— Avait-elle un accent ?

— Non.

— Avez-vous une idée de son âge ?

— Aucune.

— Continuez, s'il vous plaît.

La maire finit son café.

— J'ai essayé de garder mon calme, poursuit-elle en croisant les mains sur la table – deux mains fines, osseuses, aux doigts longs et aux ongles peints de pourpre. Je lui ai dit ce que vous m'avez demandé de lui dire. Qu'il y a beaucoup de gens qui prétendent avoir des vidéos à caractère sexuel où j'apparais et qui menacent de les rendre publiques. Que je ne pouvais pas être sûre qu'elle en avait une. Que j'étais prête à négocier uniquement si elle me prouvait qu'elle la détenait. – Une pause. – Tu sais ce qu'elle m'a répondu ?

— Quoi donc ? demande Vàzquez.

— Elle m'a dit que j'essayais de la rouler, que je lui mentais et que personne n'avait essayé de me faire chanter avec une vidéo au contenu sexuel. Et ensuite, elle m'a prouvé qu'elle avait la vidéo.

— Comment ça ?

— Elle m'a raconté ce qu'il y avait dessus.

— Elle vous a décrit les images ?

— Et elle m'a dit quand et où ça a été filmé.

— Cette femme pourrait savoir tout ça et ne pas avoir la vidéo.

— En effet. Mais elle l'a.

— Vous en êtes sûre ?

— Parfaitement.

Vàzquez et la maire continuent de se regarder comme si chacun évaluait en silence l'intelligence de l'autre ou sa capacité de résistance. Melchor comprend que le fait de verbaliser son angoisse permet à cette femme de dissiper sa nervosité initiale et lui redonne de l'aplomb. L'un des portables de Vàzquez vibre sur la nappe ; le sergent y jette à peine un coup d'œil.

— Dites-moi ce qu'il y a dans la vidéo, demande-t-il.

Quelque peu déconcertée, la maire se tourne vers Melchor, et immédiatement après vers le sergent. Puis elle soupire, se sert un peu d'eau dans un verre et boit. Melchor s'aperçoit que ses mains ne tremblent pas.

— L'enregistrement date de l'époque où j'ai rencontré mon ex-mari.

— C'était quand ? demande Vàzquez.

— Ça fait presque vingt ans. On était étudiants tous les deux, je finissais mes études, j'ai deux ans de plus que lui. J'étais sortie dîner avec des copains de la fac et, comme c'était un samedi, on s'est mis à boire et la soirée s'est prolongée. À une heure tardive, Dani a débarqué dans l'un des bars où nous sommes allés. Il était avec des amis à lui. À la fin, une chose en amenant une autre, on s'est retrouvés dans un endroit appartenant à sa famille, près de l'avenue Tibidabo. C'est certainement là qu'on nous a filmés.

— Comment le savez-vous ?

— C'est cette femme qui me l'a raconté.

— La maître-chanteuse ?

La maire acquiesce.

— Vous vous êtes rendu compte qu'on vous filmait ?

— Non, évidemment.

— Et votre mari ?

— Non. Je ne crois pas. Je ne sais pas. En tout cas, il ne m'en a jamais rien dit.

— Vous et votre mari, vous étiez les seuls à être filmés ?

— Non.

— Qui était avec vous ?

— Je te l'ai déjà dit : les amis de mon mari.

— Quels amis ?

La maire ne répond pas tout de suite ; indécise, elle pose à nouveau son regard sur Melchor, comme si elle cherchait refuge en lui ou une échappatoire. Si tel est le cas, elle ne trouve ni l'un ni l'autre.

— Enric, finit-elle par dire. Enric Vidal.

Vàzquez met aussi du temps à réagir.

— Votre premier adjoint ? demande-t-il, perplexe.

La maire acquiesce encore.

— C'est un très bon ami de mon mari.

Et elle ajoute :

— Comme Gonzalo Rosell. Le porte-parole du Parti populaire…

— À la mairie ?

— Oui.

— Rosell, c'était aussi un ami de votre mari ou il apparaît sur la vidéo ?

— Les deux.

Vàzquez ne semble pas en croire ses oreilles. Visiblement gêné, il se racle la gorge et, du coin de l'œil, Melchor se rend compte qu'il se tourne discrètement vers lui, qui évite d'en faire autant.

— Quelqu'un d'autre ? demande le sergent.

— Comment ça ? répond la maire.

— Quelqu'un d'autre apparaît sur la vidéo ?

— Non.

— C'est ce que vous a dit le maître-chanteur ?

— C'est ce que j'ai vécu, moi, je n'ai pas besoin que quelqu'un me le dise.

À nouveau impatiente, la dirigeante souffle, croise et décroise les mains, les fait voltiger à hauteur de la marine accrochée derrière elle.

— Écoutez, on ne va pas faire de chichis : c'est le genre de choses qu'on fait quand on est jeune, continue-t-elle, convaincue que tout le monde sait à quoi elle se réfère. L'autre jour je vous l'ai dit, à l'époque j'ai fait pas mal de bêtises, on en fait tous, et celui qui n'en a pas fait, eh bien tant pis pour lui. Mais il ne faut pas accorder trop d'importance à tout ça. Le problème c'est que…

— Ce n'est pas nous qui y accordons de l'importance, l'interrompt maintenant Vàzquez. C'est vous.

— C'est que pour une personne ordinaire, ça n'a pas d'importance, répond-elle, mais pour moi, si. C'est ce que je voulais te dire : la carrière politique d'un homme peut survivre à une vidéo comme celle-là, celle d'une femme, non. Et encore moins si cette femme, c'est moi. Vous ne comprenez vraiment pas ?

La question plonge le salon privé dans le silence quelques secondes, pendant lesquelles Melchor repense au dîner de la veille chez Vivales : "Alors que maintenant elle prêche la chasteté, avait dit Manel Puig en faisant référence à la maire, le retour à la famille traditionnelle et la nécessité d'avoir des enfants pour préserver la civilisation chrétienne et que les musulmans ne nous envahissent pas et toute cette merde xénophobe." Le sergent ne semble pas complètement persuadé par les arguments de la maire et, après avoir répondu avec un clignement d'yeux au message qui vient de tinter dans son portable, il change de sujet.

— Vous avez parlé combien de temps avec le maître-chanteur ?

— La maître-chanteuse : c'était une femme, le corrige la maire. Quatre à cinq minutes, pas plus. Suffisamment pour savoir qu'elle ne bluffait pas. Et aussi une autre chose. – Le sergent l'interroge du regard. – J'ai eu l'impression que cette histoire de démission, c'était juste pour me mettre la pression. Que ce n'est pas ce qu'il y avait de plus important. Que le plus important, c'était l'argent.

— D'où vient cette impression ? demande Vàzquez.

— Je ne sais pas. La façon de parler de cette femme, je suppose : elle ne parlait pas de la même manière de ces deux sujets. C'est ce qui m'a semblé en tout cas. Voilà pourquoi je crois que le mieux est de payer une fois pour toutes, de négocier pour qu'on me donne la vidéo en échange et qu'ils cessent de me casser les pieds. Et pour ne pas aggraver davantage la situation.

Au cours des deux entretiens qu'il a eus avec la maire, Melchor s'est imposé de garder le silence et de tenter de déchiffrer son langage non verbal ; mais à présent, il n'est pas capable de se contenir.

— La situation n'est pas en train de s'aggraver, objecte-t-il.

La maire le regarde avec plus de stupeur que d'intérêt : c'est la première phrase quelque peu articulée qu'elle l'entend achever.

— Il y a quatre jours, ces gens me demandaient trois cent mille euros, lui rappelle-t-elle. Maintenant, ils me demandent les mêmes trois cent mille euros, et en plus que je quitte la mairie. Qu'est-ce qui te fait dire que la situation ne s'est pas aggravée ?

— Parce que très probablement, et depuis le début, ceux qui essaient de vous extorquer de l'argent veulent aussi votre démission, développe Melchor.

— Et pourquoi ne me l'ont-ils pas demandé plus tôt ? interroge la maire.

— Je ne sais pas, admet Melchor, qui tente une explication : Pour nous désorienter. Pour éviter de nous donner des pistes. Pour qu'on ne se doute pas de l'identité de l'extorqueur.

— C'est possible, l'appuie Vàzquez. Et il est possible, aussi, qu'il y ait deux maîtres-chanteurs : un qui veut de l'argent et l'autre qui veut votre démission. Ça expliquerait l'impression que vous avez eue au téléphone. Et ce serait une bonne chose pour nous, parce que ça pourrait provoquer entre eux des conflits dont on pourrait tirer parti. Dites-moi, y a-t-il quelqu'un qui voudrait vous voir quitter la mairie ?

Sur le visage de la femme, l'intérêt et la stupeur se transforment soudain en incrédulité.

— C'est une blague ou quoi ? demande-t-elle avec un sourire un peu forcé. As-tu la moindre idée de comment ça marche, la politique ?

— Je veux dire, quelqu'un qui a un lien avec la vidéo, s'empresse de préciser Vàzquez.

La nuance fige le sourire sur la bouche de la maire, qui porte la main droite au camée d'onyx et le caresse du bout de l'index et du pouce, laissant entrevoir la profondeur charnelle du sillon qui sépare ses seins.

— Je ne sais pas, dit-elle en lâchant le camée.

— J'aimerais que vous me disiez une chose, intervient Melchor. Si votre mari et ses deux amis ont participé à la partouze, qui l'a enregistrée ?

Comme si elle n'avait pas compris la question ou comme s'il lui fallait du temps pour la comprendre, la maire se la fait répéter ; Melchor la reformule, en remplaçant le mot "partouze" par celui de "fête".

— Il y avait une autre personne, se rappelle la maire. Un autre ami de mon mari. Il faisait partie du groupe, mais il n'a pas participé.

— Il aurait pu filmer ? demande Vàzquez.

— C'est possible, reconnaît la femme.

Personne n'est entré dans le salon privé, mais elle se tourne vers la porte et reste quelques secondes le regard rivé dessus. Ensuite, s'adressant à nouveau aux deux enquêteurs, elle reprend :

— J'ignore qui c'était, je ne l'ai vu que cette nuit-là, Dani ne m'a jamais parlé de lui, autant que je me souvienne… – Elle étend ses bras dans un geste de résignation ou d'impuissance. – Enfin, j'insiste sur le fait qu'on devrait payer.

— Je ne dis pas non, accepte Vàzquez. Mais il est encore trop tôt. Comme vous le savez, les maîtres-chanteurs nous demandent de payer en Monero, et les gens de la criminalité économique et financière prétendent que ce système de paiement offre une possibilité de les coincer. C'est pas sûr, mais c'est une possibilité. De toute façon, avant on doit épuiser les autres voies.

— Par exemple ?

Le sergent montre le numéro du maître-chanteur sur l'écran du portable de la maire et, pendant qu'il le note, dit :

— On verra ce que ça donnera.

Il lui rend l'appareil et ajoute :

— Évidemment, si vous étiez sur écoute…

— Inutile d'insister, le coupe-t-elle. Tu ne me convaincras pas. – La maire consulte sa montre. – Autre chose ?

— Oui, intervient encore Melchor. Vous vous entendez bien avec votre ex-mari ?

Les yeux de la maire le percent avec un mélange d'étonnement et de contrariété, comme si Melchor venait de lui infliger une immense déception. Mais aussitôt, contre toute attente, elle lui décoche un sourire charmant.

— Je m'entends bien avec lui, dit-elle. Même très bien, je dirais. On a été mariés pendant cinq ans, on a une fille, on s'entend bien. On s'est séparés d'un mutuel accord.

Se disant que trois affirmations valent une négation, Melchor demande :

— Et avec Enric Vidal ?

— Qu'est-ce qu'il y a avec Enric ?

— Vous vous entendez bien avec lui aussi ?

— Aussi.

— Ce n'est pas ce qu'on raconte.

La femme hausse les épaules sans cesser de sourire.

— Il ne faut pas croire tout ce qu'on raconte, lui recommande-t-elle.

Après une pause, elle annonce :

— Bon, je dois y aller.

Elle se lève de table et les deux policiers suivent son exemple.

— Mieux vaut que vous sortiez en premier, conseille Vàzquez, en lui serrant la main. Il ne faut pas qu'on nous voie ensemble.

— Comme vous voudrez.

La maire prend aussi congé de Melchor, arrive jusqu'à la porte, saisit la poignée et regarde les deux hommes.

— Je vous rappelle qu'il ne reste que dix jours.

— Ne vous en faites pas, dit Vàzquez. Faites-nous confiance.

La maire acquiesce à nouveau.

À peine est-elle sortie du salon privé que Melchor lâche :

— Vidal est impliqué.

— Quoi ? demande Vàzquez en clignant plusieurs fois des yeux.

— Le premier adjoint est en train de faire chanter la maire. Ou bien il est de mèche avec ceux qui essayent de lui faire du chantage.

— Comment tu le sais ?

— Je ne le sais pas : j'en ai l'intuition. Et la maire aussi. Pourquoi crois-tu qu'elle a d'abord confié l'affaire à des détectives privés, et seulement ensuite à nous ?

Le sergent se rassoit et, au bout de quelques secondes de silence, il semble comprendre.

— Mais bien sûr, dit-il. Si elle n'avait pas l'intuition que Vidal est impliqué, elle aurait confié l'affaire à ses hommes.

— Exact. Elle nous l'a confiée parce qu'elle se méfie d'eux. Et elle se méfie d'eux parce qu'elle pense que leur chef est dans le coup.

Vàzquez envoie un coup de poing sur la table et les deux verres vides se renversent sur la nappe.

— Putain de merde, gronde le sergent. C'est vrai.

— En tout cas c'est possible, nuance Melchor en redressant l'un des verres renversés. Je crois qu'avant, la maire le soupçonnait, alors que maintenant elle en est certaine.

— Qu'est-ce qui te fait dire ça ?

— À cause de son expression, quand tu lui as demandé si l'un de ceux qui apparaissaient sur la vidéo avait intérêt à ce qu'elle démissionne. C'est là que ça a fait tilt.

Comme s'il pensait à haute voix, Vàzquez conclut :

— C'est-à-dire, son propre adjoint cherche sa démission.

— S'il est dans le coup, sûrement.

— On serait pas en train de perdre la boule, là ? dit soudain le sergent. On serait pas en train de chercher midi à quatorze heures, là ?

— Absolument pas, insiste Melchor. Il y en a qui pensent que Vidal souhaiterait remplacer sa cheffe. Et ils ont de bonnes raisons de le penser. Il est même possible que son ex-mari ait intérêt à ce que la maire démissionne : lui aussi apparaît sur la vidéo.

— Ce qui signifie que son ex-mari fait peut-être partie des malfaiteurs, raisonne le sergent, abandonnant son rôle éphémère d'avocat du diable.

— Peut-être. En fin de compte, lui et Vidal sont amis depuis toujours. De même que l'autre. Comment il s'appelle ?

— Rosell.

Les deux policiers observent un long silence et Melchor s'aperçoit que la joue gauche de Vàzquez tremble imperceptiblement, comme si un tic s'était déclenché chez lui.

— Pour moi, il y a un truc qui cloche, admet le sergent. Si la maire pressent depuis le début que Vidal est impliqué dans cette affaire, pourquoi elle nous l'a pas dit ? Pourquoi elle nous le dit pas maintenant ? Par peur ? Vidal et sa bande ne sont pas du genre à tourner autour du pot, ça c'est sûr. Mais…

— Je ne sais pas, admet lui aussi Melchor. Quoi qu'il en soit, une chose est certaine : il faut qu'on parle avec lui le plus vite possible.

Vàzquez ouvre grand les yeux.

— Avec Vidal ?

— Avec lui, avec l'ex-mari et avec l'autre.

— Et leur faire comprendre qu'on leur file le train ? Pas question.

— Ils ne sont pas obligés de l'apprendre. Seulement qu'on file le train à ceux qui essaient de faire chanter la maire.

— Et si ce sont eux, justement, qui lui font du chantage ?

— Il faut courir ce risque. Je préfère perdre le secret en échange d'une bonne conversation avec ces trois-là.

— Rappelle-toi qu'il y a une quatrième personne. Même si on ne sait pas de qui il s'agit.

— Alors avec ces quatre personnes.

Vàzquez semble réfléchir : sa bouche s'est durcie et, sous les cernes de fatigue ou d'insomnie, sa joue gauche continue de trembler.

— Sois patient, dit-il à Melchor en refusant sa proposition. On va d'abord explorer cette voie-là.

— On peut au moins les placer sous surveillance.

— T'es fou ou quoi ? J'ai même pas assez d'hommes pour ce qui est indispensable et tu veux les mettre là-dessus ?

— Demande du renfort à Blai. Il t'en donnera. Vidal, c'est moi qui m'en occupe. Charge quelqu'un de surveiller les deux autres.

Vàzquez ne se donne pas le temps de réfléchir à la proposition de Melchor.

— Bon, j'y penserai. – Il se lève de la chaise. – On y va, Verónica doit en avoir marre de nous attendre.

Ils ont rendez-vous au Roure, près du Botafumeiro, un café qui existe depuis la nuit des temps. Si bien qu'après être ressortis dans la confusion ardente de Gran de Gràcia et avoir marché quelques mètres vers la Diagonal, ils prennent la première rue à droite et continuent jusqu'à la petite place où se trouve l'établissement en question. Ils n'aperçoivent pas tout de suite l'attachée de presse entre les rares couples qui discutent sous les vieux ventilateurs – d'anciens appareils de réfrigération promus au rang de reliques qui attestent du cachet de l'endroit – mais, en dépassant un comptoir garni de tapas traditionnelles, ils la repèrent, assise au fond du bar, agitant les bras comme des ailes de moulin pour attirer leur attention.

— Ça alors, Vàzquez, quelle coïncidence ! – Verónica s'adresse au sergent mais montre Melchor. – Je me disais depuis un moment que je devais parler avec cet homme, je t'appelle, et tu te pointes avec lui.

Elle presse une paire de baisers sur les joues des deux policiers et, tandis qu'elle fait de la place sur sa table encombrée de papiers, elle ajoute :

— Asseyez-vous, s'il vous plaît. Et excusez le bazar : je traîne mon bureau partout avec moi.

C'est une femme menue, la trentaine, brune et pétillante, qui porte un jean usé et un tee-shirt vert foncé. Ses cheveux sont ramassés en chignon et elle gesticule abondamment avec ses bras de danseuse. Elle s'est à peine assise en face des deux policiers que le serveur apparaît. Melchor et Vàzquez ne commandent rien ; elle vient de prendre un café noisette, et en demande un autre.

— Allez, dis-moi tout. – Cette fois, Verónica s'adresse à Melchor avec un sourire franc. – Tu fais quoi à Barcelone ?

— On lui a manqué, plaisante Vàzquez.

— Sérieux ? demande Verónica.

— Je suis juste venu en détachement, explique Melchor. Je ne reste pas longtemps.

— Et après ça, tu retournes en Terra Alta ? veut savoir Verónica.

Melchor acquiesce. L'attachée de presse souffle avec une expression d'ennui infini.

— Je ne comprends pas ce que tu trouves à cet endroit, mon grand. Tu y es déjà allé, Vàzquez ?

— Non.

— Ce n'est pas la peine, tu sais, et tu peux me faire confiance. C'est vraiment le bout du monde !

Essayant de s'attirer les bonnes grâces de Melchor, elle précise :

— Attention, je ne dis pas que c'est un mauvais plan pour y passer un week-end romantique, hein ?

Mais elle se corrige aussitôt :

— Évidemment, pour un week-end romantique, même un bunker ça marche... Alors qu'ici, à Barcelone, tu pourrais t'éclater... En plus, on te bichonnerait. Tu le sais, n'est-ce pas ?

L'arrivée du serveur épargne à Melchor de donner une réponse. Sans cesser d'examiner les avantages que cela représenterait pour lui de déménager à la capitale, Verónica sort de son sac un petit distributeur d'édulcorant, fait tomber dans sa noisette deux comprimés de la taille d'une lentille, le range dans son sac et se met à touiller son café avec une petite cuillère.

— Bon, je reviens à mes moutons : tu connais Isaki Lacuesta ? – Melchor secoue négativement la tête. – Tu n'as vu aucun de ses films ? – Devant l'incrédulité de Verónica, Vàzquez donne la même réponse négative. – Alors vous ne savez pas ce que vous perdez, mes chéris. C'est un réalisateur merveilleux, qui fait des films merveilleux et qui, enfin, les mots me manquent. Je l'ai rencontré il y a mille ans, quand je travaillais au *Diari de Girona*. On a eu une brève aventure, etc. Très brève, malheureusement. Bon, je ne vais pas entrer dans les détails. – Elle passe une main devant son visage, comme lors d'un tour de magie ou un *floreo* flamenco. – Bref, il a envie de réaliser un film sur les attentats de 2017.

Afin d'évaluer sans doute la réaction de Melchor, Verónica marque une pause et boit une petite gorgée ; sur le visage du policier, pas un muscle ne bouge.

— Sauf que, bien sûr, finit par dire l'attachée de presse, il ne le fera que s'il peut compter sur toi.

Melchor tente un sourire courtois.

— Je t'ai déjà dit que je n'ai pas envie de passer à la télé, lui rappelle-t-il.

— Mais ce n'est pas pour la télé, enfin ! s'exclame Verónica en prenant sa main dans la sienne et en lui donnant de petites tapes avec l'autre. C'est pour le cinéma. Ça va être un documentaire, rien ne sera inventé, pas la peine. Et ce sera magnifique. Tu verras. Tu ne connais pas Isaki, c'est un génie, si quelqu'un peut transformer cette histoire en quelque chose de fantastique, c'est lui.

Verónica se lance alors dans un éloge passionné du cinéaste et fait valoir l'importance que son film peut avoir pour la police et pour le moral de la police : elle reprend, peaufinés et actualisés, les arguments qu'elle avait invoqués des années plus tôt, quand elle avait essayé de convaincre Melchor d'apparaître dans un reportage de la télévision catalane ; elle en ajoute un, selon lequel Melchor est devenu au fil des années un symbole "transversal, au-dessus des clivages politiques", dit-elle, le meilleur que puisse offrir la police catalane.

— Tu ne comprends pas ? insiste Verónica – elle avait lâché la main de Melchor mais elle la reprend. Il y a des gosses qui arrivent à l'école de police et la première chose qu'ils font, c'est parler de toi.

— Arrête de déconner, dit Vàzquez dont le tic facial s'est accéléré.

— Je te le jure, insiste Verónica en prodiguant une autre petite tape à Melchor. Et il faut en profiter. Après tout ce qu'on a enduré ces dernières années…

L'attachée revient à la charge, comme si c'était sa dernière opportunité de convaincre Melchor. Elle n'a pas encore épuisé son arsenal d'arguments que Vàzquez l'interrompt en désignant son collègue :

— Si tu veux lui tailler une pipe, tu me le dis et je vous laisse, hein ? J'ai du boulot, moi.

— Je parle sérieusement, Vàzquez, le gronde Verónica.

— Moi aussi, lui assure Vàzquez.

Verónica jubile et rit en faisant mine de balayer d'une main coquette le commentaire du sergent ("T'es jaloux, mon gars"), et il lui faut une seconde pour retrouver une expression sérieuse. Elle prend alors une autre gorgée de sa noisette et revient à la charge.

— Il y a une autre raison pour que tu acceptes, dit-elle en s'adressant à Melchor. Tu pourras donner ta version des faits.

— Je l'ai déjà présentée au juge, lui rappelle Melchor.

— Je ne pense pas seulement à l'attentat, explique Verónica. Je pense aux faits en général.

Melchor la regarde sans comprendre. Elle appuie son buste contre la table et ses seins se répandent sur la surface en bois. Vàzquez lutte en vain pour empêcher ses yeux de se diriger vers eux. L'attachée de presse demande à Melchor :

— Ne me dis pas que tu n'as pas lu le dernier roman de Javier Cercas ?

Il est sur le point de s'excuser en prétextant qu'il ne lit pas les romans contemporains quand Vàzquez intervient :

— Quel roman ?

— Non mais j'y crois pas, soupire Verónica. Vous ne regardez pas les films d'Isaki, vous ne lisez même pas les romans qui parlent de vous. Vous vivez dans quel monde, mes chéris ?

Vàzquez répète sa question.

— Celui qui parle de Melchor, explique Verónica. En fait, de Melchor ou d'un type qui s'appelle comme lui et qui lui ressemble pas mal… Le titre, c'est *Terra Alta*. Vous n'en avez vraiment pas entendu parler ?

Les deux policiers observent un silence un peu honteux ; elle poursuit, à l'intention du sergent :

— Cercas dit qu'il s'est inspiré de l'histoire de Melchor, mais il dit aussi que tout ce qu'il raconte dans le roman est faux ; pire que ça, qu'il a inventé l'histoire de *a* à *z*. Mais certains disent qu'il ment et que tout est vrai, c'est-à-dire, que ton collègue, là, a raconté son histoire à Cercas et que celui-ci n'a rien fait d'autre que de la retranscrire. Tu connais ce type, Melchor ?

Melchor assure que non.

— Putain, quelle embrouille, dit Vàzquez en grattant son crâne dépourvu de cheveux.

— Tu vois ? réaffirme Verónica. C'est pour ça aussi que ce serait bien, si tu aidais Isaki à faire son film : ça permettrait de démentir ce qui est faux et de confirmer ce qui est vrai. Dans le livre de Cercas, je veux dire. Parce qu'il doit y avoir une part de vrai, non ?

Melchor ne répond pas.

— J'ai la tête qui tourne, avoue Vàzquez. Si j'étais pas de service, je prendrais un verre tout de suite, là.

Impatient, légèrement agacé, il ajoute :

— Dis-moi un truc, Verónica, c'est juste pour ça que tu voulais nous parler ?

Se redressant sur sa chaise, elle lâche un nouveau soupir, supplie Melchor de réfléchir à sa proposition et lisse son tee-shirt qui s'est froissé au contact de la table.

— Non, mon coco : ça, c'était la partie agréable de l'affaire.

L'attachée de presse finit sa noisette et demande à brûle-pourpoint :

— Vous enquêtez sur un chantage dont est victime la maire ?

Le sergent fait un bond.

— Qui t'a dit ça ?

— Roger Galí, répond Verónica. Un journaliste d'*Ara*. Ne me demande pas d'où il a sorti l'info, parce que je n'en ai aucune idée. La seule chose qu'il m'ait dite, c'est qu'il y a des rumeurs qui courent à propos de la maire qu'on ferait chanter avec une vidéo au contenu sexuel et que vous essayez de coincer les maîtres-chanteurs. C'est vrai ou pas ?

— Putain de nom de Dieu, maudit Vàzquez. Manquait plus que ça.

— C'est vrai ou pas ? insiste Verónica.

— Bien sûr que c'est vrai, merde. Ce que je pige pas, c'est comment ça a pu arriver jusqu'aux oreilles d'un journaliste. À moins que…

— À moins que quelqu'un nous ait vus entrer lundi dans la mairie et ait commencé à fouiner, dit Melchor en terminant la phrase de Vàzquez.

— Quelle merde, déplore le sergent.

Il y a un blanc.

— Ou alors ce n'est qu'un coup de sonde, suppose Melchor. Ou alors, quelqu'un a intérêt à ce que l'affaire éclate au grand jour. Ou à nous faire savoir qu'il est en mesure de la faire émerger.

L'hypothèse flotte au-dessus de la table tandis que Melchor et Vàzquez s'observent. Verónica demande :

— On peut savoir à quoi vous pensez, bon sang ?

Le sergent répond par une autre question :

— Qu'est-ce que tu as dit au journaliste ?

— Que veux-tu que je lui dise ? La vérité : que je n'en avais aucune idée. Que j'allais essayer d'en savoir plus. Que je lui en dirai davantage plus tard.

— Tu dois le stopper, la supplie Vàzquez. S'il publie l'info, il nous fout grave dans la merde. Si ces salauds apprennent qu'on leur colle aux basques…

— Je ferai de mon mieux, promet Verónica. Mais ça ne va pas être facile. Pour changer, *Ara* bat de l'aile, il paraît qu'ils sont sur le point de mettre la clé sous la porte, sauf que cette fois, apparemment, c'est du sérieux. Alors une telle exclu, c'est du pain béni.

— Tu dois le stopper, répète Vàzquez. À tout prix.

— Je me débrouillerai, acquiesce Verónica. Mais dépêchez-vous, s'il vous plaît : ça chauffe, je te dis. Il ne faut pas demander des miracles. Tu comprends, n'est-ce pas ?

Vàzquez acquiesce à son tour. Vaguement satisfaite, Verónica observe durant une seconde le chaos de papiers qui règne sur la table et elle semble un peu perdue, comme si elle ne savait pas par où commencer pour tenir sa promesse. Vàzquez profite de son indécision pour annoncer :

— Bon, si c'est tout, nous on se casse. J'ai la tête sous l'eau, il faut que je file à Egara.

Ils lèvent la séance et, pendant que les deux policiers sortent dans la chaleur de six heures, Verónica règle les consommations. Ils se séparent sur la place où l'attachée de presse a garé sa moto. Son casque à la main, assise à califourchon sur sa machine, Verónica retrouve l'humeur joyeuse avec laquelle elle les a accueillis.

Elle finit par reparler d'Isaki Lacuesta et demande à Melchor de réfléchir à son projet cinématographique.

— Je t'appelle en septembre, ou je viens te voir en Terra Alta. Peut-être même que je me déciderai à venir avec un chéri. T'es célibataire, Vàzquez ?

— Et sans attache, répond immédiatement le sergent.

Verónica adresse un clin d'œil à Melchor et met son casque.

— Alors il se peut que je vienne te voir avec ce dur à cuire, rit-elle. Entre-temps, ne m'oublie pas.

Vàzquez lui rétorque que c'est à elle de ne pas les oublier, et tandis qu'il la regarde s'éloigner par Riera de Sant Miquel, il lâche ce commentaire :

— Sympa, non ?

En rentrant à l'appartement, Melchor trouve Vivales en train de lire une liasse de documents et Cosette jouant avec une copine du centre de loisirs, une petite prénommée Sandra aux dents blindées de bagues dont la mère, charmante, au verbe pétillant, ne passe pas inaperçue dans le brouhaha à l'entrée et à la sortie du centre. Elle vient chercher Sandra et le policier bavarde quelques minutes avec elle. Ensuite, pendant que Cosette se distrait un moment devant la télévision, Melchor prépare le dîner avec Vivales et, une fois que c'est prêt, il laisse sa fille et l'avocat manger en tête à tête et part à pied jusqu'à la Dama, un restaurant encastré dans un ancien immeuble moderniste de la Diagonal.

Une serveuse l'accompagne jusqu'à la salle où Rosa Adell l'attend assise sur un canapé de velours rouge, un dry martini à la main. Ils échangent une bise et Melchor s'assied en face de son amie alors que la serveuse lui demande s'il souhaite un apéritif. Il commande un Coca-Cola et, quand l'employée se retire, il remarque :

— Tu n'aurais pas dû réserver dans un endroit aussi cher.

— Qui paye décide, plaide Rosa.

— On fête quelque chose ?

Elle lève le martini dans un toast solitaire, boit une gorgée et demande :

— Et alors, ce retour chez toi ?

— Barcelone n'est plus chez moi, la corrige Melchor. Chez moi, c'est la Terra Alta.

Rosa sourit. Ils sont assis au fond d'un salon élégant. Derrière Melchor dîne un couple distingué de Japonais d'un certain âge ; à sa gauche, une fenêtre donne sur la Diagonal mais les voilages qui la couvrent ne laissent transparaître qu'un éclairage informe. Rosa Adell porte un chemisier blanc en popeline, juste taché par une broche noire qui représente un aigle miniature aux ailes déployées : le logo des Cartonneries Adell ; elle a apposé une touche discrète de couleur sur ses lèvres charnues et sur ses yeux profonds en amande, et la lumière d'une applique murale derrière elle donne un reflet doré à sa peau mature. En la regardant, Melchor se sent très chanceux qu'une femme si belle, si cultivée et si éduquée l'honore de son amitié et qu'elle ait reporté les engagements qui l'avaient fait venir à Barcelone pour dîner avec lui, un simple policier de quinze ans plus jeune qu'elle ; aussi, il se dit ce qu'il se dit souvent quand il la voit : Rosa a l'âge qu'Olga aurait si elle était encore en vie.

— Alors, ça donne quoi, la capitale ? demande-t-elle.

Melchor explique autant qu'il lui est permis les raisons de son séjour à Barcelone, la serveuse apporte le Coca-Cola et deux menus, et d'un geste Rosa commande un autre martini, ce qui surprend Melchor. Rosa boit de l'alcool, mais modérément et presque toujours du vin, et le policier se demande pour quelle raison elle prend deux cocktails avant de dîner. Pour se donner du courage ? À quel propos ? Il se demande aussi si elle a appris quelque chose depuis samedi, ou s'il s'est produit quelque chose (en lien avec son ex-mari ou avec Salom, par exemple, en lien avec l'affaire Adell ou avec les coupables de l'affaire Adell), et si c'est le véritable motif de ce dîner.

— Et toi ? s'enquiert Melchor.

— Moi quoi ?

— Qu'est-ce que tu fais ici ?

Elle souffle d'un air à la fois ennuyé et fatigué.

— Les joies du travail, répond-elle.

Tandis qu'ils se partagent l'entrée (des anchois de Santoña et des pétoncles gratinés), Rosa parle d'un roman de Don

Winslow intitulé *Cartel*. C'est une scène habituelle entre eux : lectrice de romans contemporains (policiers, surtout), Rosa essaie de transmettre à Melchor son enthousiasme et de l'inciter à en lire. Sans grand succès. Après la mort d'Olga, les goûts littéraires de Melchor ont connu une sorte de régression, et depuis le policier s'est nourri exclusivement de romans du XIXe siècle, comme il le faisait avant de connaître Olga ; il n'a jamais dit à Rosa que, en fait d'histoires policières, il en a plus qu'il n'en faut dans son travail, et il s'efforce de l'écouter, sans grand succès non plus. Ainsi, pendant qu'elle parle de l'agent de la DEA Art Keller et de l'empereur du narcotrafic Adam Barrera, Melchor, distrait, se met-il à penser à l'affaire du chantage, mais il ne se rend compte de son égarement que lorsqu'il surprend Rosa Adell en train de le scruter avec un petit sourire.

— Tu pensais à quoi ? demande-t-elle.

— À rien.

— Penser à rien, c'est impossible, objecte-t-elle. Et puis, on ne t'a jamais dit que tu mentais très mal ?

"Bien sûr que si, est sur le point de rétorquer Melchor. Olga." Mais il ne répond pas.

Les plats arrivent (qu'ils se partagent également : loup de mer accompagné de ratatouille, des coquilles Saint-Jacques avec purée de chou-fleur arrosées de jus de viande) et, tandis que Rosa commence à les répartir, Melchor demande :

— Tu connais la maire ?

— La maire de Barcelone ?

Melchor acquiesce.

— L'enquête a un lien avec elle ? demande à son tour Rosa.

— Quelle enquête ?

— Comment ça ? Celle qui t'a amené ici, l'enquête à laquelle tu pensais quand je te parlais de *Cartel*.

Sans cesser de servir, Rosa le regarde avec ironie.

— Tu la connais ou pas ? insiste Melchor.

— J'ai déjeuné une fois avec elle. C'était une réunion d'entrepreneurs. Ou quelque chose comme ça. Je venais de reprendre les Cartonneries Adell.

— Et ?

La réponse arrive après que Rosa a goûté au loup de mer.

— Franchement, j'ai trouvé qu'elle parlait beaucoup trop.

Melchor se rappelle Chicho Campà et demande :

— Ça signifie qu'elle dit uniquement ce que les gens veulent entendre ?

— Plus ou moins. Et aussi qu'elle n'a pas grand-chose à dire, même si elle le dit très bien. C'est la clé du succès, en politique, pas vrai ?

La conversation s'oriente alors vers Cosette et les quatre filles de Rosa, toutes bien plus âgées que la fille de Melchor et indépendantes, même si elles se rendent souvent à la maison familiale en Terra Alta. C'est aussi un sujet de conversation récurrent entre eux et, bien qu'il s'y intéresse davantage qu'aux romans policiers, Melchor doit faire un effort pour ne pas perdre le fil encore une fois. À cet instant seulement, il se rend compte qu'il ne l'a jamais vue si enjouée depuis leur première rencontre, le lendemain de l'assassinat de ses parents, dans l'atelier de son mari. Il se demande si Rosa a commencé à surmonter le malheur qui s'est abattu sur elle cinq ans auparavant ; il se demande ensuite s'il ne serait pas en train de commencer à surmonter le sien lui aussi et, comme s'il savait déjà la réponse, il profite du premier moment opportun pour lui donner une information : dès qu'un poste de bibliothécaire se crée en Terra Alta ou aux alentours de la Terra Alta, il s'y présentera.

— Et si je l'ai, je laisse tomber le commissariat.

Rosa l'observe, ébahie. Elle sait que, depuis trois ans, Melchor étudie la bibliothéconomie, mais elle a toujours cru qu'il le faisait pour le plaisir ou pour la même raison pour laquelle il va le samedi déposer des fleurs fraîches sur la tombe d'Olga : comme une façon de prolonger sa loyauté envers son épouse décédée ; mais elle n'avait jamais imaginé qu'il puisse vouloir gagner sa vie en tant que bibliothécaire.

— Tu en es sûr ?

— Absolument.

Ils partagent aussi le dessert : de la tarte tatin.

À peine sortent-ils du restaurant que Rosa s'accroche au bras de Melchor et lui demande de l'accompagner. Elle a bu à elle toute seule pratiquement une bouteille de vin (un Verdejo de

Rueda recommandé par le *sommelier**), mais elle n'est pas ivre, ou ne semble pas l'être. Ils longent la Diagonal, prennent à droite la promenade de Gràcia et descendent vers la mer. La nuit est chaude et la conversation est fluide entre eux, et à un moment donné Melchor pense que son intuition lui a joué un tour et que son amie ne l'a pas invité à dîner pour lui annoncer une mauvaise nouvelle.

Il ne se trompe pas. Rosa Adell s'arrête devant l'entrée de l'hôtel Majestic, au croisement de la promenade de Gràcia et la rue València.

— Je reste là, lui annonce-t-elle.

Quelque peu surpris, Melchor regarde la façade de l'hôtel, avec ses trois arcades de pierre flanquées de cyprès nains dans de grands pots métalliques et sa marquise moderniste en fer et cristal. L'entrée est déserte ; seul un portier noir, en chapeau melon et livrée, déambule les mains dans le dos, faisant mine de ne pas les remarquer. Melchor était convaincu qu'ils descendaient vers l'appartement des filles de Rosa, rue Pau Claris, où elle passe généralement la nuit quand elle se trouve à Barcelone.

— Tu ne vas pas dormir chez tes filles ? demande-t-il.

— Non, répond Rosa.

Sa bouche esquisse une moue espiègle, presque enfantine, et elle baisse le regard sur les hexagones aux motifs floraux qui dallent le trottoir.

— En fait, je ne suis pas à Barcelone pour le travail.

Levant les yeux, elle ajoute :

— Je t'ai menti. En réalité, je suis venue uniquement pour te voir.

Elle s'approche de Melchor et, telle une adolescente amoureuse, indifférente à l'agitation métropolitaine qui les entoure, lui prend les joues entre les mains, cherche sa bouche et l'embrasse. Quand ils se séparent, ses yeux brillent dans la nuit illuminée.

— Tu veux monter dans ma chambre ? lui demande-t-elle.

Melchor comprend alors que c'était cela, la nouvelle que Rosa lui avait réservée, la dernière nouvelle concernant l'affaire Adell,

* En français dans le texte.

et il comprend aussi pourquoi Rosa a eu besoin de boire pour la lui communiquer. Il détourne le regard et croise celui du portier, qui tourne aussitôt la tête. Puis il regarde Rosa. "Olga est morte", lit-il dans ses yeux. Et aussi : "Elle est morte depuis cinq ans." Et aussi : "Mais moi, je suis vivante." Melchor comprend que Rosa a raison. Soudain, il se rappelle : "Tant que dure le repentir dure la faute."

— Je ne peux pas, s'entend-il dire. Ça ne marcherait pas. Je te décevrais.

Il se tait, hésite, et ajoute :

— Et puis tu mérites vraiment mieux que moi.

Des mots qu'il regrette aussitôt qu'il les formule, car il sent que, pour Rosa, ils équivalent à une injure qui vient s'ajouter à l'injure que représente son refus : mais il ne sait pas comment rectifier. La propriétaire des Cartonneries Adell soupire et sourit.

— Mieux que toi, ça n'existe pas, Melchor, lui dit-elle – ses yeux ne brillent plus comme avant. Mais tu as peut-être raison. Je n'aurais pas dû te le proposer.

Rosa lui souhaite bonne nuit et se dirige vers l'hôtel. Elle n'a pas encore franchi le seuil que, juste à la hauteur du portier, elle se tourne vers le policier resté immobile à la regarder s'éloigner. Le portier les observe comme s'il était pris entre deux feux.

— Je peux te dire quelque chose ? demande-t-elle. – Au grand soulagement du portier, Rosa rebrousse chemin, s'éloigne de lui et s'arrête à quelques pas de son ami. – Détrompe-toi, Melchor, lui dit-elle en pointant sur lui un index d'avertissement. Tu seras toujours un flic.

En rentrant, il trouve Vivales enfoui dans son fauteuil préféré, à côté de la porte de la terrasse ouverte. La télé est allumée et il regarde un vieux film en noir et blanc, un western. Melchor s'assoit à côté de lui et lui demande comment va Cosette.

— Je gère, répond Vivales. Elle pionce depuis des heures.

Il porte un caleçon extra-large et un tee-shirt blanc à pois rouges qui met en valeur son gros ventre, et ses jambes, épaisses, blanches et velues, reposent sur un pouf ; à sa gauche, sur une table basse, il y a du whisky dilué. À l'écran, James Stewart fait la classe à un groupe d'élèves composé d'enfants, de Vera Miles, d'un esclave noir et de plusieurs ouvriers agricoles, sous le regard satisfait d'un shérif obèse. À la demande de Stewart, l'esclave noir récite le deuxième paragraphe de la Déclaration d'indépendance des États-Unis : "Tous les hommes sont créés égaux."

— Prends ça dans la gueule, murmure l'avocat comme s'il s'adressait à lui-même. Et après on va dire que Ford était raciste.

Melchor n'est pas un grand amateur de cinéma mais, grâce à Vivales, qui adore les westerns (et qui a pour habitude de regarder un film chaque soir), il sait qui est John Ford ; et aussi, que ce film s'intitule *L'Homme qui a tué Liberty Valance.*

— Ça s'est passé comment, avec la riche héritière ? demande l'avocat.

— Bien.

Vivales parle sans rien perdre de qui se passe à l'écran, et Melchor se souvient d'une scène d'un autre western. Un cow-boy croit découvrir, abasourdi, qu'une femme lui plaît et, pour clarifier ses propres sentiments, il demande au responsable du saloon : "T'es déjà tombé amoureux ?" "Non, répond le responsable. Moi, j'ai toujours été serveur." Au bout de quelques secondes, Melchor demande à Vivales s'il a entendu parler d'un roman qui s'intitule *Terra Alta.*

— Quoi ? répond Vivales.

John Wayne vient de faire irruption dans l'école, couvert de poussière et porteur de mauvaises nouvelles – Liberty Valance et ses hommes arrivent au village avec l'intention de tuer James Stewart –, et James Stewart interrompt le cours et part comme une flèche vers les champs, juché sur une charrette tirée par des chevaux, décidé à apprendre à tirer. Accompagné de son esclave noir, John Wayne le suit, l'arrête dans sa course, propose de lui apprendre à utiliser le révolver. Melchor repose sa question et ajoute le nom de l'auteur du roman. Vivales répond que ça ne lui dit rien.

— Ça parle de moi, précise Melchor.

Suivant les indications de John Wayne, James Stewart place trois pots remplis de peinture sur autant de poteaux. Au moment où Stewart pose le dernier pot, John Wayne tire et les fait voler tous les trois en même temps qu'il se moque de la naïveté de James Stewart, lequel se jette sur lui et, furieux et couvert de peinture, le renverse à terre d'un coup de poing qui déclenche le rire de Pompey, son esclave noir. Vivales, qui ne rit jamais, fait exception. Melchor se demande s'il rit de John Wayne ou de lui. L'avocat l'ôte aussitôt de son doute.

— Quoi ? redemande-t-il.

— Ça parle de moi. – Vivales se tourne pour la première fois vers lui, un demi-sourire flottant sur ses lèvres. – Le roman, répète Melchor. Il parle de moi. C'est qu'on m'a dit.

L'avocat essaie sans succès d'enregistrer ses paroles.

— Un roman qui parle de toi ?

— Oui, répond Melchor. Le titre, c'est *Terra Alta*.

Vivales hoche la tête, sceptique, tandis que ses lèvres adoptent la forme d'un accent circonflexe et qu'une brise se faufile par la porte de la terrasse et tempère une seconde la chaleur de la pièce ; puis l'avocat boit une gorgée de whisky, son attention à nouveau monopolisée par le film. Melchor vérifie l'heure sur son portable : il est presque une heure du matin. Il lève les yeux vers l'écran et essaie de déchiffrer ce qui s'y passe. Avant qu'il y parvienne, Vivales se tourne vers lui.

— Tu veux qu'on lui colle un procès ? demande-t-il.

— À qui ? répond Melchor.

— À ce Cercas.

— Un procès ? Pourquoi ?

— Comment ça, pourquoi ? s'étonne Vivales. Pour atteinte à l'honneur. Pour scandale public. Peu importe. Tout prétexte est bon quand il s'agit de coller un procès. Ce Cercas doit être fauché, mais bon, on finira bien par lui soutirer quelque chose. J'imagine.

Melchor observe Vivales, se disant qu'il doit s'agir d'une blague.

— On lui colle un procès ou pas ? insiste l'avocat.

Il comprend qu'il ne s'agit pas d'une blague.

— Il est tard, dit Melchor. Je vais me coucher.

Alors qu'il se lève de son fauteuil, il reconnaît la scène à l'écran : désespérée, les larmes aux yeux, Vera Miles supplie John Wayne de sauver James Stewart, lequel s'apprête à affronter Liberty Valance en duel alors qu'il ne sait pas se servir d'un revolver.

— Attends. – Vivales se redresse pour prendre la télécommande. – Moi aussi, je vais me coucher.

— Tu ne regardes pas la fin ?

— Je la connais par cœur. En plus, vendredi j'interviens au tribunal, demain matin il faut que je me prépare.

L'avocat coupe la télévision et, dans un gémissement, se lève de son fauteuil. Les deux hommes mettent un peu d'ordre dans le salon, éteignent la lumière et laissent deux verres sales dans l'évier de la cuisine. Alors qu'ils se dirigent vers leurs chambres, Melchor demande à Vivales quel procès l'attend vendredi, et l'avocat lui explique qu'il doit défendre un type accusé de violences envers sa femme. Melchor demande comment s'appelle le type en question ; Alexis Rosa, répond Vivales.

— Je ne comprends pas comment tu peux défendre des mecs pareils, laisse échapper Melchor.

Ils se trouvent devant la porte de la chambre qu'il partage avec Cosette. Dans la pénombre du couloir, Melchor sent l'haleine de whisky de Vivales et entend le bruit rocailleux de sa respiration. L'avocat baisse la voix pour ne pas réveiller la petite.

— Et moi, je ne comprends pas qu'un flic comme toi me pose une question pareille, dit-il.

— Tu essayes de me dire que le mec est innocent ?

Pour toute réponse, Vivales met sur l'épaule de Melchor une main compatissante et, avec une curiosité sincère, il demande :

— Innocent de quoi ?

Puis il poursuit :

— Pour ce que j'en sais, ce mec est une véritable teigne. Mais depuis le temps qu'on se connaît, tu devrais déjà savoir que je serais capable de défendre Jack l'Éventreur. Que dis-je, Jack l'Éventreur : Liberty Valance. Et tu sais pourquoi ?

Il n'attend pas la réponse.

— Parce que même le pire fils de pute a le droit d'être représenté devant la loi. Autrement, il n'y a pas de justice.

Vivales se tait et Melchor comprend que l'avocat cherche son regard ; il n'est pas mécontent qu'il fasse suffisamment sombre et qu'il ne puisse le trouver.

— Tu étais innocent, toi, quand j'ai pris en charge ta défense ?

Enlevant la main de son épaule, Vivales conclut :

— Chacun son truc, fiston : toi, occupe-toi de poursuivre les malfaiteurs, et moi, pendant ce temps, je m'occupe de les défendre.

Melchor se couche en se faisant la réflexion que c'est la première fois de sa vie que Vivales l'appelle fiston.

À huit heures et demie, il dépose Cosette au centre de loisirs et s'apprête à monter dans sa voiture pour se rendre à Egara quand il se dit qu'il devrait envoyer un WhatsApp à Rosa Adell, mais comme il ne sait pas quoi écrire, il n'écrit rien. À cet instant, Vàzquez l'appelle et lui intime de rester à Barcelone.

— Ça y est, je sais d'où on a appelé la maire, annonce-t-il. Je ne t'ai pas dit que c'était depuis un téléphone public ? – Il lui donne une adresse au Raval. – Passe voir, tu me diras ce que tu as pu trouver.

— J'y vais seul ?

— Comme un pauvre diable, répond Vàzquez, qui parle de plus en plus rapidement, ou c'est l'impression qu'a Melchor. Il y a du nouveau sur l'enlèvement de Santa Coloma, c'est chaud bouillant, depuis hier soir je m'occupe des préparatifs pour intervenir.

— Tu veux un coup de main ?

— Pas question. Blai est à la hauteur, pour une fois j'ai le personnel dont j'ai besoin. Toi, tu restes sur l'affaire de la maire, on peut pas lâcher l'affaire comme ça, encore moins avec le peu de temps qu'il nous reste avant l'ultimatum. T'as besoin de quelque chose ?

— Non, dit Melchor.

Il rectifie aussitôt :

— En fait, si. Quand tu peux, trouve-moi l'adresse d'un type. Il s'appelle Alexis Rosa.

Vàzquez se fait répéter le nom ; puis il demande :

— C'est qui, celui-là ?

— Je te raconterai plus tard.

Melchor marche jusqu'à la Rambla en profitant de la fraîcheur passagère de la matinée et, en arrivant à la station de métro Liceo, il tourne à droite rue Sant Pau, continue tout droit et, au coin de la Rambla del Raval, découvre le téléphone public encastré dans le mur.

Il passe le reste de la matinée à fureter dans le quartier. Il explore pour commencer les alentours du téléphone et trouve deux établissements qui disposent de caméras de surveillance orientées vers la rue : le premier est une entreprise de sécurité ; le second, un distributeur automatique d'une filiale de la banque Santander. Aucune des deux caméras ne vise directement le téléphone mais Melchor souhaite visionner les images qu'elles ont enregistrées deux jours plus tôt, à l'heure où la maître-chanteuse a appelé la maire. Le directeur de la succursale de la banque Santander n'y voit pas d'objection ; le responsable de l'entreprise de sécurité, en revanche, est plus réticent mais finit par accéder à la requête. Melchor examine attentivement les deux enregistrements : il n'y repère rien de suspect. Il ne tire rien au clair non plus en interrogeant les employés et les propriétaires des magasins, cafés et restaurants de la zone, ainsi que plusieurs voisins de l'immeuble où se trouve le téléphone et un SDF qui dort à l'angle de rue, pelotonné sur un sac de couchage en mimétisme avec son chien. Par deux fois, il arpente la rue Sant Pau de bout en bout ainsi que les rues adjacentes, en essayant de reconstruire la trajectoire hypothétique de la maître-chanteuse. À un moment donné, il est même tenté de retourner au taxiphone du Français, qui se trouve tout près, et de lui reparler du client pour lequel il a dupliqué la carte SIM du portable de Farooq Hoque, mais il juge aussitôt que ce serait inutile et contre-productif, et finit par écarter cette idée.

À midi, on lui envoie depuis Egara l'adresse d'Alexis Rosa. Une heure plus tard, il appelle Vàzquez à deux reprises et lui écrit deux WhatsApp. Le sergent ne répond pas ; Blai ne répond pas davantage. Il décide alors d'aller délivrer un message.

Il entre dans le métro place de Catalogne et prend la ligne 1 jusqu'à Hospital de Bellvitge. Neuf arrêts plus tard, il descend à la station Torrassa et marche vers la rue Orient. Là, il cherche le numéro sept, le trouve, sonne à l'interphone du troisième étage. Personne ne répond et il s'installe dans le café d'en face.

Il est déjà l'heure de déjeuner et Melchor a une faim de loup, si bien qu'il s'assoit près d'une fenêtre et commande une salade, un steak et un Coca-Cola. Il mange sans perdre de vue l'entrée de l'immeuble numéro sept, d'où il voit sortir un couple d'un certain âge, une jeune femme à l'allure punk, une vieille femme qui traîne un chariot. Vers seize heures, alors qu'il est déjà sur le point d'appeler Vivales pour lui expliquer qu'un autre imprévu a surgi et lui demander d'aller chercher Cosette, il voit un quinquagénaire rondouillet et rouquin entrer dans l'immeuble. Sans se précipiter, il règle l'addition, sort du café, traverse la rue et appuie sur la même sonnette. Cette fois, on répond.

— Alexis Rosa ? demande Melchor.

— C'est moi, dit une voix masculine.

— Je viens de la part de Domingo Vivales, ment Melchor.

— De qui ? demande l'homme.

— De Domingo Vivales, répète Melchor. Votre avocat. Ouvrez, s'il vous plaît. C'est important.

La porte s'ouvre.

Cette nuit-là, après avoir lu un moment *Michel Strogoff* à sa fille au lit, celle-ci lui demande combien de temps encore ils vont rester à Barcelone ; Melchor lui répond que ça ne durera pas longtemps.

— Combien de temps ? insiste Cosette.

— Je ne sais pas, reconnaît Melchor. Tu ne te sens pas bien ici ?

— Oh si, très bien.

— Alors ?

Blottie contre lui, Cosette hausse les épaules et fait la moue. Melchor demande :

— Tu aimerais retourner à la maison ce week-end ?

— J'adorerais.

Ils décident de passer le week-end en Terra Alta et, peu après que Cosette s'est endormie, Melchor reçoit un WhatsApp truffé de lettres majuscules et de signes d'admiration dans lequel Vàzquez lui apprend que la femme du narco de Santa Coloma a été libérée dans la soirée, lui dit qu'ils fêtent ça au Nicosia, un bar de Sabadell, et l'invite à les rejoindre. Melchor le félicite et lui répond qu'ils se verront le lendemain matin à Egara.

Le lendemain matin, à Egara, la fête continue, ou c'est l'impression qu'a Melchor en arrivant. Le bureau des enlèvements et extorsions est bondé de collègues qui ont à peine dormi, boivent du jus d'orange et du café et dévorent des croissants, des *ensaimadas* et des madeleines ; il y a parmi eux plusieurs *guardias civiles* et des agents de la police nationale. Au milieu de ce brouhaha, Vàzquez, tout sourire, euphorique et exténué, déploie une hyperactivité verbeuse et, en voyant Melchor, lui donne l'accolade et lui explique en mangeant ses mots que l'opération de la veille s'est précipitée en quelques heures, que, sous la supervision de Blai, il a improvisé un dispositif composé de plus de cinquante personnes qui ont fait irruption à dix-sept heures dans une villa de Sant Vicenç dels Horts, près de Barcelone, où ils ont retrouvé la femme du narco terrorisée mais en bonne santé, et qu'ils ont arrêté en tout cinq individus dont quatre dans la villa de Sant Vicenç – deux Roumains et deux Espagnols – et un autre – un Algérien – dans un appartement de Sant Joan Despí. À un moment donné, Vàzquez interrompt son récit pour répondre à un appel.

— Ces dames nous félicitent, mes enfants, annonce le sergent en adressant un clin d'œil complice aux autres avant de se mettre en quête d'un endroit calme pour parler. C'est Verónica, notre très jolie attachée de presse.

Quand le sergent rejoint le groupe, le sourire s'est effacé de sa bouche, remplacé par un rictus de contrariété.

— Après la joie, vient le chagrin ! se plaint-il. *Ara* parle de la vidéo de la maire.

Les membres de l'unité se jettent sur leurs ordinateurs et téléphones portables. La nouvelle, en effet, apparaît en une de l'édition en ligne du journal, signée Roger Galí. Celui-ci, pour justifier le titre de son article en grosses lettres ("Sextorsion place de Sant Jaume"), a gonflé son papier en s'appuyant sur des commérages à propos de la vie sexuelle de la maire et des rumeurs sur les arcanes de la mairie : la seule information un tant soit peu solide apportée par la gazette est que la première dirigeante de la ville est victime d'un chantage sexuel et que les *mossos d'esquadra* ont ouvert une enquête. Melchor n'a pas encore fini de lire le texte que la sonnerie de son téléphone le rend soudain conscient du silence qui règne dans le bureau. C'est Blai.

— T'as vu *Ara* ? demande-t-il.

— Je suis en train, répond Melchor.

— L'intendant est fou de rage, grogne son ami. Je veux vous voir tout de suite, Vàzquez et toi, magnez-vous.

Le sergent ne trouve pas gênant qu'un subordonné lui transmette l'ordre d'un supérieur et ce faisant saute la hiérarchie et, tandis que la fête se désintègre et que Vàzquez et Melchor sortent du bureau, le premier demande au second s'il a découvert quelque chose à propos du téléphone public que les maîtres-chanteurs ont utilisé pour appeler la maire.

— Rien, répond Melchor, en pensant que Cosette sera privée de son week-end en Terra Alta.

Celui qui est fou de rage, c'est Blai, qui les reçoit dans son bureau comme un fauve en cage, faisant les cent pas devant la fenêtre donnant sur la cour intérieure du quartier général d'Egara.

— Bon, dit-il après avoir cessé de maudire la presse, sa malchance, l'intendant et le monde en général. Et maintenant, on fait quoi ?

Aidé de Melchor, Vàzquez improvise une synthèse précipitée de la situation. Son tic à la joue s'est déclenché, ses lèvres tremblent et Blai est obligé de lui demander à deux reprises de parler plus lentement. Quand le sergent termine son explication, un silence s'installe et, avant que quelqu'un ne réagisse, son téléphone sonne.

— La voilà, annonce Vàzquez après avoir consulté son écran.

Le sergent inspire profondément avant de répondre et, pendant quelques minutes, Melchor et Blai peuvent constater comment, en proie à une sérénité soudaine, leur collègue écoute, acquiesce, essaie de rassurer la maire, lui demande quelques instants pour réfléchir, lui promet de la rappeler tout de suite.

— Là, elle a vraiment peur, constate Vàzquez dès qu'il raccroche. Elle veut payer coûte que coûte.

Le silence réinvestit le bureau du chef du Département central des enquêtes sur les personnes, mais cette fois c'est Melchor qui le rompt.

— Ce n'est pas une mauvaise chose finalement, dit-il, sûr de verbaliser la pensée de ses collègues. Si ceux de la financière ont raison, en payant on a une chance de coincer les responsables. C'est le moment d'essayer.

Blai observe Melchor ; il se tourne ensuite vers Vàzquez et lui demande son avis. Le sergent met quelques secondes à répondre, durant lesquelles il cligne des yeux comme si le tic de la joue s'était étendu à ses paupières.

— C'est vrai, ce n'est pas une mauvaise idée, reconnaît-il. De toute façon, on est obligés de changer de stratégie. Il nous reste pas beaucoup de temps, et on a perdu l'avantage du secret. On devrait parler tout de suite avec les trois ténors. En fin de compte…

— Les trois ténors ? l'interrompt Blai.

— Les trois suspects, explique Vàzquez. Les trois jeunots de la vidéo : le mari, Vidal et l'autre.

— Rosell, précise Melchor.

— Oui, lui, dit Vàzquez. On pourrait leur rentrer dedans, après tout, ils savent qu'on essaie d'attraper les maîtres-chanteurs. Mais moi, je ne le ferais pas. Pas encore. J'essaierais d'abord le paiement, je brûlerais cette cartouche-là. C'est plus simple et plus rapide. Le moment est peut-être venu de l'utiliser, comme dit Melchor. Si on réussit, c'est de la balle. Sinon, on commence à les interroger.

Blai a écouté les arguments du sergent en reprenant ses longues enjambées devant la fenêtre du bureau, par où pénètre un soleil éblouissant. Lorsque Vàzquez cesse de parler, l'inspecteur s'arrête, braque son regard sur lui puis sur le mur à sa droite, précisément là où se trouve accrochée la photo de famille, avec sa femme et leurs quatre enfants habillés en randonneurs et perchés sur un promontoire rocheux de la Terra Alta ; contemplant cette image bucolique, l'inspecteur semble avoir momentanément perdu le fil.

— Alors on fait comme ça, décide-t-il finalement, sortant de son absence. Essayons avec le paiement. Melchor, file à la financière : dis-leur de se mettre à chercher les Monero, et dès qu'ils ont l'argent de la maire, ils en achètent et payent ce qu'il faut payer. De préférence cet après-midi, si possible. Dis-leur de me prévenir dès qu'ils savent quelque chose.

Il désigne le sergent :

— Et toi, dis à la maire de préparer l'argent. Qu'elle m'appelle quand elle l'aura. Si elle ne me trouve pas, qu'elle appelle Melchor. Et quand tu lui auras parlé, rentre chez toi, prends une douche et mets-toi au lit. On dirait que tu n'as pas dormi depuis une semaine.

Vàzquez s'apprête à protester quand Blai le coupe :

— C'est un ordre.

Melchor passe le reste de la matinée avec trois membres du Département de la criminalité économique et financière, qui lui confirment peu après midi qu'il sera très difficile de trouver les Monero nécessaires pour payer la rançon avant quarante-huit heures. Cette information l'irrite et le soulage : elle l'irrite parce que l'affaire restera au point mort pendant le week-end ; elle le soulage parce que, à moins que Blai dise le contraire, Cosette et lui pourront le passer en Terra Alta. Blai ne dit pas le contraire.

— Ne t'inquiète pas, ajoute l'inspecteur après avoir pesté comme il se doit contre le Département de la criminalité économique et financière. Tu peux y aller. Ce week-end je suis de service. Dès que je sais quelque chose, je t'appelle.

Melchor récupère Cosette à la sortie du centre de loisirs, ils achètent deux sandwichs et les mangent dans la voiture sur le trajet de la Terra Alta. Quand ils quittent l'autoroute de la Méditerranée pour prendre la route nationale, Vivales les appelle. Ils discutent un moment tous les trois avec le kit mains libres et, avant de raccrocher, Melchor demande à l'avocat des nouvelles du procès de ce matin.

— Il a été suspendu, répond Vivales. Le type est tombé hier dans l'escalier de son immeuble, il est à l'hôpital, avec deux côtes cassées, il est complètement démoli. Un sacré veinard !

Durant tout le week-end, Melchor hésite à appeler Rosa Adell, et pour finir il ne l'appelle pas. Cosette apparaît à peine à la maison : elle joue au foot avec ses copines, va à la piscine municipale, regarde des films, et le samedi soir elle dort chez Elisa Climent. De son côté, Melchor sort courir tous les matins dans la campagne et il consacre le reste de son temps à lire à la maison ou assis à la porte du bar de la place, avec un café ou un Coca-Cola à la main. Le dimanche midi, tandis qu'il finit *L'Illustre Maison de Ramires* après avoir passé la matinée à lire les manuscrits du concours littéraire, Blai lui téléphone et lui raconte que la financière a pu réunir les Monero la veille et qu'ils ont payé la rançon tôt ce matin.

— Et alors ? s'impatiente Melchor.

Il s'est éloigné de la terrasse du café pour s'abriter du soleil assassin de juillet sous les mûriers qui ombragent le centre de la place.

— Rien, *nada*, répond Blai. Apparemment, les malfaiteurs sont de sacrés hackers : ils se sont connectés à leur téléphone pour prendre l'argent mais ils ont masqué l'IP grâce à une application, Tor. En plus, ils se sont connectés à cette application via un VPN.

— Un quoi ?

— *Virtual private network* : réseau virtuel privé. Une espèce de tuyau ou de tunnel qui te connecte directement au serveur sans que personne puisse avoir accès à tes transactions, ce qui rend la communication privée. C'est ce qu'ils m'ont raconté. Bref, les types sont blindés, on ne trouvera rien de ce côté-là.

Blai se tait et Melchor, tout en observant de loin l'agitation surexcitée de la mi-journée sur la terrasse du café, imagine son collègue, seul et abattu par les mauvaises nouvelles dans la désolation dominicale du quartier général d'Egara, avec sa femme et ses enfants à deux cents kilomètres de là, en Terra Alta. Il demande :

— Tu l'as dit à Vàzquez ?

— Je l'ai appelé deux fois mais il ne me répond pas. Appelle-le, toi. Dis-lui que demain matin on commence à interroger les trois ténors.

— Je l'appelle tout de suite.

Un autre silence ; durant un instant, Melchor pense que Blai a raccroché. Il entend aussitôt :

— Il nous reste six jours, l'Espagnolard. Il faut résoudre ça avant, coûte que coûte. On va pas tolérer que de simples voyous décident qui doit être maire de Barcelone, tu crois pas ?

Melchor prend congé de lui.

TROISIÈME PARTIE

1

Le lundi matin, après avoir déposé Cosette au centre de loisirs, Melchor s'assoit dans un snack de la rue Córcega, commande un double expresso et entreprend une série d'appels téléphoniques. Il commence par Vàzquez, qui ne répond pas ; Melchor ne compte plus les fois où il a essayé de le joindre pour lui transmettre l'ordre que Blai lui avait donné la veille : il faut interroger au plus vite les seuls suspects qu'ils ont. Aussi, après avoir téléphoné sans succès à Vàzquez, Melchor appelle-t-il Casas, Vidal et Rosell.

Il ne parvient à parler à aucun des trois mais avec leurs secrétaires. Celle de Casas lui dit que ce dernier n'est pas encore arrivé à son bureau, elle lui demande son nom, la raison de son appel, son numéro de téléphone et lui dit qu'elle le recontactera. Celles de Vidal et de Rosell sont moins imprécises ; à peine Melchor s'identifie-t-il comme policier qu'elles lui proposent un rendez-vous, malgré l'emploi du temps chargé de leurs chefs : Vidal le recevra le mardi à midi à la mairie, et Rosell, qui se trouve en déplacement hors de Barcelone, le jeudi après-midi. Il est en train de prendre congé de la secrétaire de Rosell quand il reçoit l'appel de Vàzquez.

— Pas trop tôt, se lamente Melchor. Je t'ai appelé tout le week-end. Tu étais où ?

Personne ne répond ; Melchor entend quelqu'un respirer avec difficulté à l'autre bout du fil.

— Vàzquez ? demande-t-il.

— Je suis là, dit le sergent.

Il s'exprime d'une petite voix. Alarmé, Melchor demande :

— Tu te sens bien ?

— Pas trop.

— Qu'est-ce qui t'arrive ?

La réponse de Vàzquez tarde quelques secondes ; Melchor comprend qu'il lui arrive quelque chose. Le sergent demande :

— Tu peux venir ?

— Tu es où ?

Vàzquez lui dicte l'adresse de son domicile à Cerdanyola.

— J'arrive.

— Melchor, dit le sergent avant qu'il ne raccroche.

Il y a un silence.

— Promets que tu diras rien à personne.

— Rien sur quoi ?

— Rien sur rien. Je t'expliquerai. Promets-le.

Melchor le lui promet.

Il lui faut près de trois quarts d'heure pour arriver à Cerdanyola, en passant par Nou Barris et Santa Coloma de Gramenet. Durant le trajet, ce sont Blai et Cortabarría qui l'appellent, mais il ne répond ni à l'un ni à l'autre, se disant qu'ils vont lui demander s'il a des nouvelles de Vàzquez et il ne sait pas quoi leur dire ; il reçoit également un appel de la secrétaire de l'ex-mari de la maire, qui lui dit qu'il a de la chance : son chef peut le recevoir l'après-midi même, à seize heures, au siège de Clave Barcelona.

— Parfait, se réjouit Melchor. J'y serai.

L'appartement de Vàzquez se trouve dans un immeuble qui fait le coin d'une rue piétonne du nom de San Ramón, au centre de Cerdanyola, au-dessus d'une boutique de vêtements pour bébés. Melchor sonne à l'interphone ; personne ne répond, mais la porte s'ouvre dans un claquement. Il grimpe au troisième étage, et en arrivant sur le palier il voit une porte entrebâillée et a un mauvais pressentiment. Il sort son pistolet du holster et, tenant l'arme à deux mains, il pousse la porte et entre. Un noir presque hermétique règne dans le couloir, mais à mesure que Melchor avance, il va s'amenuisant et, quand il atteint le salon, quelques rayons de lumière le transforment en pénombre. Melchor palpe le mur à la recherche de l'interrupteur quand il entend :

— N'allume pas.

C'est la voix de Vàzquez. Elle a jailli d'une ombre compacte et, tandis que Melchor remet son pistolet dans le holster, il distingue le sergent dans l'obscurité : celui-ci est assis à même le sol, au fond du salon, torse nu, le dos collé au mur et les jambes étendues, comme s'il était épuisé. Les fentes d'une persienne laissent passer une clarté incertaine et la pièce sent le renfermé et la saleté. Melchor s'approche de Vàzquez dont la tête semble effondrée sur son épaule gauche, et s'accroupit devant lui.

— T'inquiète, Melchor, murmure le sergent en se recroquevillant un peu. Je vais bien.

Ce n'est pas l'impression qu'il donne. De fait, il a une mine horrible : il halète, tremble et transpire à grosses gouttes, ses lèvres sont desséchées et une barbe de plusieurs jours lui mange le visage ; ses yeux brillent, fébriles et rougis.

— Qu'est-ce qui s'est passé ? demande Melchor.

— Rien, répond Vàzquez. T'inquiète. Ça m'arrive de temps en temps. Ça va aller. J'ai seulement besoin de prendre mes médicaments et…

Vàzquez ne parvient pas à terminer : il se met à pleurer de manière convulsive. Ne sachant que faire, Melchor s'apprête à lui toucher l'épaule mais, avant qu'il puisse effectuer son geste, le sergent s'accroche à son cou. Il reste ainsi un moment, agrippé à lui, en larmes. Il empeste. Au bout d'un temps qui semble à Melchor une éternité (et pendant lequel il essaie d'accepter le fait que, à son grand étonnement, l'homme qui sanglote dans ses bras comme un enfant apeuré est le type le plus dur qu'il connaisse), le sergent s'écarte de lui, laissant les mains de Melchor humides et sa chemise trempée. Vàzquez le regarde à présent avec des yeux grands ouverts, sans cesser de trembler et s'efforçant de paraître plus tranquille, et il lui redit de ne pas s'inquiéter.

— Depuis quand tu es comme ça ? demande Melchor.

— Depuis quelques jours seulement.

— Combien de jours ?

— Je sais pas. Deux ou trois.

Melchor a vu Vàzquez pour la dernière fois trois jours plus tôt, au bureau des enlèvements et extorsions, quand, après une nuit de bringue, ses hommes et lui continuaient de fêter l'heureux dénouement de l'enlèvement de l'épouse du narcotrafiquant de Santa Coloma. Melchor se souvient d'un sergent très tendu, très agité, parlant trop vite, et il lui demande si pendant le week-end il a dormi et mangé ; le sergent répond par des balbutiements et Melchor ne veut pas imaginer ce qui a pu se passer durant les dernières cinquante ou soixante heures dans cet appartement obscur, malodorant et dépouillé. Il se redresse.

— On y va, dit-il en attrapant Vàzquez par l'aisselle.

Vàzquez l'écarte d'un coup de main.

— Où ça ? demande-t-il.

— À l'hôpital, répond Melchor. Tu dois voir un médecin.

Vàzquez refuse d'un mouvement décidé de la tête.

— Tu ne comprends pas, marmonne-t-il.

— Qu'est-ce que je ne comprends pas ? demande Melchor.

Vàzquez saisit sa tête entre ses mains, qu'il passe sur son visage comme s'il voulait le nettoyer ; ensuite, il regarde Melchor avec ses yeux exorbités.

— Je suis bipolaire, dit-il. On m'a diagnostiqué quand j'étais à l'hôpital, après Molins de Rei. – Melchor s'accroupit de nouveau devant Vàzquez. – Je passe par des phases d'euphorie et des phases de dépression, explique le sergent : ses lèvres et ses narines vibrent, tendues comme des filins dans la tempête. Des hauts et des bas, des hauts et des bas, d'abord l'un et puis l'autre. Je sais bien comment ça marche, j'ai l'habitude, normalement je contrôle, mais là… Je sais pas, ça m'a dépassé. La semaine dernière l'euphorie a commencé à monter, je le sentais, ça montait, montait, mais j'étais persuadé que je pourrais la contrôler et je n'ai pas pris mes médicaments… Quand j'en prends, je travaille pas bien, tu sais ? Ils m'abrutissent, ils m'empêchent de penser. Et avec cette merde d'enlèvement… Je voulais pas que ça se répète, c'était pas possible que ça se répète. Tu peux comprendre ça, Melchor. Tu comprends, pas vrai ?

Melchor revoit Vàzquez assis dans une flaque de sang, à même le sol en ciment de l'entrepôt de Molins de Rei, la tête coupée de la fille du narco vénézuélien sur les genoux, le visage inondé de larmes, en train de hurler comme un goret. "Tant que dure le repentir dure la faute", se dit-il.

— Tout ce que je comprends, c'est que tu es dans un sale état, dit Melchor. Et que je devrais t'emmener à l'hôpital.

— T'es fou ? Si tu m'emmènes à l'hôpital, on va m'interner. Et si on m'interne, ça se saura à Egara. Et si ça se sait à Egara, c'est fini : tu crois qu'ils vont laisser l'unité entre les mains d'un taré, toi ?

Melchor ne peut que se dire que la logique du sergent est implacable.

— On m'obligera à prendre ma retraite, répond Vàzquez comme s'il se parlait à lui-même. À rentrer chez moi. Et je fais quoi chez moi, hein ? Qu'est-ce que j'y fais ? Donner à bouffer aux pigeons ? Je me foutrai une balle dans la tête. Je te jure que si on m'envoie chez moi, je me fous une balle dans la tête. Mais... – Il se redresse un peu, s'efforce d'essuyer les larmes sur son visage, d'avaler sa morve. – Mais si tu me donnes un coup de main... Crois-moi, Melchor, je sais comment régler le problème sans passer par les médecins ou l'hôpital, ça m'est déjà arrivé plein de fois, j'ai juste besoin de mes médicaments et de manger et bien dormir pendant deux ou trois jours. Crois-moi.

Ne sachant pas quoi dire, Melchor reste quelques secondes à regarder l'homme crasseux et détruit qui implore son aide assis par terre devant lui. Ses yeux se sont déjà accoutumés à la pénombre ; son odorat, à l'odeur pestilentielle.

— Qu'est-ce que tu veux que je fasse ? demande-t-il.

Melchor passe le reste de la matinée à s'occuper de Vàzquez et de son appartement, faisant des va-et-vient entre l'intérieur et la rue. Pour commencer, il presse quelques oranges flétries qu'il trouve dans le frigo, prépare des céréales avec un peu de lait et obtient du sergent qu'il avale les deux avec un comprimé de Lithobid 300 mg, un autre de Zyprexa 10 mg et un troisième de Trankimazin 2 mg. Ensuite, après avoir lavé et rafraîchi un peu son ami avec une éponge, il aère la chambre, y met de l'ordre, change les draps du lit, l'aide à s'y allonger et reste à ses côtés jusqu'à ce qu'il s'endorme. Puis il finit de ranger l'appartement – il laisse les deux téléphones du sergent suffisamment loin de lui, en mode silencieux –, appelle Blai et lui annonce que Vàzquez a dû se rendre d'urgence à la Seu d'Urgell, sa mère étant souffrante.

— Fait chier, râle Blai. Après avoir laissé partir en vacances la moitié de son personnel ? Et pourquoi c'est pas lui qui m'appelle pour me le dire ?

— J'en sais rien : je sais seulement que sa mère vit dans une ferme où le réseau ne passe pas, alors pas la peine de l'appeler, lui recommande Melchor, qui s'empresse de changer de sujet. Au fait, cet après-midi j'ai rendez-vous avec l'ex de la maire.

— Avec Casas ?

— Et demain avec Vidal.

— Parfait. Il ne manque que Rosell.

— Je le vois jeudi. Il est en déplacement.

— Tu pourras t'occuper de ça tout seul ?

— Bien sûr. À condition que tu me rendes un service.

— Quel service ?

— Tu crois qu'on pourrait mettre sur écoute ces trois-là ?

— Pas question. Aucun juge ne nous donnera l'autorisation.

— Alors place-les sous surveillance. Jusqu'au retour de Rosell. Seulement les deux autres.

— D'accord. Je ne sais pas où je vais trouver le personnel pour ça, mais c'est comme si c'était fait.

— Si tu as besoin de moi, n'hésite pas.

— J'aurai besoin de toi. Et, d'ailleurs, t'es où ? Je ne t'ai pas vu non plus ce matin à…

— Blai ? Blai ? Merde, moi aussi j'ai un problème de réseau.

Melchor sort de l'appartement de Vàzquez chargé de plusieurs sacs-poubelles, il les dépose dans les conteneurs, se rend dans une pharmacie et, avec les ordonnances que le sergent lui a données, se procure trois boîtes de comprimés, une pour chacun des médicaments que le sergent vient de prendre, à quoi il ajoute une boîte de Symbyax 25 mg. Il se rend ensuite dans un supermarché, y achète de l'eau minérale, des céréales, des fruits, des légumes, des salades, du pain, du lait, du fromage, des soupes en sachet et des boîtes de conserve, puis il retourne chez Vàzquez, prépare deux types de salades et deux soupes qu'il laisse dans le frigo.

Il est presque quinze heures quand il a fini. Vàzquez continue de dormir profondément.

Il trouve à se garer dans une impasse cachée entre l'église de la Bonanova et la Ronda de Dalt, rejoint à pied la place de la Bonanova et longe la promenade jusqu'à tomber sur le passage

Güell. C'est une petite rue privée, peu empruntée et protégée par un portail en fer, lequel est ouvert. Melchor entre, et à sa gauche il reconnaît, encastré dans un mur à côté de la porte, le logo de l'agence de consulting de Casas, un carré rouge sang traversé de quatorze lettres blanches : CLAVE BARCELONA.

Une jeune femme avec des lunettes d'intellectuelle et une minijupe de cuir marron ouvre la porte, l'accompagne jusqu'à une salle d'attente et, lui indiquant un canapé et deux fauteuils, lui demande de patienter quelques instants avant de lui proposer un café. Melchor se rend compte alors qu'il n'a rien pris depuis le petit-déjeuner, accepte l'offre et s'assoit dans le canapé. À sa droite, sur une cloison, le logo de l'agence de consulting se répète à l'infini, comme attrapé par le vertige de deux miroirs placés l'un en face de l'autre ; à sa gauche, le mur est occupé presque entièrement par une seule phrase écrite en anglais : *It is likely that something unlikely will happen.*

On ne lui a pas encore apporté le café que Casas fait son apparition.

— Pardonne-moi de t'avoir fait attendre, s'excuse-t-il, souriant et lui tendant une main prévenante. À cette période de l'été, les gens ne pensent qu'aux vacances… Mais, dis-moi, on t'a proposé quelque chose à boire ?

En lui serrant la main, Melchor répond par l'affirmative. Casas demande à sa secrétaire de servir le café dans son bureau et, tandis que les deux hommes traversent un couloir, il dit qu'il regrette de ne pas pouvoir lui consacrer autant de temps qu'il le souhaiterait, à quoi Melchor répond qu'il ne lui volera que quelques minutes.

— D'ailleurs, dit l'autre en s'arrêtant net, une fois dans son bureau, et en le regardant dans les yeux, laisse-moi te dire que c'est un honneur pour moi de te recevoir. On n'accueille pas tous les jours le héros de Cambrils.

Le policier n'est pas surpris que Casas ait deviné la raison de sa visite – après l'article d'*Ara*, le chantage dont est victime la maire n'est plus un secret, ni le fait qu'une enquête ait été confiée à la police –, en revanche il est surpris que celui-ci connaisse son identité. Comment l'a-t-il apprise ? Par la maire elle-même ?

— Tu sais quoi ?

Son hôte lui offre une chaise qui est devant un bureau design sur lequel se trouvent une lampe halogène et un ordinateur portable, et il s'assoit en face de lui.

— Je suis de ceux qui croient que toutes les sociétés ont besoin de héros, et la nôtre plus encore : des gars dont les gens peuvent se sentir fiers, des miroirs dans lesquels ils peuvent se regarder. Et ici, en Catalogne, on en a très peu… Mais, dis-moi, tu ne vivais pas en Terra Alta ? Que fais-tu à Barcelone ?

— Je ne suis ici que pour quelques jours, explique Melchor. Je suis en détachement.

— Tu devrais rester ici. Qu'est-ce que tu es allé chercher en Terra Alta, hein ? C'est ici que les choses se passent, mon gars, vivre dans un village, c'est se faire enterrer vivant.

On toque à la porte, la secrétaire entre et, sur un signe de Casas, pose sur le bureau un plateau avec un service à café en maillechort et une cafetière.

— Évidemment, quand on voit comment on t'a traité… Et là, je ne parle pas seulement du gouvernement, qui aurait dû t'ériger un monument. Je parle de la Catalogne en général. Si on était aux États-Unis, on aurait déjà tourné deux séries et deux films sur l'histoire de Cambrils, et David Fincher et Christopher Nolan se seraient entretués pour les réaliser. Mais ici, nous devons nous contenter du petit roman de Javier Cercas. Quel désastre, mon Dieu, quel manque d'auto-estime. Et après, il y en a qui veulent que les Catalans soient indépendants. Du sucre ?

Melchor refuse. La secrétaire repart après avoir servi le café.

— À propos, je suppose que tu en as déjà marre qu'on te le demande, continue Casas en approchant de Melchor sa tasse, mais que penses-tu du roman ? Celui de Cercas, bien sûr.

Melchor boit une gorgée de café et, tandis qu'il remet la tasse sur le plateau, il sent le coup de poing de la caféine dans son estomac vide.

— Je ne l'ai pas lu, reconnaît-il.

Casas le regarde comme s'il s'était mis à léviter. Il n'a que quelques années de plus que Melchor, il est très mince, de taille moyenne et de constitution athlétique, les yeux clairs, vifs et curieux, et il a un de ces sourires un peu moqueurs d'éternel adolescent, sûr de son charme ; sa peau est très bronzée et il porte des vêtements informels de marque : polo blanc Hermès, jean J Brand et mocassins Lotusse. Interloqué, il passe une main dans ses cheveux, très courts et très foncés.

— Je n'en reviens pas, dit-il. On écrit un roman dont tu es le personnage principal et tu ne daignes même pas le lire ? Certes, tu ne perds pas grand-chose, si je peux être franc. En réalité, après avoir lu le roman, on reste sur sa faim, on aimerait savoir quelle est la part de vérité et quelle est la part de mensonge. Logique, non ? J'ai eu quelques discussions à ce propos… Tu as entendu parler de Lluís Bassets ? C'est un vieil ami de mon père, journaliste d'*El País*, tu l'as certainement lu. Bref, Lluís connaît ce Cercas et il dit que c'est un embrouilleur de première. En fait, quand il dit que tout ce qu'il raconte dans ses livres est vrai, tout est mensonge ; et, quand il dit que tout est mensonge, tout est vrai. Et comme Cercas dit que dans ce roman tout est mensonge, alors tout le monde pense que tout est vrai. – Il lâche un rire franc, qui dévoile une denture parfaite. – Mais moi, je n'y crois pas. Je veux dire par là qu'il y a des choses dans le livre qui, selon moi, ne sont pas vraies. Je ne sais pas. Par exemple, cette histoire de prison parce que tu faisais partie d'une bande de narcos avant de devenir policier. Ou que tu aurais résolu l'affaire Adell. Et je crois encore moins à ce qu'il dit de ta mère…

Une boule d'angoisse serre à nouveau la gorge de Melchor.

— Qu'est-ce qu'il dit d'elle ?

— Qu'elle se prostituait pour gagner sa vie, rapporte Casas. Et qu'une nuit on l'a tuée et qu'on a laissé son cadavre sur un terrain vague de Sant Andreu. Ça s'est vraiment passé, évidemment, je m'en souviens très bien parce que c'est un crime dont on a beaucoup entendu parler. Mais cette femme… enfin, je parie que ce n'était pas ta mère. N'est-ce pas ?

Casas attend la réponse avec intérêt. Melchor respire profondément et fait non de la tête.

— Je le savais ! s'exclame Casas en assenant au bureau une tape euphorique. Le mec a dû suivre l'affaire dans la presse, comme nous tous, et quand il s'est mis à écrire son livre, il a décidé de refourguer à ta mère l'histoire de cette pauvre femme. Un sacré loustic, ce Cercas, quelle façon d'embobiner les gens… Mais bon, je suppose que tu n'es pas venu ici pour parler de romans, mais de ce que vient de publier *Ara*. Encore du café ?

Melchor se souvient du choc de l'infusion dans l'estomac, mais il a si faim qu'il accepte. Casas lui sert du café et en reprend également. Sur un autre ton, il prévient le policier :

— Je te signale que je ne sais rien de cette affaire.

La boule d'angoisse se dilue peu à peu dans la gorge de Melchor, qui essaie de se concentrer sur l'interrogatoire.

— Ce n'est pas ce que dit votre ex-femme.

— Tu peux me tutoyer, s'il te plaît. La différence d'âge entre nous n'est pas si grande.

— Ce n'est pas ce que dit ton ex-femme.

— Que dit-elle ?

— Elle dit que tu es sur la vidéo du chantage. Et elle est certaine qu'elle a été faite le jour où vous vous êtes rencontrés. Apparemment, sur les images vous apparaissez toi, Enric Vidal et Gonzalo Rosell. Et elle-même, évidemment.

Casas acquiesce sans conviction.

— C'est ce qu'elle t'a dit ?

— Oui.

— Comment peut-elle en être si certaine ?

— Je ne sais pas, mais elle l'est. Tu sais de quelle vidéo elle parle, n'est-ce pas ?

Casas affiche une moue dédaigneuse.

— Je vois de quoi il s'agit. Ça me rend suspect de tentative d'extorsion ?

— Qui a dit que tu étais suspect de quoi que ce soit ?

Les deux hommes se regardent pendant une seconde, Casas grimace un sourire gêné et prend une gorgée de café. Hormis l'ordinateur et la lampe halogène, il n'y a sur son bureau qu'un pot métallique hérissé de crayons, stylos et feutres et une liasse de feuilles immaculée ; derrière lui, sur le mur, est accroché un grand Tàpies, où trône une véritable chaussette, froissée et collée sur une toile dominée par de larges traits de pinceau de couleurs grise, noire et brune, qui évoquent un paysage volcanique ou intergalactique ou postnucléaire, ou peut-être simplement un paysage de banlieue d'une grande métropole ; à sa droite, une fenêtre qui donne sur le passage Güell laisse entrer une lumière brûlante dans la pièce refroidie par l'air conditionné. Melchor avale son café et ressent, une fois encore, le coup dans l'estomac, puis il demande :

— Tu as vu la vidéo ?

Casas acquiesce.

— Une fois, il y a des siècles. Peu de temps après qu'on l'a faite. C'est une bêtise. Je ne sais pas pourquoi Virginia s'inquiète autant.

— Vous en avez parlé ?

— Non. Mais on a été mariés et je la connais comme si je l'avais faite. Dis-moi, qu'est-ce que tu crois qu'il y a sur cette vidéo ?

Casas ouvre grand ses bras, comme s'il prenait le ciel pour témoin, et essaie de dédramatiser :

— Qu'est-ce qu'il peut y avoir ? Une fichue partouze entre jeunes. Va sur YouPorn, tu en verras des tonnes. Et tu crois qu'une chose pareille peut mettre fin à la carrière d'un politicien ?

— La maire le croit.

— Alors elle se trompe.

— Ceux qui la font chanter se trompent aussi ?

— Aussi. Écoute, Virginia n'est pas une politicienne, elle n'a pas l'étoffe d'une politicienne. Elle ne l'a jamais eue. Au fond, elle s'est lancée dans la politique parce qu'elle s'est mariée avec moi, parce que je l'ai convaincue de se lancer, parce que j'y voyais mon intérêt ; sinon, elle aurait fait autre chose, elle aurait continué de casser les pieds avec les réfugiés, ce genre de choses. C'est ça la vérité.

Il a avalé d'une traite son café, passe sa langue sur ses lèvres fines et bien dessinées, et ajoute :

— J'irai même plus loin. Nous, les Catalans, on ne sait pas faire de la politique. On sait faire certaines choses, mais de la politique, non. Quand on fait de la politique, on est très mauvais. Et tu sais pourquoi ? Parce que le pouvoir politique ne se trouve pas en Catalogne et c'est comme ça depuis des siècles. Ce qui veut dire qu'on est peu familiarisés avec le pouvoir politique, qu'on ne sait pas le gérer, et qu'au fond, il nous fait peur. Ce qui veut dire aussi que, quand on le détient, ça nous fait tourner la tête. Évidemment, le pouvoir fait toujours tourner la tête, mais si on n'y a jamais goûté, ça fait encore plus tourner la tête. Tu te rappelles le *Procés* ? On a l'impression que c'était il y a des siècles, pas vrai ? Bien, le *Procés* a été en partie, en très grande partie, le résultat d'un pouvoir qui nous est monté à la tête… Mais on parlait d'autre chose, non ?

— On parlait de ton ex-femme, lui rappelle Melchor. Elle aussi, le pouvoir lui est monté à la tête ?

— De la plus mauvaise façon, répond Casas. Même si le pouvoir municipal n'est pas le vrai pouvoir. Le vrai pouvoir est là où il a toujours été, et Virginia ne sait pas ce que c'est. Peut-être commence-t-elle à s'en rendre compte, mais elle ne le sait pas encore. Pourtant, le pouvoir lui est bien monté à la tête. Enfin… En tout cas, avec ou sans vidéo, mon ex-femme n'a pas beaucoup d'avenir en politique. Et je sais de quoi je parle.

— Elle n'a pas beaucoup d'avenir parce que vous êtes séparés ?

— Bien sûr.

Casas hausse les sourcils à deux reprises, comme s'il ne voulait pas que Melchor prenne au sérieux ses propos, ou pas trop.

— Cette ivresse de pouvoir, chez ta femme, a eu à voir avec votre séparation ? demande ensuite le policier.

— C'est possible, dit Casas en haussant les épaules. Dans la vie d'un couple, tout a à voir avec tout. Mais, si tu me demandes si ça a été la raison de notre séparation, la réponse est non.

— Les infidélités non plus ?

Casas sourit mais, de toute évidence, la question ne lui a pas plu.

— Quelles infidélités ?

Avant que Melchor puisse répondre, son hôte fait claquer sa langue et développe :

— Écoute, Virginia et moi, on s'est beaucoup amusés ensemble et on a fait plein de choses ensemble. Y compris une fille. Y compris monter un parti politique et gagner la mairie de Barcelone. Pas mal, n'est-ce pas ? Et à un moment donné, on a décidé de se séparer. Pourquoi ? Parce que tout a une fin et, quand c'est la fin d'un couple, mieux vaut se séparer. Sans culpabiliser. Sans ressentiment. Tout simplement. Donc, si l'idée que j'ai quelque chose contre mon ex-femme et que je veux la détruire t'a traversé l'esprit, tu ferais mieux d'oublier ça. Je ne hais pas Virginia. – Casas détourne le regard vers la fenêtre et reste à observer la rue punie par le soleil vespéral. L'espace d'une seconde, il semble absorbé dans ses pensées ; ensuite, il regarde Melchor. – Et même si je la haïssais. Comme dit Michael Corleone, il ne faut jamais haïr ses ennemis, cela affecte le jugement.

— Ça signifie que la maire est devenue ton ennemie ?

La réponse s'esquisse sur la bouche de Casas quand son portable sonne. Il décroche sans prendre la peine de s'excuser et, les sourcils légèrement froncés, écoute un instant. "Je suis en rendez-vous, dit-il. Donne-moi cinq minutes." Et il raccroche.

— Ça signifie que, même si Virginia était devenue mon ennemie, je ne la haïrais pas, le corrige-t-il en reprenant le fil de l'interrogatoire comme si personne ne les avait interrompus. Mais elle n'est même pas mon ennemie : dans la vie, il faut se choisir des ennemis à sa hauteur, et Virginia, franchement... Enfin. Ce qui est vrai, en revanche, c'est qu'elle n'est plus ma protégée.

— Qui est ton protégé, maintenant ?

La question semble déconcerter Casas.

— Tu veux le savoir pour ton enquête ?

— Ça dépend. Maintenant, ton protégé c'est Vidal ?

Casas rit encore, mais cette fois son rire semble un peu forcé.

— Quelle idée ! s'exclame-t-il. Comme si Enric avait besoin qu'on le protège ! Mais si ta question est : est-ce que je veux soutenir sa carrière politique...

— C'est ma question.

— Je ne sais pas. – Casas hausse les épaules, ses traits conservent encore la trace du rire. – Il ne me l'a pas demandé. Et s'il me le demandait, j'ignore ce que je ferais. Je sais en revanche que j'ai quitté le parti et lui non, et je sais aussi que, jusqu'à nouvel ordre, Enric est encore le bras droit de Virginia, et je ne sais pas ce qu'elle ferait sans lui, par ailleurs... Essaie de comprendre, Enric et moi, on se connaît depuis toujours, on est comme des frères. Et, oui, bien sûr, je sais qu'il a des ambitions politiques ; c'est bien normal : un politicien sans ambitions n'est pas un politicien. Mais, entre toi et moi, je ne sais pas s'il est la personne la plus adéquate pour remplacer Virginia. À mes yeux, non, il est à la mairie depuis trop longtemps, il est trop impliqué dans la politique municipale, et si là tout de suite je pouvais choisir, je choisirais sans hésiter quelqu'un de nouveau, de plus frais et de plus malléable, quelqu'un qui ressemble à la Virginia d'il y a quelques années, si le vent tourne Virginia elle-même pourrait…

Casas reste plongé dans ses réflexions, et pendant ce temps le tableau accroché au mur derrière lui capte à nouveau l'attention de Melchor : soudain, il a l'impression que la chaussette de Tàpies est un peu tombée, qu'elle a glissé sur la surface du tableau et qu'elle n'est plus là où elle était mais plus bas.

— Bref, pour l'instant, Virginia n'est même pas mon adversaire politique. Je n'ai rien contre elle. Et puis elle est quand même la mère de ma fille. Je l'aime encore. Et comme je l'aime encore, jamais je ne lui ferais du mal. Tu comprends, n'est-ce pas ?

Melchor acquiesce, mais ce faisant, il se rend compte qu'il ne croit pas un seul mot de ce que dit Casas. S'efforçant de ne pas se laisser trahir par sa méfiance, il demande :

— Connais-tu quelqu'un qui pourrait lui en faire ? Du mal, je veux dire.

Casas hausse les épaules.

— Plein de gens, j'imagine. Plus tu as du pouvoir, plus il y a de gens qui te détestent. La vie est ainsi faite. Mais, pour revenir à l'affaire de la vidéo, on dirait plutôt une blague. Crois-moi. Maintenant, il va falloir que tu m'excuses parce que…

— J'ai encore d'autres questions à te poser.

Casas a fait mine de se lever, mais il reste vissé à son siège. C'est la première fois durant leur entretien qu'il semble mal à l'aise. Tout de suite, pourtant, il arbore un sourire obséquieux et invite Melchor à poursuivre.

— Tu sais qui l'a faite ? continue le policier.

— Quoi, la vidéo ?

— Oui. Si toi, Vidal, Rosell et la maire apparaissez sur les images, quelqu'un d'autre a dû vous filmer. La maire nous a parlé d'un ami…

— Bien sûr. Il s'appelait Ricky Ramírez. Virginia a raison : c'est lui qui nous a filmés. C'était notre copain de classe, à l'Esade.

— La maire dit qu'elle ne l'a vu que cette nuit-là.

— Peut-être. En réalité, je n'ai pas été si proche de lui, peut-être deux ou trois ans, pas plus. Après, je l'ai perdu de vue. Il y a quelques mois, j'ai appris son décès. C'est Enric qui m'en a parlé, il était resté en contact avec Ricky. Demande-le-lui.

— Tu sais ce qui s'est passé avec l'enregistrement ? Tu as une idée de qui a pu garder la vidéo ?

— Non. J'ai toujours cru qu'elle avait été perdue.

— Vous étiez tous conscients qu'on vous filmait ?

— Oui.

— Tous ?

— Bon, tous sauf Virginia.

— Elle l'a appris par la suite ? Je veux dire, elle l'a appris après que vous l'avez filmée ?

— Non. Je ne sais pas. C'est possible que je le lui aie dit plus tard, mais honnêtement je ne m'en souviens pas, comme je te l'ai dit, on n'y avait pas accordé beaucoup d'importance.

— Vous avez fait d'autres vidéos de ce genre ?

— Non, bien sûr que non. Pourquoi on en aurait fait ? Ça, on l'a improvisé, c'était une expérience ou une connerie de blancs-becs, et encore… – Il ouvre les mains dans un geste qui mêle impatience et excuse. – Enfin… On a fini ?

Melchor n'a pas fini, mais il comprend qu'il ne va plus rien tirer de cet entretien, si bien qu'il répond par l'affirmative.

Casas le raccompagne à la sortie et, en traversant le couloir, il renoue avec l'insouciante désinvolture avec laquelle il l'a accueilli, s'excuse encore une fois pour le peu de temps qu'il a pu lui consacrer, insiste sur l'urgence pour toute société d'avoir ses héros et sur l'ingratitude dont la leur a fait preuve envers Melchor, l'exhorte à revenir à Barcelone et, une fois dans la salle d'attente, lui souhaite bonne chance et lui confie le numéro de son portable personnel.

— Appelle-moi quand tu veux, dit-il en prenant congé de Melchor, serrant avec enthousiasme la main du policier. Je suis à ta disposition si tu as besoin de moi.

Il ajoute quelque chose que Melchor ne saisit pas, distrait par la phrase qui, répétée encore et encore, sature le mur qui lui fait face : *It is likely that something unlikely will happen.*

Melchor téléphone à Vàzquez dès qu'il se trouve sur la promenade de la Bonanova et marche vers l'impasse où il a garé la voiture.

Le soleil est encore très haut, il fait chaud et il n'a plus faim. Le sergent répond au bout de quelques secondes. Melchor demande :

— Comment vas-tu ?

— Mieux. Je viens de me réveiller.

Ce n'est pas sa voix habituelle, mais pas non plus la voix d'outre-tombe qu'il avait ce matin. En même temps qu'il se fait cette réflexion, Melchor est assailli par l'impression d'être suivi.

— Tu as dormi jusqu'à maintenant ? demande-t-il.

— Oui.

— Putain, t'es une vraie souche.

— C'est ce qu'il me faut. Dormir, manger et prendre mes médicaments.

Melchor s'arrête net à la hauteur du collège La Salle, regarde à sa gauche, en direction de la cour et de la façade néogothique et de la poignée de palmiers qui la cachent en partie, et son doute devient certitude. Puis il se remet à marcher.

— Tu as déjà mangé ? demande-t-il.

— Non.

— J'ai rempli ton frigo. Je t'ai aussi préparé deux salades. Tu veux que je passe te voir ?

— Pas la peine. Va chercher ta fille. C'est à cette heure qu'elle sort du centre, non ?

— Oui.

— T'as parlé à Blai ?

— Je lui ai dit que tu étais à la Seu d'Urgell, avec ta mère, et qu'elle était malade. Il m'a cru.

— Parfait. Et sinon, tout va bien ?

— Très bien. Je viens de parler avec un psychopathe et je suis suivi par un fils de pute.

— Quoi ?

— T'inquiète. Je déconne. Rétablis-toi, s'il te plaît, d'accord ?

Il s'apprête à éteindre son téléphone portable quand il entend :

— Melchor.

— Quoi ?

Vàzquez ne répond pas tout de suite. Il finit par dire :

— Merci, mon vieux.

Melchor monte par la rue qui longe l'église de la Bonanova, tourne à gauche, puis à droite et, tournant à nouveau à gauche, il reste à l'affût à l'angle de rue, le corps collé au mur, immobile. Quelques secondes plus tard, son poursuivant apparaît et, sans piper mot, Melchor lui administre un croche-pied, le fait tomber par terre, avec une main lui tord un bras dans le dos tandis que de l'autre il le saisit par la nuque et lui cogne la tête contre le trottoir. Le type émet un cri étouffé et Melchor heurte sa tête contre le trottoir : une fois, deux fois. Il retourne ensuite sa victime sur le dos et appuie un genou contre sa poitrine, le tenant par le cou : l'homme a le visage en sang et le nez meurtri. Melchor demande :

— T'es qui ? Qu'est-ce que tu veux ? Pourquoi tu me suis ?

L'homme bredouille quelque chose, essaie de se protéger avec les bras, mais Melchor prend ce geste défensif pour un geste offensif et lui assène un coup de poing dans le visage.

— C'est bon, merde ! gémit le type. Arrête de me frapper ! Je suis dans la police moi aussi.

Melchor le regarde dans les yeux sans le croire. Il a le poing tout proche de son visage, tel un marteau prêt à s'abattre sur lui.

— Je te dis que je suis policier, putain, répète le type, exaspéré. De la municipale.

Melchor baisse le bras mais son regard continue de demander des explications. Haletant, un peu rassuré, le type crache du sang sur le trottoir.

— On est collègues, merde, ajoute-t-il avec une grimace de douleur. J'ai reçu l'ordre de te suivre.

— Qui t'a donné cet ordre ?

— Mon chef. L'inspecteur Lomas.

Melchor comprend que l'homme dit la vérité. Il lâche son cou, enlève son genou de sa poitrine, se redresse. Prostré par terre, le type se touche le visage en geignant.

— Putain, râle-t-il. Tu m'as bien amoché le nez.

— Tu travailles pour Hematomas ? Le chef des Vidal Boys ?

Le garde s'appuie sur un coude et crache encore une fois du sang. Il est bien plus âgé que Melchor ; il est très pâle et presque chauve. Il semble épuisé et a à peine la force de se mettre debout.

— C'est comme ça qu'on nous appelle, gronde-t-il, résigné. Et lui, on l'appelle comme ça. Dans ce métier de merde, tout le monde a droit à un surnom.

— Il t'a dit pourquoi tu devais me suivre ?

— Qu'est-ce que tu crois ?

— Réponds ou tu t'en reprends une.

— Bien sûr qu'il ne me l'a pas dit, putain ! Et je ne l'ai pas demandé non plus. Je me contente de faire mon boulot.

Melchor le croit cette fois encore. Brusquement conscient qu'ils se trouvent au milieu de la rue, il regarde à droite et à gauche mais ne voit personne. Il se penche sur son poursuivant.

— Écoute-moi bien. Dis à ton chef de ne plus jamais me faire suivre. Dis-lui que s'il veut me parler, il sait où me trouver. Tu le lui diras, n'est-ce pas ?

Le type acquiesce. Melchor se redresse.

— Parfait. Et toi, n'espionne plus jamais tes collègues.

— Je ne fais que ce qu'on me dit de faire, répond le type. Comme toi.

Melchor songe qu'il a raison ; puis il songe qu'il a tort.

— Va soigner ton visage, allez, dit-il en le pointant du doigt. C'est pas beau à voir.

Le lendemain matin, à l'entrée du centre de loisirs, la mère de Sandra insiste pour prendre Cosette et l'amener chez elle, afin que les deux copines puissent jouer ensemble ; comme il a son entretien avec Vidal cet après-midi, et que celui-ci peut s'éterniser, Melchor accepte son offre.

Sur le trajet d'Egara, il résiste à la tentation de téléphoner à Vàzquez, car celui-ci doit encore dormir et le repos est ce qui lui convient le mieux. Aux enlèvements et extorsions, il retrouve Torrent, qui vient d'arriver ; Cortabarría arrive un peu plus tard. Ce sont les deux seuls membres de l'unité à être venus travailler – González et Estellés sont en vacances, de même que les deux autres membres du service de l'après-midi – et Melchor leur explique que Vàzquez a dû se rendre d'urgence à la Seu d'Urgell pour raisons familiales, où il restera quelques jours, et qu'avant son départ il lui a téléphoné pour lui demander de prêter main-forte à l'unité cette semaine, l'équipe se retrouvant en effectif réduit, dégarnie et décapitée, et pour lui donner des instructions. Ils se répartissent le travail au cours d'une réunion improvisée, et Melchor comprend tout de suite qu'il ne pourra pas affecter plus de deux membres de l'unité à l'affaire qui l'occupe, ce qui lui semble bien insuffisant pour couvrir la surveillance de Casas et Vidal. Pendant la réunion, il reçoit deux appels. Il ne répond pas au premier, qui provient de Vàzquez, mais au second qui s'avère être de la secrétaire de Vidal, laquelle est désolée parce que cet après-midi le premier adjoint au maire ne pourra pas le recevoir dans son bureau à quinze heures trente, comme convenu.

— Un imprévu de dernière minute, prétexte-t-elle. Un entretien avec le correspondant d'un journal étranger. Il le fera au restaurant, après un déjeuner de travail. Je ne sais pas à quelle heure il aura fini. À seize heures, seize heures trente. Si ça ne vous dérange pas d'attendre, peut-être qu'il sera en mesure de vous consacrer quelques minutes après cela.

— Ça ne me dérange pas, dit Melchor. Il aura lieu où, ce déjeuner ?

La secrétaire lui donne le nom du restaurant, Melchor confirme qu'il y sera à seize heures et, une fois la réunion avec Torrent et Cortabarría terminée, il s'enferme dans le bureau de Vàzquez et téléphone au sergent qui lui dit qu'il se sent déjà mieux et que dans deux jours il sera de retour à Egara.

— Il n'y a pas d'urgence, ment Melchor. Ici, tu ne manques à personne : tu ne peux pas imaginer comme ils sont heureux, sans leur chef.

Melchor entend une sorte de croassement, qui peut être une toux aussi bien qu'un rire ; il suppose que c'est une toux.

— T'es vraiment un fils de pute, dit Vàzquez.

— Et toi une gonzesse.

Il se dirige vers le bureau de Blai, qu'il trouve fermé, et téléphone à son occupant, qui ne décroche pas. Melchor lui envoie un WhatsApp : "Tu es opérationnel ?" Blai répond aussitôt : "Embouteillage d'enfer. On déjeune ensemble ?" "Dac, écrit Melchor en retour. Tôt, si possible. Je dois être à Barcelone à seize heures." Ils se donnent rendez-vous à quatorze heures au restaurant Clotilda.

Melchor passe le reste de la matinée à s'occuper de la paperasse et à lire sur Daniel Casas, Enric Vidal et Gonzalo Rosell. Vers treize heures trente, il quitte le bureau et arrive un peu avant quatorze heures au Clotilda, un restaurant de Sabadell où il y a quelques années, pendant sa première période à Egara, il mangeait parfois avec Vàzquez et les autres collègues de l'unité. Blai a réservé une table au sous-sol, dans une sorte de salle privée où le réseau ne passe pas et, quand il s'assoit, Melchor comprend que son ami l'a fait exprès, pour déconnecter un peu de l'agitation sans repos des téléphones portables. L'ancien chef de l'unité d'investigation de la Terra Alta arrive un peu après quatorze heures trente.

— Désolé, l'Espagnolard, commence-t-il en lui donnant une tape sur la joue. J'ai eu une matinée de dingue.

Il attire aussitôt l'attention d'un serveur, lui commande une bière de toute urgence, montre le Coca-Cola vide de Melchor et demande à celui-ci s'il en veut un autre ; Melchor opine.

— Un Coca et un demi, résume Blai. Et apportez-nous la carte tout de suite, s'il vous plaît. On est pressés.

— *Volando voy*, chantonne le serveur.

— Tu devineras jamais qui je viens de croiser ! dit Blai dès qu'ils restent seuls.

Il rayonne de joie.

— Gomà ? répond Melchor.

Blai ouvre des yeux ronds comme des soucoupes.

— Putain, comment t'as deviné ?

— Parce que cette mine réjouie, tu l'as seulement quand tu croises Gomà.

L'inspecteur éclate de rire. Melchor devine que là-bas, au central d'Egara, Blai, dont l'obsession est de se montrer à la hauteur de son poste, s'entoure d'un corset de sérieux hyperesponsable, et que c'est seulement lorsqu'ils se retrouvent tous les deux qu'il se détend et redevient celui qu'il est, ou du moins celui qu'il était en Terra Alta.

— Arrête tes conneries, répond Blai, ravi.

Le serveur revient avec les boissons et les menus. Blai réussit à le retenir tout en savourant une gorgée de bière et scanne brièvement le menu du jour. Finalement, les deux hommes commandent la même chose : une salade verte et un steak-frites.

— On ne va pas se mentir, petit, annonce ensuite Blai – il adopte un ton exagérément satisfait et coince les pouces sous les aisselles en remuant les autres doigts comme s'il jouait sur un piano invisible à une vitesse vertigineuse. Je suis ravi de le savoir là-bas, embourbé dans ses galons de sous-inspecteur, crevant de jalousie de me voir ici comme chef du Département central d'enquête sur les personnes alors que lui, dégoûté, croupit aux voitures volées. Quand tu vois comment il se la pétait avant, ce bourge de mes deux… Mais, attends, je t'ai pas dit le meilleur. Tu te souviens de Pires ?

Quatre ans plus tôt, la sergente Pires était l'assistante du sous-inspecteur Gomà à l'unité territoriale d'investigation de Tortosa et, en tant que telle, elle avait été chargée de rédiger le rapport de l'affaire Adell. Melchor s'en souvient.

— Et tu te souviens que Gomà a quitté sa femme pour elle, non ? – Cette fois, Melchor ne peut répondre, car Blai le devance. – Eh ben maintenant, c'est elle qui l'a quitté. Qui a quitté Gomà, je veux dire. Tu te rends compte ? Gomà quitte sa femme pour Pires et Pires quitte Gomà pour… Bon, ça, j'en sais rien. Elle l'a sans doute quitté parce que c'est un médiocre, un loser, un con, elle a dû croire qu'il allait faire une super carrière et paf, même pas capable de réussir le concours d'inspecteur. C'est quand même dingue !

Blai continue de s'en prendre au sous-inspecteur Gomà jusqu'à ce que le serveur apparaisse avec leurs salades.

— Bon. – Il change de sujet en même temps qu'il assaisonne sa salade et commence à manger. – Tu voulais parler de quoi ? Comment ça va, du côté de la maire ? Comment ça s'est passé hier avec Casas ?

— Bien, répond Melchor. Après l'avoir laissé, j'ai dit à un pote que je venais de rencontrer un psychopathe.

Blai s'étrangle avec un bout de salade verte. Melchor lui vient en aide en lui assenant deux bonnes tapes dans le dos.

— Un psychopathe ? parvient à répéter Blai ; il s'essuie la bouche avec la serviette et jette à son subordonné un regard méfiant.

— C'est ce que j'ai dit à mon pote. Ça m'est venu comme ça.

— Et donc ?

Melchor fait une moue où l'incertitude se mêle à la contrariété.

— Je ne sais pas.

Se contredisant, il explique :

— C'est un type qui a une très haute idée de lui-même. Il croit que son ex-femme est maire grâce à lui et que sans lui, elle n'est rien. Il dit qu'il l'aime encore et qu'il ne lui veut aucun mal, mais je n'en crois pas un mot. Je ne crois pas non plus qu'il n'ait rien à voir avec le chantage. Bref, il faut le placer sous surveillance le plus rapidement possible.

— T'as du monde pour ça ?

Melchor répond négativement.

— On est au bout du rouleau. Je peux mettre au maximum deux gars. De toute façon, tant que Rosell n'est pas rentré, j'ai juste besoin de deux personnes supplémentaires.

— Je verrai ce que je peux faire.

— Hier tu m'as dit que je pouvais compter là-dessus.

— Hier c'était hier, aujourd'hui c'est aujourd'hui. Mais rassure-toi : je m'en occuperai.

Pendant quelques secondes, ils gardent le silence, mastiquant avec application leurs salades respectives. Une dense rumeur de couverts et de conversations leur parvient depuis l'autre bout du restaurant, mais ni l'un ni l'autre ne lèvent la tête de l'assiette.

— Il y a autre chose, dit Melchor.

— Quoi donc ?

La jubilation du début s'est éclipsée du visage de l'inspecteur qui observe maintenant une expression concentrée. Melchor avale une gorgée de Coca-Cola et s'essuie la bouche avec la serviette.

— J'ai chopé un type en train de me suivre, raconte-t-il. Il était de la municipale. Un des Vidal Boys.

L'expression de Blai change à nouveau : à présent, il se montre ouvertement inquiet.

— Comment tu le sais ?

— J'ai parlé avec lui, voyons.

— Avec le type qui te suivait ?

— Oui. On a échangé nos impressions. Il m'a dit que c'était son chef qui lui avait ordonné de me surveiller.

— Hematomas.

Melchor acquiesce. Le serveur revient avec les deux steaks-frites et emporte les deux assiettes de salade vides. Lorsqu'il a disparu, Blai ronchonne :

— Putain, alors ça chauffe. Ces mecs-là sont dangereux.

— C'est pas l'impression que j'ai eue.

— Oh que si. Et si je fais remonter, ça peut dégénérer : la municipale qui surveille les *mossos*. D'enfer.

Ils s'attaquent à leurs steaks respectifs avec une faim de loup.

— Ne fais pas remonter et vois le côté positif de la chose, propose Melchor après un moment. Ça signifie que Vidal veut savoir ce qu'on fait, et si Vidal veut savoir ce qu'on fait, c'est qu'il est dans le coup.

— Pas forcément, objecte Blai ; il parle, engloutit et coupe en même temps. Ce ne serait pas la première fois qu'Hematomas prend une initiative à ses risques et périls.

— Dans une affaire qui concerne la maire ? s'interroge Melchor. Je n'y crois pas.

— S'agissant d'un type comme lui, moi, je crois tout.

Ils mangent à présent sans rien dire, absorbés. Quand Melchor a fini, il consulte sa montre.

— Il faut que j'y aille, annonce-t-il. J'ai rendez-vous avec Vidal à seize heures.

Il enjoint Blai de terminer sans se presser, laisse un billet de vingt euros sur la table et se met debout non sans ajouter :

— Essaie d'arranger cet après-midi cette histoire de surveillance.

— T'inquiète.

— Et dis à ceux qui vont suivre ces deux-là qu'on veut un rapport détaillé de leurs faits et gestes.

— Je leur dirai.

En passant à côté de son ami, Melchor lui touche l'épaule en guise d'au revoir. Blai lui saisit la main.

— Et, s'il te plaît, lui demande-t-il en levant un regard résolu vers Melchor. Fais attention.

Deux hommes montent la garde sur une petite esplanade devant la porte du restaurant La Balsa. Melchor reconnaît l'un d'eux, qu'il a vu sur des photos : fort, nabot, mat de peau, avec une moustache et un ventre proéminent.

— Tiens, regardez-moi qui voilà, dit l'homme. Marín, n'est-ce pas ?

Melchor est maintenant à son niveau.

— Et toi, tu es Hematomas, n'est-ce pas ?

L'expression de l'autre se trouble.

— C'est pas comme ça que tu t'appelles ? dit Melchor. Pardon, j'ai été mal informé.

— Tu vas où ? l'interpelle l'inspecteur Lomas.

— Voir ton chef, répond Melchor. Il ne te l'a pas dit ?

Lomas élude la question.

— Il est occupé, annonce-t-il.

— Pas grave. – Melchor continue son chemin. – J'ai du temps, je peux attendre.

Le chef des Vidal Boys le stoppe d'une main ; Melchor regarde la main, pas l'inspecteur. Et, pour la première fois, il prête attention à l'homme qui accompagne Lomas, un type bien plus jeune, qui fait quasiment deux têtes de plus ; il semble concentré et tendu, vigilant.

— Hier, tu as fichu une sacrée dérouillée à l'un de mes hommes, lui reproche l'inspecteur.

— Je rêve ! s'exclame Melchor. Ici, à la capitale, on appelle dérouillée le moindre truc.

— Il a le nez cassé.

— Sérieux ? Je suis désolé. Mais c'est ta faute : si tu ne lui avais pas ordonné de me suivre, son nez serait resté intact.

Lomas l'observe avec autant de méfiance que d'agacement, couvre sa lèvre supérieure avec sa lèvre inférieure et caresse avec celle-ci les pointes de sa moustache, l'air pensif.

— Je vais te donner un conseil, finit-il par dire. Gratis.

— Je te remercie, dit Melchor. Tu sais, je suis très mauvais pour donner des conseils, mais très bon pour en recevoir.

— Fais pas le malin avec moi.

— Désolé, dit Melchor, conscient que prendre à la légère l'homme qu'il a devant lui pourrait s'avérer dangereux ; pourtant, il ne peut s'empêcher d'ajouter : Et le conseil ?

Lomas semble déconcerté. Il regarde son homme du coin de l'œil, comme s'il craignait de perdre la face devant lui ; puis il se tourne vers Melchor.

— C'était ça le conseil.

— Que je ne fasse pas le malin avec toi ? – Melchor sourit. – Ah, j'avais pas pigé.

Avant qu'il puisse répondre, Melchor écarte la main de l'inspecteur et poursuit sa route. Il commence à gravir l'escalier du restaurant quand il entend dans son dos :

— Marín.

Il fait volte-face tandis que Lomas s'approche de l'escalier, suivi de son collègue.

— Toi, tu cherches des embrouilles, constate l'inspecteur. Tu le sais, non ?

Melchor plisse les yeux d'un air déçu ou résigné.

— Tu n'iras pas dire après que je ne t'ai pas averti, le menace Lomas.

Le restaurant, bâti sur un ancien étang, est adossé au versant du Tibidabo. Melchor entre dans une vaste salle à manger d'aspect tropical, dominée par un comptoir et une cheminée de marbre. La salle est éclairée par de grandes baies vitrées et son plafond en bois est soutenu par de grosses poutres. À cette heure, il ne reste plus grand monde, mais sur la terrasse, sous une toile blanche, deux tables sont encore occupées ; à l'une d'elles, quelqu'un lui fait signe.

— M. Vidal m'attend, dit Melchor à un serveur qui vient au-devant de lui avec un regard interrogateur.

Le premier adjoint au maire de Barcelone est assis dans un coin de la terrasse, un cigare fumant dans une main et un verre de whisky dans l'autre ; en face de lui, un homme élancé, blond et souriant, se lève à l'arrivée de Melchor et lui serre la main.

— Assieds-toi, assieds-toi, l'invite Vidal en désignant avec son cigare une chaise à côté de l'homme. Mon ami M. Burton et moi avons fini. Nous parlions *off the record*, c'est toujours la meilleure partie, n'est-ce pas, Denis ?

— Tout à fait, dit Burton.

— Tu prends quelque chose ? – Vidal s'adresse à Melchor. – Un café ? Un verre ?

— Non, merci.

Vidal fait un geste dissuasif en direction de la salle.

— M. Burton est le correspondant du *Guardian* pour l'Espagne et il écrit un livre sur Barcelone, lui apprend Vidal. Je venais de lui dire ce que mon père répétait toujours : "Le Catalan qui ne veut pas l'indépendance n'a pas de cœur ; celui qui la veut n'a pas de tête."

— Je ne peux vraiment pas la citer ? demande Burton, qui a devant lui un carnet fermé.

— Cite-la, si tu veux, concède Vidal, magnanime. Mais ne l'attribue pas à mon père, paix à son âme. On va dire de lui que c'était un fieffé cynique. Ce qu'il était, en effet, mais… – Vidal prend une gorgée de whisky. – Écoute, Denis, nous, on ne peut pas avoir d'idéaux, même pas d'idées. D'idées politiques, je veux dire. C'est un luxe qu'on ne peut pas se permettre.

— Quand vous dites "on", à qui pensez-vous ? demande le correspondant.

— À qui je pense ? répond le premier adjoint au maire. À nous. Aux dirigeants. À ceux qui ont l'argent et le pouvoir, en supposant qu'il s'agisse de deux choses différentes. Les idées, c'est pour les intellectuels, et les idéaux, pour les gens humbles ; mais, dans notre cas, en avoir serait irresponsable. Surtout dans un endroit comme celui-ci.

— Je crains de ne pas comprendre, reconnaît le journaliste qui, après avoir pris quelques notes dans son carnet, scrute Vidal.

Melchor l'observe aussi. L'homme a le même âge que Casas, mais il fait bien plus vieux. C'est probablement dû à sa manière de s'habiller, qui évoque à Melchor un diplomate de la vieille école, avec son costume gris, ample, coupé dans un tissu de qualité, sa chemise bleue à rayures et sa cravate en soie couleur grenat ; et en partie, aussi, à sa manière de parler, posée, et son langage châtié, à son surpoids et sa barbe fournie et veinée de gris. Il ne semble pas gêné par la chaleur humide qui est plus dense encore sous la toile blanche qu'une brise tiède remue de temps à autre, car il n'a même pas enlevé sa veste. Une auréole de transpiration tache sa chemise et il a le nœud de cravate lâche et les cheveux un peu ébouriffés.

Vidal se caresse le double menton avec la main qui tient le cigare et savoure une autre gorgée de whisky, le regard pensif, perdu au-delà de ses interlocuteurs, vers le reste de la terrasse qui semble assaillie par une végétation sylvestre.

— Nous parlions du *Procés*, rappelle-t-il au journaliste qui approuve d'un mouvement de tête emphatique. Eh bien, le *Procés* est un bon exemple de ce que je veux dire.

Suite à quoi il récapitule :

— En 2012, nous étions plongés dans une crise terrible, la plus grande crise du siècle, et nous étions mal en point. Très mal en point. Qu'avons-nous fait ? Ce que nous devions faire : mettre les gens dans la rue, avec nos propres moyens et l'aide inestimable de notre gouvernement, afin d'exercer toute la pression possible sur le gouvernement de Madrid, de l'acculer contre le mur et de l'obliger à résoudre le problème pour nous. Inutile que je précise que nous ne sommes pas indépendantistes, évidemment, nous ne l'avons jamais été, parce que nous avions toujours les pieds sur terre ; l'indépendantisme est l'autre de ces luxes que nous ne pouvons pas nous permettre. Alors quelle était la meilleure façon de mettre la pression à Madrid ? Celle dont on a fait usage. Et quelle est la manière la plus rapide et la plus facile de mettre les gens dans la rue ? Celle dont on a fait usage également.

— Vous êtes en train de me dire que c'est vous qui avez fabriqué le mouvement indépendantiste ?

— Le mouvement indépendantiste, non. Des indépendantistes, en Catalogne, il y en a depuis un siècle : des gens avec beaucoup de cœur et peu de tête, comme dirait mon père. Nous, ce qu'on a fabriqué, c'est le *Procés*, c'est-à-dire, nous avons transformé la revendication d'une minorité en une revendication de près de la moitié du pays.

Le correspondant du journal britannique tord la bouche dans une grimace dubitative.

— Franchement, j'ai du mal à croire que, pendant presque une décennie, vous ayez réussi tout seuls à mettre dans la rue, chaque année, un million de personnes pour réclamer l'indépendance, reconnaît-il. Les gens ne sont pas aussi bêtes.

— Si, ils sont bêtes, dit Vidal. Tu peux en être sûr. Pris individuellement, certains ne le sont pas. Très peu. Mais en groupe, entraînés par les sentiments, les passions et l'émotion du drapeau, ils le sont tous, sans exception. Y compris probablement toi et moi, cher ami, si l'occasion se présente. Ce qui ne sera pas le cas. De toute façon, pour ménager mes arrières, j'ai pris la précaution de ne jamais assister à une manifestation, si tant est que celles du *Procés* aient été des manifestations.

— Elles ne l'étaient pas ?

— Tu te moques de moi ? Bien sûr que non. C'étaient des défilés. Tu ne te souviens pas ? Tout le monde en uniforme, tout le monde bien à sa place, prêt à suivre les consignes des organisateurs, tout le monde sachant ce qu'il a à faire, tous prêts à être filmés par les caméras… Comment veux-tu que ce soit une manifestation ? Et c'est pour ça que ces défilés nous ont été si utiles. Les gens, crois-moi, font ce qu'on leur dit, surtout si tu as de ton côté l'argent et le pouvoir politique, comme nous les avions, plus la télévision, les radios, les journaux, les réseaux sociaux et tout ce qu'il faut avoir. Il est extrêmement facile de mettre les gens dans la rue, surtout maintenant. Le problème, c'est comment les faire rentrer chez eux.

— Et c'était ça, le problème du *Procés* ?

— Exact. Le problème, c'est que ça nous a glissé entre les doigts. Regarde. – Il prend une autre gorgée de whisky, tire sur son cigare et expulse un petit nuage de fumée qui flotte dans la touffeur estivale de la terrasse. – À la Generalitat, nous avions notre homme, Artur Mas. Un type bien. L'héritier du patriarche Pujol et le laquais de la famille de celui-ci. L'un des nôtres, qui parlait même castillan à la maison, comme nous. Mais les choses se sont compliquées et Mas a été chassé de la présidence, laissant derrière lui Puigdemont, un moins que rien de province, qui n'avait rien à faire là et qui n'avait ni pouvoir, ni respect, ni ascendant. Nous tenions tous pour acquis le fait que Mas le contrôlerait sans problème, mais nous nous sommes trompés. Parce que Puigdemont était un croyant, un taliban qui prenait absolument au sérieux ce qui pour nous n'était qu'un jeu, un leurre, une stratégie destinée à nous faire sortir sans dégâts de la crise. Pour lui, ce n'était pas pareil : il était prêt à aller jusqu'au bout, coûte que coûte, ou bien il craignait davantage de ne pas le faire que de le faire. Bref, un désastre.

— L'affaire ne s'est pas si mal terminée pour vous.

— C'est vrai, mais on aurait pu mieux s'en sortir. N'oublie pas que nos intérêts sont ceux de la Catalogne. Ceux de la Catalogne en général et ceux de Barcelone en particulier. Et, si Barcelone et la Catalogne vont mal, nous aussi, on va mal, même quand on s'en sort relativement bien. Je ne sais pas si je suis clair. En tout cas, l'idée du *Procés*, comme je te disais, était bonne.

Bonne et surtout nécessaire. Indispensable, je dirais même. Et c'est précisément pour cette raison que ce que nous faisons à la mairie de Barcelone aujourd'hui et ce que nous ferons demain à la Generalitat est si important, ou à la mairie et à la Generalitat en même temps : remettre de l'ordre après le désastre. C'est nous qui l'avons provoqué, c'est à nous de rétablir la situation. Tu ne trouves pas que c'est une preuve de responsabilité ?

Le journaliste de *The Guardian* semble réfléchir un moment, il lance à Melchor un regard fugace, mi-ironique mi-interrogateur, et il se tourne vers Vidal.

— C'est possible, reconnaît-il. Même s'il y a des gens qui pensent le contraire.

— Il y a toujours des gens qui pensent le contraire, constate Vidal.

— Il y a des gens qui pensent que ce que vous êtes en train de faire aujourd'hui, c'est juste remplacer un coupable par un autre, s'empresse de dire le journaliste. Avant, c'était Madrid qui était responsable de tous vos maux ; aujourd'hui, ce sont les immigrés les responsables de vos ennuis.

L'observation de son interlocuteur semble prendre au dépourvu Vidal qui, pendant quelques secondes, met toute sa concentration à faire tourner ce qui lui reste de whisky dans son verre.

— C'est bien injuste, ne crois-tu pas ? – Il lève un regard à la fois rusé et meurtri et déguste une autre gorgée de whisky sans détacher ses yeux du correspondant, comme s'il cherchait à lui dire sans mot ce qu'il ne peut pas lui dire avec. – Enfin, comme je te l'ai dit, dans ce pays il y a toutes sortes de gens.

Vidal porte le cigare à sa bouche et, tandis que le journaliste sourit comme s'il avait compris, la colonne de cendre qui s'est formée à son extrémité s'écrase sur la blancheur de la nappe.

— Bien. – Le journaliste se lève. – J'imagine que vous devrez parler de vos affaires. Moi, il faut que je parte.

Il récupère son carnet, remercie Vidal pour le temps qu'il lui a consacré et serre la main du policier. Il s'apprête à serrer la main du premier adjoint quand celui-ci se lève aussi.

— Je t'accompagne, Denis, dit-il.

Le correspondant répond que ce n'est pas nécessaire, mais le politicien insiste et les deux hommes s'éloignent vers la sortie du restaurant, une main du premier posée sur une épaule du second. Melchor consulte son portable, et voit qu'il a reçu plusieurs WhatsApp. L'un est de Vivales, qui lui demande s'il doit aller chercher Cosette au centre de loisirs. “T'inquiète, lui répond Melchor. Je dois aller la chercher plus tard chez sa copine.” Un des messages est de Blai. “Pour la surveillance, c'est réglé, au moins jusqu'au retour de Rosell. Demain après-midi tu commences par Vidal, OK ?” “OK”, répond Melchor, et il ajoute : “Je suis encore avec lui.” “Alors ?”, écrit Blai. “Un gangster”, écrit Melchor. “Un psychopathe et un gangster, résume Blai. Fais gaffe, alors.” Melchor pivote pour regarder à l'intérieur du restaurant et distingue Vidal à l'entrée de la salle, en train de converser avec l'inspecteur Lomas. Il envoie un WhatsApp à Vàzquez : “Ça va ?” À peine l'a-t-il envoyé qu'il entend la voix de Vidal dans son dos :

— Quel con, hein ?

Le premier adjoint au maire se rassoit de l'autre côté de la table.

— Vous parlez d'Hematomas ? demande Melchor, sachant parfaitement de qui il parle.

— Je parle du journaliste, répond Vidal, comme s'il n'avait pas entendu le surnom de son subordonné.

De toute évidence, il a fait un passage aux toilettes : il s'est lavé le visage, il s'est arrangé les cheveux et a resserré le nœud de sa cravate ; l'auréole de transpiration, en revanche, est toujours sur sa chemise, large et sombre.

— Les Anglais nous racontent depuis des siècles comment nous sommes, et ils finissent par croire qu'ils le savent mieux que nous. Ils arrivent avec des réponses toutes prêtes, et puis, quand on leur raconte quelque chose, ils écrivent le contraire. Quoi qu'on leur dise, ils écrivent ce qui leur chante. Mais bon, tous les journalistes font ça, n'est-ce pas ?

— Je ne sais pas, avoue Melchor, qui reçoit un WhatsApp de Vàzquez ; “Au top”, lit-il en un simple coup d'œil. On ne m'a jamais interviewé.

— Alors tu ne sais pas la chance que tu as, le félicite Vidal. Se laisser interviewer, c'est comme se laisser enculer : tu te mets à quatre pattes et à Dieu va. Si le journaliste est intelligent, l'entretien te rend intelligent ; s'il est stupide, tu as l'air stupide aussi. Et comme la plupart des journalistes sont stupides… Crois-moi : il n'y a rien de pire qu'un journaliste. À part un politicien, évidemment.

Un serveur arrive avec un plateau sur lequel il y a une bouteille de Lagavulin, un bac de glaçons et une bouteille d'eau minérale.

— Tu ne veux vraiment rien prendre ? demande Vidal tandis que le serveur le sert généreusement en whisky.

— Non, merci, répond Melchor. Si vous n'avez rien contre, j'irai droit au but ; je ne veux pas vous faire perdre votre temps.

— Ne t'inquiète pas, dit Vidal. Tu ne vas pas me faire perdre mon temps. D'autant que je suis plus intéressé que toi par notre conversation.

— C'est pour ça que vous avez donné l'ordre qu'on me suive ?

Le premier adjoint au maire lève un sourcil en regardant non pas Melchor mais le serveur, un homme à la peau olivâtre et de type asiatique qui a saisi un glaçon avec des pinces et le tient juste sur le bord du grand verre à moitié plein. Vidal fait un geste d'approbation, et le serveur laisse tomber le glaçon et s'en va.

— J'ai donné l'ordre qu'on te suive car l'information, c'est le pouvoir, répond Vidal. Et mon travail consiste à manier le pouvoir.

Il laisse passer un instant tandis qu'il prend une petite gorgée de whisky et guette la réaction de Melchor ; comme s'il soupçonnait celui-ci de ne pas l'avoir compris, il laisse son verre sur la table, se penche en avant, appuie les bras sur la nappe tachée de cendres, croise les doigts et enfonce son regard dans les yeux du policier.

— Écoute, Melchor, je vois très bien ce qui t'arrive. Tu as entendu ce que les gens disent à mon propos, tu as lu ce que les journalistes écrivent sur moi, ma légende noire, et tu y as cru. Et tu as cru également que je suis dans le coup, pour le chantage dont est victime Virginia.

— Qui vous a dit ça ? Casas ?

— Je n'ai pas besoin qu'on me le dise, voyons. Je le sais. Dès que tu as appris que j'étais sur la vidéo, c'est ce que tu as pensé. Alors laisse-moi te dire la chose suivante : ce n'est pas vrai. Je ne suis pas dans le coup, Dani non plus, et Gonzalo encore moins. D'ailleurs, on pourrait nous faire chanter tout autant que Virginia.

— Et pourquoi on ne l'a pas fait ?

— Ah, ça, je l'ignore. Peut-être parce qu'ils savent qu'on ne se laisserait pas manipuler, du moins s'agissant de cette vidéo. Mais, avant que tu me poses d'autres questions, permets-moi de te dire une chose : la légende noire, elle est vraie. Plus précisément, elle a une part de vérité. Les légendes sont toujours comme ça, non ? Un mélange de vérités et de mensonges. Sauf que, si on ajoute une vérité et un mensonge, le résultat est toujours un mensonge. Je ne sais pas si je suis clair.

— Parfaitement. Et quelle est la vérité de ce mensonge ?

Des pupilles de Vidal jaillit un éclat que Melchor ne sait pas s'il doit attribuer à l'alcool ou à la joie soudaine et indéniable que provoque chez certaines personnes la question exacte dont ils ont besoin pour dominer dans une discussion, ou simplement pour briller. Le premier adjoint au maire écrase son cigare dans le cendrier rempli de cendres, où gît un autre mégot.

— Tu as lu Montaigne ? demande-t-il.

Melchor fait non de la tête.

— C'est vrai, tu ne lis que des romans, dit l'autre. Moi, je lis Montaigne tous les jours. Brièvement, deux ou trois pages, pas plus. Mais tous les jours. Et c'est à tomber par terre. Il semble qu'il parle exclusivement de lui mais en réalité il parle de tout et il le fait comme personne. Bien sûr, moi, je lis peu, je n'ai pas beaucoup de temps mais… Quand il s'agit de politique, tout le monde se gargarise de Machiavel, sans aller chercher plus loin. Je ne dis pas que Machiavel n'est pas bon, mais Montaigne est plus sérieux, plus radical, nettement meilleur. Il dit par exemple que les trahisons, les mensonges et les meurtres sont inévitables pour le bien public, et que pour cette raison-là, la politique doit demeurer entre les mains des gens les plus forts et les moins scrupuleux, prêts à sacrifier leur honneur et leur conscience pour le bien du pays. Pas mal, non ? Je n'ai jamais tué personne, bien sûr ; quant au reste, je l'ai plus ou moins fait. Et tu sais pourquoi ? Parce que je ne me fais pas d'illusions, parce que je sais qu'en politique il faut faire des choses que personne ne veut faire, il faut se salir les mains, pactiser avec le diable si nécessaire. C'est pourquoi tous les politiciens iront en enfer, à supposer que celui-ci existe. C'est ça la réalité, et celui qui ne la connaît pas ne devrait pas se consacrer à la politique, parce qu'il ne sait pas ce qu'est le pouvoir.

Melchor essaie de placer un mot mais Vidal est plus rapide :

— Et, oui, je sais qu'il y a des gens qui disent que nous, les Catalans, on ne sait pas manier le pouvoir, qu'on ne comprend pas ce que c'est, qu'on en a peur et que c'est pour cette raison qu'on est mauvais en politique.

— C'est ce que Casas m'a dit hier, réussit à glisser Melchor.

— Il dit toujours ça, se moque Vidal. Et tu sais pourquoi ? Parce son père le disait. Le mien aussi, d'ailleurs. Et toute l'élite économique catalane depuis plus d'un siècle. Mais ce n'est pas vrai. C'était peut-être vrai avant, mais ce n'est plus le cas. Aujourd'hui, les États ne sont pas les seuls détenteurs du pouvoir ; les villes l'ont aussi. Je dirais même que ce sont surtout les villes qui l'ont. Dis-moi, qui est le plus important, Barcelone ou la Catalogne, qui n'est pas un État mais presque, parce qu'elle a presque autant de pouvoir qu'un État ? Barcelone. Mille fois plus. Et nous, on manie le pouvoir, ô comment ! Le vrai pouvoir. Ou du moins on est en train d'apprendre à le manier. La première à le comprendre, ça a été Margaret Thatcher, c'est pourquoi elle a supprimé l'aire métropolitaine de Londres : elle ne voulait pas que la ville navigue toute seule, en marge de son pays, et elle l'a amarrée bien solidement pour qu'elle ne lui fasse pas de l'ombre. Et c'est ce qu'a fait ici Jordi Pujol avec Barcelone. Ou c'est ce qu'il a essayé de faire.

— Pourquoi vous me racontez tout ça ? demande le policier ; c'est la question qu'il essaie de poser depuis un moment.

— Pour expédier cette affaire au plus vite et passer à ce qui m'intéresse, répond Vidal. – Comme Melchor ne fait pas mine de comprendre, le premier adjoint au maire décroise les mains et se redresse légèrement mais n'enlève pas ses coudes de la table. – Ce que j'entends par là, c'est que je peux être un salaud, je ne le nie pas. Mais je ne suis pas en train d'extorquer Virginia. Réfléchis un peu. Qu'est-ce que ça pourrait m'apporter ?

— Elle démissionne et vous prenez sa place, s'empresse de répondre Melchor. Et, au passage, vous mettez fin à sa carrière politique.

Vidal fait claquer sa langue, hoche la tête en affichant un petit sourire condescendant.

— Tu me déçois, dit-il. On m'avait dit que tu étais intelligent et judicieux, mais je vois qu'on se trompait. Tu ne te rends vraiment pas compte que ce que tu dis n'a ni queue ni tête ?

— Alors pourquoi la maire ne vous a pas chargé d'enquêter sur ce chantage ?

— C'est à elle que tu devrais demander ça. Mais, puisque tu me le demandes, je peux te donner plusieurs réponses. Par exemple, parce que nous ne sommes pas la police judiciaire et nous ne sommes pas autorisés à enquêter sur ce genre de chose.

— Ne me faites pas rire.

— Ce n'était pas mon intention. – Vidal veut paraître sincère. – Et détrompe-toi : je ne dis pas que notre relation vit ses meilleurs jours. La relation entre Virginia et moi, veux-je dire. C'est de notoriété publique. Certaines choses se sont compliquées inutilement, son divorce en a gâché d'autres… Mais, de là à la faire chanter pour qu'elle abandonne la politique, il y a un monde. Par ailleurs, si je voulais lui faire du chantage, je ne le ferais pas avec cette vidéo ; ça, ce sont des enfantillages, l'une de ces idioties qu'on fait quand on est jeune…

Une lueur goguenarde fait se dilater les pupilles du premier adjoint au maire et Melchor devine ce qui va suivre :

— Tu en as fait quelques-unes aussi, n'est-ce pas ?

— Je ne sais pas de quoi vous me parlez.

— Bien sûr que tu le sais, le contredit Vidal en se carrant dans son siège ; il prend son ballon de whisky par la tige et remue le liquide dans lequel le glaçon s'est dilué. Je parle du roman de Javier Cercas.

Melchor hausse les épaules.

— Je ne l'ai pas lu, avoue-t-il. D'après ce qu'on dit, tout y est inventé.

Vidal ouvre grand les yeux et éclate de rire ; puis il porte le verre à ses lèvres, grosses et humides, et boit une longue gorgée.

— C'est ce que tu dis aux gens ? demande-t-il en savourant encore son whisky. Je comprends. Mais ne me dis pas ça à moi, s'il te plaît. J'y vois presque un manque de respect.

Pendant quelques secondes, Melchor soutient le regard du premier adjoint au maire.

— C'est une menace ? demande-t-il à son tour.

— Mais quelle idée, jeune homme ! s'offense, ou feint de s'offenser Vidal. Je ne fais que t'expliquer ce qu'il y a. Dis-moi, tu te souviens d'Isaías Cabrera ? Jusqu'à tout récemment, il était sergent aux affaires internes chez les *mossos*, il m'a dit que vous vous connaissiez. – Melchor n'a pas besoin de fouiller très loin dans sa mémoire ; Vidal, de son côté, n'a pas besoin d'entendre la réponse de Melchor : il la lit sur son visage. – Il travaille pour moi depuis un moment, l'informe le premier adjoint. Et il en est ravi. Parle avec lui, si tu veux. C'est lui qui m'a dit que cette histoire de prison est vraie. Et aussi que tu as travaillé comme porte-flingue pour les narcos colombiens. Et d'autres choses que tes chefs et tes collègues ne savent pas, ou qu'ils savent mais qu'ils préféreraient ne pas savoir, et qui démontrent que ce type, Cercas, contre toute attente, a moins d'imagination que ce que l'on dit. Mais enfin, ce n'était pas de ça que je voulais parler. Crois-moi : ça m'est égal de savoir ce que tu as fait ou pas quand tu étais môme. Moi, je voulais t'expliquer autre chose. À condition que tu n'aies plus de questions à me poser, évidemment.

— Je n'ai pas encore commencé, dit Melchor.

Vidal ouvre des bras accueillants.

— Alors, qu'est-ce que tu attends ?

Ils parlent quelques minutes de la vidéo qui fait l'objet du chantage. Melchor pose au premier adjoint les mêmes questions, ou pratiquement les mêmes questions qu'il a posées lundi à Casas, et il reçoit les mêmes réponses, ou pratiquement les mêmes réponses, mais avec moins de doutes et d'hésitations ; ce qui suscite chez le policier le soupçon (ou plutôt la conviction) que dans l'intervalle de temps qui s'est écoulé entre les deux interrogatoires, les deux vieux amis se sont accordés sur une version identique des faits, entre eux et probablement avec Rosell, à supposer que Rosell soit aussi dans le coup, ce qui à priori ne lui semble pas du tout improbable. Melchor en vient à mentionner le nom de la personne qui a réalisé la vidéo ; il précise :

— Casas m'a raconté qu'à la fin de ses études, il l'a perdu de vue mais que vous avez gardé le contact avec lui.

— Il exagère. Ou bien tu l'auras mal compris : en réalité, je ne l'ai revu que ces derniers mois. – Vidal renifle en clignant des yeux. – L'histoire de Ricky est terrible. Dramatique, dirais-je. On a fait sa connaissance à cette époque-là, pendant nos études. C'était un type intelligent, brillant même, mais un peu immature. Il a abandonné les études en cours de route et il a disparu de la circulation, on n'a plus rien su de lui. Puis, soudain, il a réapparu tout récemment, il a repris contact avec nous, d'abord avec Dani et ensuite avec moi. En réalité, il cherchait de l'aide. Je l'ai aidé, en tout cas j'ai essayé ; Dani non. Ça, il ne te l'a pas dit, n'est-ce pas ? C'est vrai, pourtant. Et sache que je ne reproche pas à Dani de ne pas l'avoir aidé, parce que Ricky avait une tendance autodestructrice, il faisait partie de ces personnes qui te demandent de l'aide, mais ça saute aux yeux qu'elles te détestent de devoir t'en demander, et elles te détestent davantage si tu leur en donnes... Enfin, une histoire classique. Je ne sais pas s'il a toujours été comme ça ou si c'est l'effet de l'échec. Ce qui est sûr, c'est que lorsque Ricky a refait surface, il était fauché et désespéré, sa vie c'était un désastre absolu, sans appel. Et j'ai fait ce que je pouvais pour l'aider, crois-moi, j'ai essayé de me comporter avec lui de la meilleure façon possible. En souvenir du vieux temps. Parce que j'avais de l'affection pour lui. Parce qu'au fond, je suis un sentimental. Bref, quelle que soit la raison, j'ai essayé de l'aider. – Le geste décidé, du plat de la main Vidal sectionne horizontalement la chaleur immobile de la terrasse. – Tout ça a été inutile. Mais j'ai continué à le voir, et à la fin j'ai pu au moins l'aider à mourir. Je veux dire par là que, quand j'ai appris son décès, j'ai pris en charge les funérailles et l'enterrement, car il n'avait pas laissé un rond. Littéralement. D'après le légiste, il est mort d'un arrêt cardiaque, mais ça ne m'étonnerait pas qu'il se soit tout simplement supprimé. À sa place, j'en aurais fait autant.

— Votre ami avait de la famille ?

— Non. Pas que je sache. Il n'y avait que quelques-uns de ses voisins à son enterrement. Une triste histoire, vraiment.

Le premier adjoint au maire s'est laissé contaminer par la désolante fin de son ami de jeunesse ; ou en tout cas c'est l'impression qu'il donne, le regard fixé sur la nappe qui couvre la table, comme s'il cherchait dans sa blancheur souillée par les cendres la justification ou la consolation de ce destin gâché. Il semble ensuite se réveiller et remarquer son interlocuteur, et il porte son verre de whisky à ses lèvres et demande sur un ton différent :

— Bon, c'est fini ? D'autres questions ?

— Non. En ce qui me concerne, c'est terminé.

— Parfait, dit Vidal satisfait, comme s'il se remettait d'un moment de faiblesse passager. À mon tour, maintenant. J'aimerais te faire une proposition.

Avant dix-neuf heures, Melchor va chercher Cosette chez sa copine Sandra. C'est la mère de celle-ci qui lui ouvre la porte. Elle semble agitée, a les cheveux ébouriffés et empeste l'alcool. Elle le fait entrer et, après l'avoir laissé échanger quelques mots avec Cosette, qui joue avec Sandra dans la chambre de la petite, elle lui propose un verre. Melchor refuse la proposition, mais la femme disparaît dans la cuisine, revient avec un verre à moitié rempli de gin et se met à parler de son mari duquel, en déduit Melchor (qui ne comprend guère ce qu'elle tente de lui communiquer), elle est en train de se séparer. Après que la femme a passé un moment à maudire son époux, Melchor lui demande s'il la bat. "Me battre ?" demande-t-elle à son tour, surprise, sans cesser de vociférer et se fichant pas mal que les gamines l'entendent. "Qu'il essaie de me toucher, et je lui coupe les couilles à la tronçonneuse ! Par contre, lui, il ne se gêne pas pour toucher tous les culs qu'il croise, ça non ! Le salaud !" Elle éclate en sanglots et Melchor essaie de la consoler, puis, sans savoir comment ni par quels moyens, il se retrouve dans la chambre de cette femme, qui profite de la situation pour mettre une main sur son entrejambe en tentant un sourire séducteur, ce qui suscite chez Melchor un sentiment de pitié qu'il a du mal à dissimuler. Devant sa réaction, elle enlève sa main, s'éloigne de lui, bafouille une excuse et, en proie à un mélange de désespoir et de honte, étouffe un cri et se laisse tomber sur le lit, marmonnant des reproches incompréhensibles et des malédictions teintées d'autocompassion tout en pleurant toutes les larmes de son corps. Ne sachant comment réagir, incapable de partir et de l'abandonner dans cet état lamentable, Melchor s'assoit sur une chaise et garde le silence. La femme se calme peu à peu, mais à un moment donné un pet flagrant lui échappe et résonne dans la chambre, entre deux sanglots, tel le son du clairon.

— Bien, dit Melchor qui fait autant de bruit que possible en se levant de chaise pour tenter de couvrir le fracas du pet et lui épargner cette dernière humiliation. Cosette et moi, on doit y aller.

Ils sont en train de préparer tous les deux le dîner quand Vivales arrive. Ils dînent en terrasse et, après que les deux hommes ont rangé la cuisine tandis que Cosette regardait des dessins animés à la télé, Melchor lit *Michel Strogoff* à sa fille. Il attend ensuite qu'elle s'endorme et, une fois Cosette endormie, il retourne au salon. Vivales se repose dans son éternel fauteuil, en face de la télévision éteinte.

— Pas de film aujourd'hui ? demande Melchor.

— Pas ce soir, non, répond Vivales en désignant une pile de documents à même le sol. J'ai des choses à faire.

— Je croyais que tu étais en congé.

— Moi aussi, je le croyais. – Vivales se met debout. – Mais j'avais oublié que nous, les esclaves, on n'a pas de vacances.

L'avocat sort du séjour alors que le policier, son iPad à la main, prend place près du fauteuil. Vivales revient aussitôt avec une bouteille de whisky, un verre en cristal épais et un bol rempli de morceaux de glace. Concentré sur son iPad, Melchor cherche des renseignements sur Ricky Ramírez. Il ne parvient pas à s'ôter de la tête le fait que Casas a menti à son sujet : il a dit à Melchor qu'il ne l'avait pas revu depuis leurs études ; pourtant, selon Vidal, ce n'est pas vrai : bien après cette période, Ramírez lui a demandé de l'aide, mais Casas la lui a refusée. Pourquoi Casas a-t-il essayé de le tromper ? A-t-il simplement oublié cet appel au secours ? Qui était Ricky Ramírez ? Est-ce lui qui avait conservé la vidéo ? Et si tel est le cas, qui l'a détenue après sa mort et qui l'utilise à présent ? Ramírez est mort il y a quelques mois, mais garde-t-il un rapport direct avec le chantage, indépendamment du fait qu'il était le responsable de la vidéo ? Et sa mort ? Est-elle elle aussi liée à l'affaire ?

— Un client est venu aujourd'hui dans mon cabinet, raconte Vivales, qui s'est s'installé à côté de Melchor et saisit entre les doigts un bout de glace qu'il laisse tomber dans le verre avec un tintement de cristal. Une véritable crapule, il vient d'être mis en liberté provisoire. Et ce grâce à l'individu ici présent, modestie à part. Eh bien pour fêter ça, je lui ai proposé un whisky et je lui ai demandé comment il le préférait. Tu sais ce qu'il m'a répondu ?

Vivales imite une voix encore plus enrouée que la sienne :

— Avec beaucoup de fumée et beaucoup de putes !

Murmurant pour lui-même (“C'est ça le bon côté de mon métier : on apprend toujours de nouvelles choses”), l'avocat se sert encore une bonne rasade de whisky ; Melchor reste imperturbable, trop absorbé par son iPad pour enregistrer l'anecdote de l'avocat. Lequel, avachi dans son fauteuil, demande :

— Et ta journée ?

Un peu impatient, Melchor lève le regard vers Vivales, sur le point de lui dire de se taire et de le laisser poursuivre sa lecture.

— On m'a proposé un boulot, dit-il cependant.

L'avocat plisse le front.

— Enric Vidal, continue Melchor.

— Le chien galeux de la maire ?

— Lui-même. Il m'a proposé de travailler pour lui.

— Tu déconnes.

— Il a insinué qu'en un rien de temps je pouvais être à la tête des Vidal Boys. En fait, tout de suite, pour être précis.

— Tu lui as dit d'aller se faire foutre, je suppose.

— Je lui ai répondu que j'allais réfléchir.

Vivales le regarde avec une pointe d'incrédulité et une autre de sarcasme et, impatient, se cale dans son fauteuil alors que Melchor pose son iPad par terre. Comme il ne veut pas inquiéter l'avocat plus que nécessaire, il ajoute qu'il a répondu à Vidal qu'il y réfléchirait seulement si les hommes d'Hematomas cessent de le suivre, et que Vidal a accepté le marché.

— Tu te souviens de ce que Campà a dit l'autre jour ? demande Melchor. Enfin, je ne sais plus si c'était Campà ou Puig.

— Peu importe. Ce que dit Ortega, Gasset le dit aussi. C'était quoi ?

— Qu'il est probable que Vidal et Casas essaient d'agir dans le dos de la maire. Tu te souviens ? – Vivales acquiesce. – Eh bien, c'est vrai.

— Tu ne penses pas à l'histoire du chantage publiée par *Ara* ?

Melchor confirme, il explique à Vivales pourquoi il a été envoyé à Barcelone et lui résume ce qu'il a découvert depuis son arrivée à la capitale. L'avocat l'écoute avec une extrême attention. Quand Melchor a fini de parler, Vivales prend un instant de réflexion.

— Et tu es sûr que Casas et Vidal sont derrière ça ? demande-t-il.

— Non, répond Melchor en reprenant l'iPad. Mais je crois qu'ils le sont. Et peut-être d'autres personnes. Rosell, par exemple. Apparemment, il est aussi sur la vidéo.

— Tu as aussi parlé avec lui ?

— Non. Je le ferai jeudi.

Vivales opine du chef, mais il ne semble pas très convaincu. Melchor pense à Ricky Ramírez.

— Fais attention, l'avertit l'avocat. Ces gens sont dangereux.

— C'est la deuxième fois aujourd'hui qu'on me le dit.

— À plus forte raison alors.

Le policier acquiesce à son tour. Puis il regarde l'écran de son iPad, qui est resté noir ; il le frôle du bout d'un doigt et l'écran s'illumine.

— Bon, tranche-t-il. Assez papoté.

2

— On parlait de quoi ?

— Des cartes fantômes. Même si je ne vois pas trop le rapport avec le chantage.

— Si, il y en a un.

— Tu me disais que lorsque ton père est tombé en disgrâce à cause de cette affaire, personne ne vous a aidés.

— Ça t'étonne ? Pas moi. Quand tu coules, personne n'est là pour te donner un coup de main ; et, si quelqu'un le fait, c'est pour t'achever. C'est comme ça que ça marche… Dans le fond, mes amis ont fait ce qu'aurait fait n'importe qui : s'éclipser au plus vite, s'écarter aussitôt du pestiféré. Parce que moi, j'étais aussi pestiféré que mon père. C'est vrai qu'en septembre, quand je ne me suis pas présenté à l'Esade, ils auraient pu m'appeler, ils auraient pu me demander pourquoi je ne venais pas en cours, s'intéresser à mon père ou à moi… Mais ils n'ont rien fait de tel. Ils ne l'avaient pas fait jusqu'alors, ils ne l'ont pas fait à ce moment-là. On avait été inséparables et eux, ils n'ont pas bougé le petit doigt… Évidemment, je n'ai rien fait non plus pour les revoir. Et tu sais pourquoi ? Parce que le pire qu'on puisse faire quand on est devenu un pestiféré, c'est d'accepter sans rechigner sa condition de pestiféré. On a honte, on se renferme sur soi-même, et tout ce qu'on veut c'est se cacher dans un coin et lécher ses blessures comme un chien battu… Voilà pourquoi je ne devrais probablement pas leur en vouloir de quoi que ce soit. Sauf que je leur en veux, et même beaucoup, et à l'époque encore plus, parce que je me suis sans doute rendu compte que je refusais de voir ce qui crevait les yeux, le simple fait que je n'avais jamais été l'un des leurs, qu'ils ont seulement fait semblant de me considérer comme tel, alors qu'ils m'ont toujours vu comme un subalterne, même pas comme un spectateur ou un témoin, ce que Rosell était pour Casas et Vidal, non, pour eux je n'étais qu'un valet, un laquais, alors je m'en suis tout à coup rendu compte, et le pire c'est que je l'étais devenu parce que j'avais voulu le devenir, personne ne m'y avait obligé, j'avais été leur domestique parce que je voulais être comme eux, dans l'espoir d'accéder à leur cercle, d'appartenir d'une manière ou d'une autre à l'élite magique du pouvoir et de l'argent… Et c'est pour ça que j'avais fait tant de choses qui me répugnaient ou qui me répugnent encore, maintenant que c'est fait et qu'il est impossible d'y remédier. Et c'est quand je me suis rendu compte de tout ça que j'ai commencé à ressentir du dégoût, un dégoût énorme. Et là, je me suis juré que je me vengerais d'eux parce qu'ils ont fait sortir ce qu'il y avait de pire en moi, parce qu'ils m'ont transformé en un monstre… C'est ce que j'ai essayé de faire, là maintenant, même si ça n'a pas l'air de bien se passer pour moi.

— Peut-être que tu ne t'en sors pas si mal.

— Je m'en sors lamentablement.

— Ils peuvent encore payer pour ce qu'ils ont fait.

— Je l'espère, mais je n'y crois pas… Celui qui va payer, c'est moi, pas eux, voilà ce que je crois. Ce sont toujours les mêmes qui payent. Je t'ai déjà dit qu'il s'agit là d'une loi universelle.

— Et moi, je t'ai dit que je ferais tout ce que je peux pour qu'ils payent.

— Bien sûr. C'est pour cette raison que je te raconte tout ça, même si… Tiens, tu es sûr de ne pas vouloir un peu de whisky ?

— Non. Continue.

— Tu devrais m'accompagner, si je bois en compagnie, je parle davantage… Je reprends. Comme je te disais, quand l'affaire des cartes bancaires a éclaté, on s'est vus ruinés du jour au lendemain, mon père a cessé de toucher son salaire, il a dû rendre l'argent qu'il avait dépensé et commencer à payer les avocats, alors j'ai quitté l'Esade et j'ai fait transférer mon dossier à l'université de Barcelone, qui était bien moins chère que l'Esade. J'ai aussi commencé à donner des cours de mathématiques dans l'académie d'un type à qui mon père avait rendu des services, là j'ai eu un peu de chance, au moins j'ai réussi à avoir tout de suite du travail, et même si c'était un travail merdique, il nous a permis de vivre, ma mère et moi, jusqu'à la libération de mon père après dix mois de prison, quand j'avais déjà terminé mes études, ç'a été laborieux mais je les ai terminées. À cette époque, j'ai commencé à chercher d'autres moyens de gagner de l'argent, et c'est à ce moment-là que j'ai entendu parler pour la première fois des bitcoins et que j'ai commencé à en fabriquer, enfin, je t'en parlerai plus tard, laisse-moi continuer avec mon père…

“Son retour à la maison a amélioré et a aggravé les choses. D'un côté, au moins, il n'était plus en prison et je n'étais plus obligé d'aller le voir à Madrid, à Soto del Real, avec les frais de voyage, d'hébergement et de bouche que ça entraînait, sans parler de l'aide à domicile qui devait s'occuper de ma mère pendant mon absence, et qu'il fallait aussi payer… Mais d'un autre côté, le retour de mon père a aussi aggravé les choses. Parce que mon père, à sa sortie de prison, était une autre personne, l'ombre de celui qu'il avait été, il ressemblait à un fantôme. Et, bien qu'il ait frappé à toutes les portes pour demander de l'aide et supplier, souvent aux dépens de sa dignité, il a mis du temps à trouver un emploi… Ou ça n'a peut-être pas duré si longtemps, mais j'avais cette impression-là. En réalité, toute cette époque m'a paru durer une éternité. D'abord, parce que j'étais désormais obligé d'aider mon père, en plus de ma mère. Deuxièmement, parce que le type qui devait des services en retour à mon père a dû considérer qu'il s'était acquitté de sa dette et il n'a pas renouvelé mon contrat dans son académie, et j'ai dû donner des cours particuliers de toutes les matières possibles et imaginables à la maison pour gagner ma vie (ma chance s'arrêtait là, dans mon cas, elle dure très peu). Et, troisièmement, parce que jusqu'alors, vivre seul avec ma mère, qui ne pouvait pas se débrouiller toute seule et qui ne faisait, la pauvre, que regarder la télé éteinte et gémir, c'était un vrai cauchemar, mais avec mon père à la maison ce cauchemar s'est démultiplié, imagine seulement ce que c'était de vivre avec ces deux-là, d'avoir en permanence sous les yeux cet homme qui jusqu'à récemment avait été tout pour moi, un dieu tout-puissant, et qui était devenu, comme je l'ai dit, l'ombre de lui-même, un vieillard diminué et brisé, trouillard, qui se plaignait sans arrêt et qui n'osait quasiment plus sortir dans la rue… Ç'a été des mois épouvantables, nous trois enfermés dans cet appartement claustrophobique de l'Ensanche, un appartement sur lequel, comble du malheur, pesait une hypothèque que nous ne pouvions plus payer, nous trois cuisant à petit feu dans notre propre infortune… Puis un ancien collègue de mon père, un conseiller socialiste de la mairie de Torredembarra, a enfin eu pitié de lui et lui a trouvé un emploi administratif au service des affaires sociales de son village. Mon père a commencé à travailler là-bas, et avec ce salaire il a loué un appartement et il a emmené ma mère avec lui.

"J'ai râlé, ou plutôt j'ai fait semblant de râler, mais pas trop… Pour être franc, je me suis réjoui de me voir libéré de mes parents ; ça a l'air horrible, je sais, mais la vérité a presque toujours l'air horrible. Je n'ai pas totalement arrêté de les voir, en fait je leur téléphonais de temps en temps, et une fois par mois j'allais leur rendre visite à Torredembarra et je passais la journée avec eux. Je ne les ai donc pas abandonnés, du moins pas tout à fait, mais j'ai pu me libérer du poids accablant de les avoir à ma charge et de vivre avec eux, qui étaient l'image de l'échec par excellence, une image avec laquelle il est très difficile de cohabiter… En plus, la situation a commencé à s'améliorer un peu. J'ai réussi à vendre à bon prix l'appartement de mes parents, j'ai pu faire annuler l'hypothèque et j'ai loué un studio près de la place Joanic, à Gràcia. Après ça j'ai trouvé un emploi dans une entreprise alimentaire, j'ai arrêté de donner des cours particuliers, je suis tombé amoureux d'une collègue de travail et on s'est mariés assez vite, pendant la cérémonie religieuse mon père, qui n'était pas croyant, a pleuré sans arrêt, les mains agrippées à la chaise roulante de ma mère… Enfin… Les années qui ont suivi étaient de bonnes années… Le mariage m'a fait du bien, ma femme… Tu m'as dit qu'avant-hier tu as parlé avec elle, n'est-ce pas ?

— Oui.

— Elle doit dire pis que pendre de moi, ça ne s'est pas bien terminé entre nous. Mais au début on était heureux, moi du moins j'ai été très heureux, je ne sais pas ce qu'elle t'a dit… Herminia est une femme merveilleuse, elle m'aimait beaucoup, j'ai des souvenirs merveilleux d'elle. Elle était économiste, je te l'ai dit, on travaillait ensemble, j'ai aimé mon travail plus qu'elle n'aimait le sien, mais elle ne se plaignait pas, j'ai pu avancer dans l'entreprise et j'ai commencé à bien gagner ma vie. Tout allait bien mais ça ne me suffisait pas. J'avais toujours rêvé de monter ma propre boîte parce que je croyais que c'était la seule manière d'être indépendant, alors, après avoir passé beaucoup de temps à cogiter, j'ai fini par me décider à monter une entreprise d'expédition de colis… Pourquoi l'expédition de colis, me demanderas-tu. Parce qu'à l'époque, c'était un business en plein essor et parce qu'un cousin de ma femme, gérant d'une entreprise dans ce secteur, m'a encouragé à le faire. Ma femme aussi m'a soutenu, et même mes beaux-parents, ils y ont investi une partie de leurs économies et se sont portés garants de mes crédits. En plus, la crise économique de 2008 semblait derrière nous, on respirait un nouvel optimisme et, comme je croyais en mes dons de gestionnaire (c'est ce que j'avais toujours voulu être, c'est pour ça que j'avais fait des études), je suis vite arrivé à la conclusion que cette boîte pouvait marcher…

"Et j'ai eu raison. Pendant les deux ou trois premières années, le business a marché, en réalité il a marché bien mieux que ce que tout le monde avait imaginé. Au début, c'était une vraie manne, évidemment, mais on a vite transformé cette manne en un problème, parce que l'euphorie nous a enhardis, mais nous a aussi fait commettre certaines erreurs qui de prime abord semblaient insignifiantes, mais qui ne l'étaient pas. La situation s'est très vite dégradée, en partie à cause de ces erreurs et en partie à cause des divergences entre le cousin de ma femme et moi-même, et au bout d'un certain temps, après avoir lutté désespérément pendant des mois pour nous sauver, la débâcle était là, on a dû d'abord suspendre les paiements, puis l'entreprise a fait faillite et à la fin j'avais tout simplement l'impression que ma propre maison en feu m'était tombée dessus et m'avait enterré sous un tas de décombres.

"C'est alors que j'ai compris ce qu'échouer voulait dire… J'avais vécu la chute en disgrâce de mon père comme un échec, mais ça n'avait pas été un échec ; c'est-à-dire, c'était l'échec de mon père, pas le mien. C'est pourquoi mon père n'a pas pu se relever et moi si (même si je m'étais relevé pour échouer davantage et mieux, pour échouer complètement). J'essaie de dire par là qu'un véritable échec ne s'hérite ni ne se partage : c'est une chose individuelle et exclusive, qu'on ne peut transmettre. En Espagne, qui plus est, on n'échoue qu'une fois. Il n'y a pas de seconde chance pour les gens comme moi. Dans notre pays, à moins d'être blindé par l'argent immortel de sa famille, celui qui échoue pour de bon échoue pour toujours. L'échec espagnol est comme ça : un échec sérieux, sale et sans gloire, un échec sans rédemption. C'est pour ça qu'elle me dégoûte, toute cette écœurante mythologie romantique sur l'échec que vend le cinéma, toute cette poubelle sentimentale sur la dignité et le glamour de l'échec… Dans un échec, il n'y a ni dignité, ni glamour, ni rien qu'on puisse vouloir acheter, et celui qui l'achète, de même que celui qui le vend, il ne sait pas ce que c'est d'échouer véritablement, du moins échouer véritablement en Espagne. C'est comme ça, tu peux me croire, le reste c'est du bla-bla.

"Tout ça pour te dire que ma vie est littéralement partie en couilles. On a dû fermer l'entreprise et renvoyer les employés, qui nous ont traînés devant les tribunaux ; certains de nos fournisseurs nous ont accusés de faillite frauduleuse. Je suis allé en procès et, si j'ai évité par miracle la prison, j'ai fini endetté jusqu'au cou, avec des dettes si faramineuses que je ne pourrai jamais les payer et que je ne paierai pas même si je le pouvais : ce serait comme donner à bouffer aux requins qui n'en ont jamais assez et qui finissent par te bouffer toi-même… Je parie que tu as souvent entendu dire ça, que le monde des affaires est ainsi, un monde de requins. Pourtant c'est vrai : dans ce monde-là, si tu ne dévores pas l'autre, tu te fais dévorer, il n'y a de compassion pour personne. On devrait savoir ces choses-là et arrêter de se raconter des histoires, et alors tout irait beaucoup mieux… Enfin, j'ai encore perdu le fil. On en était où ?

— La faillite de ta boîte d'expédition de colis.

— Ah, oui. Je te disais que j'ai été à deux doigts de faire de la prison. J'ai fini criblé de dettes, mais j'ai quand même réussi au prix de grands sacrifices à faire en sorte que ma femme n'ait pas à passer par le tribunal… J'en suis fier, à vrai dire, même si ça n'a pas aidé à sauver notre mariage. Ma femme, cela dit entre parenthèses, je n'ai rien à lui reprocher : ses parents se sont retrouvés sans un sou, les banques ont saisi leurs biens et elle-même en a tellement souffert que l'amour qu'elle avait pour moi a finalement séché comme un raisin et a dû lui laisser cet arrière-goût aigre et nauséabond de l'échec… Pour résumer, j'étais désespéré, et quand on est désespéré on commet des erreurs de taille. L'une de celles, nombreuses, que j'ai commises a été de me souvenir de mes vieux amis d'Esade.

“Je vais t'expliquer pourquoi.

“Pendant le procès, j'avais rencontré plein de gens qui pullulaient dans les tribunaux et les cabinets d'avocats, j'avais entendu parler de business d'un nouveau genre, très prometteur, disaient-ils, les cryptomonnaies, les paris en ligne, des choses comme ça… Je voulais réparer le désastre de l'entreprise d'expédition de colis et l'idée de montrer que je n'étais pas un raté m'obsédait… À cette époque-là, le business des paris en ligne avait déjà été régulé en Espagne, mais il continuait à générer plein d'argent, alors je me suis mis sérieusement à faire des recherches sur le sujet. Je me suis lié d'amitié avec deux types très jeunes, des employés de banque qui travaillaient dans leurs heures creuses pour une maison de paris en ligne mais qui avaient leurs propres idées là-dessus, ils étaient certains que cette affaire pouvait engendrer bien plus et voulaient monter quelque chose de leur côté et s'y consacrer sérieusement… Ils m'ont expliqué leur plan, ils m'ont proposé d'y participer et j'ai fini par me convaincre que c'était une bonne idée, et que tout ce dont on avait besoin, c'était un partenaire avec du capital pour investir au début, un investissement pas si important que ça mais suffisant pour démarrer.

— Et tu t'es dit que ce partenaire pouvait être un de tes amis.

— Exact.

— Et pendant tout ce temps, tu n'avais jamais eu de leurs nouvelles ?

— Je n'avais pas parlé avec eux mais j'ai évidemment eu vent de ce qu'ils étaient devenus… À Barcelone, il est impossible de ne pas le savoir. L'argent est discret et les Catalans encore plus, mais ces familles sont trop grandes pour se cacher facilement. Donc j'entendais de temps en temps parler d'eux… Et, pour être parfaitement sincère, rien de ce que j'entendais ou lisais ne me surprenait, même pas que mes amis s'étaient lancés dans la politique, directement ou indirectement, je t'ai dit que la politique les a toujours intéressés, tout comme elle a toujours intéressé les gens de leur classe, dans la mesure où c'est l'extension des affaires. Quoi qu'il en soit, quand j'ai essayé de les recontacter, seul Vidal était à fond dans la politique, il était déjà à la mairie, en tant que conseiller municipal socialiste de l'arrondissement de Sant Gervasi je crois, alors que Rosell avait abandonné les affaires de la famille et venait d'être nommé président de Barcelona Global, je ne sais pas si tu en as entendu parler, c'est un machin que les riches de Barcelone ont monté afin de promouvoir la ville et qui est devenu par la suite un lobby pour essayer d'éviter sa décadence après la fuite d'entreprises à l'issue de la tentative indépendantiste de 2017... Mais, pour être plus exact, ce n'est pas Rosell qui avait abandonné les affaires de la famille, c'étaient les affaires de la famille qui l'avaient abandonné, à cette époque son petit frère, Martín, venait de prendre le contrôle de la holding familiale tandis que Rosell venait de se prendre un bon coup de pied dans le cul, et cette présidence de Barcelona Global était l'un de ces postes décoratifs où atterrissaient les gens qu'on ne savait pas où caser.

"C'est justement Rosell que j'ai appelé en premier, mais je n'ai pas réussi à parler avec lui. On m'a dit à Barcelona Global qu'il n'était pas en Espagne et qu'il ne reviendrait pas de sitôt... Avec Vidal, il s'est passé à peu près la même chose. Je me souviens que j'ai plusieurs fois appelé son bureau à la mairie, mais soit il n'y était pas, soit il venait de sortir ou il était en train de parler au téléphone ou d'assister à une réunion, et j'ai eu beau laisser mon nom et mon numéro de téléphone en demandant qu'il me rappelle, il ne l'a jamais fait. J'aurais déjà dû comprendre qu'aucun de mes anciens camarades ne voulait me voir ni me parler, mais j'étais trop aveugle et j'ai appelé Casas... Et cette fois, mon aveuglement a été récompensé. J'avais beaucoup entendu parler de Casas ces années-là, bien plus que de Vidal et Rosell, parce qu'il était beaucoup plus présent dans les médias, même si c'est précisément lui qui essayait de l'éviter le plus, ou précisément pour cette raison... Casas avait vécu un temps à New York, il s'était marié avec une Japonaise, il avait divorcé et était retourné à

Barcelone, il y avait créé un journal et il cherchait à obtenir les chaînes de radio et télévision que la Generalitat a fini par lui accorder. En plus de ça, il avait son agence de consulting depuis un moment déjà, Clave Barcelona ou un truc comme ça, et c'est grâce à elle qu'une auréole d'éminence grise ou de conseiller de certains politiciens importants avait commencé à l'entourer.

— Il était déjà marié avec la maire ?

— Ils venaient de se marier. En réalité, c'était le couple en vue à Barcelone, et ce même avant qu'elle ne débarque à la mairie, à la mairie et en politique, pour ainsi dire. Mais même sans ça, ces deux-là sont devenus les chouchous de la presse… Tout le monde était servi : un businessman à succès, l'héritier d'une des plus grandes fortunes du pays, beau, intelligent et jeune, marié avec une fille de famille modeste et militante pour les droits de l'homme, rappelle-toi qu'à cette époque, la maire avait déjà fondé Home Refugees et qu'elle était devenue la star des médias, presque une mère Teresa mais jeune, sexy, laïque, catalane et très à gauche. Tu te souviens ?

— Non. Tu parles d'un changement.

— Eh oui, on ne s'en souvient plus, mais elle était comme ça à l'époque. Et ceux qui s'en souviennent doivent penser que sa transformation est à mettre sur le compte de son mari, de l'influence de son mari.

— Ce n'était pas le cas ?

— Je n'en sais rien. Et pour tout te dire, je m'en fous comme de l'an quarante. Tout ce que je sais, c'est que les politiciens ne sont ni de droite ni de gauche : ce sont des politiciens, point barre. Ils ne s'intéressent qu'au pouvoir. Le reste, ils n'en ont rien à cirer.

— Ton père aussi était comme ça ?

— Mon père était une exception… Et c'est pour ça qu'il a terminé comme il a terminé… Et puis, comme je te l'ai dit, ce n'était pas un politicien : c'était un syndicaliste.

— Revenons à la maire. Dis-moi : tu l'as reconnue ? Je veux dire, quand tu l'as revue, tu l'as aussitôt identifiée comme une des filles de León XIII ?

— Pas tout de suite… Écoute, je n'ai pas une bonne mémoire mais les visages de ces filles, je ne les oublie pas, je crois pouvoir toutes les reconnaître… Ou peut-être que j'exagère. Quoi qu'il en soit, comment j'allais faire le lien entre cette fameuse activiste et l'une de ces malheureuses ? C'est vrai que la nuit où elle est passée par León XIII, la maire s'est révélée être une malheureuse très spéciale, si spéciale que le mot malheureuse ne lui convient pas vraiment, et le mot victime encore moins… Mais c'est vrai, aussi, que dès que je l'ai revue, je ne sais plus si c'était à la télé ou dans la presse, elle m'a paru familière, une de ces personnes qu'on connaît ou qu'on a déjà croisées, mais on ne sait plus ni d'où on les connaît ni où et quand on les a croisées.

"Jusqu'au moment où elle s'est mise avec mon vieil ami et est devenue du jour au lendemain une star de la presse people. Alors, tout d'un coup, j'ai assemblé toutes les pièces du puzzle, je me suis rappelé la nuit de León XIII et ce qui s'est passé ensuite entre elle, Casas et Vidal, ou ce que Rosell m'a raconté qu'il s'était passé… Et c'est curieux : ça non plus, ça ne m'a pas surpris. Au contraire, j'ai senti que tout ce jeu de coïncidences, qui paraît invraisemblable ou absurde, n'était ni absurde ni invraisemblable, si ça se trouve ce n'était même pas un jeu de coïncidences, autrement dit il était parfaitement compréhensible que ces deux zozos finissent ensemble, précisément parce qu'ils semblaient si différents et parce qu'ils se sont connus dans des circonstances si particulières… Enfin, je sais que c'est une réflexion idiote et opportuniste, et que c'est facile de trouver après coup une logique même dans ce qu'il y a de plus illogique, mais c'est exactement ce que j'ai ressenti. Prétendre autre chose serait un mensonge. Mais j'allais te parler d'un autre sujet…

— Tu me racontais que tu étais en train de chercher un associé pour ton entreprise de paris en ligne et que tu avais eu plus de chance avec Casas qu'avec Vidal et Rosell.

— J'ai du moins réussi tout de suite à parler avec lui… Bien sûr, je l'ai appelé à son numéro personnel, pas à son bureau, quelqu'un me l'avait donné. Au début, il n'a pas compris qui j'étais, mon nom ne lui disait rien ou il a fait comme si mon nom ne lui disait rien, mais il s'en est très vite souvenu ou a fait semblant de s'en souvenir, on a échangé quelques amabilités et à la fin il m'a demandé ce que je voulais… Je lui ai menti. Je lui ai dit que je ne voulais rien, que j'avais entendu parler de lui de temps en temps dans la presse, que ça faisait longtemps que je voulais l'appeler, que j'avais récupéré son numéro de portable par hasard, et je m'étais dit qu'il aurait peut-être envie de prendre un café avec moi, pour reparler un peu du bon vieux temps. Il s'est d'abord montré hésitant mais, alors que j'avais déjà l'impression qu'il allait m'envoyer balader, il m'a proposé un déjeuner la semaine suivante dans un restaurant de Pedralbes, le Santa Clara, près du club de tennis Barcelona...

"J'ai passé toute la semaine à attendre ce rendez-vous, et au final je suis arrivé en retard. Je l'ai fait exprès, je voulais que Casas pense que j'étais un homme occupé, tout sauf impatient de le voir... D'ailleurs, je ne sais pas si je t'ai déjà dit que Casas peut être absolument charmant, un type joyeux, tendre et amusant. Il peut l'être, et cet après-midi-là il l'a été, il m'a accueilli à bras ouverts, il avait l'air en pleine forme et il était de très bonne humeur, il semblait content de me voir... À un moment donné, il a déploré que j'aie disparu de sa vie sans explication, et il a attribué à l'étourderie de la jeunesse le fait qu'il ne m'ait ni appelé ni essayé de se mettre en contact avec moi quand, au début de notre dernière année d'études, je n'ai pas réapparu à l'Esade. Il n'a pas fait allusion au calvaire de mon père, comme s'il n'était pas au courant, et je lui ai menti quand il m'a demandé ce que j'étais devenu après l'Esade... Mais ça n'a duré qu'un moment, le reste du temps on se marrait bien, on se racontait des anecdotes et, pendant que je riais de bon cœur, j'ai senti qu'on avait été amis pour de vrai et qu'au fond il m'avait manqué, notre relation m'avait manqué, je me suis dit que j'avais été vraiment injuste envers mes vieux amis, que pendant toutes ces années, je m'étais tendu des pièges à moi-même, je m'étais leurré, mes amis n'étaient pas responsables de mes échecs et mes déceptions, de mes méfaits non plus, le seul responsable c'était moi, c'était injuste de leur faire porter la responsabilité de tous mes maux, et plus encore d'avoir voulu me venger d'eux... Penser tout ça m'a fait du bien, à tel point que j'ai eu le pressentiment que ce rendez-vous pouvait représenter un virage qui amorcerait une nouvelle étape dans ma vie. Ou quelque chose comme ça... J'ai aussi beaucoup apprécié le fait que Casas se débrouille au cours du repas pour ne jamais évoquer ses succès ni minimiser leur importance, qu'il me traite comme s'il n'était pas l'archétype du vainqueur et moi celui du perdant.

— Vous avez parlé de sa femme ?

— Non. Pour autant que je m'en souvienne… Et ça ne m'étonne pas : je parie qu'il avait oublié que la nuit où il a fait sa connaissance, j'étais avec eux… Enfin, passons. On a commandé deux whiskys avec les cafés, et tandis qu'on les sirotait, je me suis rappelé le conseil de mon père : "Accroche-toi aux bons et tu seras l'un d'eux." Et c'est là que j'ai décidé de parler de mes affaires. Je ne l'avais pas prévu, ou pas exactement, mon idée était plutôt de sonder Casas, de voir comment il réagirait et ainsi de suite, mais à ce moment-là, je l'ai vu dans de si bonnes dispositions que j'ai dû me dire qu'il ne fallait pas rater cette opportunité… Et je ne l'ai pas ratée. Je lui ai parlé des paris en ligne, je lui ai expliqué comment ça marchait, j'ai mentionné mes deux associés ("deux experts", je crois que je les ai appelés ainsi), je lui ai exposé l'idée de créer une nouvelle maison de paris, je lui ai dit qu'on avait seulement besoin d'un quatrième associé prêt à investir une quantité modeste d'argent (modeste pour lui, mais ça je ne l'ai pas précisé) et je lui ai assuré que le travail, on s'en chargerait, et qu'en échange de ce petit investissement, il toucherait des bénéfices qui au début ne seraient pas spectaculaires parce qu'on ne voulait pas courir des risques inutiles, mais qui avec le temps, et à mesure que sa confiance dans le projet grandirait, seraient non négligeables, j'en étais convaincu… Je me souviens que, tandis que je parlais, j'avais l'impression que l'alcool me rendait éloquent. J'ai demandé une serviette en papier sur laquelle j'ai écrit quelques chiffres et je la lui ai donnée. "Ça ne peut que marcher, je lui ai dit, avec toute l'emphase due au whisky consommé. C'est un business sûr. Et c'est pour ça que j'ai voulu te le proposer à toi." Je me suis tu, puis j'ai fini par dire : "Pour cette raison et parce que j'aime l'idée qu'on soit associés et qu'on redevienne amis."

"J'ai cessé de parler, convaincu qu'il était impossible que Casas refuse ma proposition. Il a pris la serviette et l'a regardée un moment, comme s'il voulait s'assurer que les chiffres étaient corrects ou comme si ce que je lui avais gribouillé n'était pas des chiffres mais une énigme ou une carte du trésor… Et c'est à ce moment-là que les doutes m'ont assailli, l'angoisse aussi, j'ai dû sentir que je m'étais encore une fois laissé entraîner par mon maudit optimisme. J'ai demandé : "Alors, qu'est-ce que tu en penses ?" "Tu veux que je te dise la vérité ?" a-t-il répondu. Je lui ai dit que oui. Alors il m'a dit : "Franchement, ça me paraît être une excellente idée." "Ah bon ?" j'ai demandé. "Absolument", a-t-il répondu. J'ai donné un coup de poing euphorique sur la table et je me suis mis à vanter les vertus du projet, à me vanter moi-même, emporté par la joie j'ai commencé à m'empêtrer un peu… À la fin, j'ai dit : "Bon alors, on compte sur toi, n'est-ce pas ?" C'était une question rhétorique, bien sûr. Mais uniquement pour moi, pas pour Casas : la preuve, il a répondu par un non. J'ai cru qu'il blaguait… J'ai demandé : "Comment ça, non ? Tu n'as pas dit que ça te paraissait être une excellente idée ?" "Et ça l'est, il a dit. Mais pas pour moi. C'est une excellente idée si l'unique objectif est de gagner de l'argent." J'ai essayé de sourire, j'ai redemandé : "Et à quoi servent les affaires, sinon ?" Et lui, il m'a répondu : "À gagner de l'argent. Mais pas n'importe comment. Pas à n'importe quel prix." C'est ce qu'il m'a dit, littéralement, et ensuite il a ajouté que, même si le business du jeu était intéressant, voire très intéressant, c'était aussi un business sale et qu'il n'était pas prêt à se salir les mains avec.

"Tu vois un peu ?… Incroyable, n'est-ce pas ? Je ne sais pas d'où vient la richesse de la famille Casas. Du trafic d'esclaves, j'imagine. Ou de la guerre, de l'exploitation et du crime, c'est de là que proviennent les grandes fortunes, d'habitude. Mais voilà que ce fils de pute, qui appartient à l'une de ces familles de criminels et qui a passé sa jeunesse à violer des femmes, m'accuse de manquer d'éthique parce que je veux gagner ma vie avec un business légal de paris en ligne… J'avais appris bien avant que les riches sont les seuls à ne pas attribuer de l'importance à l'argent parce qu'ils en ont déjà. Ce que je ne savais pas, c'est qu'en plus, ils adorent donner des leçons de morale.

"J'ai oublié ce qu'on s'est dit après le café… Bon, j'ai plutôt préféré l'oublier. Je me souviens seulement qu'à la fin, un chauffeur attendait Casas devant le restaurant, et quand on a pris congé l'un de l'autre j'étais ivre et j'avais un bout de papier dans une main et l'impression d'être absolument sali, comme si quelqu'un venait de vomir sur moi... Sur ce bout de papier, il y avait le nom, l'adresse et le numéro de téléphone du responsable de la succursale d'une entreprise suisse de chocolat qui avait son siège à Berne, une entreprise de la famille Casas, ou dans laquelle la famille Casas était l'actionnaire principal. Mon ami m'avait encouragé à appeler à ce numéro parce que, selon lui, là-bas on pouvait avoir besoin de quelqu'un comme moi, alors je suppose qu'après le refus de Casas, nous avons dû parler de ma situation économique ou de ma situation professionnelle... La cuite a duré le temps que dure une cuite, mais l'impression d'avoir été sali a duré bien plus longtemps, elle m'a accompagné pendant des jours et des semaines au cours desquels je me détestais d'avoir fait appel à Casas, de m'être laissé une fois encore embobiner par lui et de lui avoir permis de faire ressortir mon vieux moi et son instinct servile, cet ancien moi répugnant qui voulait s'attirer la sympathie de l'élite magique et transcendante du pouvoir et de l'argent, je me suis détesté parce que j'avais été suffisamment idiot pour offrir à Casas l'opportunité de m'humilier trois fois de suite et de la manière la plus brutale possible : d'abord, en me jetant au visage son succès et mon échec, si évidents que ce n'était même pas la peine d'en parler (mais de ça je ne me suis rendu compte que bien plus tard) ; ensuite, en me donnant une leçon d'éthique appliquée ; et, enfin, en faisant montre de toute la charité dont il était capable envers ses amis tombés en disgrâce... Quoi qu'il en soit, ces semaines-là, j'ai maintes fois hésité à composer le numéro que Casas m'avait donné. Mais, même si j'étais à cette époque encore plus désespéré qu'avant, je suis arrivé à la conclusion que l'emploi qui m'attendait à la succursale de la chocolaterie ne pouvait être qu'une forme d'humiliation. La fierté a fini par l'emporter sur la nécessité et je n'ai pas appelé.

"C'est la dernière fois que j'ai vu Casas. Il y a de ça cinq ans à peu près, je suppose que ça a dû se passer au milieu de l'année 2020, en pleine pandémie du coronavirus, un peu avant mon séjour à l'hôpital, quand j'ai touché le fond... Ce qui m'a entraîné vers le fond, ç'a été le bitcoin, qui a fini par m'anéantir pour de bon. Tu te souviens, je t'ai dit que j'avais commencé à fabriquer des bitcoins lorsque mon père était en prison ?

— Oui.

— À cette époque-là, on était ruinés, je te l'ai déjà raconté, alors j'avais besoin de gagner de l'argent coûte que coûte et le bitcoin m'a paru une bonne façon de le faire… C'était une période où les cryptomonnaies n'étaient pas très connues en Espagne. De fait, je me suis mis à manipuler des bitcoins avec une naïveté absolue, je ne savais pas vraiment ce que c'était, personne ou presque personne ne le savait en réalité, on disait seulement que c'était un projet à long terme, que c'était l'argent de l'avenir, qu'on pouvait faire fortune avec ça… Ce qui était très séduisant, aussi, c'était qu'à l'époque on pouvait fabriquer des bitcoins chez soi, il suffisait d'avoir un ordinateur et très peu d'argent, et de se connecter au réseau Bitcoin qui te versait une commission pour contribuer à son fonctionnement. Fabriquer des bitcoins, on appelait ça miner. Je vivais avec mon père et ma mère, et tandis que je gagnais ma vie en donnant des cours particuliers, j'ai commencé à miner des bitcoins, et en très peu de temps j'en ai miné plus d'un millier. Tu sais combien d'argent ça représenterait au change actuel ? Des millions d'euros. Mais à l'époque, les bitcoins n'avaient aucune valeur, on ne savait même pas si avec le temps ils finiraient par en avoir… Toujours est-il qu'au bout de quelques mois à miner, mon ordinateur est tombé en panne et je n'avais plus accès à mes bitcoins, qui sont devenus des bitcoins dormants, des bitcoins qui existent mais dont on ne peut pas disposer. Et ça m'a achevé, évidemment. Mais ce qui m'a vraiment achevé a été la découverte, des années plus tard, quand j'étais déjà marié, que les bitcoins pouvaient déjà être échangés contre des euros… Ça, c'était une véritable vacherie, ç'a été un vrai coup dur, j'ai soudain réalisé que j'avais toute une fortune en bitcoins, mais que c'était comme si je ne l'avais pas parce qu'elle était enterrée dans mon vieil ordinateur. J'ai alors essayé de la déterrer, mais je me suis rendu compte que je n'y arriverais jamais, qu'il était parfaitement impossible de récupérer mes bitcoins.

“Je te l'ai dit, ça, ça m'a achevé, et si ça ne m'a pas achevé davantage ou définitivement, c'est parce que j'étais trop emballé par ce projet d'entreprise d'expédition de colis, trop absorbé par ça… La folie, ç'a été après, quand la boîte a fait faillite et que tout est parti en couilles, comme je te le disais mon obsession était d'obtenir réparation coûte que coûte et de montrer à tout le monde que je pouvais réussir, et je me suis mis à chercher une bonne affaire à droite et à gauche, sans jamais oublier mes bitcoins enterrés, de plus en plus fou de rage de ne pas avoir accès à ce qui m'appartenait, si fou qu'à la fin, peu après la tentative avortée des paris en ligne, j'ai décidé de me raccrocher au bitcoin et de récupérer à tout prix la fortune que j'avais perdue.

"Ç'a été la plus grande de mes erreurs, l'erreur définitive… J'ai vécu les années qui ont suivi avec une obsession maladive, emporté par un tourbillon sans issue : je suis devenu un habitué des forums spécialisés en cryptomonnaie, je me suis fait un nom comme gourou du bitcoin, j'ai acheté aux États-Unis, pour recommencer à miner, des machines qui n'arrivaient jamais ou qui, quand elles arrivaient, étaient déjà obsolètes, mes investissements s'avéraient ruineux, je me suis fait escroquer d'innombrables fois… Que veux-tu que je te dise… Mais le pire, c'est que, pendant tout ce temps, la valeur du bitcoin continuait de grimper et j'étais obnubilé par l'idée venimeuse qu'un tas de fils de pute autour de moi se remplissaient les poches et que la poule aux œufs d'or était en train de m'échapper des mains… Il y avait un côté addictif dans l'anxiété que produisait cette montagne russe, mais elle m'épuisait et me détruisait les nerfs, jusqu'au jour où j'ai réussi à décrocher. J'ai continué comme intermédiaire, ce qui était bien plus simple et bien plus paisible, et beaucoup moins risqué aussi : je me limitais à acheter et à vendre des bitcoins, et à toucher une commission de la part des acheteurs et une autre de la part des vendeurs. Je savais que ça ne me permettrait pas de devenir riche, évidemment, mais j'avais au moins une existence plus paisible et je gagnais ma vie en attendant une meilleure opportunité.

"Cette opportunité s'est présentée quand j'ai rencontré l'intermédiaire d'un narco galicien qui gérait des bitcoins et que je me suis mis à travailler avec lui… Je l'ai rencontré sur un forum internet, Bitcointalk ça s'appelait. Le travail était le même, à cette différence près que, comme l'intermédiaire ne pouvait pas me dire d'où sortaient les bitcoins du narco, toutes les opérations devaient se faire avec de l'argent sale. La marge de bénéfice, pour moi, était bien plus grande. Ça tournait vraiment bien et puis un jour, alors que j'étais sur le point de clôturer une transaction pour ce client, le prix officiel du bitcoin a brutalement chuté, en quelques secondes il est passé de douze mille à six mille euros, et les acheteurs ont fait machine arrière… J'ai expliqué à l'intermédiaire du narco que l'opération s'était cassé la gueule et que je ne pouvais pas lui payer ce que nous étions convenus, mais il n'a rien voulu savoir et il m'a répondu que je devais me débrouiller. "J'ai déjà annoncé à mon client que ses bitcoins valaient cent cinquante mille euros, m'a-t-il averti. Si je lui dis maintenant qu'ils valent la moitié, il va nous tuer tous les deux. Alors, démerde-toi et trouve ces cent cinquante mille euros qui manquent." Je ne les ai pas trouvés, évidemment, et un jour, en arrivant chez moi, je suis tombé sur trois types qui ont pris mon argent, ils ont détruit tout ce qu'ils ont trouvé et m'ont donné une telle raclée que j'ai dû passer deux semaines à l'hôpital.

"C'est comme ça que s'est soldé mon rapport avec les bitcoins. Et c'est comme ça que j'ai touché le fond… J'ai laissé mon appartement de Gràcia, j'en ai loué un autre moins cher au Raval et j'ai rencontré Marga, qui m'a donné un coup de main et m'a aidé à m'en sortir… Peu de temps après, mon père est mort. Ma mère était décédée quelques années plus tôt, et depuis il était déprimé et malade, en tout cas plus déprimé et malade qu'après sa sortie de prison. Il vivait encore à Torredembarra, mais sa retraite ne lui suffisait même pas pour payer une aide qui viendrait deux fois par semaine faire le ménage et cuisiner pour lui, alors je l'aidais autant que je pouvais. D'où mon étonnement, après sa mort, quand j'ai découvert que toutes ces années il avait loué un coffre-fort à la banque Santander à Barcelone, ce que j'ai attribué à un oubli ou à une erreur.

"Sauf que ce n'était ni l'un ni l'autre… Je l'ai appris quand je suis allé résilier le contrat du coffre-fort après avoir réglé les affaires de mon père, vidé son appartement et pris deux ou trois choses que je tenais à garder. Le coffre-fort se trouvait dans une succursale de la banque Santander, rue Calabria, près de notre ancien appartement de l'Ensanche, et en l'ouvrant j'ai eu la surprise de ma vie. Tu sais ce que j'y ai trouvé ?

— Quoi ?

— Mon héritage.

— Ton héritage ?

— C'est ça. Ce qu'il y avait dans ce coffre, je l'ai compris au premier coup d'œil, c'étaient toutes les vidéos qu'on avait faites rue León XIII… Imagine ma surprise, pendant un moment j'ai été incapable d'en croire mes yeux. J'avais complètement oublié cette histoire, je croyais que ces enregistrements avaient disparu des années plus tôt. Comment pouvais-je imaginer que c'était mon père qui les avait… Mais quand je suis sorti de mon étonnement, je me suis dit que si mon père avait sauvegardé ce matériel tout ce temps, dépensant un argent qu'il n'avait pas pour louer ce coffre-fort, c'est parce qu'il savait que c'était précieux, parce qu'il croyait qu'on pouvait en tirer profit.

— Et c'est là que tu as décidé de faire chanter la maire ?

— Non, c'est là que j'ai décidé de leur faire du chantage à eux tous. À Casas, à Vidal, à Rosell. À tous… Non, en réalité, à tous sauf à la maire, ça ce n'était pas mon idée.

— C'était l'idée de qui ?

— Je vais te le dire. Mais avant, j'aimerais que tu comprennes ce que j'ai ressenti quand j'ai fait cette découverte. Essaie d'imaginer… Mon père était mort, je venais de me faire casser la gueule, j'avais abandonné l'idée de faire un coup et de m'enrichir rapidement, j'avais même arrêté d'acheter et de vendre des bitcoins et je vivotais en revendant de la marijuana et en aidant un couple du quartier en tant que comptable pour leurs affaires. Et c'est précisément là, au pire moment de ma vie, alors que je croyais que je ne pouvais pas tomber plus bas, que mon père m'offrait depuis sa tombe la possibilité de m'enrichir du jour au lendemain, ou du moins de me remettre financièrement, mais aussi la possibilité de régler mes comptes avec mes vieux amis de l'Esade… J'ai cru que justice allait enfin être faite, j'ai cru que j'avais entre les mains ce qu'il fallait pour réaliser mes rêves. Imagine seulement ce que j'ai ressenti…

"D'autre part, avec tout ce qui m'était déjà arrivé, j'étais déjà bien échaudé, et j'avais conscience des risques que j'allais encourir, alors j'ai essayé de prendre toutes les précautions… Mon intention était de les faire chanter tous les trois, comme je t'ai dit, l'un après l'autre, mais j'ai commencé par Casas parce qu'il était le seul à avoir une responsabilité politique et parce qu'il m'a paru le plus vulnérable : Rosell était devenu conseiller municipal du Parti populaire à la mairie après être passé par Barcelona Global et s'être fait là-bas la réputation que se font généralement les bons à rien en politique (une réputation d'homme prudent, raisonnable et conciliant), et Vidal, depuis un moment déjà, avait cessé d'être à la tête du groupe socialiste à la mairie, il avait intégré le parti de la maire et occupait le poste qu'il occupe en ce moment… J'ai donc trouvé l'adresse électronique personnelle de Casas, j'ai créé un compte anonyme, et je lui ai envoyé un courriel depuis un taxiphone, où je lui disais que, s'il ne voulait pas que je rende publique la vidéo de la rue León XIII, il fallait qu'il laisse trois cent mille euros en billets de cent dans un endroit précis de la Carretera de las Aguas. J'étais sûr que mes amis croyaient que ces enregistrements avaient disparu depuis des années, comme je l'avais cru moi-même jusqu'à la mort de mon père et, même si je m'attendais à ce que Casas puisse soupçonner qui était le maître-chanteur, je comptais sur le fait qu'il ne pouvait pas le prouver, et surtout je comptais sur le fait qu'il paierait pour se débarrasser du problème le plus tôt possible…

"Mais je ne m'attendais pas à ce qui s'est passé.

"Un après-midi, peu de temps après avoir envoyé ce courriel à Casas, j'ai trouvé deux types à l'entrée de mon immeuble. Ils m'ont forcé à monter chez moi, ils ont commencé à me cogner et j'ai cru que le narco galicien avait découvert ma cachette et qu'il avait envoyé ses gorilles achever le boulot… Ils étaient encore en train de cogner quand deux autres types sont apparus en leur ordonnant d'arrêter. Les deux types qui m'ont tapé sont partis et les deux autres sont restés. L'un d'eux était Hematomas, l'autre, Vidal.

"Ça faisait presque vingt ans qu'on ne s'était pas revus, Vidal et moi, mais il n'a même pas fait semblant de se réjouir de nos retrouvailles… Je lui en étais reconnaissant. "Ça va, Ricky ? il m'a demandé. Ça fait un bail qu'on ne s'est pas vus, n'est-ce pas ? Tu te souviens de moi ?" J'étais sur le canapé du salon, assez amoché, et Vidal a demandé à Hematomas d'aller chercher un verre d'eau. L'inspecteur a rapporté de l'eau de la cuisine et, pendant que je me redressais et que je buvais, Vidal m'a redemandé si je me souvenais de lui. Je lui ai dit que oui. J'ai aussi dû lui demander ce qu'il faisait chez moi ou pourquoi il était venu me voir, ou quelque chose du genre, parce qu'il m'a répondu : "Ne fais pas l'idiot, Ricky. Je suis ici parce que ça ne te suffit pas d'escroquer les gens en vendant des bitcoins et de l'herbe. Il faut que tu fasses du chantage à tes anciens amis." J'ai essayé de me défendre. "Je ne sais pas de quoi tu me parles", je lui ai dit. Vidal a fait claquer sa langue, il avait un air méprisant, et Hematomas s'est mis à me rouer de coups. Quand il en a eu marre, Vidal m'a demandé si maintenant je savais de quoi il me parlait, et j'ai craché du sang et je lui ai dit que oui. "Quel désastre, Ricky !" a-t-il dit alors : il parlait comme s'il était en train d'accomplir une tâche désagréable ou de s'acquitter d'un devoir pénible. "En voilà des retrouvailles, à notre âge, après tant d'années..." Il était gros et son visage était enflé et rougi, comme s'il sortait d'un festin où il s'était empiffré... On était déjà en mai mais il portait une gabardine et, sous la gabardine, un costume-cravate. À côté de lui, Hematomas épongeait encore la sueur que lui avait value la raclée, mais il ne semblait ni furieux ni fatigué : juste las. Tandis qu'il me laissait reprendre mes esprits, Vidal a continué de parler. "Ce que je n'arrive pas à comprendre, c'est comment tu as pu croire que tu pouvais arriver à tes fins, m'a-t-il dit. Comme si ce n'était pas la chose la plus facile au monde de tracer un mail, aussi anonyme soit-il, et d'identifier le taxiphone d'où il a été envoyé, aussi public soit-il. T'es un bon à rien, Ricky, comme ton père... À l'époque, c'était lui. Maintenant, c'est toi."

"Faire allusion à mon père à ce moment-là revenait à m'enfoncer le couteau dans le dos... J'ai eu envie de pleurer, mais je n'ai pas voulu faire plaisir à ce fils de pute et j'ai réussi à me retenir. "Écoute, Ricky, il a dit, quand il a cru que j'étais de nouveau en mesure de saisir ses propos. J'ai beaucoup de travail et pas beaucoup de temps, alors tu seras gentil de ne pas me le faire perdre. D'accord ?" J'ai bougé la tête de haut en bas : je n'avais pas le choix... "Parfait", il a dit alors. Il a pris une chaise, il s'est assis en face de moi et il est allé au fait alors qu'Hematomas écoutait les mains dans les poches, debout derrière lui, sans nous regarder, comme si tout ça ne le concernait pas. "T'inquiète, a commencé Vidal. Je ne vais pas te demander combien tu as de vidéos de cette époque. Ni comment ça se fait que tu les aies. Ni où tu les as mises… Tout ça m'est égal. Il n'y a qu'une seule chose qui m'intéresse. As-tu la vidéo de Virginia ?" La question m'a pris de court, mais j'ai évidemment su tout de suite à quelle vidéo il faisait allusion, et comme je n'étais plus en mesure de faire l'idiot, je lui ai aussitôt répondu que oui. "Parfait, a-t-il répété. Mes félicitations. Tu viens de gagner au loto. Je vais te faire une proposition qui va te permettre de sortir du trou dans lequel tu t'es mis tout seul. Écoute-moi bien." Vidal m'a expliqué que je m'étais trompé de victime, que je ne devais pas faire chanter Casas mais la maire, il m'a dit que je devais menacer de diffuser ledit enregistrement si elle ne me payait pas le double de ce que j'avais demandé à Casas. C'est plus ou moins ce qu'il m'a dit.

"J'ai dû faire une sacrée tête… Comme tu peux l'imaginer, la dernière chose à laquelle je m'attendais, c'était que le premier adjoint au maire de Barcelone, la main droite de la maire en personne, me demande une chose pareille… Vidal m'a alors dit : "Je suppose que tu te poses plusieurs questions. La première, quel intérêt je peux avoir à ce que tu fasses chanter ma cheffe. La deuxième, qu'est-ce qui te garantit que tu toucheras la rançon. Et la troisième, qu'est-ce qui te garantit que Virginia, ou qui que ce soit, ne va pas te coincer en train de l'extorquer comme moi je t'ai coincé en train d'extorquer Casas. Je me trompe ?" Je n'ai rien dit, mais il était facile d'interpréter mon silence… Vidal a continué : "Je ne vais pas répondre à la première question, parce que ce ne sont pas tes affaires, mais je vais répondre aux deux autres." En réponse à la deuxième question, Vidal m'a expliqué qu'une fois que la maire aurait reçu la menace, il pouvait se passer trois choses. "La première, a-t-il dit, c'est qu'elle paye sans broncher, convaincue qu'elle va ainsi résoudre le problème. Entre nous : la connaissant, c'est ce qui me semble le plus probable." La deuxième éventualité était que la maire le charge de résoudre le problème, comme l'avait fait Casas, ce qui signifiait que le problème serait alors réglé parce qu'il parviendrait à la convaincre que le mieux était de payer et de tourner la page. Et la troisième éventualité était qu'elle charge les *mossos d'esquadra* de résoudre le problème, puisque, selon lui, vous êtes en théorie ceux qui doivent s'occuper de ce type d'affaires. Vidal m'a aussi dit que la deuxième option était peu probable, car la maire et lui n'étaient plus en bons termes depuis un moment et qu'elle se douterait certainement qu'il puisse avoir un quelconque lien avec le chantage… Il restait la troisième option, les *mossos*, et Vidal m'a dit que si la maire allait vous voir, je ne devais pas m'inquiéter parce que lui et ses hommes m'aideraient. "Nous, on t'a coincé tout de suite, a-t-il dit, mais les *mossos* ne vont pas te coincer parce qu'on te montrera comment faire, on va tout superviser et ils ne te coinceront pas. Et nous, on n'est pas des bons à rien, pas vrai, Lomas ?" L'inspecteur en avait eu marre de rester debout tout ce temps, il s'était assis derrière lui et il avait répondu "si" d'un air abattu, la tête baissée : ç'a été le seul mot que je l'ai entendu dire ce soir-là… Vidal est resté là à me regarder et je me suis dit qu'il était en train d'évaluer s'il m'avait convaincu. J'ai soutenu son regard jusqu'à ce qu'il sorte l'argument qu'il avait réservé pour la fin. "Il y a une autre chose qui me fait croire que personne ne te coincera", a-t-il dit. Je lui ai demandé à quoi il pensait, et Vidal a souri et tout d'un coup j'ai reconnu dans ce sourire de loup mon ami d'il y avait vingt ans. "Il est impossible de coincer quelqu'un qui est mort", il a répondu.

3

Assis au volant de sa voiture, Melchor entre dans le GPS de son portable une adresse (Passeig de les Acàcies, 18, Rupià) et sort du quartier général d'Egara.

La veille, il a cherché jusque tard dans la nuit sur internet des informations concernant Ricky Ramírez. Il n'a pas trouvé grand-chose. Pour l'essentiel, il a appris qu'en 2015, celui-ci a fondé une entreprise d'expédition de colis nommée Mercurio, dont il était le PDG, et qu'en 2019 elle était en procédure de liquidation judiciaire et qu'il a dû la fermer ; qu'il a épousé une certaine Herminia Prat ; qu'il s'est consacré plus tard à la vente et achat de bitcoins et qu'il figure partout comme diplômé de l'Esade en gestion des entreprises, même si Vidal avait assuré à Melchor (il n'avait aucune raison de mentir) que Ricky avait abandonné ses études en cours de route. Ces dernières années, sa trace sur internet était cependant devenue plus rare et Melchor n'a trouvé aucune mention de sa mort, ce qui ne l'a pas surpris. Il a aussi cherché des informations sur Herminia Prat. Il n'en a trouvé que deux. L'une disait qu'elle était professeure à l'école d'art de Torroella de Montgrí, un village de l'Ampourdan ; l'autre, qu'elle avait créé ou contribué à créer, dans la même région limitrophe de la France, une association, Artistes à Cel Obert, qui encourageait les échanges entre les céramistes et les créateurs d'autres disciplines.

Si bien que ce matin, dès son arrivée à Egara, il avait appelé l'école d'art de Torroella de Montgrí, et comme personne ne répondait, il l'a imaginée fermée pour les vacances. Il a néanmoins rappelé vers dix heures et une voix de femme lui a répondu. Melchor a demandé Herminia Prat ; la femme lui a dit qu'elle n'était pas là et qu'elle n'allait probablement pas revenir avant le mois de septembre, pour la reprise des cours. Melchor a demandé son numéro de téléphone et la femme lui a répondu qu'elle n'était pas autorisée à donner les coordonnées des enseignants. Melchor a alors révélé qu'il était policier. "Il s'est passé quelque chose ?" s'est alarmée la femme. "Non, l'a-t-il rassurée. J'ai juste besoin de parler avec Mme Prat." Sans demander davantage d'explications, la femme lui a dicté le numéro de téléphone, son adresse électronique et lui a indiqué où elle vivait. "Maintenant, en été, elle sort peu, a-t-elle ajouté. Si vous y allez dans la matinée, sûrement que vous la trouverez là-bas." Melchor l'a remerciée, a raccroché et décroché à nouveau, et il a composé le numéro qu'il venait de noter. Personne n'a répondu. Au bout d'un moment il a rappelé, avec le même résultat. Il a fini par aller voir Blai, il lui a annoncé qu'il ne pourrait pas surveiller Vidal et lui a demandé de trouver quelqu'un pour le remplacer. "Tu te fous de moi, l'Espagnolard, a protesté Blai. On n'avait pas convenu que le second service était pour toi ?" Melchor lui a expliqué qu'il avait localisé l'ex-femme du supposé auteur de la vidéo et qu'il n'avait pas pu lui parler au téléphone. "Elle vit dans un village de l'Ampourdan. On m'a dit que si j'allais la voir ce matin, je pourrais parler avec elle." Après avoir maudit la terre entière, Blai a accepté de lui chercher un remplaçant, mais avant que Melchor ait pu sortir de son bureau, il lui a demandé : "Ça ne t'est jamais passé par la tête que ces trois-là pouvaient ne rien avoir à voir avec tout ça ?" "Plein de fois, a admis Melchor. Mais j'ai du mal à le croire." "Parce que ?", a demandé Bali. "Parce que l'explication la plus simple est presque toujours la meilleure, a répondu Melchor. Et moi, je veux au moins l'écarter. En plus, on est mercredi, dans trois jours le délai que ces enfoirés nous ont donné se termine et j'ai rien d'autre à quoi me raccrocher." Il a ajouté : "Et toi ?" Blai l'a regardé une seconde sans rien dire ; puis, à contrecœur, il a montré la porte. "Allez, va-t'en maintenant, lui a-t-il lancé. Avant que je le regrette."

Il n'est pas encore douze heures trente quand Melchor rejoint l'autoroute de la Méditerranée. Trois quarts d'heure plus tard, il sort à Gérone Nord puis emprunte la route nationale, traverse Celrà et Bordils et, peu après le croisement de La Pera, tourne à gauche sur une route secondaire et presque aussitôt tourne à droite pour entrer dans Rupià. C'est un petit village de vieilles maisons de pierre réunies autour d'une église romane, auquel on accède par une rue large et droite qui débouche sur un croisement de ruelles. Guidé par le GPS de son portable, Melchor prend la ruelle de gauche, traverse une promenade qui longe le lit asséché d'une petite rivière et, en arrivant devant quelques balançoires, il identifie la maison qu'il cherche : la dernière.

Il reste encore quelques minutes avant quatorze heures et on dirait le village désert sous le soleil intraitable de juillet. Melchor se penche par-dessus un portillon qui donne sur un jardin : un gazon fraîchement arrosé, un acacia, un olivier, une bignone, des jasmins et des vignes, un petit potager bien entretenu ; deux constructions de tailles différentes, également, et dans la plus petite, par une porte entrouverte, une femme qui, à cet instant, comme si elle se savait observée, se tourne vers Melchor. La femme abandonne son travail, prend un chiffon et, tandis qu'elle s'essuie les mains, lui fait signe d'entrer. Melchor traverse le jardin par un sentier dallé (une intense bouffée de parfum l'enveloppe quand il passe à côté d'un buisson de jasmin) et, en arrivant à la porte du plus petit bâtiment, il la salue, s'excuse de cette intrusion et lui demande si elle est bien celle qu'il croit. La femme répond que oui.

— Je suis policier, se présente-t-il. Pourrais-je parler un moment avec vous ?

Herminia Prat cesse de s'essuyer. Elle sourit vaguement, comme éblouie par la réverbération du soleil ; plus que de la surprise, son sourire trahit de la curiosité.

— C'est à propos de votre ex-mari, explique Melchor en arrivant devant elle. À propos de Ricky Ramírez.

La précision altère le visage de la femme dont les traits semblent s'effondrer. Elle n'est pas beaucoup plus âgée que Ramírez, mais elle en a l'air : ses cheveux sont longs et gris, presque blancs, son visage est couvert de taches de rousseur et parcouru de rides, et il se dégage d'elle une certaine fragilité lasse. Petite, très mince, elle a un regard sans éclat et ses seins affleurent à peine sous l'imprimé à fleurs rouges de sa robe tachée d'argile et de peinture. Un bracelet de pierres bleues entoure son poignet gauche.

— Ça fait quelques mois qu'il est mort, l'informe Herminia.

— Je sais, répond Melchor. C'est pour ça que je veux parler avec vous.

La femme s'essuie encore avec le chiffon, peut-être pas tant pour une question d'hygiène que pour calmer son trouble. Elle suppose :

— S'il s'agit d'argent…

— Ce n'est pas ça, la coupe Melchor. Je mène l'enquête sur une affaire. Une affaire importante.

La curiosité, davantage que l'inquiétude, se lit sur le visage de la femme ; ses yeux opaques ne scrutent plus Melchor comme s'il était un intrus.

— Je vous préviens, depuis qu'on a divorcé, on se voyait très rarement, explique-t-elle. D'ailleurs, quand il est mort, ça faisait presque un an que je n'avais plus entendu parler de lui.

— Ça n'a pas d'importance.

Avec un geste d'indifférence ou de lassitude, la femme l'invite à entrer.

Melchor pénètre dans un rectangle éclairé par des fenêtres qui donnent sur une grande étendue d'arbres et de champs de blé. Il règne dans cet espace l'ordre bigarré d'un atelier de céramiste. Deux tables de travail placées sous deux néons et entourées de chaises dépareillées occupent le centre de la pièce ; deux grands fours se dressent plus loin, un bleu et l'autre gris, ainsi qu'un laminoir pour aplatir et étirer la glaise. À gauche de l'entrée, près d'un vieux frigo sur lequel est posée une radio poussiéreuse, il y a un tour de potier en métal, une armoire avec d'innombrables tiroirs d'où débordent des échantillons de couleur et une étagère remplie d'assiettes, de vases, de bols accrochés sur des pointes d'acier et des sculptures rappelant vaguement Dalí et représentant des créatures de cauchemar : sorcières, dragons, centaures, licornes, hippogriffes. Deux autres étagères occupent le mur d'en face. L'une contient des pièces d'argile avant cuisson (tasses, bols, théières, assiettes creuses) ; l'autre, des pots de plastique remplis d'émaux de couleur. Seul un ventilateur à pales orienté vers les tables de travail atténue un peu l'atmosphère étouffante de la pièce.

— Et vous en vivez ? demande Melchor. De la céramique, je veux dire.

— Bien sûr, répond Herminia en se lavant les mains sous le robinet de l'évier. Vous trouvez ça étrange ?

Melchor ne dit rien ; il continue d'observer, presque fasciné, la profusion artisanale qui l'entoure. De part et d'autre de l'évier, sur un support en pierre qui fait saillie dans le mur, il y a deux balances pour peser les émaux, des pigments, des oxydes et des colorants avec lesquels on fabrique les couleurs, et plusieurs pots avec des outils de travail : couteaux, ciseaux, pinceaux, tenailles, cutters, stylos-billes, crayons, éponges, règles, équerres, chiffons, poinçons.

— Avant, je gagnais mieux ma vie, dit Herminia, comme si le silence de Melchor était une réponse. C'est une région de céramistes, ici, il y a toujours eu de la concurrence. La céramique de la Bisbal, vous voyez un peu… Je ne suis pas venue vivre ici pour ça, mais la céramique me plaisait depuis l'école, et ici, c'est l'endroit idéal pour apprendre. Il y a quelques années, je produisais beaucoup de pièces et je les vendais très bien, dans des boutiques de souvenirs, dans les fêtes foraines et les marchés, partout. Mais maintenant, ce n'est plus comme avant. Il y a moins de gens qui achètent, et ceux qui achètent, ils achètent chez Ikea ou dans des endroits comme ça, à des prix ridicules. Je ne peux pas les concurrencer, alors je produis très peu. Pendant des années, j'ai gagné pas mal d'argent avec ces figurines qu'on met sur les gâteaux de baptême, de communion et de mariage, vous voyez ce que je veux dire, n'est-ce pas ?

Melchor, qui n'a jamais vu ces figurines, ou qui ne les a jamais remarquées, fait un geste minime, qui pourrait passer pour de l'assentiment et qui n'en est pas.

— J'en ai fait des milliers, un grossiste m'en commandait. Mais ça aussi, c'est fini. Ou presque. Maintenant je ne fais que des figurines de gâteaux de mariage pour les couples qui vivent ensemble depuis vingt-cinq ou cinquante ans. Quand ces gens seront morts, adieu la céramique.

Herminia ferme le robinet de l'évier, prend un chiffon propre et s'essuie à nouveau.

— Alors vous vivez de quoi maintenant ? demande Melchor.

— Ça vous intéresse vraiment ou vous posez la question pour gagner ma confiance, comme le font les flics dans les films ?

Melchor n'a pas le courage de mentir et Herminia éteint le ventilateur.

— Venez avec moi.

Lui emboîtant le pas, Melchor sort de l'atelier, rebrousse chemin sur le sentier de planches de bois et entre dans la maison, dont le rez-de-chaussée s'avère être une pièce séparée du reste, de style hippie et aux murs complètement blancs, qui fait office de séjour et de cuisine. Herminia lui indique un canapé couvert d'une couverture couleur ivoire, ouvre le frigo et lui propose une bière. Melchor refuse et la femme lui demande ce qu'elle peut lui servir.

— De l'eau, répond le policier.

Herminia sort du frigo un pichet d'eau très froide et en sert un verre à Melchor ; ensuite, elle s'ouvre une bouteille de bière, s'assoit dans un fauteuil en face de lui et, le tutoyant, l'encourage à dire ce qui l'a fait venir.

— J'aimerais savoir quelle relation avait ton mari avec Virginia Oliver, dit Melchor en la tutoyant lui aussi.

La femme prend une gorgée de bière à même la bouteille ; Melchor boit aussi.

— Tu veux dire la maire ? demande Herminia.

— Oui.

— Aucune, que je sache.

— Il ne t'a jamais parlé d'elle ?

— Non, hésite-t-elle une seconde. Je n'en ai pas le souvenir.

— Et d'Enric Vidal ?

— Si tu penses à l'homme politique…

Melchor acquiesce.

— Oui, de lui, oui, reconnaît Herminia. De lui et de ses amis.

— Daniel Casas et Gonzalo Rosell ?

— Ceux-là mêmes.

— Ils étaient amis avec ton mari, c'est ça ?

— C'est ce qu'il prétendait, mais moi je ne les ai jamais vus. Et, oui, il parlait beaucoup d'eux, surtout vers la fin, quand, enfin…

La femme bouge une main comme si elle faisait la chasse aux toiles d'araignée.

— Il les a rencontrés à l'Esade, quand il était étudiant, mais, pour ce que j'en sais, il les a ensuite perdus de vue. Pourquoi ça t'intéresse ?

Melchor est désolé : il ne peut pas le lui expliquer.

— Tu dis que ton mari te parlait beaucoup de ses amis, continue-t-il. Qu'est-ce qu'il disait d'eux ?

Avant de répondre, Herminia ramasse ses jambes, les pose sur son fauteuil et, les pieds déchaussés et la bouteille de bière perlée d'humidité dans les mains, elle se pelotonne comme un chat. Les ongles de ses orteils sont peints de rose et il y a sur son visage une expression ironique d'abattement, comme si Melchor l'interrogeait sur un malheur révolu. Derrière elle, une porte ouverte sur le jardin laisse entrer une brise tiède, ce qui explique que, même sans appareil de réfrigération, il fait bien moins chaud dans cette pièce que dans l'atelier. Herminia avale une autre gorgée de bière.

— Ça dépend à quelle époque, lui raconte-t-elle. Au début, il en disait beaucoup de bien. D'eux et de ses années passées à l'Esade. Il était très fier d'avoir étudié là-bas et d'avoir eu ces amis-là. En tout cas, j'ai eu ce sentiment. Évidemment, j'étais si naïve en ce temps-là… Mais non, c'est vrai, quand on s'est rencontrés, tout était prétexte à parler de ses amis, et à raconter des anecdotes à leur sujet… On savait tous plus ou moins qui ils étaient, bien sûr, eux ou leurs familles. Je suppose qu'il a en partie impressionné mes parents comme ça, et surtout c'est comme ça qu'il m'a impressionnée, moi : pour moi, il était comme un prince qui arrivait d'une galaxie inconnue, d'un endroit où les choses étaient meilleures, que sais-je, plus brillantes et plus faciles. J'imagine que c'est ce qu'on ressent quand on tombe amoureux, non ? Mais ça, c'était seulement au début, quand on s'est rencontrés.

— Vous vous êtes rencontrés comment ?

— On travaillait tous les deux dans une entreprise alimentaire.

Herminia prononce un nom qui ne dit rien à Melchor, et elle se tortille sur son fauteuil à la recherche d'une posture plus confortable.

— On y faisait du pain de mie. C'était mon premier boulot, juste après mes études. J'ai fait des études d'économie, tu sais ? L'économie, je m'en foutais complètement à vrai dire, mais ma famille a insisté pour que je fasse des études utiles et… Enfin, en ce temps-là, donc, j'étais très naïve. On s'est mariés et on a monté notre propre boîte, une boîte d'expédition de colis, ça s'appelait Mercurio. Au début, ça a plutôt bien marché, mais après ça s'est gâté et tout a fini par foirer. Et quand je dis tout, je veux dire vraiment tout.

Disant ces mots, la voix de la femme semble se briser et elle détourne le regard vers la fenêtre de la cuisine. La fenêtre encadre une étendue immobile de champs de blé mûr et, au-delà, le profil doux d'une succession de collines couvertes de végétation. La femme se racle la gorge et regarde Melchor : elle n'a pas pleuré, du moins ses yeux ne sont pas humides.

— Tu voulais savoir comment je gagne ma vie… Je donne des cours particuliers aux enfants. Même si j'ai d'autres activités, c'est ce qui me plaît le plus. Et tu sais pourquoi ?

Melchor réprime l'envie de lui dire qu'ils s'éloignent de son sujet.

— Parce que je n'ai jamais autant appris sur la céramique que lorsque je l'enseigne. Sur la céramique et sur tout le reste. Les enfants, bien sûr, apprennent aussi, et ils apprennent des choses que plein d'adultes n'apprendront jamais. Par exemple, qu'il y a ce que tu essaies de faire, ce que tu imagines, et ce que tu obtiens, qui n'a rien à voir, et qu'il faut accepter ce que tu obtiens, il faut voir le bon côté des choses et penser que même si ce n'est peut-être pas ce que tu voulais, c'est probablement mieux que ce que tu voulais, parce que ce que tu voulais n'était pas bon. C'est ce qui m'est arrivé : je n'ai jamais imaginé que je mènerais la vie que je mène.

— Et que s'est-il passé avec ton mari ?

— Ça aussi, la céramique peut l'expliquer, répond Herminia, et Melchor est soudain assailli par un soupçon, celui de parler à une femme folle, une femme si folle qu'il est pratiquement impossible de détecter sa folie. Fabriquer une pièce de céramique, continue-t-elle, c'est prendre un bout d'argile et le transformer en autre chose. L'argile est la même, mais la chose est différente. Et c'est ce qui nous arrive souvent à nous, les êtres humains. Au début, on est faite d'une manière puis, avec le temps, d'une autre. On porte le même nom et on a le même visage, mais en réalité on n'est plus le même.

— C'est ce qui est arrivé à Ricky ?

— Exact. En réalité, l'échec l'a empoisonné, il l'a rendu différent. C'est devenu quelqu'un d'horrible, obsédé par l'argent, malade de l'argent ou du manque d'argent. Ce n'est pas si étrange que ça, n'est-ce pas ? Tant que tout va bien, on n'est pas méchant ; on devient méchant quand ça tourne mal. Et ce n'est pas tout, on commence aussi à faire porter le chapeau à tout le monde parce que ça a mal tourné pour nous.

— Tu essaies de me dire que ton ex-mari considérait ses amis de l'Esade comme responsables de son échec, même s'ils n'étaient plus en contact ?

— Eux et tout le monde. Sauf lui-même, évidemment : c'était aussi ma faute, celle de sa famille, la faute aux rares amis qu'il avait et même ceux qu'il n'avait plus. Tu ne peux pas imaginer comment c'était. Si on ne l'a pas vécu, on ne peut pas l'imaginer.

Faisant visiblement de son mieux pour que Melchor l'imagine, Herminia se met à parler de procès, d'avocats rapaces, de dettes impayées, d'ouvriers licenciés, de conflits familiaux et de créanciers qui frappent à leur porte, les insultent au téléphone et les poursuivent dans la rue en criant.

— Un vrai cauchemar, résume-t-elle. J'étais enceinte et j'ai perdu le bébé, après ça les médecins m'ont dit que je ne pourrais plus avoir d'enfant. J'ai plongé dans la dépression pendant deux ans. Heureusement, j'avais des cousins qui vivaient près d'ici, à Verges, c'est eux qui m'ont sortie de cet enfer. Sinon…

La voix de la femme se brise ou semble se briser à nouveau, et elle détourne une autre fois le regard de Melchor, qui comprend que le malheur d'Herminia n'est pas révolu, qu'il y a des malheurs qui tardent une éternité à être révolus.

— Après avoir quitté Barcelone, je l'ai très peu revu, reprend-elle au bout de quelques secondes, sans aucun ressentiment, les yeux à nouveau posés sur Melchor et passant un index fugace sur une paupière ; elle vide la bouteille de bière et la pose par terre, à côté du fauteuil. Quand on s'est séparés, je ne reconnaissais quasiment plus en Ricky l'homme dont j'étais tombée amoureuse. C'était, je l'ai dit tout à l'heure, comme s'il était une autre personne. Un homme brisé, égoïste, obsédé par son échec et aveuglé par l'argent, un homme qui cassait du sucre sur le dos de tout le monde.

— De ses amis de l'Esade aussi ? insiste Melchor.

— Surtout d'eux. Des fils à papa, médiocres et gâtés, des sales bourges qui n'ont jamais eu à faire le moindre effort, qui ont tout eu sur un plateau. C'est ce qu'il a commencé à dire quand notre affaire s'est cassé la figure. Bon, ça, c'était la version light. Il les détestait comme s'ils y étaient pour quelque chose. En plus, il buvait… Moi, la plupart du temps, je ne l'écoutais même pas, à cette époque, déjà, je n'en pouvais plus.

— Tu sais s'il les a revus ?

— Ses amis ? Non. Je ne crois pas. Je n'en sais rien.

Elle reste quelques secondes à fixer Melchor, mais celui-ci réalise qu'elle ne le voit pas, qu'elle ne voit que ses propres pensées. Ensuite, revenant à la réalité, elle continue :

— Ce que je sais, c'est qu'il s'est lancé dans les cryptomonnaies. À vrai dire, il s'y était mis même avant, quand on était encore ensemble, c'était son vieux projet, moi je voyais ça comme une sorte de passe-temps, mais après il s'y est mis à fond… Il achetait des bitcoins, il en vendait. Il faisait des affaires bizarres. Ou il essayait… Il ne voulait pas de boulot stable, il cherchait l'argent facile, le jackpot, comme il disait. Sauf qu'il n'est jamais sorti du trou. De temps en temps, il m'appelait, et parfois on prenait un café quand j'allais à Barcelone voir mes parents. Je me souviens de la dernière fois que je l'ai vu.

Elle retire les pieds du fauteuil, récupère la bouteille posée au sol et semble vouloir se lever ; mais elle ne se lève pas.

— Il y a presque un an de ça. Un jour, il m'a téléphoné et il m'a dit qu'il était à l'hôpital Vall d'Hebron et qu'il avait besoin de moi. Alors je suis allée le voir. Je l'ai trouvé dans un lit, le visage couvert de pansements, une jambe et un bras cassés. Je lui ai demandé ce qui lui était arrivé et il m'a parlé d'un accident, je ne sais trop quoi. Je l'ai cru, évidemment, mais ensuite j'ai appris que c'était faux : en réalité, on lui avait donné une bonne raclée. Ce jour-là, j'ai rencontré sa copine.

— Il avait une copine ?

— Moi, j'ai rencontré celle-là. Il y en a peut-être eu d'autres. Et donc, il m'a dit qu'il avait des ennuis et il m'a demandé de l'argent. Ce n'était pas la première fois qu'il m'en demandait, mais je l'ai vu si mal en point que je lui en ai donné, pas beaucoup, mais pour mes faibles économies ce n'était pas rien. C'est la dernière fois que je l'ai vu.

— Il t'a rendu l'argent ?

— Non.

— Tu sais comment s'appelait la copine ?

— Non. – Herminia semble hésiter. – Bien que… Attends un moment.

Elle se lève avec la bouteille à la main, la laisse dans la cuisine et monte à l'étage par une échelle en bois. Melchor consulte son téléphone, où s'accumulent des WhatsApp de Vivales, de Blai, de Cortabarría et de Vàzquez, lequel lui annonce qu'il est prêt à reprendre le travail le lendemain. Il a déjà répondu à trois de ces messages quand il entend Herminia descendre l'escalier en annonçant :

— Tu as de la chance.

Elle donne à Melchor un bout de papier arraché d'un cahier à spirale, où figurent un nom, un numéro de téléphone et un numéro de compte de la banque Sabadell. Le nom est celui d'une femme : Marga Isern.

— Je peux garder ça ? demande Melchor en montrant le papier.

— Bien sûr, répond Herminia. C'est Ricky qui me l'a donné pour que je fasse le virement sur ce compte et pour que je puisse appeler sa copine en cas de souci. Je l'avais dans mon agenda.

Melchor range le papier, mais Herminia ne se rassoit pas.

— Bon ben, dit la femme, je vais préparer le repas. Tu veux rester ?

Melchor se dit que Herminia lui fait cette proposition par pure politesse ; et aussi qu'il l'a suffisamment dérangée. Alors, se levant du canapé, il la remercie et lui annonce qu'il doit partir. La femme n'insiste pas et, tandis qu'elle l'accompagne vers la sortie, elle lui dit qu'il peut revenir ou l'appeler s'il a besoin d'elle ; Melchor lui indique le numéro de téléphone qu'on lui a donné à l'école de Torroella de Montgrí et lui demande si c'est bien le sien.

— Oui, acquiesce Herminia. Mais je l'éteins quand je travaille.

Ils ont atteint l'extrémité du sentier de planches et elle lui ouvre le portillon du jardin. Tandis qu'ils se serrent la main, l'odeur de jasmin rappelle au policier un souvenir.

— Il y a des rumeurs qui disent que ton mari s'est suicidé, dit-il en choisissant soigneusement ses mots. Tu le sais, n'est-ce pas ?

Contre toute attente, Herminia éclate de rire, et Melchor aperçoit brièvement dans ce rire clair et sans malice, qui creuse deux fossettes identiques sur ses joues couvertes de taches de rousseur, la fille qu'elle a dû être avant le calvaire qu'elle a souffert au côté de Ricky Ramírez.

— Quelle idée ! s'écrie-t-elle. Je ne suis pas allée à son enterrement, j'ai appris sa mort quand il avait déjà été incinéré, mais je t'assure que Ricky n'était pas de ceux qui se suicident. Lui, c'était un survivant. Il aurait préféré vivre sous un pont plutôt que de se suicider. Ça, je peux te le garantir.

En sortant de Rupià, Melchor compose le numéro de Marga Isern, mais une voix artificielle lui apprend que son appel ne peut aboutir. Il appelle ensuite Cortabarría et lui demande de chercher deux choses : les coordonnées de Marga Isern et le certificat de décès de Ricky Ramírez. Puis il tourne et retourne dans sa tête la conversation qu'il vient d'avoir avec Herminia Prat et, alors qu'il est déjà sur l'autoroute de Barcelone, il décide d'appeler Vàzquez, mais se ravise au dernier moment et appelle Blai.

— Arrête tes conneries, l'Espagnolard, s'exclame l'ancien chef de l'unité d'investigation de la Terra Alta quand Melchor lui expose sa théorie.

— Je ne dis pas que c'est vrai, précise-t-il. Je dis que c'est possible.

Puis il résume :

— Ricky Ramírez les détestait à mort, il a essayé de leur faire du chantage et ils l'ont chopé. C'est ça qui leur a donné l'idée de faire chanter la maire, et le matériel pour y parvenir. Ramírez a été éliminé, comme ça il ne dérangeait plus.

— Magnifique, reconnaît Blai. Dommage que tu n'aies pas une seule preuve.

— C'est vrai, en convient Melchor. Mais c'est Ramírez qui a fait la vidéo, alors si quelqu'un a pu la conserver, c'est lui. En plus, il meurt et on l'incinère dare-dare, et par-dessus le marché, Vidal essaie de me vendre cette histoire de suicide, qui a bien fait marrer sa femme quand je lui en ai parlé… Enfin. Moi, il me semble que ça se tient.

Blai ne dit ni oui ni non. Melchor lui donne du temps pour réfléchir ; quelques secondes plus tard, il demande :

— Blai, t'es encore là ?

— Il te manque un élément, réagit l'inspecteur.

— Quoi donc ?

— La femme qui a appelé la maire.

Melchor freine brusquement, sort le papier qu'Herminia Prat lui a remis et vérifie sur son portable si le numéro de Marga Isern correspond à celui depuis lequel les maîtres-chanteurs ont appelé la maire, ou celui de la carte SIM que le Français a faite au nom de Farooq Hoque. Ce n'est ni l'un ni l'autre.

— T'inquiète, finit par dire Melchor. Je vais la trouver.

Avant d'arriver à Barcelone, Cortabarría l'appelle pour l'informer qu'il a localisé Marga Isern.

— Prends note, dit-il.

Melchor mémorise les coordonnées. Cortabarría ajoute :

— On a aussi une photo de la femme. Il y a deux ans, on l'a surprise en train de vendre de l'herbe. Ça t'intéresse ?

— Bien sûr. Tu peux me l'envoyer par WhatsApp ?

— Tout de suite.

— Parfait. Et le certificat de décès ?

— On est dessus, répond Cortabarría.

Marga Isern vit dans un immeuble de la Ronda de Sant Antoni. Melchor se gare pratiquement en face, en double file, sort de la voiture et sonne à l'interphone, mais personne ne répond. En regagnant son véhicule, Melchor voit qu'une voiture abandonne sa place de parking et il s'empresse de l'occuper. C'est un observatoire parfait pour le policier et, installé au volant, il peut à la fois surveiller l'entrée de l'immeuble et la photo prise par la police que Cortabarría vient de lui envoyer, le cliché d'une femme d'une quarantaine d'années très mince et vêtue d'un survêtement, les cheveux couleur paille, l'air apeuré et les yeux rougis. Il l'examine durant un moment, puis la faim commence à le tenailler. Il se rend dans un café proche, commande un hot-dog et une bouteille d'eau et se réinstalle dans sa voiture. En mangeant, il se fait la réflexion que le taxiphone du Français est à deux pas, et il a, dans un même temps, un pressentiment et une idée. Il finit de manger sur le chemin du taxiphone, et avant d'y pénétrer, jette la bouteille vide dans une poubelle.

Le salafiste est toujours derrière le comptoir, le nez dans son portable, mais il lève les yeux et dit quelque chose à Melchor quand celui-ci passe devant lui. Melchor fait mine de ne pas l'entendre : il se dirige tout droit vers le bureau du Français, entre sans frapper, le salue avec la première phrase qui lui traverse l'esprit ("On n'avait pas dit qu'un business qui ne te permet pas de te lever à onze heures du matin, ce n'est pas un bon business ? Et la sieste, alors ?") et le Français le regarde avec son expression des mauvais jours. En reconnaissant Melchor, cependant, le visage de l'ancien bibliothécaire de la prison de Quatre Camins s'illumine et, en ôtant ses lunettes de lecture, il laisse échapper un rire féroce et l'invite à s'asseoir. Melchor se laisse tomber sur une chaise pendant que le Français peste contre ses clients et prépare deux cafés sur sa Nespresso. Il en tend un au policier et lui demande :

— Alors, qu'est-ce qui t'amène ici ?

— Rien.

Melchor hausse les épaules et porte le gobelet en carton à ses lèvres.

— Je bossais dans le coin, j'avais un peu de temps devant moi.

— À d'autres, mon petit, se moque le Français en s'installant dans son grand fauteuil avec le café dans les mains.

Il ajoute :

— Tu as trouvé, le truc de l'autre jour ?

C'est la question que Melchor espérait, même si elle arrive plus tôt qu'il ne s'y attendait, ce qu'il interprète comme une confirmation anticipée de son pressentiment. Il répond :

— Quoi donc ?

— Tu seras gentil d'arrêter de faire l'idiot avec moi, d'accord ? le réprimande le Français. C'est un manque de respect.

Melchor ébauche un geste d'excuse.

— Pardon. Qu'est-ce que tu voulais savoir ?

— Si tu as trouvé, pour cette histoire de carte SIM au nom du Pakistanais.

— Ah oui, c'est vrai, fait semblant de se rappeler Melchor. Bien sûr que j'ai trouvé. C'était rien. Vous l'avez faite pour une femme qui habite pas loin d'ici, sur la Ronda de Sant Antoni. Marga Isern.

Pétrifié par la surprise, le Français dévisage Melchor en laissant son gobelet suspendu à un centimètre de sa bouche ; ensuite, sans cesser de regarder son ancien camarade de prison, il avale son café d'une traite, laisse le gobelet sur la table envahie de papiers et demande :

— Tu as appris ça comment ?

Melchor approche son visage du Français et lui fait un clin d'œil.

— C'est toi qui viens de me le dire.

Il finit son café et se lève de sa chaise pendant que le Français éclate de rire.

— Oh le connard ! s'écrie-t-il. Je viens de me faire avoir comme un blaireau.

— T'inquiète, mon pote, dit Melchor, cherchant un endroit sur la table où poser son gobelet, qu'il finit par glisser dans celui du Français. Ça va rester entre toi et moi.

Il le remercie pour le café mais, avant qu'il puisse ouvrir la porte du bureau, le Français prononce son nom. Melchor se retourne : son vieil ami et mentor est encore vautré dans son fauteuil, avec son éternel air de cétacé ; toute trace de rire a disparu de son visage, dominé maintenant par un rictus sévère.

— Cette fille n'a rien fait de mal, lui assure-t-il.

— Comment tu sais ça ?

— Je le sais, c'est tout. Je t'ai déjà dit que je sais distinguer les salopards de ceux qui ne le sont pas. Et cette femme est tout sauf ça. C'est une pauvre malheureuse. Une détraquée qui gagne sa vie comme elle peut, c'est tout. En plus, ça fait deux mois que son mec est mort.

— Tu le connaissais ?

— Suffisamment pour savoir que lui, en revanche, il était dangereux.

— Tu sais de quoi il est mort ?

— Aucune idée : tu crois quand même pas que je suis au courant de tous les commérages du quartier. Il est mort, point barre. Du jour au lendemain. C'est tout ce que je sais. Ça et que cette femme est incapable de faire du mal à une mouche.

Melchor observe un instant le Français et se demande si Marga Isern a été sa petite amie, ou quelque chose comme ça ; il est sur le point de le lui demander, puis se dit que ce ne sont pas ses affaires, du moins pas pour le moment.

— T'inquiète, dit-il pour le calmer.

Avant qu'il puisse prendre congé du Français, celui-ci lui pose une autre question qui le surprend :

— Tu fais quelque chose ce soir ?

Melchor le regarde sans comprendre.

— Je t'invite à dîner, précise le Français.

— Je suis désolé, dit Melchor. Sincèrement. Ma fille m'attend.

— Je suis sûr que tu as quelqu'un qui peut s'occuper d'elle.

Ajoutant à cette hypothèse un geste de supplication, il insiste :

— Allez, petit, au nom du bon vieux temps.

De retour sur la Ronda de Sant Antoni, il sonne à l'interphone de Marga Isern. Cette fois, on lui répond. Il la demande.

— C'est moi, dit-elle.

— Police. Ouvrez, s'il vous plaît.

Il y a un silence.

— Allô ? demande Melchor.

— Vous voulez quoi ?

— Vous parler.

Encore un silence.

— Vous avez un mandat de perquisition ?

— Il ne s'agit pas d'une perquisition. J'aimerais seulement parler avec vous. Je vous l'ai déjà dit.

— Je n'ai rien fait. Je n'ai rien à dire à la police.

— Vous vous trompez. Ouvrez, je vous en prie.

— De quoi vous voulez parler ?

— De Ricky Ramírez.

— Je ne sais pas qui c'est.

— Bien sûr que vous savez qui c'est.

— Il est mort.

— C'est pour ça que je veux parler avec vous. Je veux aussi parler d'une carte SIM que vous avez fait faire dans un taxiphone au nom d'un épicier pakistanais.

Le silence se prolonge. Il est dix-neuf heures passées, la lumière naturelle a commencé à décliner et, sur le trottoir d'en face, un groupe de touristes asiatiques, des Chinois ou des Japonais, passe, leur guide en tête.

— Marga ? demande Melchor.

La porte s'ouvre avec un claquement métallique et Melchor gravit un escalier sombre et étroit jusqu'au troisième étage où il trouve une porte entrebâillée. Il la pousse, traverse un petit vestibule et la voit tout de suite : elle est dans la cuisine, debout à côté d'un évier rempli d'assiettes, en train de fumer. Visiblement tendue, la femme fait un signe de tête à Melchor et demande :

— Vous voulez quoi ?

Melchor entre dans la cuisine, exiguë et éclairée par un néon qui clignote de manière presque imperceptible ; il flotte dans l'air une odeur malsaine, de fromage pourri ou de pieds. À côté de l'évier se trouvent une gazinière et un minuscule frigo ; sur une table collée au mur, il y a une bouteille de Coca-Cola d'un litre et demi, plusieurs verres sales, un cendrier débordant de mégots (sur lequel on peut lire : SOUVENIR DE CATALAYUD), un paquet de feuilles à rouler et un paquet de tabac ouvert. Il n'y a de chaise nulle part, mais Melchor demande :

— On peut s'asseoir ?

— Non, répond la femme en tirant une bouffée nerveuse sur sa cigarette. Posez vos questions et partez.

Elle est aussi maigre que sur la photo prise par la police et elle a les mêmes cheveux jaunâtres, mais bien plus courts ; elle a aussi l'air apeurée, mais c'est une peur qui tente de se déguiser en mécontentement, presque en indignation, de l'avoir là, chez elle, dans sa cuisine. Elle n'est pas non plus en survêtement : elle porte un jean large et un tee-shirt rouge qui moule ses seins, flasques et volumineux. Elle n'est pas séduisante, mais Melchor se dit qu'elle l'a été ou qu'elle a pu l'être, et il fait le choix d'aller droit au but.

— Vous vous êtes mise dans une sale histoire, l'avertit-il.

— Ah bon ? répond Marga ; elle agite la jambe gauche à une vitesse hystérique. Quel genre d'histoire ? Si vous pensez à la carte SIM…

— Je pense à ça, oui.

La femme glisse la main dans la poche arrière de son pantalon, sort son portable et, avec un regard de défi, le tend à Melchor qui le démonte en deux secondes et constate que la carte SIM n'est pas celle qu'il cherche.

— Content ? demande la femme. Maintenant, sortez, allez-vous-en.

Melchor rassemble le portable et le rend à sa propriétaire.

— Nous savons tous les deux que c'est vous qui avez fait faire cette carte.

— Qui vous a dit ça, demande la femme. Le Français ?

Melchor garde le silence. Ensuite il ment :

— Je ne sais pas qui est le Français.

— Si, vous le savez, dit la femme. Le patron du taxiphone. C'est lui, hein ?

Melchor n'en dit pas davantage.

— Alors je vais vous dire pourquoi il vous l'a dit : parce que c'est un vieux pervers qui voulait me mettre dans son lit mais je ne l'ai pas laissé faire. Voilà pourquoi. L'enfoiré, c'est pour se venger de moi.

Melchor ne la croit pas, mais il fait semblant d'hésiter.

— C'est depuis le portable qui utilise cette carte qu'on fait du chantage à la maire de Barcelone, constate-t-il.

— Et alors, qu'est-ce que ça peut me faire ? réplique Marga.

Melchor fait un pas vers elle et la femme se met sur ses gardes. Sa jambe gauche cesse de bouger. Melchor montre les paumes de ses mains : il est armé, mais c'est comme s'il voulait prouver à son interlocutrice qu'il ne porte pas d'arme.

— Vous vous trompez, réitère-t-il. Si vous m'aidez, je peux vous aider à mon tour.

Peut-être parce qu'elle a compris que Melchor n'a pas l'intention de l'agresser, la femme fabrique un simulacre de sourire, tire une rapide bouffée sur sa cigarette et, en recrachant tout juste un peu de fumée, se tourne vers l'évier pour jeter les cendres.

— Ah bon ? demande-t-elle en faisant volte-face.

Melchor laisse errer son regard dans la cuisine : il aperçoit un chat blotti dans un coin, à côté d'un bol en plastique vide, qui l'épie avec ses yeux incandescents.

— Je peux prouver que c'est vous qui avez fait faire cette carte, dit-il. Avec ça, je peux vous arrêter. Vous savez pourquoi je ne vais pas le faire ?

— Pourquoi ?

— Parce que je ne crois pas que vous vous soyez mise dans cette affaire toute seule. Il y a quelqu'un d'autre. Et vous protégez cette personne. Dites-moi qui vous protégez et je vous aiderai.

Marga Isern scrute Melchor qui sent que la femme tente d'évaluer son degré de sincérité. Au bout de quelques secondes, elle sourit, tire sur sa cigarette, l'éteint sous le jet du robinet, laisse le mégot mouillé sur l'évier et fait face au policier.

— Vous avez fini ?

— Non.

Melchor improvise un changement de stratégie.

— Parlez-moi de Ricky Ramírez.

— Je vous ai déjà dit qu'il est mort.

— Comment vous l'avez rencontré ?

— Il vivait dans le quartier. Tout près d'ici.

— Quel genre de rapport vous aviez ?

— Le rapport que le Français aurait voulu que j'aie avec lui.

— Vous savez de quoi il est mort ?

— D'une crise cardiaque.

— Vous en êtes sûre ?

— C'est ce que le médecin a dit.

— Et si je vous disais que ce n'est pas vrai ?

La femme se tait comme si un frisson lui parcourait le corps. Sa jambe gauche bouge encore plus rapidement qu'avant.

— Quoi ? demande-t-elle.

— J'ai de bonnes raisons de penser qu'il a été assassiné, explique Melchor. Et que vous êtes en train de protéger sans le vouloir ceux qui l'ont assassiné.

Maintenant, elle l'observe d'un air incrédule, ou peut-être perdu. Elle s'écarte de l'évier, sort un tabouret de dessous la table et s'y assoit. Elle semble un peu sonnée.

— Qu'est-ce qui vous fait penser ça ? demande-t-elle.

— Je ne peux pas vous en dire plus, répond Melchor. Mais je vous dis que j'ai des raisons de le croire. De très bonnes raisons. Et si c'est vrai que ces gens ont assassiné votre compagnon, ils peuvent aussi vous tuer dès que vous ne leur serez plus utile. C'est pour ça que vous avez besoin de ma protection.

La femme a sorti du tabac du paquet qui se trouve sur la table et s'est mise à le triturer, comme si elle s'apprêtait à se rouler une cigarette. Tout indique qu'elle est encore en état de choc. Tout indique qu'elle essaie d'assimiler l'information ou plutôt l'hypothèse, et un court instant Melchor caresse la possibilité de lui dire qu'il est certain que c'est elle qui a appelé la maire pour exiger d'elle de l'argent et sa démission ; puis, l'instant suivant, il décide qu'il lui a assez mis la pression, et qu'il est préférable à présent de la laisser réfléchir. Alors il sort une feuille à rouler du paquet et griffonne dessus le numéro de son portable.

— Réfléchissez bien, lui demande-t-il en lui tendant la feuille. Et appelez-moi quand vous aurez pris une décision.

Une fois sur la Ronda de Sant Antoni, Melchor appelle Blai, lui dit où il en est et lui demande s'ils peuvent mettre immédiatement Marga Isern sur écoute.

— Tu rêves, lui répond Blai. Si tu crois que je vais appeler le juge pour un truc pareil… Oublie l'écoute jusqu'à demain matin. À condition qu'il nous y autorise, évidemment.

— Tu crois qu'il peut ne pas l'autoriser ?

— Non, je ne crois pas mais…

— Demain matin, ça sera probablement trop tard, dit Melchor en réfléchissant à voix haute. Je parie tout ce que tu veux que cette femme est en train de téléphoner à l'un des maîtres-chanteurs.

— C'est bien possible, admet Blai. Mais moi, je parie tout ce que tu veux qu'aucun de ces salauds ne va parler avec elle au téléphone de cette affaire. Pas pendant un bon bout de temps. Pourquoi tu ne restes pas là-bas pour la surveiller ? Sinon, je cherche quelqu'un d'autre.

— Je reste. J'ai un dîner dans le quartier ce soir.

— Top de top. Si ça se prolonge, préviens-moi et j'envoie la relève.

Melchor grimpe dans la voiture et fait le guet. Quand il a déjà passé un moment dans son véhicule à l'arrêt, sans perdre une seconde de vue la porte de l'immeuble de Marga Isern, il téléphone à Vivales et lui dit de ne pas l'attendre pour dîner.

— Tu t'es fourré dans un traquenard ou t'as un rancard ? demande Vivales.

— Ni l'un ni l'autre, répond Melchor. Allez, dis à Cosette de prendre le téléphone.

— Elle joue avec une copine, répond Vivales. Fiche-lui la paix. D'ailleurs, la mère de la copine en question a demandé après toi. Elle m'a dit qu'elle voulait te parler et te présenter ses excuses mais elle ne m'a pas dit pourquoi. Tu veux que je lui dise quelque chose quand elle viendra chercher sa fille ?

Melchor demande à Vivales de dire à la mère de ne pas s'inquiéter, qu'elle n'a pas à présenter ses excuses pour quoi que ce soit, raccroche et reprend son attente, et il n'a pas encore repéré de station de radio à son goût quand il voit Marga Isern sortir de son immeuble. Il descend de la voiture et la suit. Marchant d'un pas vif, la femme s'enfonce dans le Raval par la rue Joaquín Costa, et Melchor pressent qu'elle se dirige vers le taxiphone du Français. Ce n'est pas le cas : sans s'arrêter, elle passe devant la boutique qui porte l'enseigne INTERNET BEGUM et poursuit sa route vers la Rambla et le quartier gothique. Au niveau de la rue Ferlandina, le téléphone de Melchor sonne. C'est Cortabarría.

— T'es encore au bureau ? lui demande Melchor, le regard rivé sur Marga Isern qui marche à une vingtaine de mètres de distance.

— Non, répond Cortabarría. Mais j'ai demandé à Sudrià de m'appeler dès qu'il en saura plus sur le certificat de décès de Ricky Ramírez. Je me suis dit que c'était urgent.

— Et ça l'est, confirme Melchor. Vas-y, crache.

— Tout est en ordre, annonce Cortabarría. Il est mort d'une crise cardiaque. Il n'y a rien de suspect.

— Tu en es sûr ?

— C'est ce que dit Sudrià. Appelle-le si tu veux. T'as son numéro ?

— Non. Mais ce n'est pas la peine. Merci pour l'info.

Quand il raccroche, Marga Isern vient de s'engouffrer dans la rue Hospital. Melchor accélère le pas pour ne pas la perdre, mais en arrivant à l'angle, il ne la voit plus. Se maudissant, il parcourt dans tous les sens la rue au milieu de la foule qui encombre les trottoirs, touristes, habitants du quartier et usagers de la Bibliothèque de Catalogne qui entrent et sortent du bâtiment, quand, à deux doigts de déclarer forfait, il distingue la femme derrière les grandes vitres d'un café aux plafonds très hauts qui se trouve presque en face de l'entrée principale de la bibliothèque. Un instant, il croit que Marga Isern l'a reconnu, mais il comprend aussitôt que non ; un instant, il envisage d'entrer dans le café et de la surveiller depuis l'intérieur, mais il comprend aussitôt que c'est trop risqué, et il s'éloigne de la devanture et se met à surveiller l'entrée de l'établissement assis sur un banc du parc qui se trouve en face. Il demeure ainsi un moment, à regarder entrer et sortir des clients du café, et à s'approcher de temps à autre avec la plus grande précaution pour s'assurer que la femme s'y trouve toujours et que personne ne s'est assis avec elle. Il commence à envisager la possibilité qu'elle est sortie de chez elle pour s'aérer un peu quand il reconnaît l'individu rondouillard, trapu et moustachu qui vient de la Rambla et marche vers le café.

— Bingo, murmure Melchor.

C'est Hematomas. Melchor hésite quelques secondes, mais finit par décider qu'il doit courir le risque et il entre dans le café, s'assoit à une extrémité du comptoir, commande une bouteille d'eau gazeuse qu'il règle aussitôt. Marga Isern et Hematomas sont assis à quelques mètres de lui, dans un coin de l'établissement, la femme lui faisant presque face et l'inspecteur lui tournant le dos. Melchor se cache derrière un exemplaire du journal *La Vanguardia* placé par les propriétaires du café sur une baguette en bois et, prenant toutes les précautions possibles, prend quelques photos avec son portable et se met à espionner le couple.

Marga Isern a déjà bu une bière et, quand la serveuse s'approche, Hematomas ne commande rien. Au milieu du brouhaha de la musique et des conversations qui résonne dans le café, Melchor ne parvient pas à les entendre ; il ne le parviendrait pas même sans le bruit : il se trouve trop loin du couple. Mais il les voit parfaitement, surtout la femme qui semble trop accaparée par l'homme assis devant elle pour remarquer quoi que ce soit autour d'eux. Au début, Marga Isern parle sans discontinuer, très vite et en gesticulant, comme si elle avait quelque chose d'important à raconter à Hematomas, qui la laisse s'épancher ou montre peut-être un intérêt véritable à ce qu'elle lui raconte. Puis c'est l'inspecteur qui parle et Marga qui écoute, non sans l'interrompre de temps à autre, très agitée, au point qu'à deux reprises Hematomas lui saisit le poignet, peut-être pour la rassurer. À un moment donné, la femme tourne le regard vers le comptoir et lève la main. Melchor s'empresse de cacher son visage dans l'exemplaire de *La Vanguardia*. Quand il regarde à nouveau, Marga Isern verse sa seconde bière dans un verre et continue de parler, de plus en plus perturbée, et Hematomas lui saisit encore le poignet, mais cette fois la femme enlève brusquement sa main et, dans son élan, renverse sur la table et ses genoux le contenu de son verre, ce qui semble achever de l'exaspérer. Alors Hematomas retire sa main et murmure quelque chose qui, d'un coup, la tranquillise ; plus que ça, même : Melchor a un bref instant l'impression que l'inspecteur est un ensorceleur et la femme un serpent, ou peut-être un lièvre ébloui par les phares de la voiture qui est sur le point de l'écraser. À partir de là, Marga Isern écoute Hematomas sans l'interrompre, en buvant en silence et à petites gorgées ce qui lui reste de bière, comme si elle s'était finalement calmée et suivait à présent les instructions que l'inspecteur est en train de lui dicter, à supposer que l'inspecteur ait des instructions à lui dicter.

C'est seulement une trêve, ou un mirage. Soudain, la femme se lève, dit quelque chose à l'inspecteur (ou plutôt semble lui cracher quelque chose au visage) et se précipite vers la sortie. Melchor arrive à voir qu'Hematomas, qui lui tourne le dos, essaie en vain de la retenir, mais il doit aussitôt se cacher derrière son exemplaire de *La Vanguardia*, qui lui permet juste d'apercevoir Marga Isern sortir dans la rue comme une flèche. L'inspecteur la suit jusqu'à la porte ; ensuite, avec un flegme tout administratif, il retourne au comptoir, règle les deux consommations que Marga Isern n'a pas payées et quitte l'établissement.

Melchor laisse s'écouler quelques secondes et sort en courant du café. Il reconnaît à une cinquantaine de mètres Hematomas, qui s'éloigne dans la foule en direction de la Rambla, mais il ne voit pas Marga Isern, et la seule idée qui lui vient à l'esprit est de faire dare-dare le chemin inverse à celui qu'il a emprunté en la suivant, une heure ou une heure et demie plus tôt, dans l'espoir de la rattraper quand elle rentre chez elle. Cela s'avère être un espoir bien fondé. Peu après être passé devant le taxiphone du Français, Melchor débouche sur la Ronda de Sant Antoni et se heurte quasiment à la femme, qui attend que le feu passe au vert. Melchor recule de quelques mètres et, l'instant suivant, il la voit traverser au passage clouté, continuer sur le trottoir d'en face et pousser la porte de son immeuble.

Il est près de vingt et une heures, l'heure à laquelle il a rendez-vous avec le Français pour dîner, mais il a besoin de réfléchir sur les derniers événements et, afin de s'isoler, il s'enferme dans sa voiture. Là, tout en espionnant la porte de l'immeuble de Marga Isern, il fait le point. Il a réuni ces dernières heures certaines certitudes et de nombreuses questions. Il a, par exemple, la certitude que Marga Isern est liée au chantage, mais il lui est impossible de le prouver, sauf si le Français déclare avoir piraté la carte SIM dans sa boutique, ce qui pour l'instant semble peu probable, à moins que ce soit la femme elle-même qui avoue, ce qui semble encore moins probable. Il a également la certitude qu'Hematomas est aussi lié au chantage, car il l'a photographié avec Marga Isern précisément après la conversation qu'il a eue avec elle, au cours de laquelle elle a appris qu'il l'avait identifiée, et il semble impossible à Melchor qu'elle puisse justifier cette rencontre par des motifs étrangers au chantage. Cela dit, l'implication d'Hematomas signifie-t-elle que Vidal est impliqué dans l'affaire ? Pas forcément. Comme l'a pressenti Blai, le chef des Vidal Boys pourrait agir pour son propre compte, sans ordres ni consentement de Vidal et, une fois les trois cent mille euros empochés grâce au truc de la gamelle abandonnée sur la plage de Gavà, il aurait pu exiger la démission de la maire (en plus des autres trois cent mille euros) pour détourner l'attention, afin que la police morde à l'appât politique et croie que toute l'affaire est organisée par Vidal, lequel chercherait à prendre la place de sa cheffe. Ce qui expliquerait pourquoi le premier adjoint lui a proposé à lui, Melchor, de diriger les Vidal Boys : il n'a plus confiance en Hematomas, peut-être même se dit-il que celui-ci trame quelque chose dans son dos. “Rien de tout ça n'est impossible", se dit Melchor. Qui plus est, soudain, ça lui paraît probable. Plus probable, en tout cas, que l'hypothèse à laquelle il a travaillé jusqu'alors et selon laquelle tout obéit à un plan conçu par Vidal, Casas et peut-être Rosell pour arracher à la maire son poste et mettre fin à sa carrière politique.

Vue sous cet angle, l'affaire présente une physionomie différente. Selon celui-ci, Ricky Ramírez avait conservé la vidéo et, après qu'une crise cardiaque l'a emporté, Marga Isern l'a trouvée dans ses affaires personnelles et a communiqué sa trouvaille à Hematomas, qui a décidé de l'utiliser à ses propres fins, peut-être parce qu'il savait ou soupçonnait que Vidal cherchait à le remplacer et voulait s'assurer un solde de tout compte à la hauteur des services rendus. Mais c'est là que les interrogations commencent à s'accumuler : pourquoi Ricky Ramírez, de son vivant, n'a-t-il pas fait chanter ses amis ? Il n'aurait pas osé, malgré son ressentiment à leur égard ? Ou bien croyait-il que l'enregistrement n'était pas suffisant pour leur faire du chantage, comme le pensait Casas lui-même ? Pourquoi alors n'a-t-il pas essayé de faire chanter la maire ? Là encore, il n'aurait pas osé ? Dans ce cas-là, pourquoi conserver l'enregistrement ? Pour le jour où il réunirait suffisamment de courage ou de désespoir pour s'y résoudre ? Ricky Ramírez est-il vraiment mort de cause naturelle ? N'était-il pas relativement facile, surtout pour des individus comme Vidal et Casas, de faire passer une mort provoquée pour une mort naturelle ? Et, si la mort avait été provoquée, quelle en est la raison ? Qu'a fait Ricky Ramírez pour qu'on le tue ? Du chantage à ses anciens amis ? Marga Isern a-t-elle été impliquée dans cette mort ? Et, si elle ne l'est pas, pourquoi protège-t-elle Hematomas (ou Hematomas et Vidal, ou Hematomas, Vidal et ses deux amis) ? Cette femme se rend-elle compte du danger qu'elle court ? Fera-t-elle appel à lui pour qu'il la protège ?

Melchor consulte l'heure sur l'horloge de la voiture, sort du véhicule et marche en direction de la rue Joaquín Costa. Le taxiphone du Français est encore ouvert mais il semble vide (même le salafiste a quitté son poste au comptoir de l'entrée) ; pourtant, ce n'est qu'une impression : l'ex-prisonnier demeure là, si plongé dans ses papiers qu'il ne se rend même pas compte que le policier est entré.

— Ça va ? demande Melchor en faisant irruption dans son taudis. Ce tripot ne ferme donc jamais ?

Le Français finit la soirée ivre comme un coing, et Melchor doit le raccompagner chez lui – un appartement à moitié vide dans un vieil immeuble près de la place Urquinaona – et le mettre au lit tout habillé car il tenait à peine debout. Ils ont dîné à l'Amaya, un restaurant traditionnel en bas de la Rambla. La première partie du dîner s'est résumée à un bras de fer. Melchor s'est tout de suite rendu compte que, comme il le soupçonnait depuis le début, le Français l'avait invité pour savoir pourquoi il cherchait Marga Isern et ce qu'elle avait fait avec la carte SIM piratée. De son côté, Melchor a lui aussi essayé de faire parler le Français, mais ce qu'il a réussi à lui soutirer n'avait pas grand intérêt : qu'il avait rencontré Marga au taxiphone, elle était accompagnée de Ricky Ramírez ; qu'ils venaient de temps en temps, parfois ensemble, parfois séparément ; qu'ils se consacraient au trafic de marijuana mais que lui gagnait sa vie en achetant et en vendant des bitcoins ; il lui avait même proposé d'en acheter.

— Et tu as accepté ? a demandé Melchor, non parce que cela piquait sa curiosité, mais pour faire parler l'ex-détenu.

— Tu me prends pour un décérébré ou quoi ? a rétorqué le Français.

Melchor s'est souvenu d'Herminia Prat et il a demandé à son ami s'il savait qu'on avait administré à Ricky Ramírez, avant sa mort, une bonne raclée qui l'avait envoyé à l'hôpital.

— Non, a répondu le Français. Mais ça ne m'étonne pas. Comme je t'ai dit, il y avait un truc louche chez ce type.

— Tu dis ça à cause de la marijuana ou des bitcoins ?

— Pas seulement.

— Pour quoi d'autre alors ?

Le Français a posé l'index sur sa pommette droite et il a dit :

— L'œil d'expert.

Quand il en était à son troisième whisky et à sa énième assiette de jambon de Montánchez accompagnée de pain à la tomate et de petits piments frits, le Français s'est mis à dire du mal de sa troisième femme qui, d'après lui, l'avait dévalisé. Puis il a reparlé de Marga Isern.

— Elle veut faire la dure, a estimé le Français d'une voix alcoolisée. Alors qu'en réalité, elle a un cœur en or, c'est comme ça qu'on dit ?

Melchor acquiesce.

— Ce type la séquestrait, a continué le Français. Il faisait d'elle ce qu'il voulait. S'il n'avait pas été là…

Le policier est venu à son aide :

— Elle m'a dit que tu voulais coucher avec elle.

Le Français a souri de sa bouche caverneuse de cachalot albinos.

— C'est ce qu'elle t'a dit ? Elle est gonflée, celle-là !

— C'est pas vrai ?

— Bien sûr que c'est vrai ! Et il y en a quatre ou cinq autres avec qui je coucherais bien. Mais tu sais comment sont les femmes. Elles choisissent toujours le mauvais bonhomme.

Le Français a bu son quatrième ou cinquième whisky en parlant, de manière chaque fois plus confuse et moins lubrique, des clientes de sa boutique et, quand ils ont regagné la rue, Melchor s'est dit que son ami ne l'avait pas invité à dîner uniquement pour essayer de le convaincre que Marga Isern, quoi qu'elle ait pu faire, ne représentait de danger pour personne (d'où Melchor a déduit qu'en plus de vouloir coucher avec elle, le Français en était follement amoureux), mais aussi pour combattre le poison de la solitude qui était en train de le tuer.

Melchor a maintenant quitté l'appartement du Français et marche sans se hâter jusqu'à sa voiture, respirant l'air frais du matin. Il a sommeil, il est fatigué et a envie de se mettre au lit, et la seule idée à peu près claire qu'il arrive à avoir à propos du chantage est que le lendemain, après quatre ou cinq heures de repos, il verra l'affaire différemment.

Il n'a pas tout à fait raison. Il est assis au volant de sa voiture et s'apprête à démarrer quand il voit une femme sortir de l'immeuble de Marga Isern. Il la reconnaît aussitôt : c'est Marga Isern. À peine ouvre-t-il la portière de sa voiture, prêt à la suivre à pied, qu'il voit la femme monter dans une Opel Corsa garée près de là, si bien qu'il referme la portière, démarre et suit l'Opel Corsa à une distance prudente, jusqu'à la place de l'Université, puis en remontant Aribau jusqu'à Via Augusta, où elle tourne à gauche en direction de Sarrià. Toujours derrière l'Opel

Corsa, Melchor sort de la ville par l'autoroute C-16, laisse derrière lui Sant Cugat, Sabadell et Tarrasa et continue en direction de Manresa, où la circulation, jusqu'alors assez fluide, devient plus fluide encore, ce qui l'oblige à redoubler de précautions et à laisser davantage de distance entre lui et l'Opel Corsa afin de ne pas éveiller les soupçons de Marga Isern. Le sommeil et la fatigue se sont dissipés dès qu'il a entamé la poursuite, mais ils le rattrapent à proximité de Manresa ; pour les chasser, il allume la radio : il met de la musique, il met une chaîne d'infos, il met un programme où il est question de fantômes et de soucoupes volantes, et tout d'un coup, comme s'il était endormi ou qu'il était en train de rêver, il est surpris par la question qu'il se pose lui-même : pourquoi suit-il cette femme ? Heureusement, assez vite, l'Opel Corsa bifurque vers une station-service ouverte ; Melchor attend, protégé par la pénombre de l'entrée, tandis que Marga Isern fait le plein et paie, après quoi, au lieu de reprendre l'autoroute, elle gare sa voiture en face de la cafétéria et y entre. Melchor y voit une aubaine, car il peut en profiter pour faire le plein lui aussi et prendre un café au distributeur mais, dès qu'il regagne sa voiture, il sent que la chance a tourné : l'Opel Corsa n'est plus garée en face de la cafétéria. Il file vers l'autoroute et accélère en direction de Berga ; finalement, après quelques minutes d'inquiétude, il reconnaît la voiture de Marga Isern. Rasséréné, c'est alors seulement qu'il goûte à son café : il est froid et a un goût d'eau croupie, mais il le tient éveillé.

Il est plus de quatre heures et demie du matin quand il pénètre dans le tunnel du Cadí. L'autre extrémité débouche sur la vallée de la Cerdagne, plongée dans une obscurité à couper au couteau. Là, au lieu de tourner à droite vers Puigcerdà, l'Opel Corsa tourne à gauche vers la Seu d'Urgell. Melchor pense alors à Vàzquez, à la maladie imaginaire de la mère de Vàzquez, et se rappelle qu'en théorie Vàzquez reprend le travail le lendemain matin. Il se dit aussi qu'il devrait prévenir Vivales qu'il ne dormira pas à la maison cette nuit. Maniant le volant d'une main et son téléphone portable de l'autre, il écrit un WhatsApp : "Je ne dors pas à la maison." Et il l'envoie à l'avocat. Celui-ci répond presque aussitôt, comme s'il était resté éveillé à l'attendre : "Que se passe-t-il ?" Alors, l'espace d'une seconde, une idée saugrenue traverse l'esprit de Melchor, qui lui paraît cependant l'idée la plus naturelle du monde lors de ce laps infinitésimal de temps. Il se dit que, étant donné que Vivales ne dort pas, il pourrait lui téléphoner, parler avec lui et forcer entre eux une intimité qu'il n'a jamais osé chercher et qu'ils pourraient, se dit-il, plus facilement trouver à ces heures improbables du matin, avec tous ces kilomètres de distance entre eux, tous les deux plongés dans l'obscurité de leurs solitudes respectives (Vivales dans la solitude insomniaque de sa chambre de célibataire endurci, lui dans la solitude d'une voiture qui roule dans une vallée lointaine, à la poursuite d'une femme tourmentée qui fuit on ne sait où), et qu'il pourrait parler à Vivales de choses dont il ne lui a jamais parlé, se dit Melchor, de sa mère et de son enfance d'orphelin et de fils de prostituée dans le quartier de Sant Roc, et de tous les pères fantomatiques qui, à l'image des fantômes ou des soucoupes volantes, inquiétaient les matins de son enfance – l'homme au pas de propriétaire qui faisait claquer ses talons dans le couloir, celui qui se déplaçait sur la pointe de pieds en essayant de passer inaperçu, celui qui toussait et expectorait comme un malade en phase terminale ou un fumeur impénitent, celui qui sanglotait de l'autre côté de la cloison, celui qui racontait des histoires de revenants ou celui qui sortait au petit matin, dans sa veste de cuir –, il pense qu'il pourrait chercher ou forcer cette intimité et demander à Vivales ce qu'il n'a jamais osé lui demander, à savoir, bien qu'il n'ait jamais pu mettre son visage sur aucun de ces visages invisibles, s'il est son père.

Mais il s'agit seulement d'un instant. Au terme duquel Melchor écrit un autre WhatsApp : "Pas de panique. Un rancard." Vivales répond aussitôt. "Il était temps, écrit-il. Mais fais gaffe, c'est plein de roublardes." Melchor répond par un smiley qui montre un visage rond, jaune et souriant.

L'Opel Corsa ne s'arrête pas à la Seu d'Urgell, ville natale de Vàzquez, elle n'y entre même pas mais la contourne pour aller tout droit vers Andorre. Peu après, elle passe la frontière ; Melchor la passe après elle. Le jour se lève. Ils roulent sur une route qui serpente entre les pics rocheux, s'enfonce dans Sant Julià de Lòria au moment où le village se réveille et, avant de sortir du centre-ville, l'Opel Corsa quitte la route et prend une rue goudronnée qui se désintègre en un chemin de terre battue qui se perd dans la colline. Melchor, qui a éteint les phares de sa voiture depuis un moment afin de ne pas éveiller les soupçons, s'arrête au niveau des dernières habitations – deux maisons identiques d'un étage et de construction récente – et, depuis là, à la lumière céruléenne de l'aube, il voit l'Opel Corsa se garer devant un mas. La femme descend de la voiture, frappe à la porte, on lui ouvre et elle entre.

Melchor attend quelques minutes, se gare entre deux voitures, à un emplacement qui lui permet de surveiller le mas à distance, sort de son véhicule et s'approche du mas. Celui-ci n'est ni vieux, ni grand, ni luxueux, du moins pas à première vue, mais il dispose d'une bonne cheminée, il est ceint d'un gros mur de pierre, et il y a un jardin au centre duquel s'érige un cerisier. Melchor constate qu'il n'y a pas d'autre entrée que la porte principale (une porte sans judas, remarque-t-il) mais, si besoin, il pourra escalader le mur en entassant quelques pierres dans un coin et de là sauter dans le jardin. Une fois qu'il a sondé le terrain, il regagne sa voiture et, convaincu que la femme a besoin de dormir autant que lui et en espérant que personne ne sorte du mas dans les heures à venir, il se carre dans le siège conducteur et ferme les yeux.

Sa montre le réveille trois heures plus tard, après un sommeil épais, sans cauchemars. Il a reçu plusieurs WhatsApp, dont deux de Blai, qui lui demande le numéro de téléphone de Marga Isern afin de solliciter la permission au juge de la mettre sur écoute ; Melchor le lui donne. "T'es où ?" lui demande Blai. Melchor ne répond pas et l'autre n'insiste pas. Il sort pour s'étirer les jambes et respirer l'air pur de la montagne, et aperçoit un café-boulangerie à quelques mètres à peine, en direction du village. Il marche vers l'établissement, il y entre, demande un cappuccino et l'emporte dans la voiture. Ensuite, et pendant plus de deux heures, il fait le guet mais personne ne sort du mas ; à peine deux ou trois voitures et deux motocyclettes ont-elles circulé sur le chemin de terre. À un moment donné, Blai lui téléphone, mais encore une fois il décide de ne pas répondre. Il ne veut pas parler avec l'inspecteur parce qu'il ne veut pas se voir obligé de lui donner des explications, d'avouer où il se trouve ou ce qu'il fait : Melchor n'a pas de juridiction sur le territoire d'Andorre, ce qui veut dire que, si jamais il devait agir, ses supérieurs seraient d'abord obligés d'en avertir la police andorrane qui accepterait ou pas de collaborer, et que tout pourrait se compliquer, traîner considérablement en longueur et finir par échouer. Agissant à ses risques et périls, Melchor jouit en revanche d'une liberté absolue de faire ce que bon lui semble sans attendre, sans problème et sans que personne soit au courant : si tout se passe bien, parfait ; sinon, parfait également.

Au bout d'un moment, il voit Marga Isern sortir du mas ; elle n'est pas seule : un homme qu'il n'a jamais vu, barbu, en jean, l'accompagne. Ils montent tous les deux dans l'Opel Corsa, se dirigent vers le village et passent à quelques mètres de Melchor qui, résistant à la tentation de les espionner, cache son visage en faisant semblant de consulter son portable. Melchor hésite : il peut les laisser partir dans l'espoir qu'ils reviendront et profiter de leur absence pour vérifier s'il y a quelqu'un d'autre dans le mas ou, à supposer que la bâtisse soit vide, pour le fouiller ; ou alors il peut les prendre en filature. Il décide que le plus prudent est de les prendre en filature.

Il fait donc demi-tour et roule derrière eux. Ils empruntent la rue principale de Sant Julià de Lòria puis, se joignant à un flot lent de touristes, la route vers Andorre-la-Vieille où ils entrent vingt minutes après par l'avenue Meritxell, la rue commerçante la plus fréquentée de la ville. Là, ils longent les immeubles et les nombreuses boutiques, puis dévient vers un centre commercial et laissent la voiture sur le parking. Melchor se gare, les suit jusqu'au supermarché et il les voit prendre un caddie qu'ils commencent à remplir de denrées. C'est alors que, se camouflant parmi les clients qui grouillent dans les couloirs flanqués de rayonnages multicolores débordant de biens de consommation, Melchor arrive à se rapprocher de la personne qui accompagne Marga Isern, qui s'avère être un homme d'une quarantaine d'années, aux cheveux crépus et à la barbe broussailleuse, portant des vêtements amples et des tongs de plage. Pour imiter la foule qui l'entoure, Melchor attrape quelques articles au hasard – un sachet de pain de mie, du fromage en tranches, des galettes de riz au chocolat, une boîte de thon en conserve – et s'achemine vers une caisse éloignée de celle devant laquelle le couple fait déjà la queue, leur caddie plein à craquer. Il arrive avant eux à la caisse mais, afin de retarder le moment de payer, il feuillette un journal à scandale anglais avec, à la une, une photo d'Elvis Presley et un grand titre annonçant que certains témoins confirment avoir vu le chanteur, qui résiderait dans les contreforts des montagnes Rocheuses, en Colombie-Britannique, à l'âge de quatre-vingt-dix ans passés. Melchor lit le titre à plusieurs reprises puis la caissière le tire de son absence.

— Ce sera douze euros cinquante, monsieur.

Tandis qu'il roule à nouveau derrière l'Opel Corsa, mais cette fois vers la sortie d'Andorre-la-Vieille, Melchor appelle Cortabarría, qui commence par lui annoncer que Vàzquez est de retour. Melchor lui demande de le lui passer.

— Attends un moment, demande Vàzquez en prenant le téléphone.

Melchor en déduit que le sergent a besoin de temps pour se réfugier dans son bureau. Ce temps écoulé, il salue Melchor qui lui renvoie la salutation :

— Comment ça va ?

— Vachement bien, dit Vàzquez. Prêt à coffrer des fumiers, où qu'ils soient. Merci de m'avoir couvert, Melchor.

— De rien. Maintenant c'est ton tour de me couvrir.

— Tu n'as qu'à dire ce que je dois faire, dit Vàzquez. Tout pour le héros de Cambrils.

— C'est ça, marre-toi, dit Melchor. J'ai besoin que tu me trouves une photo de Ricky Ramírez.

— C'est qui, ce mec ?

Melchor le lui explique et refait allusion à la photo.

— C'est urgent, conclut-il.

— Compte sur la photo, dit le sergent. Je mets toute l'équipe sur le coup. On trouvera bien quelque chose.

— Quand tu l'auras, envoie-la-moi par WhatsApp. Autre chose. On a placé les trois ténors sous surveillance.

— Torrent vient de me le dire.

— Ce soir, je ne pourrai pas surveiller Vidal, j'ai rendez-vous avec Rosell.

— T'inquiète. J'enverrai quelqu'un.

— Je ne pourrai pas non plus voir Rosell.

— T'inquiète. J'irai, moi.

— Vas-y avec Cortabarría, il est au courant de tout. Le rendez-vous est à seize heures, dans son bureau à la mairie.

— OK. Autre chose ?

— Oui. Je ne viendrai pas à Egara aujourd'hui.

— C'est bien ce qui me semblait. Blai te cherchait. Je peux demander où tu es ?

— Bien sûr. Mais je ne vais pas te le dire.

La photo de Ricky Ramírez apparaît sur le WhatsApp de Melchor à seize heures trente, alors qu'il a déjà passé plusieurs heures à surveiller le mas et qu'il est en train de dévorer son second sandwich au fromage ; elle est accompagnée d'un message de Vàzquez. "Le mec a une gueule de saint, mais c'est un sacré malin ! rime-t-il. Un procès pour faillite frauduleuse, un autre pour escroquerie et un autre pour trafic de marijuana." Il ajoute, au sujet du rendez-vous avec Rosell : "Pavarotti nous fait attendre." Vàzquez a raison : sur la photo, un cliché de la police là encore, Ricky Ramírez a toute l'apparence d'un innocent, comme presque tous les coupables. Il n'a pas de barbe, mais Melchor est presque certain que c'est lui, il se souvient d'Elvis Presley et tout d'un coup, poussé par une excitation qu'il s'efforce de contenir, il sent que tout colle.

Il finit d'avaler son sandwich, ouvre le paquet de galettes et en mange deux, puis recherche à la radio une station musicale. Peu après dix-sept heures, il appelle Vivales qui vient de récupérer Cosette au centre de loisirs, et il parle un moment avec sa fille. Elle veut savoir pourquoi il n'a pas dormi à la maison ; Melchor lui répond qu'il est sur le point de coincer les méchants. Cosette demande qui ils sont.

— Comme d'habitude, répond Melchor. Ceux qui ont l'air d'être gentils.

— Les méchants ont toujours l'air gentils ?

— Presque toujours.

— Et les gentils ont l'air méchants ?

— Ça aussi.

— Ouf, c'est compliqué.

Ils discutent ainsi quelques minutes et, au moment de lui dire au revoir, Melchor lui apprend qu'il ne dormira probablement pas non plus à la maison la nuit prochaine. “Dis-le à Vivales”, ajoute-t-il. À peine raccroche-t-il que son portable sonne : Blai, à nouveau ; à nouveau il ne répond pas. Quelques secondes plus tard, un WhatsApp de l’inspecteur lui parvient. “Tu fais chier, l’Espagnolard. Réponds, putain. C’est urgent.” Melchor appelle Blai.

— Je viens de parler avec le commissaire Vinebre, lui annonce l’inspecteur sans le saluer. La maire est sur le point de convoquer une conférence de presse. Elle va démissionner.

Il y a un blanc.

— Est-ce qu’on sait quand aura lieu la conférence de presse exactement ? demande Melchor.

— Demain. L’ultimatum est après-demain, alors…

— Qui l’a dit à Vinebre ? Elle ?

— Non. Un de ses proches. Je ne sais pas qui. Mais c’est clair qu’elle ne veut pas qu’on le sache.

— Va la voir. Persuade-la de ne pas démissionner.

— C’est ce que je pensais faire. Je t’appelle pour que tu me donnes des arguments. D’ailleurs, t’es où ? Je t’ai cherché toute la journée.

Melchor ne répond pas, et cache sa non-réponse en fournissant des arguments contre la démission de la maire. À mesure qu’il les formule, cependant, ceux-ci ne lui semblent pas suffisamment pertinents pour faire entendre raison à une personne dominée par la peur, de sorte qu’au moment où il prend congé de Blai, il ne doute pas que l’ancien chef de l’unité d’investigation de la Terra Alta échouera. C’est ce qu’il se dit quand la porte du mas s’ouvre et qu’il voit sortir Marga Isern en compagnie de l’homme.

Il est tout juste dix-neuf heures et le soleil commence à faiblir. L’homme et la femme conversent un moment devant la voiture, s’embrassent sur la bouche, l’homme ouvre la portière côté conducteur et la femme monte, démarre et s’éloigne du mas, sous le regard de Melchor. Cette fois, il n’hésite pas. Dès que l’homme disparaît à l’intérieur du mas, il démarre à son tour et suit l’Opel Corsa qui, au lieu de prendre la direction d’Andorre-la-Vieille, prend celle de la Seu d’Urgell. Melchor l’escorte pratiquement jusqu’à la frontière, mais lorsqu’il réalise que Marga s'apprête à regagner Barcelone, il fait demi-tour et retourne au mas, se gare là où il était précédemment garé et attend la tombée de la nuit. Alors, quand il ne reste plus qu'une trace de lumière violette sur les sommets qui entourent la vallée, il descend de la voiture, marche vers le mas et frappe à la porte. On ne répond pas tout de suite, si bien qu'il réitère. Un homme finit par répondre.

— C'est le Super U, annonce Melchor d'une voix vaguement chantante : c'est le nom du supermarché où le couple a fait les achats ce midi-là. Vous avez oublié un sac à la caisse.

L'homme tarde à répondre.

— Il ne nous manque rien, finit-il par dire.

— Moi, j'ai un sac à vous.

— Laissez-le devant la porte.

— Désolé, monsieur. Je dois vous le remettre en mains propres.

La porte s'ouvre et, avant même de pouvoir reconnaître l'homme, Melchor lui a déjà mis le canon du pistolet sur le front et lui intime de se taire en posant un doigt sur sa bouche. Dans un silence absolu, saisissant Ricky Ramírez par la nuque et braquant l'arme sur sa tête après l'avoir fouillé et privé de son portable, Melchor parcourt le mas pour s'assurer que personne d'autre ne s'y trouve. Le mas est grand mais presque toutes les pièces sont vides et, une fois l'inspection finie, Melchor pousse Ramírez vers un canapé du salon. Celui-ci comprend que puisque la fouille s'est avérée satisfaisante, l'interdiction de parler s'achève aussi, si bien que, haletant et le regard paniqué, il demande tout en massant son cou meurtri :

— Qui êtes-vous ?

— Tranquille. – Melchor remet son pistolet dans le holster. – Police. Il ne va rien t'arriver.

Ni la promesse ni l'information ne semblent tranquilliser Ramírez, qui continue de haleter et de se frotter le cou.

— Vous vous trompez, se défend-il. Je n'ai rien fait.

— Bien sûr, dit Melchor. Et moi, je suis mère Teresa. Où est la vidéo ? Tu l'as apportée ici ou tu la caches ailleurs ?

— La vidéo ? Quelle vidéo ?

Melchor prend une chaise et s'y assoit à califourchon, les bras croisés sur le dossier.

— Vous venez de Barcelone ? demande Ramírez. Vous avez suivi Marga ? Si vous venez de Barcelone, vous ne pouvez pas m'arrêter, ici vous n'avez pas le droit d'agir. Ce n'est pas l'Espagne.

— C'est juste, reconnaît Melchor. Mais tu serais surpris d'apprendre à quel point on collabore bien avec les autorités d'Andorre depuis un certain temps.

Il montre son portable et le laisse sur la petite table qui les sépare, où il y a un cendrier vide et deux livres d'occasion ; ensuite, il complète son mensonge :

— Je passe un coup de fil et ils sont là en cinq minutes. Tu veux voir ?

Ramírez observe Melchor d'un œil méfiant de fauve traqué. Il a l'air décomposé et une allure négligée, avec son pantalon de pyjama gris à rayures et son tee-shirt blanc dont les manches sont effilochées ; il est pieds nus, et ses ongles sont longs et sales. Il essaie de reprendre ses esprits, retrouve son souffle, se met dans le canapé, un meuble bas de gamme, inconfortable et qui conviendrait davantage à un appartement de plage qu'à un mas de montagne avec sa structure et ses accoudoirs en bois, son siège, son dossier et ses coussins en tissu à motifs aux couleurs criardes. Comme le reste de la maison, le salon reflète le caractère provisoire, impersonnel et sans charme de l'endroit : pour seuls meubles, hormis le canapé, il y a quelques chaises dépareillées, un poste de télévision antédiluvien et une commode quelconque ; sur les murs peints en blanc sont accrochées uniquement deux aquarelles conventionnelles de paysages alpins.

— Vous êtes en train de commettre une erreur, insiste Ramírez.

Melchor soupire.

— Écoute, Ricky, dit-il en s'armant de patience : Je peux t'appeler Ricky, non ?

— Vous pouvez m'appeler comme vous voulez.

— Alors écoute, Ricky. Pourquoi crois-tu que j'ai suivi ta copine ? Pourquoi crois-tu que je suis ici ? Je vais te le dire. Je suis ici parce que j'en sais suffisamment sur vous deux pour vous mettre en taule.

— Tu ne sais rien de rien.

— Rien de rien, non, mon gars : j'en sais peu, mais j'en sais un peu. Je sais, par exemple, que toi et ta copine vous faites chanter la maire de Barcelone avec une vidéo. Que c'est toi qui as fait cette vidéo. Que vous avez, et j'en suis presque sûr, touché l'argent de la première rançon et que vous avez sans aucun doute touché celui de la seconde, parce que le paiement a été envoyé sur un portable de ta copine. Pas celui qu'elle a maintenant, non, un autre que vous avez pris la précaution de jeter, ou qu'on vous a dit de jeter… Et c'est pas tout. Je sais que vous êtes en contact avec l'inspecteur Lomas, le chef des Vidal Boys, ce qui signifie que vous êtes en contact avec Enric Vidal et certainement avec Daniel Casas et Gonzalo Rosell, qui sont aussi sur la vidéo. Tu veux que je continue ?

Ramírez fixe Melchor comme s'il tentait d'assimiler ce qu'il vient d'entendre, mais il détourne tout de suite le regard et le promène autour de lui sans s'arrêter sur aucun objet, peut-être sans en voir aucun. Se tournant à nouveau vers le policier, il dit sur un ton défiant :

— Tu ne peux rien prouver.

— Je ne peux pas prouver que Vidal, Casas et Rosell sont coupables, reconnaît Melchor. Mais je peux prouver votre responsabilité à toi, ta copine et Hematomas. C'est comme ça qu'on appelle le…

— Tout le monde sait comment on l'appelle, le coupe Ramírez.

Melchor s'efforce de sourire.

— Bien sûr, dit-il.

Et il continue :

— Enfin, tel que je vois les choses, tu as deux options. Tu veux que je te les donne ?

Ramírez garde le silence et croise les bras, dans l'expectative. Visiblement, il a en partie retrouvé confiance en lui.

— Première option. – Melchor brandit son portable. – Tu ne collabores pas, je passe un coup de fil et nos amis andorrans sont ici en dix minutes. Et dans ce cas, on te fout toi, ta copine et, avec un peu de chance, Hematomas, en taule. Autrement dit, c'est toi et ta copine qui morflez, les autres on les laisse tranquilles. – Melchor laisse le silence s'installer en attendant la réaction de Ramírez, qui n'arrive pas. – Heureusement, il y a une autre option. Tu collabores et tu me racontes tout. Et quand je dis tout, je veux dire tout, de *a* à *z*, depuis le début jusqu'à la fin, bien clairement et sans tricheries, pour que je comprenne. De mon point de vue, cette deuxième option a deux gros avantages. Le premier est que, si tu acceptes, je te donne ma parole d'honneur de faire tout mon possible pour que tu t'en sortes bien… Disons, toi et ta copine. Et si ça se trouve, d'après ce que tu me racontes et à condition que j'y croie et si ça se révèle vrai, je ne serai peut-être même pas obligé de vous coffrer et vous pourrez continuer à faire votre vie.

Ramírez décroise les bras et dit :

— Je ne te crois pas.

— Tu devrais.

— Pourquoi je devrais ?

— Parce que j'ai du mal à croire que tu as pu organiser tout ça seul. Tout ça, et le coup de ta fausse mort, ou celui de récupérer l'argent de la rançon sur la plage de Gavà ou quoi que ce soit. Ne le prends pas mal, mais tout ça me semble trop grand pour toi. Énorme. Sans parler de ta copine. Toute cette histoire ne peut pas dépendre d'un couple de malheureux comme vous, avec tout le respect que je vous dois. Pour résumer, je suis prêt à te donner un coup de main en échange de ton aide pour coincer ceux qui ont monté tout ce bordel.

Melchor a cessé de parler, mais Ramírez a conservé son air d'hostilité pensive. Ses yeux très clairs, sur son visage mangé par une barbe raide et mal taillée, observent son interlocuteur avec défiance. Il se gratte comme si sa barbe le piquait.

— Quel est l'autre avantage ?

Melchor s'attendait à cette question, si bien qu'il sourit, cette fois sans effort.

— Tu crois vraiment que tes collègues vont te foutre la paix quand tout ça sera terminé ? demande-t-il. Après tout ce qui s'est passé ? Avec tout ce que tu sais ?

Malgré le camouflage partiel de la barbe, l'expression de Ramírez révèle que lui aussi s'est formulé ces questions ; ou c'est l'impression qu'a Melchor.

— Ne sois pas ridicule. Dès que la maire démissionnera, ils se débarrasseront de toi et de ta copine. Et peu importe ce qui arrive et ce que tu as en ta possession. Ces gens-là sont comme ça, ils ne vont courir aucun risque avec vous. Tu devrais le savoir.

Melchor devine que Ramírez le sait, mais qu'il ne veut pas le savoir ou qu'il préfère l'oublier, et que ses arguments viennent de le confronter une nouvelle fois à la réalité. Il imagine le tourbillon qui tourne dans son esprit ; il imagine ses jambes flancher, la peur qui l'attrape par le ventre, son cœur affolé.

— Tu veux un verre d'eau ? demande-t-il.

Ramírez ne répond pas. Melchor se lève et va dans la cuisine, qui s'avère être grande et étonnamment propre. Il trouve deux verres, les remplit d'eau du robinet, revient dans le salon. Ramírez boit d'une traite et demande sur un ton exigeant :

— Comment vas-tu m'aider ?

Melchor répète ce qu'il lui a déjà dit, développe un peu en essayant de ne pas faire de promesses invraisemblables ; puis il insiste sur le fait qu'il veut l'aider. Il ajoute :

— Dis-toi que c'est dans mon intérêt autant que dans le tien. Sinon plus.

Ramírez acquiesce : il semble le croire. Il laisse le verre vide sur la table, à côté de celui de Melchor qui est encore plein, le regard fixé sur les deux, un peu recroquevillé. Il se gratte ensuite la barbe et au bout de quelques secondes se lève.

— J'ai besoin d'un whisky, annonce-t-il.

Il s'approche du buffet, revient avec une bouteille déjà bien entamée, verse deux doigts d'alcool dans son verre qu'il vide aussitôt. Il se ressert et inspire profondément.

— Je ne sais pas par où commencer, s'excuse-t-il, cherchant les yeux de Melchor.

— Commence par le début. Parle-moi de tes collègues. Raconte-moi comment tu les as rencontrés. Quel genre de personnes c'est. Ne te précipite pas, on a le temps, je veux tout savoir.

Ramírez acquiesce et laisse passer quelques secondes tandis qu'il essaie de trouver une position confortable sur ce canapé inconfortable et que son regard s'égare ou se trouble, comme s'il avait plongé dans ses souvenirs à la recherche d'un trésor enterré. Une fois écoulé un temps que Melchor ne saurait estimer en termes de secondes ou de minutes, Ramírez prend une autre gorgée de whisky, se gratte la barbe à nouveau et lève le regard vers lui.

— Tous les trois, ce sont d'abord des fils à papa, commence-t-il en changeant de ton, comme s'il venait d'enfiler un déguisement. Des fils de pute aussi, bien sûr, mais d'abord des fils à papa. Ils ont commencé comme ça et ils finiront comme ça… Les gens riches appartiennent à une autre espèce. On ne t'a jamais dit ça ? C'est pourtant vrai. Je sais de quoi je parle. Le monde se divise en deux sortes de gens : les riches et tous les autres, dont la majorité aspire à devenir riche. Là, tel que tu me vois, j'ai été l'un d'eux.

ÉPILOGUE

1

— J'étais sous le choc… J'étais sur mon canapé, j'avais mal partout après la raclée qu'Hematomas et ses hommes m'avaient administrée, et Vidal venait de me dire que je pouvais faire chanter la maire sans me faire coincer, parce qu'il est impossible de coincer un mort. Comment voulais-tu que je réagisse ?… J'ai arrêté de regarder Vidal et j'ai regardé l'inspecteur. Il était toujours assis derrière son chef, la tête baissée et l'air abattu. Et j'ai regardé Vidal qui a ri. "On se calme, Ricky, m'a-t-il dit. Personne ne va te tuer. Tu n'as qu'à faire semblant d'être mort. Mais tu devras le faire tellement bien que ce sera comme si tu étais mort pour de vrai…" Là commençait la seconde partie de son plan pour faire chanter la maire, ou plutôt pour que je fasse chanter la maire pour lui.

— Alors l'idée de faire semblant d'être mort, c'était pas la tienne ?

— Non, c'était celle de Vidal. Il avait tout planifié pour que je sois obligé d'accepter. Il m'a même donné les détails de ma propre mort. Il a parlé d'une fausse crise cardiaque, de deux fonctionnaires corrompus dont un médecin légiste, et de deux employés du funérarium de la mairie. Il a parlé des Vidal Boys, mais il ne les a pas appelés comme ça, bien sûr, et il a parlé de mes propres funérailles et de mon propre enterrement, et il a aussi parlé de louer un appartement loin de Barcelone, en dehors de l'Espagne mais pas trop loin, dans un endroit discret où je pourrais me cacher sans problème, il n'avait pas encore décidé où, il avait plusieurs idées en tête… Surtout, il a parlé d'une nouvelle identité et d'une nouvelle vie. "Nouvelle et bien meilleure que celle que tu as, il m'a dit. Ça au moins, c'est sûr." Il a regardé autour de lui avec pitié et il a continué : "Regarde où tu vis, Ricky. Regarde ce que tu es devenu… C'est fini, ça. Fini de survivre dans ce taudis en vendant de l'herbe et en trafiquant avec des bitcoins. Avec l'argent que la maire te donnera, tu pourras recommencer de zéro… Te réinventer. Redémarrer." C'est ce qu'il m'a dit. J'ai dû avoir l'air stupéfait, parce que Vidal a continué : "Ne me regarde pas comme ça, Ricky. Je parle sérieusement. Je suis en train de t'offrir une opportunité, une opportunité en or… Et ne pense pas que ce que je te propose est impossible, parce que ce n'est pas le cas. Au contraire, c'est plus facile que tu ne l'imagines. Et puis tu ne manqueras à personne. À qui veux-tu manquer ? À la toxico avec laquelle tu couches ? Comment elle s'appelle ? Marga… ?" Là, il s'est tu, je n'ai dit ni oui ni non et il s'est tourné vers Hematomas, qui a fait oui de la tête. Et il a continué : "Ne t'inquiète pas pour elle. S'il le faut, on la met dans le coup…" Soudain, ça lui a paru une excellente idée. "Mais oui, a-t-il dit. Elle nous sera utile. Elle sera notre contact, comme ça toi et moi on n'aura plus à se revoir." Et il a insisté. "Réfléchis bien, a-t-il dit. Une opportunité comme celle-ci ne se présente pas deux fois, a-t-il aussi dit. Repartir de zéro dans un endroit où personne ne te connaît, avec de l'argent et sans passé… Réfléchis bien, Ricky…"

"C'est plus ou moins ce qu'il m'a dit, et j'ai essayé de suivre son conseil, j'ai essayé d'y réfléchir mais je n'ai pas pu, j'avais mal partout, j'étais trop troublé pour penser… Mais pas au point de ne pas me rendre compte qu'il y avait un truc qui n'allait pas. Je le lui ai dit. "Qu'est-ce qui ne va pas ?" il m'a demandé. "Qu'est-ce que tu vas en tirer, toi ?" ai-je répondu. Et j'ai ajouté : "Et Casas, qu'est-ce qu'il en tire de tout ça, lui ?" Vidal a souri… J'ai cru qu'il souriait parce que j'avais deviné que Casas et lui étaient de mèche, mais en réalité il souriait parce qu'il venait de deviner qu'il était parvenu à ses fins. "Je pensais t'en parler plus tard, m'a-t-il dit. Mais, comme on va être associés, je vais t'en parler maintenant. Pour que tu voies que j'ai confiance en toi." Ce dont il m'a parlé ensuite a été qu'en plus de demander de l'argent à la maire, je lui demanderais de quitter son poste. Je ne le lui demanderais pas au début, pour qu'elle ne sache pas d'emblée de quoi il s'agissait ni qu'elle les soupçonne lui et Casas. Sa démission, je devais l'exiger plus tard, quand elle aurait déjà fait le premier virement, ou le second, on verrait, en tout cas quand la manœuvre serait déjà bien enclenchée et qu'elle verrait que c'était du sérieux. Elle ne s'y attendrait pas et elle n'aurait pas le temps de réagir… C'est ce que Vidal m'a dit, et c'est ainsi que j'ai su quel était le véritable objectif de l'opération : virer la maire de son poste pour que Vidal la remplace. Lui était le premier adjoint au maire, le second responsable de la mairie, si la maire démissionnait, c'était à lui de la remplacer, en toute logique. Vidal prendrait ainsi son poste et, dans les deux années qui précédaient les prochaines élections, il aurait le temps de s'affirmer à la mairie pour les emporter… C'était le plan, c'est pour ça que Vidal voulait se servir de moi. Casas voulait se servir de moi pour la même chose, évidemment, lui aussi voulait que Vidal soit le nouveau maire, je l'avais bien pressenti, ces deux-là étaient de mèche, mais il ne fallait pas être un génie pour comprendre que, dans son cas, la démission de la maire aurait en plus un bénéfice collatéral, pour ainsi dire, elle servirait à prouver que, sans lui à ses côtés, elle était rien, juste une pauvre femme vulnérable qui était devenue importante uniquement parce qu'il l'avait aimée, et la preuve en était que, sans lui, sa carrière politique était fichue… Bref, ces deux véritables fils de pute voulaient se servir de moi pour montrer à tout le monde qui commandait là-bas et ils voulaient, en passant, faire avec moi ce qu'ils avaient toujours fait : me traiter comme si j'étais leur valet.

"Tout ça m'a donné la nausée, j'ai senti de la bile me remonter à la gorge et j'ai failli envoyer Vidal se faire foutre… Mais je ne l'ai pas fait… Je ne me suis pas laissé emporter par mon premier élan… J'ai ravalé ma honte et ma colère et je me suis dit que je n'avais rien à voir avec cette histoire, que ces deux-là et la maire pouvaient se mettre leurs rivalités à la con où ils voulaient, que ce combat de coqs ne me concernait pas et que, si la proposition de Vidal était viable et me convenait, ça m'était égal qui en profitait. La question était : la proposition me convenait-elle vraiment ? Était-elle viable ? Et, si elle l'était, étais-je vraiment prêt à cesser d'être qui j'étais, à changer de vie et tout abandonner, à me casser de Barcelone, à disparaître, à recommencer de zéro… ? J'avais encore deux questions à poser à Vidal. La première, combien de temps me donnait-il pour répondre. La seconde, s'il y avait une autre option. Vidal avait prévu ces questions, évidemment, et il avait préparé ses réponses. Il m'a dit qu'il me donnait vingt-quatre heures pour répondre. Il m'a aussi dit que bien sûr, j'avais une autre option. "Les cinq années de prison prévues par le Code pénal pour délit d'extorsion, m'a-t-il dit. Plus ce qu'on ajoutera pour le trafic de marijuana et les bitcoins. Rassure-toi, Ricky, je ferai en sorte qu'on t'attribue le juge que tu mérites", a ajouté ce fils de pute. Et il a fini : "Alors, c'est ça le dilemme : un bon paquet d'années de prison ou une nouvelle vie, une vie tranquille et avec assez d'argent pour en profiter. À toi de choisir…"

"Je ne me souviens pas comment Vidal a pris congé ni s'il l'a fait. Mais je me souviens que j'ai consacré les vingt-quatre heures suivantes à réfléchir. Et que j'ai pensé à plein de choses, mais surtout à une. Tu sais ce que c'est ?… À l'échec espagnol, cet échec dont je te parlais tout à l'heure, sale et intransmissible, sans gloire ni rédemption, sans le moindre glamour ni la dignité la plus élémentaire, cet échec absolu et sans appel, que je connaissais si bien… J'ai pensé que, quand on échoue ainsi, on ne peut échouer qu'une fois, car en Espagne, je te l'ai déjà dit, quand on échoue, on échoue pour toujours. J'ai aussi pensé que Vidal avait raison et que si je mourais, je ne manquerais à personne, probablement même pas à Marga. En tout cas, je me suis dit, si j'acceptais la proposition de Vidal, je pourrais recommencer de zéro, avec Marga ou sans Marga, j'aurais le privilège d'une seconde opportunité, un privilège incroyable en Espagne, presque un miracle, Vidal le savait aussi bien que moi, un privilège aussi incroyable que la vie après la mort, aussi incroyable qu'une résurrection… J'ai pensé à ces choses-là et à d'autres aussi. Puis l'idée m'est passée par la tête que la proposition de Vidal n'était peut-être pas une opportunité, mais un piège. Je veux dire que j'ai pensé à ce que tu disais, que ces gens-là ne blaguaient pas et qu'après tout ce qui s'était passé, et avec tout ce que je savais, ils ne me laisseraient jamais en paix juste comme ça.

— Tu as pensé à ça ?

— Bien sûr que j'y ai pensé… C'est-à-dire, j'ai pensé que, en supposant que la proposition de Vidal soit réalisable et que je l'accepte, dès que la maire démissionnerait et que Casas et Vidal auraient ce qu'ils cherchaient, je cesserais de leur être utile et, qui plus est, je représenterais un danger pour eux, et je me suis dit qu'ils pourraient alors faire de moi ce qui leur chante, y compris se débarrasser de moi sans que je manque à personne, car pour tout le monde je serais déjà mort… C'est pour ça qu'ils m'avaient fait cette proposition, je me suis dit. Et j'ai aussi pensé qu'ils me tenaient par les couilles. Que j'étais fichu… C'est ce que j'ai pensé… Mais, après avoir mûrement réfléchi, je me suis rendu compte que ce n'était pas vrai, du moins pas entièrement, je me suis rendu compte que je serais fichu et à leur merci uniquement si je perdais la main sur les vidéos. Parce que si celle de la maire était dévastatrice pour elle, toutes les autres étaient dévastatrices pour Casas et Vidal, pour Rosell aussi, et, tant que je les avais en ma possession, c'était moi qui les tenais par les couilles, pas l'inverse… C'est ce que j'ai pensé à ce moment-là. Que les vidéos que m'avait laissées mon père n'étaient plus seulement mon héritage. C'était aussi mon assurance-vie.

"C'est alors que j'ai conçu mon plan à moi, un plan alternatif ou parallèle à celui de Vidal, le plan qui devait me permettre de neutraliser le sien et de lui survivre… La première chose que j'ai faite a été de parler avec Marga… Je lui ai tout raconté. Au début, elle était indignée, elle a eu très peur, elle a catégoriquement refusé d'être mêlée à l'affaire. Mais elle a fini par comprendre que je n'avais pas le choix et je l'ai convaincue qu'avec Hematomas et les Vidal Boys dans le coup, elle courrait moins de risques que si elle refusait de participer. Alors elle a accepté de m'aider.

"Le reste, tu peux presque l'imaginer tout seul… Vidal avait raison sur un point : c'est incroyable à quel point il est facile de feindre la mort de quelqu'un. Il avait également raison sur un autre point : je n'ai manqué à personne, personne n'a regretté ma disparition. Que je sache… Quelques jours après que j'ai dit à Vidal que j'acceptais sa proposition, j'ai quitté ma maison exactement dans l'état où elle était, je suis venu ici avec une nouvelle carte d'identité, un nouveau passeport et un permis de résidence temporaire et je me suis installé dans cette maison. Je ne suis pas sorti d'Andorre depuis.

— Qui a décidé de te faire venir ici ?

— Moi-même. Ça m'a eu l'air d'être un bon endroit pour me cacher et démarrer une nouvelle vie, suffisamment loin de Barcelone pour ne pas tomber sur des connaissances et suffisamment près pour que Marga puisse venir de temps en temps… Vidal ne s'y est absolument pas opposé, et ç'a été la fin de notre relation, ou du moins de notre relation directe. Je ne l'ai pas revu, je ne lui ai pas reparlé. J'ai son numéro de téléphone, mais tout ce qu'on se dit, c'est par le truchement de Marga qui ne parle pas avec lui non plus mais avec Hematomas ou avec l'un des hommes d'Hematomas… Inutile de te dire que Marga m'a tenu au courant de tout et qu'elle m'a énormément aidé, c'est grâce à elle que j'ai pu sortir les vidéos du coffre-fort du BBVA et les apporter ici… Pauvre Marga… Hematomas et ses hommes l'ont obligée à intervenir bien plus que je ne voulais, elle a dû faire tout ou presque tout, y compris menacer au téléphone la maire, ça ne faisait partie d'aucun plan, bien sûr, d'autres choses non plus, ils l'ont utilisée pour ne pas se salir les mains et pour pouvoir tout contrôler à distance, mais, enfin, l'idée était que Marga aussi allait profiter de tout ça et il se trouve que, malgré tout, elle semblait contente, les choses étaient en train de bien tourner, on a touché les trois cent mille de la première rançon et cette semaine les trois cent mille de la seconde, avec cet argent on aurait pu repartir de zéro, ici ou n'importe où… Mais hier, tu as débarqué et ça l'a effrayée. Elle m'a téléphoné, j'ai essayé de la rassurer, je lui ai dit de parler avec Hematomas, mais il n'y avait pas moyen, à la fin j'ai dû lui dire de venir me voir. Et j'ai foiré.

— Tu n'as pas foiré.

— Si Marga n'était pas venue, tu ne nous aurais pas découverts.

— Je vous aurais découverts de toute façon… Et si je ne vous avais pas découverts, ç'aurait été pire, tes amis se seraient débarrassés de vous.

— Peut-être… En tout cas, je veux que tu saches une chose. Marga n'a rien fait, si ce n'est m'aider. Elle n'est responsable d'absolument rien. Ce serait injuste qu'elle paie pour ça.

— Je te crois.

— Je n'ai pas eu de chance avec les femmes, ou plus précisément, ce sont les femmes qui n'ont pas eu de chance avec moi. Elles m'aiment, mais moi je n'ai pas su les aimer, Herminia disait que c'est parce que je ne savais pas m'aimer moi-même… On dirait une phrase sortie d'un livre de développement personnel, n'est-ce pas ? Mais peut-être que c'est vrai.

— Rassure-toi, il n'arrivera rien à Marga. Et je t'ai déjà donné ma parole que je ferai tout ce qui est en mon pouvoir pour que tu t'en sortes le mieux possible. Et pour que tes amis payent pour tout ce qu'ils ont fait.

— Au fond, ça me suffirait qu'ils payent au moins pour ce qu'ils ont fait… Mais le seul qui va payer, ce sera moi. Je te l'ai déjà dit, c'est toujours les mêmes qui payent les pots cassés. À tous les coups.

— Ça reste à voir. Mais dis-moi, tu as les vidéos ici ?

— Dans cette maison ? Bien sûr que non. Ne t'ai-je pas dit que c'était mon assurance-vie… ? Elles sont dans un coffre-fort d'une succursale de l'Andbank, à Llorts, près d'ici. Elles ont cessé d'être mon héritage mais…

— Elles sont toujours utiles.

— Peut-être, mais pour qui ? Pour moi, non, en prison les assurances-vie ne comptent pas.

— Ce n'est pas vrai… Mais je ne parle pas de toi. Je parle de moi.

— Tant mieux. Tant mieux si elles te sont utiles… On verra… J'ai du mal à y croire… Ce que je crois, en réalité, c'est qu'avec les vidéos ou sans elles, ces trois-là s'en sortiront à bon compte, comme ils l'ont toujours fait… Bien, cette fois, je t'ai raconté tout ce que j'avais à te raconter. Je tombe de sommeil. J'ai besoin de dormir.

— Rappelle-toi que tu ne m'as toujours pas raconté l'incident.

— L'incident ?

— Celui à cause duquel vous avez arrêté de sortir, de chasser des filles et de vous filmer avec elles. Tu m'as dit que ça s'était passé après que vous avez filmé la maire. Et il y a une chose que je n'arrive pas à comprendre… Pourquoi ton père conservait les vidéos de la rue León XIII, comment il les a obtenues ?

— Les deux sont liés… L'incident et l'histoire qui concerne mon père.

— Ah bon ?

— Oui.

— Alors raconte-les-moi… Si tu ne me les racontes pas, il n'y a plus de marché entre nous… C'est quoi, le problème ?… Tu ne veux pas me le dire ?… Jusqu'à maintenant, tu m'as tout raconté, non ? Pourquoi pas ça ?

— Parce que ça, c'est autre chose… Je n'aurais même pas dû le mentionner. Je te l'ai déjà dit. Je me suis trompé. Ç'a été une erreur.

— Tu penses à l'incident ou à l'histoire de ton père ? Ton père, il avait un lien avec l'incident ?

— D'une certaine manière.

— Et pourquoi c'est différent ? Pourquoi tu ne veux pas me le raconter ?

— Parce que c'est différent. Parce que c'est… enfin.

— Je ne crois pas que ce soit pire que ce que tu m'as déjà raconté.

— Si, c'est pire.

— C'est pour ça que tu en as parlé.

— Je ne comprends pas.

— Peut-être qu'au fond, tu veux me le raconter. Peut-être que tu as besoin de me le raconter… Quoi qu'il en soit, maintenant tu es obligé de le faire. Rappelle-toi notre marché. En plus, si tu ne me le racontes pas…

— Je te le raconterai, pas besoin de me menacer… Laisse-moi me servir du whisky… Tu as peut-être raison et… Enfin, je suppose que maintenant ça n'a plus d'importance, en fin de compte je suis mort, alors ce que je raconte ne peut plus me faire de mal, mais à mes amis, si. Et il s'agit de ça, de leur faire le plus de mal possible, non ?

— Je t'écoute.

— Je ne sais pas comment raconter ça. Pour être franc, j'en ai honte, ça me terrifie de le raconter. En plus, ça me semble si irréel… Ou peut-être trop réel, c'est ce que je me disais parfois, que ç'a été le moment le plus réel de ma vie, ou même le seul moment réel, le moment de vérité. La vérité de mes amis et aussi la mienne. Non pas que je me sente responsable de ce qui s'est passé. Bon, pas complètement… Mais je suppose que j'ai quand même une part de responsabilité, on n'est pas seulement responsable de ce qu'on fait mais aussi de ce qu'on laisse les autres faire ou de ce à quoi on assiste sans l'empêcher, on est même responsable de ce que les autres ont fait mais dont on a tiré profit, ceux qui disent qu'on est responsable uniquement de ce que l'on fait, eh bien ceux-là ne veulent être responsables de rien, même pas de ce qu'ils ont fait… Bref.

"Ça s'est produit au cours de notre troisième année d'études, ma dernière à l'Esade, quand mon père était encore député à Madrid et au sommet de sa carrière, même s'il restait très peu de temps avant que le scandale des cartes fantômes éclate et que tout parte en couilles. Ou bien il avait déjà éclaté mais il n'avait pas encore tout détruit… Quoi qu'il en soit, c'était un samedi, un samedi soir qui a commencé comme tant d'autres, à ceci près qu'on est sortis tous les quatre, je t'ai déjà raconté qu'à l'époque ce n'était pas si souvent qu'on sortait le samedi sans les petites amies de Vidal et Rosell. Tout le reste s'est passé plus ou moins comme d'habitude. On s'est retrouvés chez Vidal, on a dîné au Jumilla et on est allés au Sutton… Je me souviens maintenant d'un autre détail : on avait pris la BMW du père de Vidal, pas la voiture d'un de mes amis, je m'en souviens parce que cette BMW était très grande, avec des vitres teintées, une vraie limousine on peut dire. Bref, au début, c'était plus ou moins comme d'habitude… Quand on est sortis du Sutton, Casas et Vidal ont proposé qu'on cherche une pute et qu'on l'emmène rue León XIII.

— Tu ne m'avais pas dit que vous preniez aussi des putes.

— Tu ne me l'as jamais demandé… De toute façon, on ne l'a pas fait souvent. Seulement quand on n'avait pas le choix.

— Ça veut dire quoi ?

— Ça veut dire qu'on prenait des putes seulement quand on n'arrivait pas à embobiner d'autres filles. Ou quand on en avait envie… Parce que, évidemment, avec les putes, en principe, tout était différent.

— Tu veux dire que vous ne les violiez pas ?

— En principe, on les payait et on n'en parlait plus.

— Et dans les faits ?

— Dans les faits aussi. Mais cette nuit-là, c'était différent… Comme je te disais, Casas et Vidal ont eu cette idée et, même si Rosell et moi on s'y opposait, on a fini par l'accepter, les deux autres avaient beaucoup bu, je suppose qu'ils n'avaient pas envie d'aller chercher à droite et à gauche, ou ils avaient simplement envie de se faire une pute… Qu'est-ce que j'en sais… On n'est pas allés au bordel, les putes des bordels n'acceptaient pas de quitter leur établissement pour venir avec nous, ça nous est arrivé à quelques reprises, j'imagine qu'on le leur interdisait ou qu'elles avaient peur et se méfiaient des clients… Alors on est allés au stade du Barça, c'était tout près et puis il y avait plein de putes là-bas, on pouvait choisir tranquillement, on a fait un tour de reconnaissance autour du stade et du funérarium de Les Corts, et à la fin on a choisi… Je me souviens très bien de cette femme, il ne se passe pas un seul jour sans que je pense à elle… Elle avait la quarantaine, elle était bien conservée, et ç'avait dû être une belle femme, elle était très maquillée, une femme brune… Casas et Vidal ont commencé à négocier avec elle mais, quand il a semblé qu'ils étaient arrivés à un accord, la femme s'est ravisée et a dit non, elle avait ajouté quelque chose… Je ne sais pas ce qu'elle leur a dit (ou je l'ai su mais j'ai aussitôt oublié), mais je sais que Casas et Vidal n'avaient pas du tout apprécié, ils étaient furieux… À cause de son refus et de ce qu'elle a pu leur dire.

"On n'a pas essayé d'embarquer une autre pute. On est repartis du stade du Barça et on s'est arrêtés dans un bar de Sants prendre quelques verres, je ne me souviens plus où, mais je me souviens que Casas et Vidal étaient encore furieux contre la pute qui les avait envoyés promener. Je me souviens aussi qu'ils ne se donnaient même pas la peine de draguer les filles qu'on croisait… Bref, au bout d'un moment, il était deux ou trois heures du matin, on est remontés dans la BMW du père de Vidal et, au lieu de rentrer chacun chez soi, on est retournés au stade du Barça et on a aussitôt reconnu la pute d'avant qui traînait encore dans les parages. "La voilà, a dit Casas à Vidal. Approche-toi de cette putasse, on va lui donner une leçon…" C'est Casas lui-même qui a négocié avec elle, il a doublé ou triplé l'offre qu'il lui avait d'abord faite et il a fini par la convaincre.

“Ce qui s’est déroulé après, je me le rappelle mieux que je ne l’aimerais, parce qu’on n’oublie pas ce qu’on veut mais ce qu’on peut… À León XIII, tout s’est passé très vite, comme tu peux l’imaginer, on a sauté les préparatifs habituels et on est allés droit au but, une putain est une professionnelle du sexe, mais ce que j’ai fini par filmer n’avait pas grand-chose à voir avec le sexe… D’abord si, bien sûr, tout a commencé comme une séance de sexe en réunion, j’avais déjà filmé des choses comme ça, mais pas souvent, parce que la norme à León XIII n’était pas le sexe en réunion mais le viol en réunion, et c’est en ça que la scène s’est tout de suite transformée, je crois que la femme a très vite pressenti ce qui l’attendait, mais elle avait de l’expérience et elle a dû penser que, pour ne pas perdre le contrôle de la situation, le mieux était d’essayer de donner une apparence de normalité à ce qui semblait de moins en moins normal, puis elle a compris que c’était impossible et elle a tenté de résister, elle s’est plainte, elle a demandé des explications, elle a crié, il y a eu une lutte… Mais à un moment donné, elle a dû se rendre compte que ça ne faisait qu’empirer les choses et elle s’est tue et s’est laissé faire, elle devait être déjà consciente que c’était l’attitude la plus raisonnable si elle voulait se tirer d’affaire… Mais ça n’a servi à rien. Le sexe en réunion s’est transformé en viol en réunion et après, le viol en réunion s’est transformé en autre chose, quelque chose que je ne saurais pas nommer à vrai dire, j’ai parfois pensé à ce qui a eu lieu en termes de cérémonie ou de rituel ou de danse macabre, un sabbat terrifiant en quelque sorte, mais ce qui est sûr c’est que j’ai suivi tout ça fasciné depuis ma cachette, j’observais ce qui se passait de l’autre côté du mur sans en croire mes yeux mais sans pour autant arrêter de filmer, hypnotisé par le spectacle, je me rappelle par exemple cette femme à quatre pattes, nue et en pleurs, les pieds et les mains attachés, terrorisée, je me rappelle mes amis comme enragés, en train de l’insulter, de lui crier dessus, de la gifler et de la pousser et de lui asséner des coups de pied et de lui cracher dessus pendant qu’ils la lui mettaient dans tous les orifices, en train d’uriner sur elle, comme s’ils étaient devenus possédés ou comme s’ils l’étaient depuis toujours mais que c’était seulement alors que je m’en rendais compte, je contemplais donc ce délire sadique sans pouvoir détourner le regard, fasciné, ensorcelé, mais je ne crois pas que l'idée me soit passée par la tête que tout ça puisse s'achever comme un film d'horreur, ce qui est arrivé quand Casas, qui avait disparu de mon champ de vision, est réapparu nu et trempé de sueur, vociférant, le visage taché de noir et les yeux exorbités, avec une brique ou une pierre dans la main, je ne sais pas d'où il l'a sortie, je suppose qu'il est allé la chercher dans le jardin, en tout cas il s'est mis à cogner la femme avec, il l'a frappée à la tête puis Rosell lui a pris la pierre et lui aussi s'est mis à la frapper, ensuite c'est Vidal qui l'a frappée, mais je ne suis pas certain pour ce dernier, il se peut que j'aie inventé ce souvenir, ce dont je suis sûr c'est qu'au bout d'un moment, la femme était morte, son corps dans une posture impossible, au milieu des tapis trempés de sang, avec les stars de rock et du cinéma qui l'observaient depuis les affiches accrochées aux murs… Elle ressemblait à une poupée de chiffon ou une poupée cassée… Pourquoi tu fais cette tête ? Tu penses à quoi ? Je t'avais averti que…

— Je pense à rien. Continue.

— Hé, tu ne m'avais pas dit que tu ne buvais pas de whisky ? Sers-moi aussi, il y a une autre bouteille dans le buffet, elle est pleine… Je t'avais dit que ce que j'allais te raconter était horrible, je croyais que vous, les flics, vous étiez habitués à…

— Continue.

— Quand j'ai compris ce qui venait d'avoir lieu, j'ai détourné le regard et j'ai arrêté de filmer. J'avais les jambes qui tremblaient… Je crois que pendant quelques secondes j'ai essayé de me convaincre que je n'avais pas vu ce que j'avais vu, que ce qui avait eu lieu n'avait pas eu lieu, que je l'avais rêvé ou quelque chose comme ça. Ensuite, encore tremblant, je suis allé dans la chambre aux tapis, et une fois là-dedans mes amis m'ont fait l'impression d'être trois survivants d'un ouragan ou d'une explosion nucléaire… Ou trois malades en phase terminale… Ou trois toxicomanes incapables de redescendre de leur trip à l'acide… Comment dire ?… Je me souviens que Rosell était par terre, blotti dans un coin en position fœtale, et que je ne savais pas s'il pleurait ou riait. Je me souviens aussi du regard de Casas, c'était un regard implorant, où se lisaient la panique et une incompréhension totale, la détresse la plus profonde…

Il y avait un silence dans la chambre que je n'ai plus jamais entendu depuis… Vidal a été le premier à parler. Il a montré la femme sans vie comme s'il venait seulement de l'apercevoir, il avait l'air absent et il tenait toujours la pierre barbouillée de sang à la main, puis il a dit : "On doit faire quelque chose." Il était évident que les trois étaient KO… Je me sentais pris au piège, comme un complice dégueulasse de cette horreur, mais j'étais le seul à conserver une certaine clarté mentale, une certaine capacité de réaction.

"Ça explique ce qui s'est passé par la suite… Ça et mon instinct de soumis, l'envie que j'ai toujours eu de me faire valoir d'eux, de me montrer utile et de gagner leur reconnaissance et leur sympathie et finir un beau jour par appartenir à leur cercle… "Accroche-toi aux bons et tu seras l'un d'eux", m'avait dit mon père. Et j'étais là, attaché à mes amis par cette femme morte, il était impossible de m'accrocher davantage à eux et c'est pourquoi je me suis parfois demandé si la mort de cette femme ne m'a pas alors paru une opportunité, une bonne occasion de tirer mes amis d'un gros pétrin et mériter ainsi leur reconnaissance… C'est possible que je l'aie pensé et que c'est précisément la raison pour laquelle j'ai pris la décision que j'ai prise. La décision, c'était d'appeler mon père. Je l'ai dit à mes amis. "Je vais appeler mon père, j'ai dit. Il va nous aider…" Personne n'a rien dit, ni oui ni non, j'ai déjà dit que les trois avaient l'air ailleurs, alors c'est ce que j'ai fait, j'ai appelé mon père.

"Il était très tard, mon père était au lit, il a dû avoir une sacrée frousse… J'ai essayé de lui expliquer ce qui s'était passé, je lui ai dit avec qui j'étais, il m'a écouté sans m'interrompre et, quand j'ai fini de parler, il m'a demandé l'adresse de León XIII. "Ne bougez pas, il m'a dit. J'arrive."

"Dès que j'ai raccroché, j'ai senti que j'avais fait une erreur, parce que j'ai cru que mon père allait tout de suite appeler la police, mais j'ai aussi senti qu'il était trop tard pour rectifier et que, même si je rappelais pour lui dire de ne pas venir, il allait venir de toute façon… Et tu sais quoi ? Bien des années plus tard, la seule fois que mon père et moi on a reparlé de cette nuit, dans son appartement de Torredembarra, peu de temps avant sa mort, il m'a dit que ça avait exactement été sa première intention, qu'il avait pensé le faire mais qu'il ne l'a pas fait parce qu'après mon appel, tandis qu'il s'habillait en toute hâte pour se rendre à León XIII, il s'est dit que s'il nous dénonçait à la police, nous serions tous les quatre jugés et on nous condamnerait à un tas d'années de prison, et qu'il avait au dernier moment préféré charger sa conscience de la mort de cette femme plutôt que de permettre la destruction de son fils et des trois autres jeunes qui avaient toute leur vie devant eux, parce que la mort de la femme ne pouvait plus être réparée, alors que la destruction des quatre garçons, notre destruction, si… Et cette fois-là, à Torredembarra, il m'a aussi dit autre chose. Il m'a dit qu'il croyait qu'il n'avait pas bien agi, qu'il aurait dû nous amener à la police, que nous aurions dû payer pour ce que nous avions fait, et que, après que le scandale des cartes fantômes l'a détruit, il s'était plus d'une fois dit que ce désastre était le châtiment pour son erreur… Pas mal, hein… ? Mon père était un homme juste, il croyait que dans cette vie, on récolte ce qu'on a semé et que tôt ou tard tout finit par se payer… Ou peut-être que c'était seulement un homme superstitieux. Moi je ne le suis pas.

— Continue.

— Soit tu ne bois pas, soit tu bois ce whisky comme si c'était de l'eau. Il n'y a pas de juste milieu, chez toi.

— Continue.

— Il ne reste plus grand-chose à raconter… Quand il est arrivé à León XIII, mon père a pris la situation en main. Sans faire de reproche. Il a juste voulu savoir ce qui s'était passé, je lui ai raconté l'histoire de la vidéo, ou plutôt des vidéos, il nous a posé des questions sur cet endroit (à qui c'était, qui l'utilisait, à quel effet on l'utilisait), il a obligé mes amis à se doucher, il a fait de son mieux pour nous tranquilliser et il nous a renvoyés à la maison mais lui, il est resté là-bas… Avant qu'on sorte, il nous a dit : "Ce qui s'est passé cette nuit, c'est comme si rien ne s'était passé." Et il a ajouté : "Retenez bien ce que je viens de vous dire et tout ira bien."

"On a bien retenu ce qu'il nous a dit… Lui et moi, on n'a jamais reparlé de cette nuit, et à partir de là on s'est comportés comme si ça avait été une nuit comme tant d'autres, ça n'a absolument rien changé, ni entre nous ni avec les autres, c'est stupéfiant, tu ne trouves pas ? Cette facilité qu'on a à décider que quelque chose n'a pas eu lieu alors que ça a eu lieu, même quand il s'agit d'une chose aussi terrible que celle qui s'est passée cette nuit-là…

"Je ne sais pas comment mon père a nettoyé le local de la rue León XIII, je suppose qu'il a dû demander à quelqu'un de l'aider, il connaissait beaucoup de monde à l'époque, mais je ne le sais pas, en réalité je ne sais même pas s'il l'a vraiment nettoyé ou s'il l'a fait nettoyer, je l'ai simplement imaginé, je ne l'ai jamais su avec certitude et je ne le lui ai jamais demandé, même pas le jour où on a parlé de l'affaire dans son appartement de Torredembarra, d'ailleurs cette fois-là il ne m'avait même pas dit qu'il avait gardé les vidéos de León XIII, peut-être qu'il n'a pas su comment me le raconter, peut-être qu'il regrettait aussi de les avoir gardées ou peut-être qu'il a préféré me faire la surprise quand je les retrouverais après sa mort… Va savoir… Ce qui est sûr, c'est, comme je te disais, qu'on a strictement suivi la promesse de passer à autre chose, si strictement qu'on n'a plus jamais emmené aucune femme rue León XIII. On n'y a plus jamais remis les pieds… Et inutile de te dire que mes amis ne m'ont jamais remercié pour ce que j'avais fait, ni moi ni mon père, ils ne se sont jamais souvenus que cette nuit-là on leur avait tiré les marrons du feu, que sans mon père et sans moi, leur vie aurait été foutue, ça, ça ne leur est jamais passé par la tête, encore moins quand le scandale des cartes fantômes a détruit mon père et quand j'ai arrêté d'aller à l'Esade, là non plus, ils n'ont pas eu le moindre mot ni le moindre geste. Rien… Logique, n'est-ce pas ?

— La vidéo de l'assassinat se trouve parmi celles que ton père a gardées ?

— Non.

— Comment tu le sais ?

— Parce que c'est la première que j'ai cherchée.

— Et elle n'y était pas.

— Non… Il est possible qu'elle se soit perdue cette nuit-là, la nuit où je l'ai faite, je veux dire. Ou peut-être que mon père l'a jetée pour s'assurer que personne ne la voie, parce qu'elle lui a paru trop dangereuse. Comme je l'ai dit, je ne sais pas. Le fait est qu'elle n'est pas là. Si elle y avait été…

— Vidal ne t'a rien demandé à ce propos ?

— Non. Si ça se trouve, il ne sait même pas que l'enregistrement existe… Ou bien il ne se souvient pas que je l'ai fait.

— Ton père ne t'a pas dit ce qu'il a fait du corps de la femme ?

— Non. Je sais seulement ce que les journaux en ont dit ; que, le lendemain, on a retrouvé le corps dans un terrain vague de la Sagrera, à Sant Andreu… C'est mon père qui a dû le laisser là-bas, ou bien celui qui l'aura aidé.

— Tu sais son nom ?

— Le nom de qui ? De celui qui a aidé mon père ?

— Non, de la femme.

— Bien sûr. Ça, je ne suis pas près de l'oublier. La presse n'avait pas donné son nom, mais j'ai cherché sur internet et j'ai fini par le retrouver.

— Elle s'appelait comment ?

— Rosario Marín.

2

— S'ils n'ont pas diffusé la vidéo jusqu'à maintenant, je ne crois pas qu'ils le feront, juge Blai.

— Moi non plus, en convient Vàzquez.

— Ils ne l'ont probablement jamais eue, continue Blai. Sinon, ils l'auraient déjà rendue publique. Ça tombe sous le sens, non ? Un ultimatum c'est un ultimatum.

— C'est vrai, peut-être qu'ils ne l'avaient pas, concède Vàzquez. Si ça se trouve, ils ont bluffé. C'est le plus probable.

— Si c'était du bluff, ça a sacrément réussi, reconnaît Blai. Ils ont empoché un gros paquet avec les deux rançons.

— C'est le plus probable, répète Vàzquez.

— Et toi, t'en penses quoi, l'Espagnolard ? demande Blai.

Avant que Melchor puisse répondre, il ajoute :

— Et tant qu'on y est, t'étais où, merde ? On est tous là à devenir dingues avec cette affaire et toi, pendant ce temps, tu te la coules douce quelque part. On peut savoir pourquoi tu répondais même pas au téléphone ? C'est pour ça que je t'ai fait venir ? Pour que tu te débines ?

Grâce à Vàzquez, qui vient à la rescousse, Melchor évite le savon et se montre en tout point d'accord avec l'ancien chef de l'unité d'investigation de la Terra Alta. Il est arrivé au petit matin à Barcelone, après trois nuits blanches, dont la deuxième passée à écouter la confession de Ricky Ramírez dans le mas loué par celui-ci à Sant Julià de Lòria, en Andorre. Après avoir dormi deux heures, il a ensuite rendu visite à la maire, déjeuné avec sa fille et Vivales et dormi un moment jusqu'à ce que Blai le réveille pour lui faire part de la nouvelle et le convoque à une réunion d'urgence à Egara.

— Bon, moi, j'ai fait ma part du marché, lui a rappelé Ricky Ramírez. Et toi, qu'est-ce que tu comptes faire maintenant ?

— Faire la mienne, lui a répondu Melchor.

Ça fait plusieurs minutes que brûle dans son cerveau incendié par le whisky la dernière phrase que sa mère avait dite à son amie Carmen Lucas la nuit où elle avait été tuée, quinze ans plus tôt, après qu'elle avait refusé de monter dans la BMW que conduisaient ses meurtriers : "Des jeunes bourges sortis s'amuser avec la voiture de papa."

— J'arrive pas à comprendre pourquoi tu es si certain que le chantage n'a rien à voir avec l'incendie de La Pleta de Bolvir, continue Blai à l'intention à Melchor.

— On sait si l'incendie a été provoqué ? s'interpose Vàzquez.

— Il semble que non, répond Blai. Tout porte à croire que c'était un court-circuit. Mais la maison était en bois et, avec cette chaleur, elle a apparemment brûlé comme une allumette. En plus, c'était la nuit, le feu a dû les surprendre dans leur sommeil, parce que personne ne s'est sauvé. La maison était au milieu de la forêt, et quand les pompiers sont arrivés il ne restait qu'un tas de cendres.

— On a trouvé combien de cadavres ? demande Vàzquez.

— Deux, en plus de ceux des trois ténors, répond Blai. Carbonisés, tous. L'un d'eux, c'était Hematomas. L'autre n'a pas encore été identifié.

— Hematomas a dû monter à La Pleta de Bolvir de son propre chef, conjecture Vàzquez. Les trois ténors s'y sont rendus dans la même voiture. Torrent et Estellés les suivaient, mais ils les ont perdus à la sortie de Barcelone. Rien d'étonnant, vendredi soir les tunnels de Vallvidrera étaient paralysés.

— Comment tu communiques avec Vidal ? a-t-il demandé à Ricky.

— Je te l'ai déjà dit, a répondu celui-ci. À travers Marga, qui est en contact avec Hematomas. Mais j'ai son numéro de téléphone. Celui de Vidal, je veux dire. Si c'est urgent, je peux lui envoyer un message. Et si c'est très urgent, je peux lui téléphoner. Mais depuis que je suis ici, je ne l'ai pas encore fait.

— Alors fais-le maintenant, l'a exhorté Melchor. C'est très urgent.

— Tu n'as pas répondu à ma question, insiste Blai.

— Parce que je ne crois pas qu'aucun des trois ait été lié au chantage, répond Melchor.

— Il y a quelques jours, tu croyais le contraire, lui rappelle Blai.

— Oui, reconnaît Melchor. Mais plus maintenant.

— Jeudi, j'ai aussi réalisé que Rosell comprenait que dalle à ce que je lui racontais, intervient Vàzquez. Sans compter le fait qu'il m'a paru complètement idiot.

— C'est un idiot, confirme Blai. Ou plutôt ça l'était. Tout le monde le sait. Mais pas Vidal et Casas, eux c'étaient des malins. Et certaines pistes les liaient au chantage.

— Par exemple ? demande Vàzquez.

— Qu'est-ce que tu veux que je dise à Vidal, a demandé Ricky.

— Tu sais s'il a encore la cabane de La Pleta de Bolvir, l'endroit où vous vous réunissiez le week-end pour voir les vidéos ?

— Aucune idée.

— Alors renseigne-toi. Et si c'est le cas, donne-leur rendez-vous là-bas. Dis-lui que vous devez vous voir. Dis-lui que tu as quelque chose de très important à lui dire. Ou, encore mieux, dis-lui que tu dois lui montrer quelque chose.

— Pourquoi ? Pour faire quoi ?

— Dis-lui ça et laisse-moi m'occuper du reste.

— Il n'acceptera pas.

— Bien sûr qu'il acceptera. Dis-lui que c'est à propos des vidéos. Qu'il s'agit de quelque chose que tu ne lui avais pas encore dit mais que tu veux lui dire maintenant. Quelque chose lié au chantage et qu'il doit savoir avant la fin du délai que vous avez donné à la maire pour démissionner. Dis-lui que ça concerne aussi Casas et Rosell, et qu'il se débrouille pour qu'ils viennent avec lui. Dis-le-lui comme ça.

— Par exemple, allègue Blai, Marga Isern, la copine de Ricky Ramírez, elle a fait faire dans un taxiphone une carte SIM au nom de Farooq Hoque, le propriétaire du portable…

— Faux, le coupe Melchor. Le propriétaire du taxiphone m'a induit en erreur. Il est amoureux de cette femme, mais elle s'en fout, il a voulu se venger en me racontant ces bobards.

— Et Hematomas ?

— Quoi, Hematomas ?

— Tu m'as dit que lui et Marga Isern se voyaient.

— Et c'est vrai. Mais ils ne se voyaient pas au sujet de la maire.

— Comment tu sais ça ?

— Parce que Marga Isern était l'indic d'Hematomas depuis un certain temps. Il l'a recrutée quand elle était en prison. Dans le quartier, c'est de notoriété publique.

— Tu viendras avec moi, à la cabane ? a demandé Ricky.

— Bien sûr, a répondu Melchor.

— Et que penses-tu faire une fois qu'on sera là-bas ?

— T'inquiète, c'est mon affaire. Fais ce que je te dis et oublie le reste. Si tu le fais, je te laisserai partir.

— Quoi ?

— Tu m'as entendu : je te laisserai partir. Je te lâcherai. Marga aussi. Et cette fois, tes amis ne s'en sortiront pas à si bon compte. Ils payeront pour ce qu'ils ont fait.

— Je m'en réjouis. Mais tu m'as donné ta parole de faire ton possible pour que Marga et moi, on se tire d'affaire, pas que tu me laisses partir.

— Je te la donne maintenant.

— Comment je peux savoir que tu ne me mens pas ? Comment je peux être sûr de ce que tu dis ?

— Tu ne peux pas.

— Alors, conclut Blai en réprimant sa satisfaction. S'il n'y a plus personne pour extorquer la maire et si on n'a aucune piste qui mette les trois ténors en relation avec le chantage…

— C'est fini, complète Vàzquez. Il reste seulement à trouver qui est le malin qui a pris le pognon. Il faut faire un pont d'or à l'ennemi qui fuit.

— Heureusement que la maire a fini par annuler la conférence de presse qu'elle avait convoquée pour annoncer sa démission, dit Blai. J'ai du mal à me l'expliquer. Jeudi dernier, la dernière fois que je lui ai parlé au téléphone, il semblait impossible de la faire changer d'avis. Enfin, je suppose qu'elle a réfléchi à ce que je lui ai dit, en fin de compte j'ai quand même une certaine capacité de persuasion, n'est-ce pas ?

— Donne-moi une raison convaincante pour ne pas démissionner, lui a demandé la maire au téléphone.

— Si je n'avais pas vu la vidéo, a dit Melchor, je vous dirais qu'une vidéo à caractère sexuel ne peut pas vous faire autant de mal que votre démission. Et que personne ne vous garantit que, même si vous démissionnez, la vidéo ne sera pas diffusée.

— Tu essaies de me dire que tu l'as vu ?

— Oui.

— Quand ? Comment ? Où ?

— Ça, je ne peux pas vous le dire. En revanche, je peux vous garantir que demain matin je peux vous la remettre en mains propres.

— Apporte-la-moi aujourd'hui à midi et j'annule la conférence de presse.

— Désolé, ce midi, je ne peux pas. Vous devrez attendre jusqu'à demain. Vous serez obligée de me croire.

— Bon, c'est tout, non ? demande Melchor. On m'attend à la maison.

— Oui, répond Blai. Je suppose que oui. Affaire classée, comme dit l'inspecteur Gadget. N'est-ce pas, Vàzquez ?

— Bien sûr, acquiesce Vàzquez. Le héros de Cambrils peut retourner à la tranquillité de la Terra Alta, puisqu'il n'a que ça en tête. T'inquiète, on continuera à chercher le fric. Même si, franchement, ça m'étonnerait qu'on le retrouve. Quelle que soit leur identité, ces enfoirés se sont déjà fait la malle et va savoir où ils sont actuellement.

— Quand est-ce que je dois leur donner rendez-vous à La Pleta de Bolvir ? a demandé Ricky Ramírez.

— Demain soir. Avant la fin de l'ultimatum, a répondu Melchor.

— D'accord, a consenti la maire. Je te crois. Tu viens demain matin chez moi avec la vidéo et j'annule la conférence de presse.

— J'y serai, a promis Melchor. En échange, vous devez me rendre un service.

— Je t'écoute.

— Ne dites à personne que nous avons eu cette conversation.

— Même pas à ton chef ? Il m'a déjà appelé.

— Même pas à lui. Vous et moi, on ne s'est pas parlé, on ne s'est pas vus. Personne ne vous a restitué la vidéo. C'est d'accord ?

— Tu vas vraiment me laisser partir ? a demandé Ricky. Tu es sûr qu'il ne m'arrivera rien ?

— Parfaitement sûr, a répondu Melchor.
— On se voit en Terra Alta, l'Espagnolard, dit Blai.
— Au revoir, mec, dit Vàzquez. Fais gaffe à toi.
— Jure-le-moi sur ce qui tu as de plus précieux, a dit Ricky.
— Je te le jure sur la tête de ma mère, a répondu Melchor.

Melchor et Cosette passent la première semaine du mois d'août à El Llano de Molina, près de Murcia, logés chez Pepe et Carmen Lucas, l'ancienne amie de la mère de Melchor.

C'est une semaine de bonheur. Melchor a pris son exemplaire usé des *Misérables* et les nouvelles qu'il doit lire pour le concours littéraire de l'Institut Terra Alta. Il n'est pas retourné au roman de Victor Hugo depuis le décès d'Olga et, dès les premières pages, le roman le happe si fortement qu'il abandonne les nouvelles pour le lire à toute heure : dans la matinée, quand il tient compagnie à Cosette à la piscine municipale, où elle se baigne avec les copines qu'elle s'est faites dans le village l'année précédente (et qui continuent de l'appeler "Cosé", ce qui l'enchante) ; dans l'après-midi, après le déjeuner avec Carmen et Pepe, tandis que Cosette regarde un film à la télévision ou joue avec ses copines dans la cour, et plus tard, quand le soleil tape moins et qu'il emmène Cosette jouer au foot avec l'équipe locale sur un terrain vague aux environs du village ou dans les villages voisins ; il se plonge dans *Les Misérables* surtout la nuit, après avoir lu à Cosette un chapitre des *Enfants du capitaine Grant* – le roman de Jules Verne qui a remplacé les lectures nocturnes de *Michel Strogoff* – et qu'elle s'est endormie, quand il reste réveillé jusqu'à trois ou quatre heures du matin, suivant impatiemment les péripéties de Jean Valjean, qu'il connaît par cœur. Une nuit, alors que Cosette est sur le point de s'endormir après sa dose quotidienne de Jules Verne, un bruit caractéristique s'échappe de la chambre de Carmen et Pepe.

— C'est quoi ? s'alarme la petite.
— Quoi donc ? répond Melchor en essayant de gagner du temps.
— Ce bruit.

Melchor fait semblant de tendre l'oreille : la rumeur continue, caractéristique, mais à présent elle s'accompagne de gémissements tout aussi caractéristiques.

— Quel bruit ? insiste Melchor. Je n'entends rien.

Cosette scrute le plafond de la chambre en faisant la moue, comme si elle réfléchissait ou plutôt comme si elle voulait que son père, qui la regarde avec insistance, comprenne qu'elle est en train de réfléchir.

— Carmen et Pepe sont en train de faire un enfant ? demande-t-elle.

Melchor sent tout le sang de son corps lui monter au visage et remercie le ciel d'être allongé dans un lit. Dans son esprit, il implore que le bruit s'arrête pendant qu'il cherche une réponse acceptable à la question de sa fille, réponse qu'il ne trouve pas. Il parvient à peine à lui demander :

— Allez, dors maintenant. Il est très tard.

Le lendemain, le dernier jour de leur séjour à El Llano de Molina, Cosette insiste pour que ce soit Pepe qui l'emmène jouer au football et, pour ne pas rester seul à la maison, Melchor décide d'accompagner Carmen au potager qu'elle possède non loin du village et qu'elle entretient tous les jours. Au début, il essaie de l'aider mais, au vu de son évidente maladresse, elle lui montre en riant l'appentis où elle garde ses outils et lui demande d'arrêter de lui casser les pieds et de lire son pavé dont il a du mal à se séparer.

Melchor obéit. Il s'assoit par terre, le dos appuyé contre un mur de l'appentis et observe la femme travailler, puis, las, il reprend la lecture des *Misérables*. Il est arrivé au célébrissime épisode où Jean Valjean, portant sur le dos Marius, le fiancé de Cosette – à qui il vient de sauver la vie à la barricade de la rue de la Chanvrerie – s'enfuit par les égouts de Paris poursuivi par Javert quand, après avoir lu un bon moment, Melchor lève le regard du livre, voit Carmen à quelques mètres de lui et se dit soudain que personne ne mérite plus qu'elle de savoir que justice a été finalement rendue, que l'assassinat de son amie a été enfin vengé.

— Carmen, murmure Melchor.

Elle interrompt son travail et le regarde, un peu essoufflée. Elle est penchée sur un sillon qu'elle vient de creuser, brandissant une houe.

— Quoi ? demande-t-elle.

— Tu te souviens de ma mère ?

Carmen Lucas repose son outil sur la terre retournée et, toujours essoufflée, se sèche le front avec l'avant-bras. Le soir tombe dans le potager et une lumière vieil-or enveloppe la femme, comme si elle était un ange. Durant un instant, Melchor a le sentiment d'avoir déjà vécu cette scène.

— Il ne se passe pas un seul jour sans que je pense à elle, répond Carmen.

Après un silence, elle ajoute :

— Pourquoi ?

"Tant que dure le repentir dure la faute", se dit Melchor. Il ne sait toujours pas où il a lu cette phrase mais il se rend compte que, malgré le fait d'avoir tué cinq hommes cet été, il ne se repent de rien, et n'éprouve aucune culpabilité, et il est fort étonné de s'être senti parfois responsable de la mort d'Olga, et d'avoir pensé pendant des années qu'il avait failli à sa femme. Il ne lui a pas failli, comprend-il. Il n'est responsable de rien. Et il comprend aussi que Carmen n'a pas besoin de savoir et que lui n'a pas besoin de soulager sa conscience, ni devant Carmen ni devant personne, qu'il doit se charger tout seul du poids de ces morts, et qu'il peut le faire avec joie.

— Pour rien, répond-il.

Deux jours plus tard, quand Melchor réintègre son poste au commissariat de la Terra Alta, il lui semble plus évident que jamais qu'il ne veut plus être policier : en fin de compte, se dit-il, il n'a voulu l'être, une fois qu'il avait lu *Les Misérables* à la prison de Quatre Camins, que pour retrouver les assassins de sa mère ; maintenant qu'il les a retrouvés, se dit-il aussi, continuer d'exercer ce métier n'a plus aucun sens. Peu après cette conclusion, tandis qu'il attend avec impatience une création de poste à la bibliothèque de Gandesa ou dans une autre bibliothèque de la Terra Alta ou de ses environs pour pouvoir présenter sa candidature, Melchor reçoit un coup de téléphone de Manel Puig, l'ami de Vivales, qui lui apprend que l'avocat est décédé.

— Il souffrait d'un cancer depuis deux ans, lui dit Puig. Avant l'été, il n'y avait plus aucun espoir.

— Je ne le savais pas, réussit à dire Melchor.

— Personne ne le savait. Il nous a appelés, Chicho et moi, une semaine avant de partir, ça faisait deux jours qu'il était hospitalisé.

— C'est étrange. J'ai parlé à deux reprises avec lui et à chaque fois il m'a dit ce qu'il me disait toujours : "Je gère."

— Et il gérait. Mais grâce aux médecins, qui savaient qu'il allait mourir. Tout comme lui.

Melchor laisse Cosette chez Rosa Adell, qui s'est proposé de s'occuper d'elle pendant son absence, et il part pour Barcelone. Au funérarium Sancho de Ávila, il retrouve Puig et Campà, qui l'accueillent les larmes aux yeux et l'emmènent dîner. Au cours de ce dîner, ils évoquent les derniers jours de Vivales.

— Il nous a interdit de te dire qu'il était hospitalisé, rapporte Puig.

— Il ne voulait pas que toi et la petite le voyiez, confirme Campà.

— Il allait si mal ? demande Melchor.

— Pas du tout, répond Puig. Il était en soins palliatifs, sous cortisone, il se sentait très bien. C'est ça le problème.

Melchor le regarde sans comprendre.

— Il nous a obligés à lui apporter du whisky et des cigares dans la chambre, raconte Campà.

— En catimini, ajoute Puig inutilement.

— Un jour, il s'est pris une sacrée cuite, continue Campà, accablé.

— Il n'arrêtait pas de mater les seins des infirmières, dit Puig.

— Une honte, résume Campà.

— L'enfoiré, dit Puig. Il nous a fait passer pour des crétins jusqu'au dernier jour.

— En plus il a insisté pour avoir des funérailles catholiques, dit Campà en changeant de sujet. Il me l'a dit mille fois.

— À moi, trois mille, précise Puig.

— Je ne savais pas que Vivales était croyant, avoue Melchor qui, à son grand regret, ne parvient pas à chasser de son esprit Ortega y Gasset.

— Et il ne l'était pas, assure Campà. Dieu merci, il était athée et anticlérical. Mais précisément pour ça. Il m'a dit qu'il voulait s'assurer qu'avant qu'on l'enterre, quelqu'un dise du bien de lui. Il pensait au curé, évidemment.

— Du Vivales tout craché, statue Puig. Tu sais ce qu'il m'a dit ?

Campà l'interroge avec un demi-sourire intrigué, suite à quoi Puig imite la voix incomparable de l'avocat, enrouée par l'alcool et le tabac : "Surtout, pas de funérailles laïques, Manel, il m'a dit. Quand il s'agit d'envoyer les gens dans l'autre monde, personne n'arrive à la cheville des curés : ils font ça depuis des siècles."

— Ça aussi, du Vivales tout craché, opine Campà.

Cette nuit-là, Melchor loge chez l'avocat. Sans pouvoir dormir, il passe des heures à fouiller les tiroirs. Il cherche des photos de sa mère mais il n'en trouve aucune. Il trouve en revanche plusieurs photos de Vivales, seul ou avec des inconnus ; quelques-unes avec des gens connus. Il trouve, par exemple, une photo de son propre mariage à la porte de la mairie de Gandesa : lui et Olga, visiblement enceinte de Cosette, sont placés au centre du groupe, et à leurs côtés posent Salom et ses filles et Carmen et Pepe à qui Vivales a fièrement passé un bras sur les épaules, tout sourire ; il trouve aussi une photo de Vivales très jeune, habillé en appelé et entouré d'une bande d'appelés, parmi lesquels il semble reconnaître Puig et Campà. Cette nuit-là, au petit matin, il découvre aussi que Vivales versait deux cent cinquante euros par mois à Cáritas et deux cent cinquante autres euros à Open Arms, une organisation d'aide aux réfugiés. "Du Vivales tout craché", se dit-il.

Le lendemain matin, il finit de régler les démarches concernant le décès dont Puig et Campà ont commencé à s'occuper la veille. Tandis qu'il remplit un formulaire, l'employée du funérarium, derrière son bureau, lui parle du défunt en utilisant un autre nom.

— Vivales, la corrige Melchor. Il s'appelait Vivales.

L'employée sourit avec une douceur toute professionnelle et montre le certificat de décès qu'on lui a remis.

— Là, c'est écrit Perales, fait-elle remarquer à Melchor.

— Hmm, acquiesce Melchor. Mettez Vivales quand même.

Il déjeune dans un restaurant proche du funérarium et, pour tuer le temps avant l'enterrement, il décide de se promener dans le quartier. Le temps passe sans qu'il s'en rende compte et quand il retourne au funérarium, il se dit qu'une célébrité a dû décéder, un acteur ou un homme politique, parce qu'une foule est massée devant l'entrée ; puis, en se frayant un chemin parmi ces personnes, il se rend compte qu'il s'agit en majorité d'immigrés et de locaux à la mine douteuse – voyous, prostituées, gens de la nuit et aux mœurs répréhensibles –, et il comprend que tous sont là pour l'enterrement de l'avocat.

— Ce Vivales fréquentait la *crème de la crème**, murmure Puig en passant en revue l'assistance.

La chapelle du funérarium est tout de suite remplie, et de nombreuses personnes se résignent à rester à l'extérieur. Quant au prêtre, il porte aux nues pendant son sermon les vertus du décédé, qu'il n'a jamais connu : il fait l'éloge de son honnêteté à toute épreuve, de son sacro-saint respect pour les tribunaux et de sa vaillante et inébranlable défense de la loi ; à la fin, emporté par son propre panégyrique, il finit par l'élever au rang de "paladin de la justice". À un moment donné, Melchor a l'impression que Puig et Campà, assis à côté de lui au premier rang, sont en train de réaliser d'immenses efforts pour ne pas éclater de rire ; à un autre moment, il cesse d'écouter le curé. Il se souvient alors du matin où, à peine sorti de l'adolescence, il a rencontré Vivales dans un parloir de la prison de Soto del Real, près de Madrid, où il était incarcéré en attendant son procès pour appartenance à un cartel colombien qui introduisait de grosses quantités de drogue en Espagne, et de cet autre matin où, des années plus tard, libéré bien plus tôt que prévu, grâce à une des arguties juridiques de Vivales, il a commencé à soupçonner que ce fourbe impénitent était son père. Il se souvient aussi d'un autre jour, cette fois-ci dans un parloir de la prison de Quatre Camins, près de Barcelone. Ça faisait déjà quelque temps que sa mère avait été assassinée et que Vivales payait ses études secondaires à l'IOC, l'Institut Obert de Catalunya, en plus d'assurer sa défense sans toucher un seul centime, comme il le faisait depuis le début ; un après-midi, Melchor, méfiant devant tant de générosité, s'était décidé à lui demander pourquoi il faisait tout cela pour lui et Vivales, après lui avoir demandé s'il voulait savoir la vérité ou préférait entendre un bobard, et l'avoir averti que la vérité n'allait pas lui plaire, lui avait lancé : "Parce que tu es un crève-la-faim, Melchor. Et si moi je ne t'aide pas, qui le

* En français dans le texte.

fera ?" Et à cet instant, Melchor croit finalement comprendre, dans un éclair de lucidité, précisément là, au beau milieu des funérailles de Vivales, entouré d'un tas de pauvres malheureux comme lui, que tout compte fait Vivales n'était pas son père, ou qu'il l'était uniquement dans ses rêveries d'orphelin jamais racheté, mais qu'il avait été ce qui ressemblait le plus à un père.

La cérémonie achevée, Puig et Campà l'invitent à prendre un verre avec leurs amis. Melchor se dit qu'il ne reverra probablement plus jamais Ortega y Gasset, si bien qu'il accepte, et tous trois se rendent dans un café situé rue Sancho de Ávila. Là-bas, un groupe d'hommes les attend. Ce sont les compagnons de Vivales du régiment Arapiles 62, où l'avocat a fait son service militaire et, tandis que Puig et Campà les lui présentent un à un et qu'ils lui offrent leurs condoléances, Melchor se demande si ces vieux sont les jeunes appelés de la vieille photo qu'il a trouvée la veille chez Vivales. Il commande ensuite un Coca-Cola et s'assoit avec eux. Ils boivent tous du whisky, et ils racontent tous, pêle-mêle, des anecdotes sur Vivales et l'armée, comme si dans leurs souvenirs (ou dans leur imagination) il s'agissait de la même chose ; certains rient au point d'avoir pratiquement des larmes aux yeux. Quand l'un d'eux se redresse et, évidemment ivre, se met à chanter, secondé par les autres, l'hymne de l'infanterie espagnole, Melchor se lève sans attirer l'attention, règle ce que le groupe a consommé et sort faire quelques pas.

La salle de conférences de l'Institut Terra Alta est pleine à craquer. C'est la veille de la rentrée scolaire et les élèves de tous âges, dont beaucoup sont accompagnés de leurs parents, occupent toute la salle et même les couloirs latéraux, certains debout, d'autres assis. Ils sont enfermés là depuis plus d'une heure, ils ont écouté des discours et de la musique et ils ont assisté à la remise des quatre prix du concours littéraire, ainsi que des douze accessits, il est une heure et demie passée et plus ou moins tout le monde a faim et souhaite que la cérémonie se termine au plus vite. Aussi, quand la principale adjointe du collège et maîtresse de cérémonie annonce que, pour clore en beauté, un membre du jury va prononcer quelques mots en hommage à la lecture, une rumeur de mutinerie parcourt-elle la salle d'un bout à l'autre.

Au milieu du brouhaha, Melchor se lève de son siège et monte sur la scène comme quelqu'un qui monte à l'échafaud. Il n'y a pas d'applaudissements, la principale adjointe disparaît en toute hâte et Melchor se place derrière le pupitre et sort de la poche de sa chemise le papier où il a écrit les notes pour son discours. Il tremble comme une feuille. Ayant l'intention de mettre fin à ce chemin de croix au plus vite, il avale sa salive et, sans attendre que le silence s'établisse, il commence à parler.

— Je m'appelle Melchor Marín et je suis policier, se présente-t-il. Bon nombre d'entre vous me connaissent. J'ai été membre du jury du prix et c'est pourquoi on m'a demandé de dire quelques mots. Pour cette raison et parce que personne d'autre ne voulait le faire.

Melchor jette un regard à l'auditoire : lorsqu'il préparait son discours, il a pensé qu'il serait bien de commencer par dire quelque chose de drôle, pour faire rire les jeunes ; là, personne n'a ri : peut-être que ce qu'il a dit n'était absolument pas drôle, ou alors on ne l'a pas du tout entendu. L'agitation est encore considérable, malgré les professeurs qui parcourent les couloirs en essayant de l'apaiser.

— Et aussi parce que j'aime lire des romans, continue-t-il. Ce n'est pas très fréquent, il me semble. Je veux dire qu'il n'est pas très fréquent que les policiers lisent des romans, certainement parce que mes collègues pensent qu'il est plus utile et plus amusant de lire des textes sur des faits réels que des textes qui parlent de faits inventés. Ils ont probablement raison et c'est pourquoi je comprends que certains d'entre eux rient parfois de moi. Au début, quand j'étais plus jeune, ça me dérangeait ; plus maintenant, parce que je me suis rendu compte qu'un homme qui est gêné parce que les autres rient de lui n'est pas un homme.

Melchor se racle la gorge, jette avec appréhension un regard furtif à son auditoire et constate qu'un silence presque parfait s'est imposé ; un instant, il se dit que quelque chose a dû avoir lieu ou que quelqu'un d'important vient de faire irruption dans la pièce.

— Enfant, je n'aimais pas lire, poursuit-il. J'aimais faire le loubard, comme tout le monde. – Là, quelques rires surgissent : timides, isolés, moqueurs, incertains. – J'ai découvert les romans en prison, quand j'avais plus ou moins votre âge ou l'âge des plus âgés entre vous, ou peut-être un peu plus tard. La prison est un fort mauvais endroit, je ne vous la conseille pas.

Maintenant, le rire est général et, un peu surpris, Melchor cesse de parler et garde le silence une nouvelle fois. Il reprend sa phrase et la finit :

— Mais parfois, même dans un endroit aussi mauvais des bonnes choses peuvent se produire. Par exemple, c'est en prison que Cervantes a eu l'idée du *Quichotte* ; bon, c'est ce qu'on dit, je ne le sais pas parce que je n'ai pas lu *Quichotte*. C'est sans doute une erreur, en fin de compte tout le monde prétend que c'est un très bon roman. Mais, je ne sais pas pourquoi, j'ai toujours pensé qu'il n'était pas fait pour moi, et aussi ce que j'ai appris avec le temps, c'est qu'on doit lire seulement les romans faits pour nous.

"Mais revenons à la prison. J'ai commencé à lire des romans grâce à un homme que j'ai rencontré là-bas. Il s'appelait Gilles et les surveillants l'appelaient Guille, mais comme il était français, nous les détenus on l'appelait le Français. C'est l'une des meilleures personnes que j'aie connu dans ma vie, même s'il purgeait une peine pour avoir tué à coups de marteau sa femme et un ami à lui. Cet été je l'ai revu, à Barcelone, et il était amoureux, ce qui est la meilleure chose qui puisse arriver à un homme.

Melchor fait une pause, s'aperçoit que sa bouche est sèche et il comprend que c'est la peur qui l'a séchée. Malheureusement, personne n'a eu la délicatesse de laisser un verre d'eau sur le pupitre et, au milieu du silence, il essaie de s'insuffler du courage en se disant qu'il aura bientôt fini.

— En réalité, le Français était le bibliothécaire de la prison et il passait les journées à lire. Je voulais être comme lui, alors je me suis mis à lire des romans. Au début, je ne les ai pas beaucoup aimés, à vrai dire, mais ensuite j'ai lu *Les Misérables*, le roman de Victor Hugo. Il est très connu, je ne sais pas si vous en avez entendu parler… Je l'ai lu parce qu'un jour je l'ai vu sur le bureau du Français et je me suis rappelé ma mère, qui se plaignait toujours de mes mauvaises notes à l'école et me disait : "Si tu veux être aussi misérable que moi, ne travaille pas à l'école." – Les rires l'obligent à s'interrompre à nouveau, mais il n'ose pas regarder la salle et, dès que le silence est rétabli, il reprend. – C'est donc comme ça que j'ai lu *Les Misérables*, et à ce moment-là, tout a changé. J'aimerais bien vous raconter comment tout a changé mais à vrai dire, je ne le sais pas, je ne suis pas capable de l'expliquer. Pendant des années, j'ai pensé que c'est parce que ce roman parlait de moi, mais ensuite je suis venu en Terra Alta et j'ai rencontré ma femme qui m'a dit que tous les bons romans parlent de nous. Elle avait raison, évidemment, quand il s'agissait de livres, ma femme avait toujours raison. Elle s'appelait Olga et elle était bibliothécaire ici, à côté, à la bibliothèque municipale, certains parmi vous doivent encore se souvenir d'elle, grâce à Olga j'ai commencé à collaborer avec la bibliothèque, à apporter des livres à la piscine l'été, ce genre de choses... Bon, je crois que j'ai perdu le fil. – Pendant les deux ou trois secondes où Melchor demeure silencieux, dans la salle on n'entend pas une mouche voler. – Ah oui, je vous racontais que selon ma femme, tous les bons romans parlent de nous. Et elle disait aussi que *Les Misérables* n'était pas différent, qu'il ne parlait pas spécialement de moi. Évidemment, elle disait ça au début, après on s'est mariés et elle a changé d'avis, elle a commencé à croire que j'avais peut-être raison et que *Les Misérables* était quand même un roman spécial, mais pas parce qu'il parlait de moi, parce qu'il parlait de nous, d'elle et de moi. En réalité, ma femme et moi, on s'est beaucoup aimés... Enfin, tout ça est très compliqué, comme vous voyez, et moi je ne suis pas très doué pour les discours. Heureusement, celui-ci est sur le point de se terminer. Alors, pour finir, je vous raconterai ce que j'ai aussi appris en lisant des romans. Ce que j'ai appris, c'est que les romans ne servent à rien. Ils ne racontent même pas les choses telles qu'elles sont mais comment elles auraient pu être, ou comment nous aimerions qu'elles soient. Et c'est comme ça qu'ils nous sauvent la vie.

Melchor se tait, plongé dans ses pensées, alors que le public, attentif, attend, incapable de déterminer s'il a terminé ou pas ; il finit par ajouter, comme pour lui-même :

— Voilà, c'est tout ce que je voulais vous raconter : les romans ne servent à rien, sauf à nous sauver la vie.

Un autre silence, encore plus épais que les précédents, salue la fin du discours, un silence rompu d'abord par un applaudissement solitaire, puis par un autre et par un autre encore, suivis d'une salve fracassante d'applaudissements. Avant que Melchor puisse descendre de la scène, ses collègues du jury montent pour le féliciter, des parents, des professeurs, un petit groupe d'élèves captivés, à qui il ne sait quoi dire. Il n'a pas encore fini d'accueillir les félicitations et d'essayer de répondre aux questions qu'il aperçoit au loin, dans la salle pratiquement vide, l'inspecteur Blai appuyé sur une colonne, qui l'observe les bras croisés et un sourire sardonique aux lèvres. Melchor descend de l'estrade en dernier et, quand il s'approche de Blai, celui-ci décroise les bras et lui passe une main autour des épaules.

— T'as vraiment aucun scrupule, l'Espagnolard, le félicite l'ancien chef de l'unité d'investigation de la Terra Alta. Une bien jolie façon de te mettre dans la poche des innocents. Et je parle même pas de cette histoire de prison où tu serais tombé amoureux des romans… Ces malheureux, ils sont carrément prêts à gober n'importe quoi.

Melchor continue de remercier les retardataires qui s'approchent pour le féliciter et, une fois dans le hall, lorsque les deux policiers se retrouvent à nouveau seuls, il adresse à Blai un signe de tête :

— Et toi, qu'est-ce que tu fais ici ?

Son vieil ami enlève son bras de ses épaules.

— Je viens d'inscrire Toni et Laura à l'Institut, annonce-t-il. Ils commencent demain.

— Ici ?

L'inspecteur acquiesce. Les deux s'observent attentivement et, avant que Blai ne reprenne la parole, Melchor devine ce qu'il va lui dire.

— J'ai accepté le poste de chef du commissariat de la Terra Alta.

C'est la meilleure nouvelle que Blai puisse lui donner, mais Melchor reste impassible.

— Je sais, essaie d'anticiper l'autre. Tu penses que j'ai accepté le poste à cause de ma famille, pour que ma femme cesse de me casser les bonbons avec la Terra Alta, *et cetera*. Je me trompe ?

Il bouge la tête d'un côté à l'autre, comme s'il censurait Melchor sans mot dire et ajoute :

— Bien sûr que non, putain. Tu crois quoi, toi, que je suis une chiffe molle ?

Melchor continue de se taire.

— Ne fais pas cette tête, lui reproche encore Blai. Je parle sérieusement. J'en avais plein le dos d'Egara. Tous ces snobs… Et encore, tu ne sais pas la moitié des trucs ! En plus, j'en pouvais plus d'être tous les jours la tête sous l'eau, personne ne peut tenir comme ça… Enfin, c'est pas à toi que je vais expliquer ça.

À part les deux policiers, il ne reste plus personne dans le hall, excepté un concierge qui, sans cesser de balayer, les prie de sortir. Ils obéissent et, après avoir échangé quelques derniers mots avec deux professeurs et deux membres du jury qui traînent devant l'Institut, ils rejoignent à pied le centre de Gandesa.

— Tiens, dit Melchor, devine qui vient ce week-end ?

Blai l'interroge des yeux.

— Vàzquez.

— Tu charries.

— Il vient avec l'attachée de presse.

— Avec Verónica ? Celle qui te poursuit pour faire le film sur les attentats ?

— Elle-même.

— Je croyais que tu n'étais pas très chaud… Pour le film, je veux dire.

— Et c'est vrai.

— Alors ?

Melchor hausse les épaules sans cesser de marcher.

— Elle m'a téléphoné il y a quelques jours, elle voulait venir me voir pour parler de l'affaire. J'ai bien dit que non… Après c'est Vàzquez qui l'a appris et il m'a demandé d'accepter, à condition qu'il l'accompagne.

Blai s'arrête, Melchor fait pareil et les deux hommes s'observent une seconde ; l'inspecteur éclate de rire.

— Oh l'enfoiré !

Melchor sourit un peu, content de voir son ami heureux, et ils reprennent leur promenade. Melchor met les mains dans les poches de son pantalon.

— Bon, soupire-t-il. Bienvenue en Terra Alta.

— Oui, acquiesce Blai, c'est ce que dit toujours ma femme : rien ne vaut la Terra Alta.

Cette phrase les plonge tous les deux dans un silence gênant, parce qu'elle a résonné comme le démenti flagrant de toutes les protestations antérieures d'indépendance proférées par Blai. Conscient de sa bourde, le chef imminent du commissariat de la Terra Alta tente prestement de redresser le tort.

— Mais, je te préviens, l'Espagnolard, l'avertit-il avec une soudaine joie vindicative en saisissant Melchor par l'épaule et en lui murmurant à l'oreille : Préparez-vous, je vais vous apprendre qui est le boss au commissariat.

À la sortie du cimetière, Melchor cherche Rosa Adell au pied de la croix de pierre, au centre de la rotonde. Il ne la trouve pas et il se dit aussitôt qu'elle doit être en déplacement, qu'elle n'est pas en Terra Alta. Il se dit ensuite que Rosa a oublié que c'est samedi ou qu'elle le pense de service ce week-end. Ensuite, avec mélancolie, il se dit qu'elle a fini par se lasser. Et que c'est étrange qu'elle ne se soit pas lassée plus tôt.

Il descend à pied l'avenue Joan Perucho jusqu'à l'avenue de Catalunya et, juste après la gare routière, une décapotable rouge freine à son niveau. Rosa Adell est au volant.

— Tu vas où, flic ? demande-t-elle.

Melchor s'appuie contre la voiture. L'automne ne tardera pas mais la matinée est chaude et radieuse, et Rosa porte une robe blanche, estivale, et des sandales blanches également ; des lunettes de soleil cachent ses yeux. Comme Melchor se contente de l'observer, appuyé contre la portière côté passager, elle demande :

— Tu penses rester là comme ça encore longtemps ?

Elle se penche vers la portière et l'ouvre.

— Allez, monte.

Melchor s'assoit à côté de Rosa Adell et elle démarre en direction du centre de Gandesa.

— Elle est où, Cosette ? demande-t-elle encore.

— Je gère, répond Melchor – ce n'est pas la première fois qu'il se surprend en train de répéter la formule de Vivales, comme s'il l'avait héritée de lui. Elle est à Arnes, elle joue au football.

— Et tu n'as pas l'intention d'aller la voir jouer ?

— Elle ne veut pas. – Melchor hausse les épaules. – Elle dit que lorsque j'y vais avec elle, ça la stresse et elle joue mal.

Ils longent lentement la place de la Farola et Rosa secoue tête.

— Cette petite bave d'admiration devant son père, dit-elle.

Puis, sur un autre ton, elle ajoute :

— À propos, on m'a dit que tu as été très bien l'autre jour, à la remise des prix de l'Institut.

— J'ai passé un sale moment.

— Moi, on m'a dit que les gens sont sortis ravis et que tout le monde t'a applaudi avec enthousiasme. – Elle retire sa main droite du volant et indique avec le pouce le siège arrière. – Et puisqu'on parle de la littérature : regarde ce que j'ai sur la banquette arrière.

Melchor se tourne et voit un livre.

— Prends-le, l'encourage Rosa.

Melchor le prend. C'est un roman. La couverture montre un homme et une fillette main dans la main, leurs silhouettes se découpant sur un crépuscule pâle, distant, brumeux et bleu. Il lit le nom de l'auteur et le titre : *Terra Alta*.

— Tu l'as lu ? demande Melchor.

— Non. Et toi ?

Il fait non de la tête et Rosa poursuit :

— J'ai entendu dire que ça parlait de toi.

— Moi aussi, j'ai entendu dire ça.

— Tu connais l'auteur ?

— Jamais vu de ma vie.

— On dit que tout ce qu'il raconte dedans est vrai.

— Moi, par contre, j'ai entendu dire que tout y est faux.

Rosa sourit : le soleil lui caresse le visage et le vent lui ébouriffe les cheveux. Melchor se dit qu'elle est ravissante quand elle sourit.

— Tu te souviens de Vivales ? demande-t-il.

— Bien sûr, répond Rosa.

— Il aimait beaucoup les westerns, dit Melchor. Dans l'un d'eux, un cow-boy vient de découvrir qu'il est tombé amoureux. Mais il ne comprend pas ce qui lui arrive et demande au responsable du saloon : "Tu as déjà été amoureux, toi ?" Le responsable lui répond : "Non. Moi, j'ai toujours été serveur."

Rosa éclate de rire. Melchor sourit et remet le livre sur la banquette arrière.

— On va où ? demande la femme.
— Où tu veux, répond Melchor.
Ils sortent du village. Rosa accélère.

NOTE DE L'AUTEUR

Je remercie pour leur aide les personnes suivantes : Cristóbal Fernández Zapata, Joan Llinares, Jordi Martí, Néstor Pavón et Montse Seró. Je remercie également Patrícia Plaja, attachée de presse des *mossos d'esquadra*, l'inspecteur Jordi Domènech, le sergent Enric Martínez, l'intendant Antoni Rodríguez et la commissaire Marta Fernández. Et surtout, je remercie l'inspecteur Carlos Otamendi, qui a eu la patience et la générosité de lire le manuscrit de ce livre.

OUVRAGE RÉALISÉ
PAR L'ATELIER GRAPHIQUE ACTES SUD
ACHEVÉ D'IMPRIMER
SUR ROTO-PAGE
EN AVRIL 2022
PAR L'IMPRIMERIE FLOCH
À MAYENNE
POUR LE COMPTE DES ÉDITIONS
ACTES SUD
LE MÉJAN
PLACE NINA-BERBEROVA
13200 ARLES

DÉPÔT LÉGAL
1re ÉDITION : MAI 2022

N° impr. : 100346

(Imprimé en France)